i
imaginist

想象另一种可能

理想国
imaginist

故事便利店

骆以军 著

河南文艺出版社
·郑州·

图书在版编目(CIP)数据

故事便利店 / 骆以军著. —郑州：河南文艺出版社, 2021.12（2022.2 重印）
ISBN 978-7-5559-1217-0

Ⅰ.①故… Ⅱ.①骆… Ⅲ.①散文集—中国—当代 Ⅳ.①I267

中国版本图书馆 CIP 数据核字 (2021) 第 180848 号

故事便利店
骆以军 著

责任编辑	陈　静
特约编辑	黄盼盼　黄平丽
封面插画	AKANE
装帧设计	山川制本workshop
内文制作	李丹华
责任校对	殷现堂

出版发行	河南文艺出版社
本社地址	郑州市郑东新区祥盛街27号 C座 5楼
邮政编码	450018
承印单位	山东韵杰文化科技有限公司
开　　本	850毫米×1168毫米　1/32
印　　张	15.25
印　　数	10,001—15,000
字　　数	348 000
版　　次	2021 年 12 月第 1 版
印　　次	2022 年 2 月第 2 次印刷
定　　价	68.00元

★ 版权所有　侵权必究 ★

目 录

自序：回到最初听故事的幸福时光　　　　　i

发光的房间　　　　　　　　　　001
我们可以用什么来发誓　　　　　008
梦里寻梦　　　　　　　　　　　015
同情的故事　　　　　　　　　　025
一件很小很美的事　　　　　　　034
溜冰的故事　　　　　　　　　　042
奇怪的处境　　　　　　　　　　053
闯入真实世界的读者　　　　　　062
一个关于好人的故事　　　　　　073
两个怪异胚胎的故事　　　　　　083
关于许愿的故事　　　　　　　　096
弄丢父亲的故事　　　　　　　　110
命运交织的文明　　　　　　　　119

赎回与找寻	130
关于变形的故事	140
关于初体验的故事	151
被强迫疯狂的故事	170
白色的眼泪	181
开心农场	193
故事可以拯救故事	207
关于最短暂的爱的故事	222
你是最美的	241
关于妻子的故事	251
关于密室的故事	263
关于骗子的故事	274
关于失语症的故事	286
爱的告白	300

未必存在的身体	310
怪异的《红楼梦》第 30 回	319
关于安慰的故事	332
关于后悔的故事	343
关于南方的故事	359
关于搭错车的故事	373
关于动物的故事	384
关于复活的故事	397
无所不在的监视	408
关于火车的故事	422
关于绿帽丈夫的故事	436
关于香水制作的故事	452
关于美猴王的故事	464

自序：回到最初听故事的幸福时光

我是骆以军，我的身份是小说家，但跟我亲近的哥们儿、朋友，都说我是个非常会听故事、偷故事的人。

我平日在咖啡屋写稿，有那么几次遇见一个哥们儿或一个女孩，跟我说了一段他们的故事，那对我来说，简直像目睹狮子座流星雨将整个天空焚烧起来那般震撼。我觉得他／她说的那个故事，最伟大的小说家也编不出来，但是没有人知道他／她拥有这么棒的故事，因为他／她不是一个小说家。

我非常喜欢捷克小说家赫拉巴尔的一本书，叫《底层的珍珠》。赫拉巴尔的故事全是整天在布拉格的小酒馆泡着，听那些酒鬼、妓女、酒保、警察、鲁蛇（loser）们说出来的。这些故事就是散落在人类社会底层闪闪发光的珍珠。

我们经历的整个二十世纪一百年的文学星空，充满了那么多小说天才各种不可思议的说故事的魔法。我们听过马尔克斯说故事，听过卡夫卡说故事，听过博尔赫斯说故事，听过张爱玲说故事，听过川端康成说故事，听过沈从文说故事。我们不该假装没经历过这一百年，没见证过小说星空上这些形态奇幻、将时空规则做各种变形的说故事时刻。

我们如果还用十九世纪的惯性来想象"说故事"这件事，

那就像我们假装仍旧活在没见过宇宙飞船、没见过航空母舰、没见过隐形战机，或是没见过智能手机和网络的十九世纪。

这些年，常常在我演讲之后，一些神情虔诚的年轻朋友来问我，如何像看电脑操作手册，看汽车驾驶指南，看组装拆解空气清洁器或洗衣机的分析图那样，更有效率地，短时间内学会写小说或说故事的技艺。

我的感想恰好是，说故事或写小说是非常奢侈的一件事，或许是比人类所发明的其他拥有长久历史的各种技艺、学问、极限运动，都更需要庞大的时间成本，更难以三言两语，或是模仿其他科学，如医学、物理学、社会学、心理学的专业话语，将之简化、效率化提取的。

所以我在这本书中，恰好想倒过来，就是一花一宇宙、一个故事一个故事地和大家分享，如何说故事的艺术。

也许你听了10个故事、20个故事、30个故事、40个故事之后，你会理解我藏在这些故事背后的东西。这些故事之所以形成这样的形态，这样被说出，然后滚动、旋转、里翻为外、光变成影，是因为它们走过了这一百年，拥有过许多名字如星空般熠熠发光的天才小说家，拥有过那么多美不可言的说故事时光。

我曾想过把这一系列叫作"故事课"，想象你听完这一系列一个接一个抛出的故事，似乎可以分析出A、B、C、D几项说故事的技艺。但是，如果我们真的那样做，将说故事这件事变成类似组装一辆高级汽车、演奏一曲复杂的钢琴协奏曲、调配一种有配方比例的鸡尾酒那样的专业技艺，那么很可能有一天，就像AlphaGo（阿尔法围棋）灭了世界棋圣李世石，AI机器人也会篡夺"说故事"这个神秘古老的行业。

我一直认为，即使 AI 再五十年、一百年地飞跃进化，说故事依然是它无法跨过的人类文明的最后一道高墙。

故事是人类文明最后的防线。真正神品的故事，像汝窑一样，像莫奈的画作《睡莲》一样，像《富春山居图》一样，无法被复制。它会发出只有它自己独有的灵动之光。

我们可能透过这些灵动翻转的故事，让听故事的朋友们突然出现一个心中无比澄澈的时刻，突然有所感，意识到原来你生命中的某些时刻、某些你遗忘多年的人，它们其实是一个个好故事；意识到原来我们听故事的心、听故事的耳朵，不需要被如今铺天盖地的手机资讯、网络视频、广告、连续剧所充塞，不需要被那些像基因改造的大豆一样、像速食方便面一样、像流产胚胎一样可以大量繁殖的假的爱情、假的宫廷斗争、假的眼泪、假的愤怒所充塞。

本书源自"看理想"2019 年制播的同名音频节目《故事便利店》。我会在节目和书中说一些好故事，我希望朋友们能在听我说这些不同的故事的时候，能回到一种最初听故事的时光，能收获最初听故事的幸福，它会让你会心微笑，让你怅然若失，但又回味无穷。故事本该如一段最纯美的小提琴独奏，余音缭绕，让你体会，让你沉思。

如果只允许我用短短几个字形容我想象中的美好故事，形容我希望在这本书中与大家分享的故事，那会是什么呢？

有一种非常珍贵的印石，叫"灯光冻"，浙江青田产的，如今已绝矿。古人是怎么形容这种石头的灵透晶莹，看上去似乎是有生命有灵性的呢？古人说的是："一室漆黑，取出灿如灯辉。"

翻译成白话文，意思就是，即使我们待在一间没有点灯，没有任何光源，人在其中像瞎子一样什么都看不见的黑乎乎的大房子里，我从衣兜里掏出像一颗颗小小晶莹冻石的、一个个短短的故事，那些故事会从内里澜澜发出光来，把这暗黑的空间照得一片灿亮。

这40个故事，我希望就像一家"故事便利店"，它或许不能为你提供什么实用技能，也不会告诉你如何在现实世界成为一名小说家，但它会像一家24小时开放、全年不打烊的便利店一样，为你在迷离的午夜准备好一份温暖的夜宵，在朦胧的清晨为你做好一份热腾腾的早餐。

这些故事就陈列在货架上，安静地等待，安静地陪伴，供你随时取用，你不需要从中得到什么速成的技能，故事本来就是美的。在这家故事便利店，你一定会得到属于你自己的故事时刻。

发光的房间

有一个词叫作"狼狗时光",也有人称之为"魔术时刻"。所谓"狼狗时光",是指凌晨四五点,天将明未明之际,或者黄昏六点左右,白日的光已逐渐撤退,而夜晚的黑尚未完全笼罩的时候。这个时候空气能见度比较低,很像是在看版画、炭笔画素描时,画中人的脸上都浮着一层蒙蒙的灰影。它是一种最模糊、最暧昧,所有的人和景物都看不那么清楚、看不那么分明、影影绰绰的状态。

远远地一个动物走过来,你分不清那是狼还是狗,要靠得很近才能分别。如果那是狼,你就被吃掉了;如果那是狗,以前的人可能会把它带回去吃掉。这种暧昧、神秘,事物看不分明,光与影交织的幻日景象,是我在这个故事里想要讲的。

故事就是用来呈现那些无法用你原本熟练掌握的语言,去描述的惊奇、魔幻、诧异等等我们说"难以言喻"、我们说"百感交集"的时刻与感觉。在人类情感的交流、经验的传递、悲欢离合的演绎中,故事通常是传达一种信息量较复杂、多层次、浓缩或隐喻的关于人类命运的电光一闪的领悟。常常就是在那样的狼狗时光,那样将梦未梦、人还半醒着的某个时刻,故事像一条银光闪闪的大鱼从海里被钓了起来。

1

我高中念的是台北成功高中，成功高中所在的地理位置很妙，它是在台北市济南路和青岛东路之间。我现在回想起来，已经是三十五年前的事了，所以成功高中在我的记忆里面积是很小的，有点像集中营。那还是戒严的年代，学校有教官来管理学生，非常苦闷、压抑。

我记得大概有一年的时间，每天下午五点到六点之间，就是所谓的"狼狗时光"的时候，我会感觉到校园里各个角落会浮现一些灰蒙蒙的影子，包括我也在其中，大家会朝校园里的某一个角落移动。这个角落是哪里呢，就是在济南路与青岛东路交叉口的那栋楼四层与五层之间的楼梯间。这个地方是所谓的校园死角，教官也不会寻到，所以我们高中的一些坏痞子就会躲在这里抽烟。平常打扫公共区域卫生，也不太会扫到这个地方，因此比较脏。

大家集中到那里去是要干什么？

有一个从历代的学长那里流传下来的传说：青岛东路对面有一栋大楼（我不记得是几楼了），这栋大楼某一层的某一户人家，到了黄昏的时刻，会亮起灯，灯亮起来的时候，就会看到很奇怪的一家人，因为他们是不穿衣服的（我到现在也不晓得是基于宗教信仰，还是基于他们某种特殊的意识形态）。这时候是黄昏，下班时分，人潮、车潮汹涌，上班族下班走路、说话的声音，公交车的声音，各种车子发动的声音，附近很多学校下课的沙沙声，许多学生的说话声，所有这些声音汇聚为一种背景声。

而在这个房间里面，我们看到有一个爸爸、一个妈妈、一个也念高中的女儿、一个大约念小学的弟弟，他们全都没穿衣服。历代的学长给这家人起了一个昵称，叫作"家庭剧场"。

这是一种很奇妙的景象，几乎每天黄昏时分，华灯初上，这个房间的灯就亮起来了。我们这一群十五六岁的青春期男生，挤在那个黑暗的楼梯间里，隔着一条街的距离看那个像飘浮在半空中的房间。

灯突然亮起来后的情形很像在水族店，人走进水族店，水族箱里的灯管突然亮起来，你会看到在那个发光的房间里，有四个没穿衣服的人，像水族箱的鱼群在洄游着。对那个年纪的我们来说，这是一种最初的关于色情，充满诗意的、处于边界之外的极遥远的想象，一种难以言喻的感觉。如今三十五年后，我回忆起这个画面，可以把它想象成一个剧场，舞台上一束光打下来，有四个人体笼罩在光圈里面，而我们这一群人则挤在黑暗的观众席里观看。

2

现在我反复回想，还是不知道那个房间里发生了什么。这一家人为什么不穿衣服？他们到底在干什么？但是我可以很清楚地向大家重现，黑暗的观众席里所有的光线、所有的气味、所有的声音。

我说过那是校园的死角，我清楚记得，因为都没有打扫过，所以每一级阶梯上都有一个黄铜的金属防滑垫，上面有三四条长长的凹槽，凹槽里沉积着厚厚的、几乎已经像棉絮一样的灰尘。我们那时候很压抑很无聊，就抽烟，抽完烟后荷尔蒙喷激。比如我是高一的学生，碰到高三的学长，互相都觉得对方不是好东西，抽完烟以后也不讲话，最后会做一个很耍帅的动作，把烟屁股"啪"一弹，很像西部片里的主人公拔枪。最厉害的就是烟屁股弹到空中的时候，滤嘴上的火焰就掉了，如果烟屁股掉在地上还没熄，那就"嗒"的一声，把它踩熄。

我清楚记得那张黄铜防滑垫的凹槽上，有一个个褐色或白色的烟屁股，烟屁股上还有一道一道鞋印。那个年代很穷，冬天的时候没有什么麦当劳的早餐，会有一个阿婆推着木桶，卖一种台湾特有的油饭，其实跟粽子一样，是用猪油煮成的米粒，用塑胶袋装着，一袋大概一块钱人民币，再挤一些红色的甜辣酱，丢一根黄色的腌萝卜，或者粉红色的嫩姜之类。

这些高中生没公德心，楼梯间里扔着已经瘪掉的装油饭的塑胶袋，塑胶袋内侧还有米粒，米粒有一半被猪油浸透，呈现为褐色，塑胶袋的折皱里还残留有甜辣酱的汁。还有保利龙便当盒装的油煎蛋饼，有的人把米粒吃掉了，饼皮扔在那儿，所以保利龙便当盒上敷着一层沙拉油的油膜，还有像血滴一样的、一颗一颗水珠形状的酱油，浮在油膜上。

我清楚地记得这一切的细节，我清楚地记得所有的声音。譬如说这栋大楼是新建的大楼，下面有两个很小的篮球场，大概到七点的时候，训导处就会把照明灯打开，有学生在这里打篮球。我清楚地记得篮球场的场地，不是现在这种很好的材料，其实就是水泥地，然后在上面糊上一层绿色的橡胶，因为如果在水泥地上打球摔了或磕碰了，膝盖会裂很大的伤口。橡胶上还有一层用白色的漆画的罚球线、三分线这样的线。

我清楚地记得这些打篮球的、正值青春期的高中生，他们在运球的时候，球囊的皮革与被橡胶填满的水泥地摩擦的声音。我清楚地记得，在运球的时候，篮球内囊里的空气被挤压的沉闷的回声；以及在运球过人时，这些孩子穿的球鞋（不是 Nike 球鞋，是比较差的球鞋）鞋底的生胶摩擦地面的声音；以及正处在变声期的高中生喊着"守一个，不要那么独，守一个，打手犯规"，这些声音在傍晚的校园里回荡着……

我可以这样无限制地讲下去，我刚才讲的只是这个剧场黑暗的观众席环场所有的背景声音、所有的光线、所有的空气，但是我始终不知道那个在半空中发光的房间里头，到底发生了什么事。

其实回忆起来这是一个很苦的故事，因为那是戒严的时代，整个社会可以看的电视台只有三个，也不像现在一打开网络就是抖音，任何时候都可以看到小姐姐漂亮的脸、漂亮的身体。现在在台湾也是随便打开雅虎就是各式各样街拍少女，现在太容易看到性或者太容易看到青春的、漂亮的身体。但我们那个年代根本没有，我们班上像花轮这种很有钱的家伙，他偷了他爸的一本 Playboy 拿到班上，那时候一个班有五十多个学生，大家轮流借走，带回家看。大家也很没道德，书回到主人手上的时候，通常就只剩一页了。每个人都偷偷撕一页带回去了。

所以，在那个沉闷的年代里，我们都挤在那个幽暗的楼梯间，看着街对面那个发光的房间。当然你不是每次都那么幸运，有时你要把旁边的人挤开。有时你好不容易挤进来了，你是希望看到高中姐姐的裸体，看到那是妈妈也 OK，有时候不小心看到爸爸那也就算了，但是你如果看到那个弟弟，一个小男孩的身体的时候，你心里会不会出现一种很阴暗的想法：我在干吗？我怎么躲在楼梯间？我有恋童癖吗？我怎么在看一个光着身子的小男孩？

3

那是一段很孤独很苦闷的时光,你不知道旁边这些家伙他们的名字,我们只是恰好挤在那个楼梯间里面。现在过了三十五年,我已经五十岁了,我都不知道当时跟我挤在那边的这些男生,他们现在在干吗。

在南方,到春天的梅雨季节会出现一种水蚁,大片地飞。这种水蚁特别怪,飞着飞着,翅膀就掉了,只剩一个肥肥的身躯,如果掉到你的脖子上,还会很恶心地在你的脖子上蠕动。有时候,教官知道了有这种聚会,就会拿一根短的童军棍,穿球鞋、运动裤,悄悄溜上来打我们,大家就四散逃掉了。

我觉得这特别奇怪,我们花这么大代价,这么辛苦、这么孤独、这么疲惫,每天在这里眼巴巴地等着隔着一条街的半空中的那个房间灯光亮起来,我们是为了什么?

大约到了九点半,我们也就各自垂头丧气地搭公交车回家。回到家以后,突然发觉,他们跟我的爸爸、我的妈妈、我的哥哥姐姐其实一模一样,老实说除了穿着衣服之外,我们一家的关系或状态跟这个家庭剧场、这个发光的房间里的这家人做的事情其实一模一样。

他们并没有像我们当时幻想的那样,会出现像日本A片里那种家庭大乱伦,没有。他们除了不穿衣服这一点,那个爸爸可能就坐看着电视,那个妈妈可能围一件围裙在煎鱼。那个年代没有手机,少女可能在讲电话,弟弟可能在玩Game Boy游戏机。我后来突然觉得,学长他们取的这个昵称"家庭剧场",真是何其贴切。这家人不穿衣服这件事情,是多么奇妙。

这个发光的房间的印象或者说难以言说的画面，其实一直在我这三十五年来，时不时地浮现。我有把它写到我的小说里，可是我没有办法用过于简单的描述去说它究竟是什么，它不是简单的偷窥，也不是简单的道德剧或惊悚剧，但是每当我想起它的时候，就像如鲠在喉一般。我没有办法用以前在课堂上学过的古典修辞或是任何文学话语去描述它。

结语

我们每个人生命中，一定都有某些时刻撞见一个你没有办法用你原有的词汇去描述或表现的状态。譬如你第一次参加外婆的葬礼，或是生命中第一次迷路，你第一次被最亲爱的人背叛。我甚至曾经遇到一个女孩告诉我说，她发誓她上小学的时候一个人看到夜空中有一整排飞碟，像发光的鱼群飞过去。

这些神秘的、难以言喻的时刻，其实正是一个个极珍贵美丽的故事被孵养的最神秘的时候。生命中的这些时刻，就是故事的"狼狗时光"。

我们可以用什么来发誓

1

我家住在永和,和台北市一桥之隔。那个时候我大概十岁,我父亲有一个老师,是1949年跟着国民党败退到台湾的"老国代",父亲很怕他。这个老师本来住在一座美国式的有院子的洋房里,养了一只狗,后来他要搬到一栋大楼里,就不能养狗了。于是他把那只狗托给我父亲。

这就很有意思,我父亲是上一辈那种非常有男子气概的人。他身高一米八,很高大,很威严。可是这只狗特别欠。这只狗叫小花,血统非常纯正。我记得是英国王室养来猎狐狸的一种猎狐犬,叫杰克罗素梗。这只狗就很像《红楼梦》里的,它本来是大观园里的小姐,来我们家的时候,对我父亲就不太买账,好像觉得自己是大小姐出身,你们这些人是"家奴"。我父亲就不爽,会揍它,它就咬我父亲,特别有意思。

那个时候,整个台湾还处于物质比较匮乏的年代。有段时间,我家突然有了十来罐水蜜桃罐头,是我父亲生病的时候,学生探望他送的。那是美国进口的水蜜桃罐头,很大的一罐,晶莹剔透的黄色水蜜桃,泡在蜜糖水里面,好吃得不得了。这在那个年代是极珍贵的奢侈品，一家人一次只吃那么一碗或半碗。

我那时候是小胖子，贪吃，我有一次就自个儿偷偷拿了一罐。要用一种开罐器，沿着罐头的边沿持续地像锯齿那样地撬，最后把盖子掀开，才可以吃到。但我不会用开罐器，所以就在盖子的边缘上打了几个三角形的洞，然后只能很馋地喝罐头里头的糖水，水蜜桃当然就吃不到。等我把糖水喝得差不多了，就把罐头藏在旧沙发底下。后来，大概小花不小心撞到了这瓶罐头，罐头翻了，罐头里的糖水从沙发底下流出来，也没有人注意到。

那天晚上，我父亲回家时气冲冲的，大概在外面受了气或遭遇到一些压力。我记得他穿着皮鞋，正好踩到那瓶水蜜桃罐头流出来的一摊汁水。他以为是小花撒的尿，不知道当时他脾气为什么这么坏，他顿时勃然大怒，把小花痛揍一顿，然后把它给轰出去了。

那天半夜，刚好下起了大雷雨，我一个十岁的小孩，整个晚上都睡不着，一直陷在一种很阴暗的罪恶感里面。在我父亲痛揍小花的时候，我是不是应该站出来承认：其实这不是小花尿的尿，这是我开水蜜桃罐头弄的汁水。

但我一直不敢承认。等到第二天天亮，开门的时候，我们发现小花还没有回来，它不见了。我父亲当然很恐惧，他真的把这只狗弄丢了，他要怎么去跟他老师交代，这只狗可是他老师的爱犬。

那一个礼拜，我们全家就在永和那条像十二指肠迷宫般的巷弄里找小花。我记得那次大概是礼拜天，我们在那条巷弄里，一边找一边喊"小花、小花"。

我记得就在这条巷弄里，不知道是不是眼花，我好像看到小花跑了过去，我一边喊着"小花"一边追。那里有一条河堤，越过河堤之后，是一个河滨公园，我穿过人群，快走到河边的时候，看到一大片芒草丛，穿过这片芒草丛，就是那条河流。

那时候，出现在我眼前的，是一幕不可思议的场景。眼前整个天宽地阔，有一个像小山一样高的山神，坐在河流的对面看着我。

山神的脸就像翡翠一样，是翠绿的，是流动的，是晶莹剔透的。他头上戴着一顶像古装武侠片里的那种黑色斗笠，他是单眼皮，他的头发也是墨绿色的，竖在头顶上，有一部分垂了下来。他全身穿着盔甲，盔甲上面的铁锁片有墨绿色的铜锈。腰际别着一把剑，剑也是古锈的墨绿色，他用左手扶着那把剑，他的手掌也是绿色的。他半倚在河床的对面，托着腮看着我。我不知道该怎么形容当时的这整个空间。旁边是一个非常大的桥墩子，桥上面还有车辆轰轰地开过去，但是我想，包括刚刚在公园里的人，包括桥上车子里面的人，不会有人知道这里有个小男孩，他目睹了这个景象。他的眼瞳可能已经变成了银色。从此以后，这个小男孩看世界的眼睛会不再一样；从此以后，世界变成了不一样的世界。

我不记得十岁的那个我到底是转身钻回草丛里跑了，还是就站在那里，看着这个不可思议的、令人感到巨大骇栗的场景，不知站了多久。

关于这个小小的故事或是回忆，后来我一直在寻思，我们现在经过了二十世纪末，我们这一辈人何其有福。

我们看过了这么多好莱坞特效制作的宏大的场景，我们看到形态那么巨大的变形金刚可以在城市的上空打斗，在摔打的时候、翻滚的时候，把美国的摩天大楼玻璃全部砸破，整个金属建筑坍塌，整栋大楼冒出火焰与浓烟。这些场景好像已经印在现在的年轻人或现在的我们的脑海里面，习以为常。

在上世纪八十年代，我们这些台湾的小男孩一定会看日本的漫画，比如哥斯拉出现在城市的上空，人类突然变得很小，小得像蝼蚁一样。巨大的哥斯拉在城市上空肆虐地喷火，然后会出现一个超人、力霸王，在城市上空盘旋，以天神般的巨大尺寸，在人类的头顶摔跤、肉搏。

我们看印度的史诗，或者中国《西游记》里的孙悟空和二郎神，他们对打到某个阶段时，会用幻术把自己变得巨大无比，然后我们就看到两个尺寸像山一样的人在天空上方互相殴打。

为什么会出现这种旷野上的故事？为什么在出现了一个神的时候，故事会突然散发出一种神灵的光？

2

接下来，我想讲我非常喜欢的、已经过世的智利小说家波拉尼奥一部非常伟大的作品《2666》。它是由五部非常厉害的长篇组合而成的一部超级长篇小说。我现在讲的是第五部《阿琴波尔迪》中的一个小章节。

这个小章节讲一个十九岁的男孩，叫汉斯，是二战时期德军的一个小士兵，他跟着部队去与俄国作战，一路看到种种屠杀与暴力，他们疯狂屠杀犹太人，奸淫掳掠，整个犹太人的村子变成了一个空村。最后，德军溃败，他们又退回德国。

其中有这样一段场景，在二战快要结束的时候，物资极度匮乏，很多女孩会用自己的身体去跟士兵交换口粮，所以就很容易发生大兵与这些美丽女孩的一夜情。

当时,汉斯认识了一个十四五岁、有点疯癫的少女,女孩对汉斯说,你发誓你一辈子都不会忘记我。

汉斯就说,我发誓我一辈子都不会忘记你。

女孩说,你拿什么对我发誓?

汉斯说,我以上帝对你发誓。

她说,我不信上帝。

他说,我以我的母亲对你发誓。

她说,我不信你的母亲。

他说,我以我的师、团、营对你发誓。

她说,我不相信军队。

你信什么呢?他说,那你相信书本吗?

她说,我不相信书本,我家的书全是纳粹的哲学、纳粹的戏剧、纳粹的小说、纳粹的诗歌,我不信任何书本。

他说,那你相信全世界的河流吗?你相信全欧洲的鸟吗?你相信那像玫瑰色一样的晨曦或夕阳吗?你相信你的姐妹淘吗?你相信全世界的小孩子吗?

她说,我全部都不相信。

所以,这是一个男孩和女孩承受着极致苦难的故事。这整个世界已经无法让女孩相信,当男孩要为他们的爱发誓的时候,在这个世界上找不到任何一个他们可相信的东西。

汉斯就问这个女孩,那你相信什么?

女孩告诉汉斯,她只相信两样事物,暴风雨和阿兹特克人。

汉斯问,阿兹特克人是什么?

女孩说,阿兹特克人他们都是疯子,你只要注意观察他们的眼睛,你就知道他们都疯了。但是阿兹特克人非常重视打扮,他们每天都花非常长的时间在家里挑选最华丽的服装,他们会戴上项链、戴上戒指,他们会在头顶上戴最昂贵的羽毛帽,他们会花很多的工夫把颜料抹在脸上,他们还会为胳膊和双腿戴上首饰。接着他们会走出家门,来到河边,像哲学家一样眺望河上行走的船只。接着他们会陆续鱼贯地走进一个神庙,在这个巨大的神庙里面,可能有成百上千个阿兹特克人。而神庙唯一的光源来自塔顶上方的天光。阿兹特克人的巫师或巫医会把他们的牺牲者摁在黑曜岩石床上,拿刀挖出他的心脏。原来神庙里的光恰好是穿过这块黑曜石垂洒下来的,所以那是一种很微弱的、黑色或灰色的光,只能照出全体阿兹特克人严肃的、模模糊糊的身影,等到牺牲者的心脏被剖挖出来,血流到黑曜岩石床上之后,光线开始变成一种流动的、流丽的、红黑色的光。于是这时候你看不到全体阿兹特克人那严肃的身影,你会看到每一个阿兹特克人的面庞,因那种流动的、暗红色的光线而变形的脸,你仿佛可以看到每一个人不同的个性,好像光线能把他们每一个人个性化。

小说这一段写得非常美,汉斯听这个女孩讲完以后就对她说:"我冲着阿兹特克人发誓,永远不会忘记你!"

结语

我讲波拉尼奥《2666》里的这一个小章节好像解决了我前面讲的,我十岁的时候,曾经在永和河堤旁边的溪流边,不可思议地撞见那个巨大的、古代山神的形象。

我之前提出的疑问,为什么在出现了一个神的时候,故事会突然散发出一种神灵的光？这种尺寸巨大到超越我们眼睛所习惯的平视，可以俯瞰渺小的我们的神明，或是我们所仰视的高大的神明，好像可以回答。但是它又提出了新的疑问，那就是：在这个时代，我们什么都不信了。

比如说几年前世界杯足球赛的决赛，巴西队被德国队狂电，变成7:1，我就跟我的哥们儿说，这一定是全世界的赌局操盘，把所有的巴西队买通了，所有德国队买通了，所有裁判、所有足球协会都买通了。

我们不信眼前发生的这一切，我们也不信政府公布的什么GDP数字。我们总觉得每一件事情后面其实都有它必然的权谋运算，以及秘不示人的阴谋。

我们活在怎样的世界里？什么是我们的"阿兹特克人"？这其实是二十世纪小说一个非常重大的、关于信任的核心问题。这是怎样的一种找寻？

梦里寻梦

1

2000年的春天，我跟几位长辈到日本京都去赏樱花，我们住在鸭川旁边四条河原町的一个小旅馆。大概三月底，吉野樱沿着整个河畔绽放，一棵吉野樱一棵柳树，一棵吉野樱一棵柳树，非常漂亮。那时是初春，北国的光线透过白色的花瓣，透过柳树树叶形成那种淡绿的透光的色调，非常美。

大概我们这个旅途的第三天，一个长辈带我们去京都靠西南的一座庙，叫醍醐寺。"醍醐"两个字就是我们中国人讲的"醍醐灌顶"。为什么去醍醐寺呢，因为它是一个京都赏。醍醐寺的参道两旁全是四百年前种下的垂樱，很奇怪，它的花瓣像山樱花、像桃花一样是粉嫩的粉红色，可是它的枝干整个像柳树那样垂挂下来。

走进醍醐寺有一条两三百米的参道，两旁全部是有三四百年历史的、一个大人都环抱不过来的那么粗的垂樱。我无法形容，用古典文言的修辞可谓为烟霞，非常美的一条参道。然后是一间一间小小的日本式的房子。这个醍醐寺就是当时丰臣秀吉的家庙。

据说丰臣秀吉生前每年三月底的时候，都会带着他最亲近的大臣和妻小来醍醐寺赏垂樱。我们走到里面的时候，看到有一面很素净的墙，素白的墙面上简简单单写着一句丰臣秀吉的真迹，我不知道那算是俳句呢，还是算诗。

那句诗写道："随露珠而生，随露珠消逝，此即吾身，大阪往事，如梦里寻梦。"

2

接下来，我要讲一个我自己的故事。

2000年我正在写一部家族史小说，叫作《月球姓氏》。我太太是澎湖人，这部小说写的是我太太的父系家族和母系家族的故事，它其实是由一个一个的短篇组成，每一个短篇小说有自己的名字。当我在这趟京都行中，看到丰臣秀吉这句诗的时候，我突然觉得"梦里寻梦"这四个字太棒了，太适合用作其中一篇我写我太太澎湖娘家故事的标题。

这个故事是什么呢？就是我太太的外婆过世的时候，我太太的大舅为了争夺遗产，养小鬼到三舅的梦里去揍三舅。这很怪吧？你去澎湖玩的话，会发现澎湖人很信鬼神，他们有很多城隍庙，我去了都觉得很阴森。他们好像很信萨满仪式。

你可能会问那二舅呢，澎湖是一个渔港，二舅年轻的时候出海捕鱼，遭遇船难去世了，所以就只剩大舅和三舅。

你可能会说那些姨妈呢，因为台湾比较传统的家庭还是非常重男轻女的，有遗产继承权的只有男性，只有儿子。所以这些姨妈，包括我岳母，我岳母是家族最小的女儿，她们全部都去法院登记放弃继承权。

所以就只剩大舅跟三舅可以争夺继承权。我太太的外公早就过世了。就为了争一片田产，大舅就养小鬼到三舅的梦里去揍三舅。

那这个事情是谁讲出来的？不可能是大舅跑出去跟别人说，我养小鬼去我弟弟的梦里揍他。是三舅讲出来的。

在那个保守落后的年代，或者说在那个保守落后的地方，三舅把这个事情讲出来，别人会不会觉得他是神经病？但是我太太告诉我这个故事的时候说，据说每天晚上八九点，天已经黑了的时候，三舅都不敢睡觉，他还会像小孩子一样号哭，非常恐惧地用闽南语说，他们要来打我了。据说第二天早晨他醒来的时候，身上真的会有被铁链打过的瘀青，痕迹都还留着。所以三舅家非常惨，三舅妈甚至在那十年里疯掉了。

澎湖人住的房子，台湾叫作透天厝，大陆有些乡下地方应该也有这种房子，就是一栋盖成三层楼的独立的房子。闽南这个地方的人，包括澎湖人，他们会把祖先的牌位供在三楼上，供祖灵，他们叫供码。你要是半夜在澎湖的海边走过一栋一栋的房子，三楼都亮着像鬼火般微弱的红光，鬼影幢幢，像供着鬼神一样，你会觉得心里发怵。

在那个还不太有现代医学知识的年代，据说三舅妈被锁在三楼的一个房间里面，被锁了十年，疯了。这是我听来的。

三舅的岳母据说也会法术，她的法术是什么呢？她每天黄昏的时候煮一大桶药草，不知道她是去哪里弄来的药草，她把药草煮成一大锅的药汤，然后用这种药汤帮三舅抹身体。全身都抹一抹，抹了之后据说到梦里比较耐K，比较耐打，所以是防御性忍术。

　　总之三舅家经过这番折腾，后来一蹶不振。所以大舅家当然就占了我太太的外公外婆留下来的那片田产，变得非常发达。

　　上世纪八十年代的时候，澎湖岛有一种机车的总代理商。我后来追我太太的时候，到澎湖去，看到市中心几条主要的街道上，有很多租给观光客的阿飞车、吉普车和越野车，这几家租车行都是大舅家的表哥开的，所以他们家很旺，香火很盛。

　　而三舅家这边，长子庄头六跑到台北考警察学校，当警察。他两个妹妹，第二个女儿好像是在台北的百货公司当柜姐，后来嫁给一个老外。那个小妹呢，逃家，大家找不到她。总之他们家就显得很衰落，很不幸，很颓败。

3

　　于是，我就把这篇小说写出来了，大概六七千字，那时候还没有电脑，我是手写的。我那个时候三十出头，通常我的小说也没有地方发表。

　　台湾有一份报纸叫《联合报》，有一天，《联合报》当时的副刊主编打电话给我，说："骆以军啊，我们接下来这个月要做青年小说家的特展，会找一些三十出头的小说家的小说。你就给我一篇小说，六千字左右。"

　　在那个没有电脑、没有网络的年代，在副刊上每天登一篇青年作家的小说，对那时刚三十出头的我们来讲，是一个很光荣的发表小说的机会。

　　我这篇小说是长篇的一部分，一个家族史的故事，其他的稿子都很乱，就这一篇《梦里寻梦》，字写得特别干净，誊得干干净净的。我当时住在深坑的一个小房子里，我记得有一台传真机，我就把这篇小说传给《联合报》的这个大哥。

当时我记得我在发传真之前，也稍微犹豫了一下，心里想，这样好吗？但我后来还是觉得没问题。因为我记得澎湖人好像都不看《联合报》，澎湖有自己的《澎湖日报》。所以这篇小说就登出来了，大概是九月的时候登出来的。

但没想到就出事了。怎么回事呢？三舅在澎湖监狱当公务员，澎湖监狱不会订机关报。不过台湾有一个轮调受训的机制，我是后来才知道的，每年这个监狱的公务员会有一次短期受训。所以，那一年大概秋天之后，三舅就到桃园监狱受训一个礼拜，桃园监狱订有机关报，就订了《联合报》。而桃园监狱又有一个人是三舅的同乡，也是个好事之人，在监狱里其实很闲，他每次都会看看报纸。

其实看到那份报纸副刊上的小说的时候，应该要有一个不成文的保护膜或是边界，就是我现在在看的这个东西是小说，不是社会新闻。但是三舅的这个朋友，当时在整摞报纸里看到了这篇发在副刊上的小说，他看一看内容，看到里面有写到，因为三舅的岳母每天黄昏的时候会帮三舅抹身体，好像让他有一种防御性忍术，让他在梦里比较耐K。

其实我们会发觉，在这种越乡下越偏僻的地方，其实反而越残忍越保守。所以附近的邻居们遮遮掩掩地耳语，传了出来，说大家从窗外经过，就看到这家的女主人疯了，被关在三楼，可是怎么会看到这个丈母娘在帮这个没有穿衣服的女婿抹身体。大家就传得很难听，这在《红楼梦》里就叫扒灰。三舅家后来也因为这些种种，个性变得很怪，也不跟亲戚接触，不跟大家来往。

那一年三舅到了桃园监狱，他的朋友把报纸拿给他看，说这个好像在讲你的事。因为我里头写了这一段，那是我听我太太讲的。当然，三舅勃然大怒。你知道在中国的社会里，舅舅在家族里的地位非常高。他那时候非常愤怒，他搞不清楚状况，台湾那时候还没有狗仔，还没有这种专门跟拍别人隐私的记者。他就打电话给他小妹，他小妹就是我岳母。他说，你那个女婿是不是一个记者？给我乱写。然后他说，他要告我。

我那时候吓死了。我一直感觉澎湖人非常排外，像我这种外省人娶了我太太，其实我是觉得被我岳父家排斥。但是那一次我到我岳父他们家，我突然发觉他们那种团结一致对外的家族性格，把我当成他们自己人，他们一直在护着我。

我那时候三十出头，没有什么社会经验，我还在想要不要去找某个我认识的电影导演，比如侯导，再找个黑道大哥，然后摆桌，然后切小指头，跪铁算盘跟三舅赔罪，我脑袋里设想了一些这种场面，但并没有发生。

4

我记忆非常深的是，三舅的大儿子庄头六很怪。在我和我太太的婚礼上，有一个便衣警察，腰间佩着一把枪，有一点杀气。其实台湾的这种警察基本上就是有牌的黑道。他一脸杀气地过来，包了一个非常大的红包给我们，拍一拍他的枪说：你要是敢对我姐不好，你就看看。我吓死了。

这个庄头六就是我太太的表弟，他们表姐表弟感情非常好，从小在一起玩。出了这件事后，庄头六就打电话给我太太，他们两个讲了一个小时。我太太后来把他讲的内容转述给我听，我听了非常非常感动。

他讲了什么呢？他说：姐，我昨天晚上一整晚没睡，我把姐夫的《梦里寻梦》这篇小说，读了大概四十遍。

所以他是我个人单篇小说重复阅读率最高的一位读者。他当然没有读过我其他的小说，他就读这一篇，读了四十遍。

他说：我突然有一种奇怪的感觉，从小学五六年级的时候，我妈开始疯掉了，被锁在三楼神明厅旁边。我爸也疯了，每到晚上我爸鬼哭神嚎，就像小孩子一样乱哭，说他不敢睡。然后我阿嬷非常悲伤地煮一种药草，那场景很像凡·高的画，我阿嬷非常悲伤地在帮我爸抹身体。我记得灯光特别昏黄，空气中充满了药草的味道，然后邻居指指点点，亲戚也不来家里了。

庄头六高中毕业后，就不想再待在家乡，所以跑到台北考警察学校。澎湖在台湾来讲是外岛。很多澎湖的男生跑到台北读警校，拿到警察执照后，会调回家乡澎湖当警察。因为在澎湖当警察太爽了，治安非常好，民风非常淳朴。我每次去澎湖就有一大堆我太太的堂哥、表哥，他们都是警察，警车都借给我们开。他们还经常在海港边钓"小管"，一种乌贼，钓到了就在海边烤，非常自在快活。

你如果有机会到澎湖去玩，澎湖七八月的夏天，你要怎么描述？就好像阳光曝晒，强烈到像核弹爆发一样，或者像你整个人是活在一锅煮沸的白粥里面，在太阳照射之下，天地间的万物都消失了，万物没有影子，光曝饱和到每一寸空间都被光占满了的感觉。

可是只有庄头六,他就一直留在台北,所以升官升得很快,跟在长官身边冲锋陷阵。他说,为什么我就是不想回去,对我来讲,我少年到青年的那段记忆,很像黑白片,很像默片,我已经忘掉它了,我也刻意去忘掉它。

但是,他说,我昨天晚上重复看了姐夫的这篇小说之后,我突然觉得好多忘掉的画面,突然历历如绘,仿佛在我眼前重现(当然因为他不懂文学,它不会讲"文字的物质性"这样的话)。而且出现了一个奇怪的状况,姐夫写的一些情节,跟我记得的情节有出入,我会开始怀疑我记得的版本是错的,真实的版本应该是姐夫写的那版。

他说的到底是什么意思?

在我的小说里,我描写一个胖胖的老太太,就是庄头六的外婆,走到庄头六家楼下,大人都出去上班了,庄头六疯掉的妈妈被锁在三楼神明厅旁边的房间里。庄头六那个时候还是个小孩子,在三楼玩,然后外婆就对着顶楼喊,庄头六庄头六,你帮阿嬷把三楼冰箱冷冻库那个冷冻猪心拿下来。

然后庄头六就照着阿嬷讲的,从三楼冰箱冷冻库把那个冷冻猪心拿出来,但是他没有走楼梯下来交给阿嬷,他是从三楼丢下去的,就像美军当时轰炸伊拉克时用的精灵炸弹,非常准,"piu"就打中阿嬷的心脏,阿嬷当场倒地死掉。这是我写在小说里的情节。

但庄头六在电话里跟我太太说:姐,可是我记得阿嬷好像不是被我从三楼用冷冻猪心丢下来K死的。阿嬷好像是很老很老了,甚至白天黑夜都分不清楚了,他们在一楼厨房旁边墙壁的地面上搭了一个木板床,阿嬷那时候变得非常瘦,躺在那里,有一天大人回来的时候发觉她已经过世了，走了。

他记得的画面是这样。

但是他又说：昨天晚上他反复看了我的这篇小说之后，他对自己的记忆突然产生了巨大的怀疑，会不会其实他阿嬷真的是被他二十年前从三楼丢一个冷冻猪心砸死的，只是大人怕小孩承受不了，所以编了另外的版本，就是他后来记得的版本。

他这样讲给我太太听，电话挂断后我太太转述给我听，我本来正陷在一种很害怕的情绪中。可是你们知道吗？听到我太太转述给我庄头六讲的这句话时，当时我整个后脑勺起了鸡皮疙瘩。

这种感动比最伟大的、我最尊敬的评论家给了我最高的赞誉还要让我感动。我从事的写小说这个行业，这么潦倒，这么辛苦，这么让我为之神魂颠倒，可再也没有一种状况比这更让我感动了。庄头六是这个故事的主体，我只是一个在虚空中幻梦造影，把他的故事写成小说的、充当媒介的角色，但是我写下来的小说竟然让本体动摇了，尾巴的摇动竟然让狗觉得狗错了，影子让身体觉得自己摇动的动作错了，而要跟着影子做。

这其实已经越过了小说写作的技艺，而进入魔鬼的边界。

结语

回到一开始讲的丰臣秀吉留下的"梦里寻梦"，也就是我现在讲的这个故事，《梦里寻梦》。

这个故事的边界，有时如同三舅的那个朋友那样很难分清楚，这个东西登在报纸上，它是小说，不是社会新闻；或是说，分不清楚到底是否真的有大舅放出去的小鬼，那些小鬼在傍晚的旷野飞行，随着地表的起伏飞行，像美军轰炸伊拉克的巡弋飞弹，最后飞到三舅家，然后像古装电影里那样，沾点口水，把古人的窗纸戳一个洞，穿越到那个梦境里。

梦无法控制，梦是最隐秘的，像窗纸的薄膜所遮挡的东西。可是在这个故事里，我竟然听到，大舅养的小鬼可以穿透那层梦境的薄膜，去到三舅的梦里，在他的梦里揍他，让他恐惧，让他毁灭。

我很多年前看过博尔赫斯的一篇小说，叫作《环形废墟》。博尔赫斯在这篇小说里讲了一段非常美的话，他说，唯一比编沙为绳、铸风成形还要艰难的事情，就是梦中造人。你要把沙子编成一股麻绳，或是把风铸造出一个形状，这是多么不可能的事情。

可是博尔赫斯在他的小说里，可以在梦境中造出一个活生生的人。我当时读的时候心里的感受是，唯一比编沙为绳、铸风成形还要美、还要艰难、还要迷惑小说家的事，就是梦里寻梦。

同情的故事

1

我大学念的是文化大学，大四的时候，我们中文系文艺创作组这些男孩女孩，像现在临近毕业的大学生一样，都很焦虑，想抓住青春的尾巴，所以有的男孩女孩就谈恋爱，像我们这些光棍就喝酒，然后神神鬼鬼，去到山里面，到处去冒险。

在台湾，大学毕业以后，所有男生都要服兵役，女生回到她们的家乡，去当小学老师或代课老师。整个学校就只剩下我跟P君，只有我们两个是"延毕"，我们留下继续念"大五"。我那时租的地方离文化大学还蛮远的，在一个叫"六窟"的山谷里，用现代白话文的说法就是"六个山洞"或"第六个山洞"。

这个山谷基本上像一个碗，碗的最底部是一所小学，这所小学特别小，从一年级到六年级，所有的小朋友加起来比学校的老师还要少。因为这个地方人口大量外移，年轻人都走光了，剩下一些老人围着山谷，像在那个碗的边沿，种种树，种种菜，种种田。

我的房东大概在外头赚了钱，那时候中国人的毛病就是在外头赚钱了就回到老家，盖一座豪宅，盖一栋别墅，但是又特别缺乏美感，所以别墅盖起来就像一座大坟墓。房东又很小气，别墅旁边有多出来的空地，他把它盖起来并隔成六间租给学生，每个房间的空间都非常小，我就住在最靠外头的那间。这空间有多小呢，房间前面有个窗，窗前面放着一张小书桌，我那时候很用功，就是在这小书桌上读书写稿，我坐的椅子后面是一个打地铺的床板，床板的尽头贴着墙。

那个年代还有一种床头音响。我高中时是一个废柴、坏孩子、学渣，但是我后来重考，考上文化大学，我母亲非常开心，就买了一个床头音响给我当作考上大学的礼物，也不贵，放到现在大概两千块人民币。因为阳明山上有很多温泉，空气中有很多硫黄，这个音响第一年就坏掉了，但是因为它的两个音箱外壳有木头，包得很实，木料也不错，所以我在阳明山一直读到"大五"，每次搬到不同的宿舍，这个音箱我都还是抱着去当床头柜。

那个年代很有趣，不要说 CD，我们还都用磁带，音响是用来听磁带的，还可以放黑胶唱片，等于是机械音响的最后一代，黑胶唱片时代的尾巴。

这个音响坏了以后，被我弄得很恶心，放黑胶唱片的地方变成了蚂蚁的"太空总部"，音响上面还堆了很多卡夫卡等等大作家的书。床头夹着一个台灯，那时候我睡前还会翻翻书，读一读小说才睡。床头音响上还放着什么？放着一张地藏王菩萨的画像。我们住阳明山住久了，会听到一些鬼故事，心里会怕。我母亲是很虔诚的佛教徒，她给了我这张小小的地藏菩萨的像，我就把它供在这个音响床头柜上。

那时候我每天的作息大概是，起床后开车到文化大学去，去图书馆。图书馆是一个圆形的建筑，有楼梯间，那个年代还可以在楼梯间抽烟。我和 P 君会在图书馆遇到，我们会聊一聊文学，聊一聊我们对创作的梦想。

P君后来出柜了，但那个年代很保守，他成长于高雄一个很传统的家族，又是长子，自己也不敢面对这件事。后来到三十多岁出社会了，他才出柜，才真正面对自己是同志这件事。

那个时候，我跟他之间就是哥们儿的交情，我只是觉得他特别喜欢三岛由纪夫的小说，特别喜欢日本漫画，会学着画那种肌肉很发达的男生。我们都有文学梦，而且整个阳明山只有我们哥们儿俩，其他的这些哥们儿朋友，都毕业了，都下山了。

我每天在学校图书馆看书，下午五六点的时候到学校旁边的自助餐店打一份盒饭吃，回去以后我会继续在那个窗子前面的小书桌上，很用功地写作。

窗外是一整片草坪，草坪的尽头是山谷，山谷的下面就是悬崖，我每天大概会用功到晚上十二点左右，然后睡前会对着地藏王菩萨拜一拜，希望他保佑我，最后躺在地铺上的床板睡觉。

有一天，我还是照这个作息，但那天我回去的时候发现，山谷下面有户人家死了人。台湾有些地方有一种恶习俗，人死了以后，他们家会找和尚或者道士，用扩音喇叭放超度亡魂的经文，声音在整个山谷里回荡，特恐怖，就好像要让所有人知道，这里有人死了。

整个山谷里都是喇叭放出来的超度亡魂的声音，我那时二十多岁，心里还是会发怵。我就安慰自己，你别理他，然后继续写我的小说。

我记得夜里九点多的时候，外头是黑的，有人敲我的窗子，我就想应该是P君来找我，他有时候会骑摩托车走山路来找我，带瓶高粱酒，我们就喝点酒、抽烟，继续谈文学。

所以我抬起头来对窗外嫣然一笑，不是我跟P君有那种基情，就是哥们儿，很调皮。我就笑一下，觉得你装神弄鬼干吗，然后继续写。

可是，写完了一个个段落，已经过了15分钟、20分钟，还是没有人进来。我想大概是风吹的，弄错了。那天到了十二点，超度亡魂的经文声还在山谷里飘荡。我对地藏菩萨拜一拜，就躺下来睡了。

2

接下来发生的事情，我一直都不确定，虽然已经过去了二十多年了，我仍不确定到底它是一个梦，还是真的发生的事情。

我躺下睡觉的时候，感觉有一个五十岁左右的中年男人，打开我的房门进来，一进来的瞬间，他反手就按了日光灯开关，房间顿时就亮了。然后，他转身坐在我的书桌旁边，在看我写的小说。如果说这是一个梦，可是我却记得我整个人是坐着的，我是坐在床上看着他进来，然后转身坐到书桌上的这一切动作。

我对这种入侵特别愤怒，他等于是双重侵入，第一，他跑到我的房间来了。第二，他没有经过我的允许，就去翻我写的小说。我们那个年代特别奇怪，现在是你写了一点文章，就赶快PO到网络上共享，希望大家都看到。我们那个年代不是这样，写的稿子除非发表了，否则会觉得没经过允许就不能给别人看见。

我后来回想，他就是那天死去的人的鬼魂。因为空气中有种湿淋淋的感觉，他好像是湿淋淋地走进来。他可能是刚死，他不知道自己死了，他的鬼魂就在山谷附近晃啊晃，晃到草坪那边,看到有一个房间的窗子有光,他就飘过去,大概发出了一些声音。房间里的那个胖子,抬头对他嫣然笑了一下,所以这还不止基情哦,变成"人鬼之恋"了。所谓"一面深情",就产生了一个悬念、一个惦想,他就跑进来,好奇想看我那么专心地在写的是什么。

我那时候太年轻了,缺乏经验和教养,对于陌生的事物能够产生的反应,只能是愤怒。我就转身对着我背后的地藏王菩萨,怒斥他:"你他妈我每天拜你,你却不保佑我。"

说时迟那时快,我现在描述起来好像要花一点时间,但其实这一切大概发生在不到1%秒,很像电影《第五元素》演的那样,外太空有一个杀手卫星,突然"啪"地就从外太空射下了一个镭射光束。顿时,我的整个脸皮、整个眼皮全部在光曝里面,有整片金色的光从很远的外太空垂洒下来,然后又"倏"地收回去了。我闻到了空气中有一种像动物皮毛被烧焦的味道,然后什么都没了。接着我就迷迷糊糊睡着了,或是说这些只是我梦中发生的事情。

第二天早上醒来的时候,我全身都湿透了,全身大汗。那一整天我都恍恍惚惚的,到底只是一个梦,还是昨天真的发生了这件事情?

我有一种感觉,我好像有个像启动核弹那样的按钮,我好像只不过转身骂了一下地藏王菩萨,就把那个按钮按下去了,就立刻让那个鬼形貌瞬间溶解了、蒸发掉了,整个就不见了。

那一整天我感觉到说不出的怪、说不出的不舒服、说不出的别扭。我那天照常到图书馆,又遇到P君,我就跟他讲了昨天晚上发生的事情。

P君平常是一个非常温柔的人。那天，他却大发脾气，把我痛骂一顿。我自己还半信半疑，觉得可能只是一个梦，但是他完全相信我讲的，我去按了那个核爆按钮，把那个鬼给瞬间焚烧，蒸发不见了。他非常生气地跟我讲，这个鬼就算犯了错，也只是进你房间看了你的小说，他罪不至死。

他跟我较真了。他的意思是说，这个鬼只是侵犯了你的个人空间，让你不舒服，但你何须动用神佛之力，让他整个灰飞烟灭。这件事发生在我二十多岁时，我现在五十岁了，它其实成为我人生中，或者我写小说时一个很重要的教训。

我自己在想，P君可能内心不敢面对自己是同志这件事，他好像是这个人类社会的怪物，或是边缘者、异类、他者。所以在我们同样二十多岁时，对于那些因为视对方为他者、为妖怪、为威胁，而动辄用巨大的力量，把对方摧毁歼灭这件事，他会从心底感觉你踩到了他最柔软的部分。

3

在这个故事里面，如何理解、同情他人之痛苦，如何思辨我与他者之间的关系，其实是二十世纪小说非常重要的一个课题。

上世纪八十年代，我念大学的时候看过一部科幻片，那是一部永远没有办法超越的科幻神片，叫《银翼杀手》。2017年出了一部续集，《银翼杀手2049》，我觉得在哲学性上远远不能比。

《银翼杀手》提出了一个设定，是说未来时代，你身边所有看起来跟你长得一模一样的人，可能都是人造人、机器人，只是跟你一样贴着人皮，而且被输入了人类的情感与记忆。

主角瑞克·戴克的职业是银翼杀手，他的工作是要在这些长得一模一样的人中，辨识出谁是人造人，然后把他射杀掉。

在这部拍于一九八〇年代的《银翼杀手》里，有两个重要的辨别法则：第一是测试你有没有抒情诗的能力，第二是测试你有没有说笑话或听得懂笑话的能力。在这部电影里，这两个法则确定了一个人"何以为人"。

这些人造人集团，他们是叛军，是藏匿在我们正常人类中的妖怪。他们的首领是一个最完美的创造物。这个人非常强大，他跑去当时制造他和其他人造人的大楼总部顶楼，找到制造他的博士。电影里这是一个非常经典的画面，这个人造人跟他的父亲、他的上帝作哲学辩论。

这些人造人的设计有缺陷，他知道自己的线路有缺陷，生命会终止，他就跟这个博士作各种讨论，两个人像高手在下围棋。博士告诉他说：回路外接或者电子方式，我们都想过，没有用，挽救不了你的生命。

这时，这个人造人的首领说了一句话，他说：我将要做一件令人困惑的事。这是尼采说的话。然后他把博士的头捏爆，等于他把制造他的上帝杀掉了。

这部电影里另外一个让人很惊悚的地方是，博士有一个女秘书，是我看过的好莱坞电影里最美的女主角，这个女主角叫瑞秋，美不可言。男主角瑞克·戴克当然对她产生了荷尔蒙冲动，喜欢上了她。

博士有一次让瑞克·戴克测试这个女生。瑞克·戴克问了她五六百个问题，然后说：好的，你可以离开了。

博士进来的时候,瑞克·戴克对博士说:我非常惊讶,她竟然是人造人。

博士也非常惊讶,问瑞克·戴克:你通常会问几个问题?

瑞克·戴克说:我通常会问一百个问题,就立刻知道对方是假的,不是人类。但是这个女生,精致到几乎和人类完全一样,我这么顶尖的银翼杀手,要问五六百个问题,才知道还是假的。

银翼杀手瑞克·戴克回到他的住处时,瑞秋逃亡了,躲到他的家里,两个人有一番荷尔蒙的状况。瑞克·戴克对瑞秋说:你是假的。她不承认,她不相信自己是假的。他说:那你记得你四岁那年的事情吗?

瑞秋说,她记得四岁那年,她跟她的哥哥在谷仓里面,小孩子间天真无邪地玩医生跟病人的游戏时,她哥哥压着她,她抬头看到上面的谷仓,光从破碎的隙缝垂洒进来,有一只母蜘蛛,生了一个蛋,蛋裂开来,有上百只的小蜘蛛跑出来,把那只母蜘蛛吃掉了。

瑞克·戴克非常惊讶,对瑞秋说:我们并没有输入这一段记忆到你的档案里。也就是说,判断人造人跟人类不一样的一个重大法则——抒情诗的能力,瑞秋已经具备了。

我想讲的是电影的最后一刻,瑞克·戴克去追杀人造人首领,但是这个人造人太强大了,他们在纽约的高楼上追杀,后来猎人和猎物之间的关系完全颠倒过来了。瑞克·戴克有一只手的手指头被人造人首领掰断了,枪也被夺走了,变成他被猎物追杀。

其中有一幕,瑞克·戴克逃逃逃,从空中跳到对面那栋楼。他已经受伤了,他跳过去的时候,就用被掰断的那只手仅剩的手指抓住阳台边缘。然后那个满头银发的非常帅的人造人首领，发出像猎豹一般的嚎叫，他轻松地跳过去，站在瑞克·戴克的上方。

依照好莱坞电影的惯常做法，你会习惯性地知道，天哪，他一定会用鞋子来踩瑞克·戴克抓着墙沿的手指，让他掉下去摔死。但是并没有。那时候天下着滂沱大雨，这个人造人首领做出一个非常让人惊讶的举动，他伸出手把瑞克·戴克托举起来，放在他旁边。

在滂沱大雨之中，这个人造人首领对瑞克·戴克说了一段非常诗意的话。他说：我曾经目睹过你们人类一辈子不可能看见的奇景，我曾见过战舰在猎户星座旁中弹熊熊燃烧，我曾见过 C 射线在幽暗的宇宙空间闪烁着穿过唐怀瑟之门。然而所有的这些瞬间都将湮没于时间的洪流中，就像泪水消逝在雨中。死亡的时刻到了。

他说完后，把一个原先刺在他手腕的铁钉，也即电路衔接给拔掉了。其实这是存在主义讲的，人类唯一可以对抗上帝荒谬的方式，就是自杀。

这个人造人首领，做出了这样一个动作，意味着当人类把机器人判定为怪物，是由我们造出来的，并成为威胁我们的工具，当失去作用时我们会把他们抹掉、踢出我们人类族群的时候，他却把这一切全部颠倒了，全部否决了。

我觉得这是关于他者，最棒的一个故事。

一件很小很美的事

1

这是雷蒙德·卡佛的一篇短篇小说,名字叫《一件很小很美的事》(大陆译作《好事一小件》)。故事讲一个叫安妮的年轻母亲,到城里购物中心一家面包店跟面包师傅订了一个太空船造型的蛋糕。下个星期一下午她会过来取,因为那天是她儿子的生日。她留了电话就回去了。

到了下个星期一早上,那个男孩和一个同伴一起走路上学,结果小男孩被车撞了。撞了以后小男孩看上去没事,只是有一点点被吓到。回到家里还跟妈妈说他被车撞了,接着他就在沙发上昏迷了。

这对年轻的父母很着急,把小男孩送到医院。医生对他们说没事,检查之后判定是轻微的脑震荡以及休克。这对年轻的父母非常像雷蒙德·卡佛笔下常写到的美国小镇上的男男女女。他们都带着一种刨墓穴般的干燥的、轻微的愤怒,轻微的忧郁,还有茫然。

他们当然很担心孩子一直醒不过来,他们也不全然相信医生说的。但是整个医院里来来去去的、在病床间走动的这些医生、实习医生还有护士都对他们说，没事的，没事的，这个男孩只是处在一种深度的睡眠中。

他们两人轮流陪着看护这个男孩，一人在医院看护时，另一个人会回家去，回去喂狗，然后淋浴，或者稍微休息一下。他们住的是美国郊区独栋的房子。一开始丈夫回去的时候，他接到一个陌生男人打来电话说，你忘了你订的蛋糕了吗？丈夫以为是恶作剧电话，就很不友善地挂掉了。接着等到太太安妮回到家里的时候，这通电话又响了，一个陌生男子的声音，有点像希区柯克的电影。他在电话里说，你的史考特我已经准备好了，你忘了吗？说完就把电话挂断了。

安妮当然非常恐惧，以为是医院打来的电话，她赶快回拨到医院去。丈夫告诉她，没事，一切还是老样子。男孩还在熟睡着。她哭了起来，告诉丈夫有这通怪异的电话，丈夫安慰她说，没事的，这就是酒鬼或者神经病打来的。

等到她回医院之后，没过一会儿，男孩突然醒了过来。但是只醒过来一两分钟，然后男孩突然两眼紧闭，发出号叫声，直到肺里没了气，然后张着嘴死掉了。

医生安慰他们，对他们说，这是一种百万分之一的概率才会出现的疾病，叫作隐性脑栓塞。然后医生开始安排验尸的程序。

他们当然悲不可抑，十分惊恐、愤怒，最后他们无比疲惫地开车回家。到家后，那通怪异的电话又打来了，电话里说，你们的史考特你们忘了吗？我已经准备好了。然后又挂掉了。

这个奇怪的电话不断地打来又挂断，他们非常愤怒，非常悲伤。他们听到电话那头背景声有轰轰的机器的声音。突然，安妮想起来了，是那个面包师傅。他们立刻开车冲进购物中心。但那时已是深夜,所有的店铺都打烊了。他们敲门,拼命敲门,面包师傅开门让他们进去。这个时候,安妮简直想杀了这个面包师傅。

面包师傅说,你们订的蛋糕已经放了三天了,你们如果还要的话,我可以半价卖给你们。别惹事,我只是个面包师傅,我每天要工作16个小时才能勉强糊口。别惹事,我要进去烤面包了。

这时候安妮对他说:我的儿子星期一被车撞了,他已经死了。她看着这个面包师傅说:你真无耻。

小说里接下来的那段文字大概一千字,是我读过的小说里最美的一段场景。

这个面包师傅把擀面棍放在工作台上,把围裙解下来,也扔在工作台上,他在那里站了一分钟,看着他们夫妻俩,眼神痛苦、呆滞。接着他从那个堆满了报纸、账单、电话簿的混乱的桌子下面抽出一把椅子,对他们说,请坐。他又走到前面去,拉出两把铁椅子,跟他们说,请坐、请坐。接着他倒了两杯黑咖啡给他们,对他们说,我只是一个烤面包的。很多年前我并不是这样的一个人,当然无法用这一切来为我所犯的错找借口,我非常地悲痛,你们孩子发生的事情我非常抱歉,我也非常抱歉我在这个事件中扮演了搅局的角色。请两位能否赏光尝尝我烤的面包,在这个时候能够吃我烤的热面包,是一件很小很美的事。

接着他端出刚烤出来的热烘烘的肉桂面包,又在桌上放上黄油和刮黄油的小刀,他说:请吃吃看,请吃。

面包店里非常地暖和。安妮的丈夫把大衣脱下来,坐在椅子上,他们当然还是非常悲伤,但是安妮突然觉得好饿,她把面包塞到嘴里拼命地吃起来，面包又热又暖。她咀嚼着面包，竟然停不下来。面包师傅说，吃吧。他又拿出有糖蜜和谷粒味道的香酥黑面包给他们。他们拼命地吃着，他们一边吃着一边听面包师傅站在那儿跟他们讲，他的人生多么地疲惫，多么地孤独，以及对于这个世界多么地茫然。

面包店里的灯光明亮得如同白昼，慢慢地窗外的天光也亮了起来，已经是早晨了。但是他们浑然不觉，也一点都不想离开，只是坐在那儿吃着热烘烘的面包。

雷蒙德·卡佛这样一篇小说《一件很小很美的事》，我读的时候非常感动，它使我产生两种不同的感触或感受。

第一个感触或感受是，我们不要随意在他人的伤口上面撒盐，我们不要无意义地羞辱、伤害别人。这也是现代西方小说一直在面对和处理的一个看似很小、很不重要、很细微末节的小课题，但其实处理起来难度是非常大的。

2

我记得小时候我们家里穷，我们家住在永和，我母亲为了省钱，每个礼拜会带着我和我姐姐到台北市西门町附近的中央市场买菜，它是一个大型批发早市，蔬菜、肉鱼都非常便宜。那时候姐姐上小学四五年级，我是小学一二年级的小屁孩。我母亲会拉一个菜篮车，叫我们两个在菜市场的一个角落守着菜篮车。我母亲就去不同的摊位买菜，一次用提袋买一些肉和菜等，然后过来我们这个定点，把菜放在菜篮车里，直到买够一个礼拜的菜。我跟姐姐在那边等我母亲，会等一两个小时。

有一次，在我们旁边有一个社会底层的妇人，一个胖胖的、黑丑的妇人。她在菜市场临时帮别人推车，你给她一点钱，她可以帮你推车。从外貌看，她长得非常难看，她的脸很像卡通片里的河马。

小孩有一种属于小孩的残忍，姐姐对着我说她的坏话。小孩子好像有这种恶趣味，因为对小孩来讲，看到旁边一个人长的是直立的人的形状，可是她的头、她的脸像卡通片里的河马。姐姐一直在描述，这个妇人长得如何像河马。我们是外省人，用普通话说的，我们觉得这个阿姨听不懂我们讲的普通话，姐姐觉得她讲得很小声。

但是万万没想到，过了20分钟还是30分钟，突然，这个妇人转过头来用愤怒的语气痛骂我们：你们了不起吗？你们长得很漂亮吗？你们是有钱人，你们很棒，我长得很丑，是不是？

她这样把我们痛骂一顿，姐姐当然吓得脸色煞白，她还是个小女孩，我是个更小的小小孩，我们两个一起呆立在那里。虽然我那时候才那么小的年龄，但我有一种不是觉得我们被攻击的、害怕的感觉，而是一种非常巨大的羞愧、非常巨大的羞辱。

那时候我年纪太小，我没有办法，如同刚刚那个故事里的面包师傅，我没有办法修补因为无知而对对方造成的创伤。

3

关于《一件很小很美的事》给我的另一个感触或感受，我想讲一部美国二十世纪销量达千万册的作品，即塞林格的《麦田里的守望者》。我们通常把这本书当成一部启蒙小说。

主人公是一个叫霍尔顿的青年，美国"愤怒的一代"的一个代表人物。他被所在的高中开除了，他叫作砍斧头，其实是被退学了，他父母还不知道。整部《麦田里的守望者》就是讲他被开除后离开学校，偷偷溜回家的这一段路程，像一部公路电影，讲主人公在路上的故事。这个故事是以十六岁的中学生霍尔顿的视角讲述的，他是一个很爱骂脏话的人。他讲着他遇到的各种人，但是你会发觉很像我们今天。一九五〇年代的美国的纽约、美国的霍尔顿，《麦田里的守望者》的主人公霍尔顿所看到的世界，跟我们今天在北京、在上海这种经济起飞、一切向前看的城市，所看到的是同样的世界，还遇见各式各样的人，所有的人都好像有某种势利，不理会别人的创伤，可是自己又遭受某种创伤，所有的人都在粗鲁地对待着对方。

在被退学回家的途中，霍尔顿还去嫖妓，但其实他不是真的要嫖妓，他只是想跟妓女聊聊天，但结果被她们讹诈，最后被拉皮条的痛打了一顿。他遇到出租车师傅，出租车师傅也是很粗暴地跟他讲话。他遇到那种就像我们现在在北京、在上海会遇到的一些很时髦很漂亮，想往上爬的拜金女，她们也跟他讲话，都是一些非常没有灵魂的话。他好像对这个世界充满了咒骂，好像是一个总在骂脏话的秽语症患者。但是在《麦田里的守望者》中，他有一段非常经典的话，有个女孩问他，你这样子浑浑噩噩，你将来到底要做什么？

霍尔顿说：我想象有一整片麦田，麦田的尽头是一个悬崖，我想去做一个麦田捕手，我想去做蹲在悬崖边的那个人。有很多小朋友在麦田里玩耍，如果有哪个小朋友脱离了人群，从麦田里冲出来，这时候我会拦住他，抱住他，不让他从悬崖掉下去。

我觉得霍尔顿其实很像我们现在遇到的各式各样的人，像我遇到的很多哥们儿，好像大家都充满咒骂，大家都被世界以不同的、难以言喻的方式伤害着。于是大家碰到一起的时候，就会有一种敌意，无法讲清楚那些自己所遭受的伤害，流淌至今的生命河流是怎么回事。

《麦田里的守望者》的结尾，霍尔顿回家了，见到他的妹妹，一个叫菲比的非常可爱的小女孩。塞林格非常会写这种十岁左右的小女孩。菲比从年龄上看是小女孩，可是内在却是一个非常成熟的女人，性感，高贵，有教养，灵魂非常慈悲。这小女孩知道他被退学了，就一直跟他说，你惨了，爸爸回来会杀了你。

霍尔顿也很会逗她，他觉得他妹妹太可爱了。后来他又对妹妹说他要离家出走，去西部流浪。他跟妹妹借钱，妹妹就真的把自己偷偷存的小猪存钱罐里的钱，一个小女孩所能存下的所有的钱，全部塞给他。

然后，霍尔顿离开了家，小女孩非要跟着，她其实想跟哥哥一起去西部流浪。她说，我不是要跟着你，所以她就走在马路的另一头，远远地跟在后面，好像小女朋友在生男朋友的气一样，都不跟他讲话了。霍尔顿觉得他这个妹妹真逗。后他们来到一个公园，公园里有一个旋转木马。旋转木马现在都被很多广告片或偶像剧用滥了，这个符号对我们来讲其实就是一个资本主义的符号，但是你看一九五〇年代《麦田里的守望者》里那个旋转木马。妹妹坐上旋转木马，这时候天开始下起雨来，慢慢变成滂沱大雨。旋转木马不断旋转，但坐在旋转木马上的小朋友会以为他们的马在往前跑，所以他们会想办法去抓马前面的金圈圈，其实他们永远抓不到，因为他们坐在旋转木马上，马只是绕着轴心在原地一直旋转。《麦田里的守望者》中那个画面是，霍尔顿看到他那么可爱的妹妹，向前探着身体跟其他小朋友一起尖叫着，要去抓那个金圈圈。

这部小说就在这样一种雾蒙蒙的、雾中风景般，创伤的人无法言说自己创伤的景象中结束。

霍尔顿泪流满面，他说，你不知道，我有多感动。

结语

《麦田里的守望者》这部小说对我来讲很像雷蒙德·卡佛的《一件很小很美的事》。有许多好的小说（比如沈从文的小说），其实在描写这一百多年来，在人类无法承受的恐怖、噩梦和哀痛中，在神遗弃我们而去，找不到一<u>丝丝</u>救赎可能的时候，却能够在小说的结尾出现一件很小很美的事情，而救赎了听故事的我们。

溜冰的故事

1

我十五岁的时候，初中升高中没考上，进了重考班。我进重考班的那一年交了一些所谓的坏朋友，就是整天只知道抽烟打架的小混混。我跟他们混在一起，荷尔蒙过剩就打架，我自己也不晓得那有什么意义。

那个时候我最要好的哥们儿是一个高个儿的帅哥，他的家庭背景跟我不太一样。在三十年前那个年代，大家都土土的，但是他会穿着很时尚的衣服。他还玩得一手好吉他，电吉他。他当时跟我讲了很多他的性经验，和我同辈的男生竟然有这么多与女孩交往的经验，对十五岁的我来讲是不可思议的，所以我很像是他的跟班这样一个角色。

台北有一条街叫罗斯福路，当年是很繁荣的一条大马路，八线道的大马路，路边有一家小小的卖吉他的店。这哥们儿会弹吉他，有一天他就带着我们进去了。我们走进去才发觉，这家店卖的不是流行吉他，而是古典吉他，店里摆放着一把一把古典吉他。这哥们儿就拿起吉他来炫技，玩指法，弹了罗大佑几首曲子的前奏，对于那个年纪来讲，在玩吉他的人里算是还蛮厉害的一些招式。

在这小小的空间里,有一个中年人坐在柜台那边,看起来非常潦倒落魄,他抱着一把木头吉他,不理我们,自顾自地开始弹了起来。他弹的曲子,比如说弹《罗密欧与朱丽叶》,或是弹台湾的民谣小调《望春风》,是古典的弹法。我很难描述听他弹吉他的感觉,就好像进入到一个佛经的世界里。他弹奏的轮指法或是颤音,旋律像是浓稠的金黄色糖蜜,好像把整个空间都包裹在一种浓稠的、异态的状态里,我整个人听得迷醉了。他可能有点想教训我们这两个小瘪三的意思,我内心对他产生一种徒弟崇拜师傅的情感,对他无比赞叹。

后来我自己又跑去这家吉他店,跟这个看起来很落魄的中年人聊天,他是个非常愤世嫉俗的家伙,他跟我说,我那个朋友不行,叫我少跟他混在一起。我后来才知道他的哥哥当年是台湾一九八〇年代非常有名的古典吉他演奏家,叫苏昭兴。他叫苏昭文,但是他就是很颓废的样子,没有成名,怀着一手吉他绝技的他就像武侠小说里写的隐士高人。

有一次,他提议免费教我学古典吉他。对我来讲,我根本不知道我身上有什么气质,让他想要收我为徒,因为他好像是没有徒弟的,他是一个很孤傲的家伙。我每个礼拜去,他就教我,但是我觉得非常无聊,我以为学吉他是像我那个朋友在玩民谣吉他或者玩这种古典吉他,左手很厉害,轮换各种键,不是的,他叫我每天用右手的三个指头一直重复弹吉他的尼龙弦,叮咚叮咚,重复一个礼拜,非常无聊。我那时候鬼混,根本没有耐心,到了每个礼拜要去见老师的那一天,我才很紧张,抱着吉他叮咚叮咚弹两下,我不觉得练叮咚叮咚跟没练过有什么差别,但是他一听就知道我根本在鬼混，非常愤怒，会痛骂我，觉得我太让他失望了。大概三个月后，他估计觉得我是废柴，不行了，我每次去之前还要把身上的烟味稍微挥掉，后来我自己也不敢见他，我就没有再见过这个老师了。

2

一九八〇年代的时候，有一段时间非常奇怪，出现一种现象。台湾是南方小岛，几乎几十年没有下过雪，冬天基本上河面不会结冰的。我读重考班的那一两年，台湾突然很流行滑冰，到处都开起了冰宫。大陆的北方，冬天到了湖面就结冰了，拿冰刀整一整冰面，就可以当溜冰场。台北的冰宫通常是开在百货公司里的一层，地面上装一种大型冷冻管，类似冰箱冷冻室的冷冻管，把整个地面冻结成冰面。

那个年代世界上没有网络，没有网咖、网吧这些东西，青少年没地方鬼混，没地方发泄他们青春期社交的欲望。所以冰宫通常会有像我们这种不良少年，还有一些比较差的学校的不良少女，我常跟这群哥们儿去冰宫鬼混，那个时候是可以在公共场所抽烟的。

冰宫里头是一个封闭空间，我们会花一点钱租冰靴。因为冰靴来来去去太多人穿，其实都很臭，都湿湿的，泡得烂烂的，自己穿的鞋子放在鞋柜里。我们还遇到过溜完冰回去发现鞋子被人家穿走了的情况，然后我们就去拿别人的鞋子穿着，就是这样乱七八糟的。

我们这一群人有七八个，很像飙车族，因为我们混这个冰宫混了蛮长一段时间，掌握的溜冰技术比那些男孩女孩多，溜得比他们好，所以我们就很嚣张，在冰池上呼啸而过。我们溜冰的方式很像竞术溜冰或打曲棍球的溜法，两手剧烈摆动，斜侧，在人群中穿梭，溜过去。有的人还故意耍宝，叼根烟在里面冲冲冲，有时候会来一个溜冰侧刹，就会把冰面上的冰碴溅到那些小太妹身上，她们就会尖叫，我们觉得特别爽。

冰宫本来放的音乐都是一些那个年代迈克尔·杰克逊的舞曲或者闪舞，就是放着舞曲，灯光是那个年代舞厅里比较粗陋的、舞台灯旋转的灯光。可是每天固定在下午五点的时候，音乐就变了，变成《天鹅湖》这样的古典乐，灯光也会变，不再是舞台灯光，而是变成镭射灯光、摇滚的闪光灯。所有的人都安静下来了。我们这几个本来很臭屁很厉害的流氓，大家就滑到池边靠着栏杆，很不爽。因为冰团要开始训练了。

这个冰团有七八个人，只有一个男生，其他都是女生，很像虚竹和他灵鹫宫的侍女。他们好似天鹅飞行，降落到这个湖泊，所以我们这些赖皮、烂鸭子就全部靠到一边。他们开始做那些远超出我们的水平的动作，像平常在家看花式溜冰比赛看到的那样，当然没有那么厉害，他们开始很优雅地做花式溜冰的动作，腿轻轻地一踢，就非常优雅地滑动起来。

这里面最厉害的是那个男生，那个男生简直就像小王子一样，他的技艺比旁边的六七个女生都厉害很多。他会一开始就做出连环的二转跳，当然可能还做不到三转跳，做二转跳时，他会蹲下来，像打陀螺那样，腿拉伸举到头顶旋转。你会觉得很美，很像神的技艺显现。我们就像那种赖皮，在那里抽烟，看着他们非常不爽，因为他们实在是太强了。

有一次，我在路上遇到那个像神一样的滑冰少年。我发现他原来是个烂学校的学生，而且他理个平头，没有穿溜冰靴时个子比我矮很多。可是不知道为什么，他掌握了滑冰的技艺，在冰池上，他会展现出神一般的形态。

后来有一天，一个跟我现在这个年纪差不多的中年人跑来跟我讲，他是这一群很厉害的少年和少女的教练。他说他观察我们这一群小混混很久了，他觉得我跟我那些朋友不一样。我不知道为什么他会这样讲，也许他跟每个人都这么讲。他说我们溜冰的方式都是错的，他建议我可以跟他买一双初级的花式溜冰专用溜冰靴，六千多块，对一个十五岁的孩子来说是蛮大的一笔钱。他还说他愿意教我花式溜冰的基础动作。于是我回家跟我母亲讲，我现在回想，在我青少年的那段时期，家里其实没有钱了，但我母亲好像很宠我。她在想我都是跟这些坏蛋在学坏，现在说要去学溜冰，她觉得这个还比较靠谱。她就真的拿了六千多块给我，所以我跟这个教练买了一双初级的花式溜冰靴。

那是一个非常枯燥的训练过程，我要一直重复地做一个很呆笨的动作，我甚至不敢给我的哥们儿看见。冰宫每天晚上九点半关门，我大概是八点半买票进去，那个时候大家都回家了，整个冰池里没有其他人，我就一个人照着这教练教我的基本动作，非常单调地蹲大腿，而且还做出对我那个年纪来讲很娘炮的动作，屁股要向后翘起来，两手要往外张开，摆出莲花指，我绝对不敢给我哥们儿看到我做出这么娘炮的动作。可是这些是花式溜冰的基本动作。本来像我这种乱溜，流氓式溜法的时候，捡冰也很会捡，后溜的捡冰也会，但是他却叫我从头做出各种像蹲马步这样的基本动作。

有一天，整个冰池里只剩下我一个人，灯光白亮，冰池就显得很空旷。我试着溜起来的时候突然发觉，练了一个多月的基本动作后，确实我享受到跟以前那种流氓式溜法、飙车式溜法不一样的感觉，以前那种看起来大幅度挥舞地这样跑跑跑，跑动的距离其实没有那么远，可是现在我突然很像我们看到的冬季奥运会的溜冰选手，当然不是做多么高级的动作，我只是轻轻一滑，就可以在冰面上非常快速地滑动，有那种御风而行的感觉，看起来动作非常地轻盈而优雅。我可以感受到晨风吹拂着脸庞的感觉，非常地舒服。我这样捡冰，换着正溜、倒溜，非常舒服，但我还没有学跳跃这些比较高难度的动作。

但是我在做这些动作的时候，我突然发觉那个小平头，冰团里的那个小王子，两只手插在胸前，看着我做这一切。看了看之后他就下来了，他一下来我当然就乖乖的，带着弱者面对强者的自觉，我躲到一边，他就开始像在比赛一样，旋转，然后哪哪哪地跳，两转跳，跳出三圈，就是他平常在下午五点钟带着他的那些师妹做的动作，他做出更高难度的、美不可言的动作，我站在旁边看着，整个人都看呆了。

这个家伙在展现出他掌握了溜冰这一技艺的时候，我完全能看到一种神乎其技的美感。他在冰池上不断地飞旋，最终他动作做完，旋转，然后停下来。他看起来很害羞，他停下来，溜到冰池的旁边，踩着冰刀踩踏地走路的时候，我竟然不自觉地、非常滑稽地鼓起掌来。

3

后来到我二十多岁开始练习写小说的时候,这个冰宫就倒闭了。台湾有很多像冰宫这种如雨后冒出来的蘑菇那样突然出现的流行产业,比如泡沫红茶,比如葡式蛋挞,有一阵子很多人排成长龙都在买。过了一两年潮流一退,所有这些商铺全都倒闭了。那个时候,台北市百货公司就开了十几家冰宫,各个二线城市一定都会有三四家冰宫,青少年在里头聚集、把妹,甚至成为不同学校的男生约打架的地点。杨德昌的电影《牯岭街少年杀人事件》中,他们那个年代好像大家是去地下舞厅,可我们那个年代大家都约在冰宫。但是过了两年,突然之间,这些冰宫像变魔术一样全部消失了,全部倒闭了。所以我也不知道我当年曾经在那个冰宫短暂地看到拥有神一般溜冰技艺的男生,没有地方给他溜冰了,他后来去哪儿了?

这个冰宫倒闭之前,这个教练又跑来骗我,说他看到我进步很多,他现在要教我新的技艺了。但是原先我六千多块一双的溜冰靴只是初级的,冰刃前面有一个锯齿,没有办法跳。他要我再买一双一万五的溜冰靴,就可以练跳跃。我母亲就真的拿了一万五让我再去交给这个溜冰教练,买一双可以让我进阶的溜冰靴。但是那时我根本不知道这个冰宫快要倒了。当我把一万五给了这个教练之后,这个冰宫就倒了,我也见不到那些像虚竹、像灵鹫宫的仙女姐姐的那些男孩女孩了。结果我催讨无门,后来是我母亲想尽办法打听到教练的哥哥的电话。我母亲平常是一个慈祥温和的人,可那次她打电话给对方的时候,我突然看到她变成一个好凶恶的大妈,我没有看到过我母亲像母狮子发火那样恐吓对方、骂对方。教练的哥哥跟我母亲道歉，说他弟弟有喝洋酒的习惯，爱买那些很贵的XO洋酒。所以，这是我看不到的另一面。

这件事情对我后来有一个很奇妙的影响，我前面提到的古典吉他的教练，以及这个花式溜冰的教练，他们在我十五六岁还是一个鬼混青年的时光，教了我一件事情，即无论任何艺术，它绝对不是只靠天才就可以一步登天，它绝对都要像运动员每天要持续地进行拉筋、重力训练那样，从非常枯燥的基础训练做起。舞蹈家每天要重复几个小时非常无聊的劈腿拉筋，或者大陆跳水选手奥运会比赛的时候，就那么一秒钟进水，跟世界其他最顶尖的跳水选手比，他压水时完全没有一滴水花溅起来。这种像神一样完美的杰作，其实是靠十几年重复训练枯燥的基本动作练成的。这一教导，让我在后来二十多岁学习写小说的时候，变成了是用运动员的姿态在面对写小说这件事。我不相信写小说是靠天才才可以写的，还是要不断地练基本功才行。

4

前几年，距离我十五六岁的三十年后，我在香港一所大学驻校三个月，那一年的三月到五月，正值香港的梅雨季节。虽然我是从不远的台湾过去的，但是我非常不适应，空气很湿，湿到让骨头都发霉、长蛆那种感觉。所以我忧郁症复发了，整个人非常不舒服。

有一次我去旺角，旺角有非常多的大楼，像巨人一样矗立在香港窄窄的街道，可是巨人脚踝的部分全部腐烂了，大楼的底部都是一些很破烂的商家店铺。我记得我好像是坐电梯到九楼，电梯很窄很旧。九楼有一家按摩店，一个封闭的空间，里面黑黑的，环境气氛好像很高雅。那个时候我身体非常酸痛，去那里按摩。按摩店的柜台是一个印度女人，非常优雅，讲的是英文，她安排了一个阿姨给我按摩。按摩阿姨是从大陆过来的，可能是平常来按摩的客人都是香港人，讲广东话，跟她语言不通，她大概觉得我是难得的会讲普通话的客人，特别聊得来，所以她一边帮我按摩，一边和我聊天。

她就讲她是从东北到香港来打工的，我突然听到她是从东北来的，那时候我不认识东北人，我非常兴奋，我就说你从东北来的，你应该很会溜冰。因为我练过，我青春期虽然像一场梦一样，事实上台湾现在几乎没有一家冰宫了，可是我曾经在青春期的一两年内，很认真地练过花式溜冰，不是一般的乱溜，而是基本动作做得很严格的花式溜冰。她说，我们东北人当然很会溜冰，我走路都走不稳的时候，我哥哥他们拿两根铁条放在冰面上，铁条上放一块木板，把我扔在木板上，就会滑冰了。

我一个台湾人，在香港旺角烂脚楼的顶楼跟一个东北来的阿姨聊起溜冰，那种快乐，我记得很清楚。

后来我的忧郁症又发作了一阵子，我所在的大学旁边有一家很大的 Mall，叫作又一城。我在又一城里感到很闷，因为我抽烟，但各处都不允许抽烟，我就待在咖啡屋里，抽烟的时候要出来走非常远，到很巨大的 Mall 的外头才可以抽烟。香港人的节奏很快，彼此不太讲话，我感到很忧郁。

结果突然在三楼还是四楼，我发现有一个冰池，它跟我记忆里青少年时台湾的那种冰宫不一样，台湾的冰宫很像脏旧的马戏团，整个封闭在比较小的空间里，把百货公司的一层楼封起来，里头龙蛇混杂，青少年鬼混、热舞、电舞，大家在那里抽烟，有点像马戏团的感觉。可是我在香港又一城商场看到的冰池，是开在很大的室内空间里面，是一个开放的、很优雅的空间，灯光很恬静，旁边还有咖啡屋和酒吧，有些人在约会聊天，都是上班族、白领阶层。

我充满了怀念，因为在三十年前，我也是一个会花式溜冰的人，所以我趴在栏杆旁边，看着里头那些香港女孩溜冰。她们的身体很漂亮，她们穿着很正式的冰舞服，有点像芭蕾舞裙。她们穿着很漂亮的白色溜冰靴，她们的动作也非常优雅，不过她们讲的是广东话，我听不懂。教练在教她们做基本动作，她们技术也很好，轻轻地滑动，换花式地做一些画圆圈的动作，一切都在流动着。我那时候有种冲动想去租一双靴子，我已经三十年没溜了，我想租一双靴子，踩上去，溜一下，感受一下久违的滑冰的感觉。我刚讲的十五六岁的我还是个瘦子，但是如今五十岁的我已经是一个胖子，我很怕我穿上溜冰靴，一踩上去，整个冰面就咔咔咔裂开了，所以我还是不敢。

但是在那个礼拜，好像秘密地疗愈我的忧郁症一样，我每天都会到又一城，到冰池旁边去看那些美少女，她们溜冰的动作非常美，对我来讲是一种我无法言说的感受。香港的梅雨天，我自己有忧郁症，人和人之间好像弹珠台上的钢珠噼里啪啦撞来撞去，人挤人，可是我好像有这样一个天地，我可以看到这些美少女在这里溜冰，我觉得好疗愈。

有一天，我正在那里看的时候，突然看到一个穿着绛紫色衣服的大姐，她的动作笨拙，跌跌撞撞地冲到冰池上，跟冰池上那些穿着优雅的芭蕾服的香港女孩很不一样。我没有骗你们,她就是我在按摩店遇到的那个东北的按摩阿姨。她上去以后,"唰"的一声就开始溜起来,她的技术非常好,可是她没有受过花式溜冰的训练,所以动作很不优美,好像是横冲直撞。所以这些本来很像白天鹅的香港少女们纷纷花容失色地让开了,剩下紫衣服的东北阿姨,在冰面上,她真的做出跳跃两圈的动作,她快速地溜动,最后做出旋转的动作。

对我来讲,这是一个非常奇妙的画面。

奇怪的处境

1

我三十岁那年结婚。我的太太是我们系的系花,是中文系的大美女。在那个年代,大家其实特别穷,但是我那些哥们儿,大家结婚一定会"烧包",就是蜜月旅行,带着自己的新娘,比如说去捷克、布拉格,去巴黎,或者去马尔代夫,稍微近一点的,会去京都。

但我特别奇怪,我带着我如花似玉的新娘,去了大陆。我讲的大陆不是今天的大陆,是二十年前的大陆,那时候大陆还没有现在这么富裕和现代化。

那是我生命中第一次坐飞机离开台湾。我安排好了这两个礼拜的蜜月旅行,我先带着新娘飞南京,因为我是所谓的外省第二代,我父亲1949年跟着溃败的国民党军,从南京逃到台湾。所以我在南京还有一个同父异母的大哥,他大我二十几岁,我大哥特别苦命,出生才一个月,爸爸就跑了。

但我父亲并非那么无情无义。我父亲跑到台湾大概守了二十年,才跟我母亲结婚。所以那个年代,两岸开放,老兵返乡的时候,我父亲就是很典型的众多老兵中的一个,心里会怀着一种对于半世纪时光的愧疚感。他们其实自己也没有多少退休金，可是他们当时会把退休金兑换成美元，带回去给大陆这边的亲人。

我蜜月旅行第一站就是南京，我父亲托我带一些美元给我大哥。那个时候的南京机场，飞机降落后，从飞机里一出来，你会觉得，这个是机场吗？感觉好像还像农村一样，有很多机器拖车跑来跑去，还蛮落后。那个时候对我来讲也很震撼。

本来我们是住在秦淮河旁边一个叫状元楼的酒店。我大哥还有一些堂哥，他们都是老人了，是种葡萄的农民。所以酒店的门房不让他们进来，我还下去和门房说这是我亲人、我大哥。他们进到房间以后，我都不知道出于怎样的一种本能，我看到我大哥，一个老人，我就冲着他跪了下去，我太太也跟在我后面，对着我大哥跪下去。当时的场面非常感人。

后来这些老人带我们回老家，那时候还没有桥，坐汽渡轮，有个侄儿是开出租车的，我们就先坐破破烂烂的出租车，然后搭汽渡轮到江心洲去。那些老人做了很多菜招待我们，他们围着我和我太太，我们俩那时候还是年轻人，我三十岁，我太太二十八岁。他们讲那些话，我们全听不懂，他们讲着讲着就全哭了，想念老爷（我父亲在他们眼中就是老爷）。

在南京待了三天后，我们又要搭火车，坐一天一夜的硬卧到江西南昌，然后到江西山里面一个叫资溪的小地方，因为我一个最好的哥们儿，当时他在东莞的一个厂当副厂长，他娶了一个江西姑娘。他们那时候结婚，可是他没有台湾亲人过去，正好我时间刚好撞上了。所以我又从南京去江西资溪参加我哥们儿的婚礼，让江西他太太那边的亲戚觉得台湾也有亲友过来。我们在资溪待了不到二十四小时，然后坐一辆小巴，坐六个小时赶到南昌机场，再飞上海。因为对我们来讲，那个时候是第一次来大陆，所以一定要去上海看看。这中间因为我们没赶上飞机，所以本来我们计划在上海待两天，结果只待了二十四小时，这其中还种种赶时间，又塞车，特别惨。之后从上海再飞北京，在北京待了五天。

我到南京之前，那个娶了江西姑娘、在东莞当台商的哥们儿，那时候已经在大陆混了五六年了，他就很严厉地警告我，二十年前的大陆是什么样子。他说：你跟你太太绝对不要让别人一看就知道你们是台湾来的，你们要尽量打扮得破烂一点，你们要穿得破烂一点。那个时候南京还没有开发起来。

因为我那时候没来过大陆，被他讲得非常惶恐。我跟我太太就很努力地打扮，没想到我们打扮得太过分了，连我南京的大嫂看到我都说，小弟，你们台湾人怎么穿得这么差呀？你怎么穿得像乞丐？她就很热情地要带我去南京的夜市给我买衣服。

我太太娘家是做生意的，是个大户人家的小姐。每个女孩都期待蜜月旅行是一个很梦幻的旅程。而她跟我穿得像个乞丐公跟乞丐婆，这样一路下来，她都想跟我离婚了。我们到北京的时候人民币也花得差不多了，两个人还吵了一些架。

2

到了最后一站，我对她说，你看我们这次是不是二百五，就乱安排。如果是现在我绝对不敢做这种安排，在那么短的时间内，先飞南京，然后从南京到南昌，再从南昌跑到江西山里面的资溪，接着再回南昌搭飞机，然后到上海，再从上海到北京，真的很像在赶路、在逃亡那种感觉。

我们最后一站是香港。那时候我们非常疲惫，所以到了香港，飞机降落的时候，看到香港的万家灯火，就觉得香港真好。那时候我们本来安排好是到香港过圣诞夜，但其实我们身上已经没钱了。我太太那个时候真是年轻，美如春花。她行李箱带了够穿两个礼拜的、她最漂亮的衣服，就拿出来穿上，她穿一件长大衣，穿上高跟鞋，很漂亮。我太太是中文系的女孩，经常到台北"故宫"去看宋代的瓷器，特别迷恋汝窑、钧窑、官窑、哥窑这些瓷器。香港有一个景点，徐氏艺术馆，她一定要去参观。徐氏艺术馆的创办人叫徐展堂，他是香港非常重量级的收藏家。当时国民党带了大批国宝撤到台湾，汝窑在全世界可能不到七十件，像神品、神兽一样，是神物、神器。徐展堂手上有一些很好的钧窑、很好的唐三彩，所以对我太太这样的女孩来说，到了香港一定要抽一天时间，像朝圣一样去参观徐氏艺术馆。

所以我们到了香港以后，第二天早上她打扮得漂漂亮亮，我们都很高兴，打的到香港中国银行总部大楼。我们看旅游书上写，徐氏艺术馆就在香港中国银行总部里面。

那时候香港还没有回归，香港最高的大楼、地标性的大楼就是维多利亚港的中国银行大楼。这栋大楼是贝聿铭设计的，整个建筑物是一个玻璃帷幕，在阳光下闪着银色的光，像一把银色的匕首插在维多利亚港上，非常美。

然而，我们到了才发觉旅游书是旧版的，徐氏艺术馆已经迁走了，迁到了另外一个地方。但是既然来了，香港中银大厦本身也是一个景点，这个景点是什么？就是现在台湾有很多中南部的游客，到台北就一定要去台北最高的 101 大楼，搭高速电梯到顶层看台北的全景。这个概念其实是从巴黎铁塔开始，大家喜欢跑到城市的顶端，鸟瞰整个城市。像罗兰·巴特说的，你站在巴黎铁塔的顶端，好像是你对巴黎这座城市的一种入主，是进入到城市的时光与历史之中的幻想。

我那时候年轻，我就跟我太太说，我们既然来了，就别白来。

我们看到有两台高速电梯，直达 97 楼顶楼的天空观景台，可是有很多人在那边排队，队伍很长。我就跟我太太说，我们别像这些傻瓜，我们去排队干吗，排完以后就半小时了。

我看那边大概有八台，还是十二台电梯，是给香港中国银行总部的员工搭乘的专梯。我们看到电梯是到 96 楼，我就说这里根本没有人排队，我们就搭到 96 楼，再走一层消防梯不就到 97 楼了。

我太太半信半疑地跟着我，我们就真的到 96 楼。从 96 楼电梯出来以后，想象港片里写字楼的走廊，天花板很矮，没有人，就是一个走廊，有一间一间的办公室。我们走到一扇很大的铁门前，一打开就是消防梯。我们走了一层楼上去，上去后不是观景台，很像一个空旷的工地，外围都是玻璃，工地上堆一些沙子和砖头，大概还在整修，但是视野很好，没有其他的闲杂人等。站在那里，真的可以看到维多利亚港，蓝色的维多利亚港，上面一艘一艘白白的小船，还有帆船，美不可言，像童话，像蜡笔画一样。

然后我顾盼自雄，点起烟来。跟我太太说，看着吧，这一辈子跟着我就没错，你看听我的就没错，我们不用像那些傻瓜还要去排队，我们这不是很聪明吗？又没有人吵我们，然后我就抽抽烟。

我们看完风景，回到刚刚推门进来的消防门，突然发觉门被锁住了，打不开。我们就在那边"哪哪哪哪"一直敲打那扇门，"救命啊！"但没有任何人理我们。我们只好从96楼再走一层，下到95楼，"哪哪哪"又一直敲打消防门，还是没有人理我们，我们就到94楼、93楼、92楼，一直这样敲打消防门。

其实大概走到89楼、88楼的时候，我们心里就有数了。我们要从97楼的高空，走楼梯，一直走到一楼。

我们一路越走越快，我不太会倒数，就是90、89、88、87、86、85、84、83、82、81、80、79、78、77、76、75、74、73、72、71、70，反正就一直走。走到其中一层楼的时候，你会看到有一个双层玻璃，像防弹玻璃。我们可以看到里面像水族箱，看到里面有一些穿着白衬衫、穿着西装的大概是银行高阶的职员，我们拼命敲打玻璃，但是他们好像都听不到。

我觉得这个画面很有趣，我们在97楼两个人顺着楼梯间一直往下跑，快速跑动的时候，如果这时候有一个外星人从高空往下看，是不是很像看一只雷龙？香港中银大楼很像一只雷龙，可是雷龙的脊髓腔，就是我们两个人在跑的楼梯间，是一个从高空垂直下来的狭窄的空间。我们两个人像两片落叶，一直旋转，一直旋转往下，一直下坠，一直下坠。

我觉得我太太在那个时候，打心底决定要跟我离婚了。她好不容易打扮漂亮，穿高跟鞋，却不得不跟着我一路往下跑。

最糟糕的是大概跑到三十几楼的时候，我的坏毛病又犯了，我每次一紧张的时候就会想拉肚子，大肠躁郁症。我就跟我太太说，你慢慢走，我想拉肚子，我忍不住了。

但我还是跑在前面，因为她走得还是比我慢。我就发明一种办法，我抓着旁边的不锈钢铝扶手，每半层楼就"嘣嘣嘣"这样跳。跑到十几楼的时候，我都觉得我快忍不住了，我就朝着楼梯间的天井喊：我忍不住了，我要拉在楼梯间。但还好我最终忍住了，终于到了一楼，那种感觉难以言喻，两条腿好像打结的麻花一样，都软掉了。然后，我推开一楼的门，迎面的光扑过来的时候，我心里想，地面真美！我好想亲吻地面，站在地平面上的感觉真舒服。

但我还没回过神来的时候，就发觉有十几个像香港警匪片里海豹特种部队的队员，他们都戴钢盔，穿防弹背心，全部拿冲锋枪，穿着军靴"啪啪啪"朝我跑过来，把我围起来，枪全部对着我。像电影里，你会觉得他们的枪是都有红外线瞄准的狙击枪，红色光点全部涂在脸上，一大堆光点在乱窜。我不会讲广东话，英文又特别烂，这群特种部队兵围着我，旁边有一个穿西装的小个子香港人，讲广东话，拿一个对讲机，非常愤怒，气急败坏。

我就跟他讲，哪里有厕所？快告诉我哪里有厕所，我快拉出来了。但他听不懂我在讲什么，他就非常生气，用广东话"×××"这样骂我。

我也听不懂他讲什么。我一直跟他说，拜托告诉我有没有厕所，哪里有厕所？不要讲了，我快拉出来了，我拉出来你不要后悔。

就这样，我们僵持了大概五分钟，然后我太太就从安全门那边终于下来了，腿都快断了。因为我太太英文不错，就跟他们解释。

3

后来我才知道我们两个傻瓜，我们是不想跟那些呆瓜排队，搭电梯到97楼看维多利亚景色，但是这是香港最大的银行总部，可能地下室里面藏着大批的黄金，所以整栋大楼都装了最强大的保全系统。我们搭电梯搭到96楼，当我们从96楼穿过长廊，推开通往97楼那一阶楼梯的消防门时，楼下大堂经理立刻接到楼上保全系统的提示，警报就启动了。

我跟我太太两个在97楼那个工地玻璃窗顾盼自雄，很浪漫地欣赏香港的无敌海景，跟她讲我们将来一定会过上好日子的时候，他们像港片里面演的那样，特勤小组的车已经全部集中到中银大楼。然后这些特种部队兵全部拿着冲锋枪"啪啪啪"坐电梯往楼上冲。

等他们到达97楼的时候，我们已经在往下跑，越跑越快。因为我们是每一层楼的门都去拍，所以他们就觉得这是智慧型犯罪。当他们到97楼的时候发现灯光是一直"叮叮叮叮"往下移动，他们在不同楼层乘电梯下来包抄我们，但是一直包抄不到。终于他们好不容易满身大汗在一楼把我围住的时候，真的都差点要开枪了，他们已经气爆了。

好险，因为我太太的样子看起来就像好人，我们把护照给他们检查，解释一番，才放我们走。

后来我终于在维多利亚港找到一个公厕，真的，那是我生命中第一次看到自己的排泄物好像喷出的蓝色的火焰。我从97楼跑到一楼，我的整个肚子已经变成一个微波炉。

这听起来像是一个好笑的故事，但如果以后在其他故事里延续开来去讲的话,它其实牵涉到二十世纪小说史上一个非常伟大的名字,叫作卡夫卡。

结语

昆德拉说过,二十世纪的小说家和二十世纪的我们,其实已经失去了十七世纪塞万提斯写的《堂吉诃德》里那样的一个旷野,人可以自由自在在旷野上任意冒险,可以遇到各种奇遇,可以遇到各种鬼怪。像《西游记》唐僧师徒四人在旷野上冒险,会遇到各式各样的故事和传奇,火焰山、牛魔王、金角大王、银角大王,各种奇幻的故事。

昆德拉说,十七世纪的塞万提斯在这个旷野上拥有的关于说故事最幸福、最美好的时光已经结束了。

二十世纪之后的小说家,不论你写的人物是谁,最后主人公一定是卡夫卡笔下《城堡》这部小说里的土地测量员K。因为你必然会被困在现代性的机构里,城市的地平线已经被切断了,被什么东西切断?被这些高楼大厦切断了。这些高楼大厦是个隐喻,可能就是所谓的医院、电视台大楼、大学教学楼、科技部,以及各种政府部门,如警察局总部、银行大楼。这些大楼各自掌握着自己的专业话语,它让我们没有办法再回到古典的说故事时刻,人可以像原始人、像古典人那样自由地没有边界地说故事。我们必然会被这些现代性的框格给框定住。

闯入真实世界的读者

1

大概十年前,我有一年的时间常去永和一家老按摩店按摩。这家按摩店特别像港片里,比如说张曼玉、黎明、曾志伟演的《甜蜜蜜》里那种老式的按摩店。

一进去有一个高高的柜台,老板娘六七十岁,满头白发,但她年轻时可能是个美人,她有个鹰钩鼻,眼眶很深,我也分不出她是台湾人、香港人,还是大陆人。她会坐在客厅里,客厅有几张很大的沙发,你可以坐在那里抽烟,也可以看电视,电视上会放一些周星驰的老片。

店里的光线很暗淡,顾客都是一些老人,我在里头还算年轻的。跟那种装修得比较光鲜,或者说比较科幻、比较干净的按摩店不太一样,它是一种特别的空间,脏脏的,有一种说不出的撒了痱子粉的味道,或者在老人身上会闻到的那种气味。坐电梯上去,坐到三楼,一推门进去就是按摩店,就会进入一种属于老人的时光。走到里头的按摩间,是一张一张按摩床,大概四张,中间用布帘隔着,所以不是很隐蔽,你都听得到隔壁床的老头在一边按摩一边发出睡觉打呼噜的声音。我趴在那边,也会沉沉地睡着,好像我们是四五只趴在海边的岩礁上,很疲惫地睡去的老海豹。

按摩阿姨有一部分是当年嫁到台湾去的大陆的女生,她们比较年轻,三十出头,生了孩子,出来找工作,兼职做按摩。老头特别喜欢找这种年轻女孩,有点吃豆腐的意思,他们其实什么也不能做,就嘴巴上吃些豆腐,调戏这些远方来的大陆的女生。我趴在那边也听到了,我都听不下去。

他们说,你们大陆现在是不是厕所还没有门,还是粪坑,我二十年前去的时候,大陆的厕所都没有门。这女生不知道是湖南妹子还是四川妹子,非常辣,呛他说,你们厕所有门,可是新闻上说你们有些变态,在厕所里装针孔、装摄像头,没有比你们更变态的。

反正是类似这样的,其实这中间会有一种老人跟少妇之间打情骂俏的成分,可是没有那么快速或是激烈,你是在一种悠悠晃晃、半睡半醒的情境中偶尔听到。这些老人大部分不会太多话,不一会儿就睡着了。

2

但是我的按摩师不是来自大陆的女生,她是一个年纪比她们大一点的台湾妇人,四十岁左右,大概小我十岁,但是在这个空间里我们比较像同代人,她非常安静。其实我没有很仔细看过她的脸,但是为什么在那一年的时间,我会特地从台北市搭车回到永和这家按摩店,每个礼拜都是如此,而且我一定是指名这位按摩阿姨帮我按摩?因为她有一种很像武侠小说里练武之人的敬畏心，她对这门手艺，对按摩这件事，有崇敬之心，有一种神圣与严肃感。她从头到尾不说废话，不会跟客人调情或哈拉，每一个按摩的动作都非常扎实，很像咏春拳，落在你的肩颈上，在你的肩胛骨和背上。

作为一个小说家，我好像一根天线、一个避雷针，吸收了太多世界和人类内心的黑暗面。我很像宫崎骏的卡通片《千与千寻》里的河神，《千与千寻》中有一个情节是，千寻帮河神把他的嘴挖开来，吐出一大堆垃圾，全是人类丢到河流里的破烂垃圾，河神把这些东西全部吐出来。

我觉得按摩有一种很奇妙的，很像巫或是灵媒的神奇能力：她在按摩的时候，她的手很像在打咏春拳，非常利落，在按摩的过程中，你会觉得她好像在把深藏在我肩胛下面的、我的腰里面的非常深的，流着黑水的那种暗黑的伤害或是恶的东西给拉拔出来，好像一条一条地抽丝抽出来。

离开这家按摩店，我就感觉自己好像重新做回一个正常人。很多时候她会帮我拔罐，滑罐非常痛，后来用老式的像玻璃杯一样的器具，一个一个的，我不知道那是什么器具，吸在我的背上，一次吸八九个，很痛。好像真的我身体里面那些毒素，或者是那些酸痛、疲惫、黑暗的东西都被她这样吸出来。她很多时候会用好几条热毛巾把我整个人盖起来，当然我是穿一条短裤，身体其他部位是打赤膊的。我这样讲有点恶心，因为我现在已经是一个五十岁的老伯了，但是我那时候会有一种很复杂的感受，一种说不出的、类似老人的色情，可是又混杂了一种好像回到小baby的时光的情感。像回到你不记得的那个小 baby 的时光，被妈妈这样子亲密地擦拭身体的那种温暖的感觉，好像你还在妈妈的子宫里面，被羊水包裹的感觉。

那时我常常在半醒半睡之间，像一只疲惫的老海豹趴在那里，她在我背上做这些像咏春拳的动作，她的每一个动作，你都感觉得到她非常温柔，而且非常虔诚、非常崇敬。

时间长了，她有时候也会聊天，后来她跟我讲起来，说她的先生年纪大她十来岁，所以我想她年轻时候应该蛮漂亮的。她说她先生非常疼她，她先生是一个读书人，好像是中学教员，或者是高中的教务主任或教学组长。他们家境本来还可以，先生就像宠一个小妻子那样宠着她，她个性比较内向，没有跟这个世界有其他的交流。那个年代网络不发达，也没有现在这种智能手机，她一直很安静，每天接送上幼儿园的女儿。而现在，女儿已经念高中了。

可是后来，也就是几年前，她先生突然得了肝癌，离开了人世。她这才意识到，她先生太宠她了，也没有留足够的遗产，只留给她一个房子，她没有一技之长，先生不在以后，她突然发觉，自己不知道怎么跟这个世界、跟这个社会交涉。她本来是一个幸福的小女人、小妻子，只需要照顾女儿，每天煮晚餐，帮女儿带便当，接送女儿上学。然而，原本这些很静美的生活，在这个时候全部变成她生存上非常巨大的深渊，或绝望之境。她说她很幸运，拜了一个老师傅，学了按摩，她是靠按摩来付正在念高中的女儿的学费。偶尔也会听到她讲一些她原生家庭的事，她的哥哥是个烂人，她父母八十多岁，留下两套房子，本来已经说好一套给她哥哥，一套给她。但她哥哥通过一些程序，趁她父亲有点老年痴呆的状况，把两套房子全霸占了，她也不懂法律，不知怎么申诉。

她偶尔会很开心，说今天是母亲节，她女儿会带她去吃牛排，也不是很贵，是那种平价牛排，母女两人很像在过情人节一样。偶尔她会讲出这样比较玫瑰色的话。

这样子持续了一年左右，我最后一次去这家按摩店时，那一次我记得按摩结束，我起来穿好衣服和鞋袜，正要走出按摩间的时候，突然这个按摩阿姨从后面追上来，问我：请问你是作家骆以军吗？

在这样一种私密的状态中，持续了一年之后，突然她这样问我。然后她才对我说，她过世的先生是我的读者。

她说她一直没有动过先生的书桌，可是看到先生书桌上有一本我的小说，叫《遣悲怀》。书的封面用的是我的照片，一个大头照。

她才突然发现她先生是我的读者，而且书里头还有先生夹的一张一张小纸条，有写得密密麻麻的纸条和小黄贴。所以她先生是我的一个很有品位的读者。

当时我的感觉真的是很怪，如梦似幻。

3

我要讲的第二个故事大约发生在十年前。

那一次，大陆刚出版了简体版的《西夏旅馆》。打书活动排得很紧，北京的活动结束后，坐飞机到南京，之后坐高铁到杭州，之后好像还到了广州。所以当时打书很累，不过那时候我身体还没有毛病，可以扛得住。

平常我好像嘻嘻哈哈，很哈拉的样子。其实我长期被演讲前的紧张所困扰,那是生理上的反应,我的肾上腺素会飙得很高,我会非常焦虑,会抽非常多的烟,我觉得我是在靠肾上腺素撑着。我进入演讲场合之前就会非常非常紧张和焦虑。

那次是在南京的先锋书店,先锋书店号称是中国最美的书店,是在一个地下室里,非常大的场地,人也蛮多的,下面有一两百个听众坐在那边等。

演讲快开始了,我正被带着要往台上走的时候,突然一个白发老头挡在我前面。我以为是我的读者,就对他很有礼貌地笑一下,点点头。

这老头突然对我说,小弟,你不认识我了,我是以明大哥。

我仍然没反应过来,还是这样笑笑,点点头,我以为是我忘掉的哪个长辈。

可是突然一个瞬间,我认出来了,因为他的眉毛跟我父亲的眉毛很像,我右边的眉毛有一边眉毛尖是翘起来的,这是我们骆家的遗传,我父亲的眉毛有个剑眉,有一些眉毛会翘起来。我就发现我面前这个瘦削的老人,他有一边的眉毛也是这样翘起来,好像我们是布恩迪亚上校的私生子,额头上印灰烬十字一般,有一个可辨识的家族遗传特征:他那个眉毛这一边是翘起来的,而且比我的还要翘。

我当下突然一个本能的反应,我就单膝跪下去。我喊:大哥。

旁边就有记者拍照了,然后发在一份很小的地方报上,新闻标题很煽情:两岸同父异母兄弟相认。

其实我和以明大哥之前见过,但是中间隔了很多年没有再见到他。大概南京的一个晚报,发了一条很短的消息说作家骆以军于某月某日在先锋书店有一场新书分享会。他知道后就带着我大嫂、我两个侄儿、两个侄媳妇，一家人都来了。

以明大哥是在南京的江心洲上种葡萄的果农，很敦厚，非常好的人。以明大哥大我二十几岁，他提了一堆葡萄，像农民那样提过来，来听我的演讲。

那天演讲，我讲的是"六个抬棺人"的故事，其实在台湾或者在大陆，这个故事我讲过一百遍以上，它基本上是我一张保命王牌，在一个大场面要震慑住场子的时候，我可以丝毫不用准备，虽然还是很紧张，要一直抽烟，可是我可以像按了录音机开始键一样，开始讲故事，讲六个抬棺人。于是我在台上开始讲"六个抬棺人"，这个故事前大半段的情景是在讲我跟骆以明（大我二十几岁同父异母的哥哥），我们的父亲死亡的那个晚上。

4

上个世纪的八十年代，大概是我上初一的时候，那时候两岸还没有通航通商，还没有开放探亲，后来蒋经国开放探亲以后就涌现很多十分感人的故事，一大批老兵返乡，骨肉分离了半世纪，或是发妻等着他，或者父母还没等到他就死了，这些老人跪在父母的坟前哭，当时很多这类很感人的人伦之情，很悲伤的历史大变动的故事。

当时我才十二三岁，我们住在永和那栋老房子里。我记得很清楚，当时还没有开放探亲的时候，我父亲就已经通过他在美国的一个学生辗转联络到在南京的以明大哥，和以明大哥通信。以明大哥会写信，而且是用书法写信。

以明大哥的身世非常悲惨。1949年，以明大哥出生才一个月,我父亲就跑了,因为他是国民党,等于是把一个月大的以明大哥扔了。扔了以后,我大妈,也就是以明大哥的亲生母亲,当年就嫁人了。那个年代兵荒马乱,为了生存,她就改嫁了。我父亲一直不知道,他一直认为他的发妻会守着他,带着小孩等他。直到二十年后,我父亲到四十岁的时候才通过香港那边的亲友辗转通信,但是他们不敢告诉我父亲,说我大妈其实当年就改嫁了,他们骗他说我大妈过世了,所以我父亲才娶了我母亲,在台湾这边才会有我这一支血脉,有我哥、我姐和我。

以明大哥的亲生母亲改嫁后,以明大哥就一路由我祖母把他带在身边,很疼他,照顾他。可是他十分可怜,因为我父亲是国民党,家又是在南京的江心洲,所以后来"文革",包括"三反""五反",以明大哥就一路被打成"黑五类",批斗之类的他都没少挨。他只念到小学毕业,可他却遗传了我父亲非常文人气的一面。父亲从他一个月大时就不在身边了,村里的人告诉他说,你父亲骆先生,当年是我们这村子里最好的读书人,你父亲的学问有多好。所以他虽然只是小学毕业,可是他自己读了很多古书、古诗,他会书法,写得一手好字。

我记得我念初中的时候,父亲是很严肃的,我们全家围在永和老家的客厅,围在一台很破很小的录音机旁边,那个年代没有 CD,还是录音带。以明大哥把录音带和信寄到美国,再从美国转寄到台北,寄到我们永和的家里。

在我的记忆里,骆以明就是我的亲生大哥,他在南京,可是他好像出现在小时候我们永和老家的客厅里。当时客厅里光雾朦胧,有一种说不出的怀念与悲伤之感。那种悲伤是父亲的身世之悲造成的一种光雾效应,从光雾里面飘出来一个声音说:

"亲爱的爸爸、妈妈，我是骆以明。我亲爱的祖母已经在十年前过世了。"

他会讲家乡南京那边的堂哥的故事，讲所有那些我父亲不在场的故事，很郑重、很孝慈地讲给我父亲听。

后来我父亲过世了。我父亲过世的时候，以明大哥不在场。可是我平常在外头讲六个抬棺人的时候，这个故事的哏我太熟了，我太知道这个故事的效果。当这个故事前面是讲我父亲过世那个夜晚，可是故事到后来，特别是讲到卢子玉的时候，全场一定是笑得颠三倒四、东倒西歪。

那些年轻的读者全部笑到眼泪乱喷、东倒西歪的时候，我突然看到我的以明大哥，他的表情非常疑惑。他非常端正地坐着，我看到他满头白发，我看到他的侧脸，非常有尊严的。他不理解为什么大家笑得这么开心，他很迷惑，刚刚这个故事前半段，他听到他在台湾的小弟讲着，他跟这个小弟共同的父亲死亡时、那个他不在场的夜晚。这个父亲是在他出生才一个月时就把他遗弃了，然后一辈子让他活在孤儿的处境中，但他还是希望这个父亲会认同他。他一直读着父亲会读的古诗，他对人讲义气，非常慷慨，在当地也受人尊敬。可是他坐在那边的时候，他不能理解，为什么这个画面明明是讲死去的父亲的葬礼，而大家全部都在疯狂地大笑。

那时我讲六个抬棺人的故事讲了一百多次，我从来没有一次在讲这个故事的过程中，一边讲一边整个人大汗淋漓，我当时衣服都湿透了。因为我没有做好准备，我没有别的版本，我本来就是准备今天到先锋书店讲六个抬棺人。可是我没有想到我会在现场撞见以明大哥，而我却在他面前那么残忍地讲着我们共同的父亲死亡的那个夜晚的故事。中间我一直想看能不能把版本改变一下，但是没有办法。这是我生命中很没有办法改变，或者是很疑惑、很遗憾发生的状况。

那天晚上结束以后，约好要跟出版社的老板，还有他们的朋友到一个 pub 喝酒，我就把以明大哥给我的一大堆葡萄分给他们吃。他们说一般我们大陆人都知道，这葡萄是外销的，叫提子，至少有二十几个品种。我根本是个白痴，我的大哥来见我的时候，带来的是他自己种的葡萄。他们是全中国做葡萄外销超强的葡萄达人，他种了二十几种葡萄，有紫的，有绿的，有红的，有白的，有各种过渡的颜色的葡萄，出版社的老板和朋友们都吃得连连称奇。

结语

我后来常跟一些写小说的同行，或者是比我年轻一辈的年轻创作者说，你们不要以为说故事就只是说故事，其实你说故事很可能会不小心就拨动了神或魔鬼的翅膀。在古时候，写小说、说故事这件事情其实是渎神的。

我们活过了二十世纪，我好像是一个被西方发展起来的这些框架支撑着的人。作为一个专业的说故事者、一个小说家，你可以打开小说的大教堂，你可以在这座大教堂里把人类存在的各种形貌布展出来。

但是生命中某些时刻，你的小说的读者，或者你小说里的角色，却奇怪地辗转出现在你真实的生命中，那一刻你才会感觉到，小说触碰到的那种冰与火、神与魔之境。

小说是一种非常静寂或非常神性，或极度触碰到人类的疯狂或悲惨的极限，时间感和篇幅都非常巨大的存在。你只有在这种近距离在真实生活遇到那些你小说的读者，或者说遇到你小说中所写的人物的时候，你才有那么强烈的敬畏感。

一个关于好人的故事

1

我上高中的时候有一个最好的哥们儿，叫作老兴。他是我们高中同学，我们用金庸小说里人物的名字，给他取了一个绰号，我们都叫他乔峰或萧峰。他是一个天生神力的人，一个真正的汉子。

我们高中是男校，大家会无聊，所以放学的时候，大家会聚在教室后面掰手腕。我的腕力在班上差不多排第三或第四。老兴排第一，但他的第一，跟第二、第三、第四一直到第七、第八的差距是超大的。他可以把手腕往反方向靠着，让我们腕力排第二、第三、第四、第五的几个人一起，往下使劲摁，弄得我们面红耳赤，就是摁不下去。然后他会说，可以了吗？开始了吗？一下就把我们全部扳过来。

他不光是力气大，还非常重义气，所以我们叫他乔峰。他长得很帅，本来有点胖胖的，可是考上大学以后，为了追他们班上的系花、一个富家女，减肥成功。他瘦下来以后，我们当时都觉得他很像年轻时候的刘德华，非常帅，他瘦下来之后，肌肉变得十分结实。

他是个穷小子，竟然追到了系花。他们系花不只是漂亮，而且家里非常有钱，她的爸爸是台湾上市公司的老板。他和系花的故事很像我们看的很多电影里演的罗曼史。

他们当时念的是淡江大学，在淡水那边，每天他骑摩托车送千金小姐回台北的家里。但是到了大二的时候，女孩就劈腿了，女孩大概梦醒了，荷尔蒙的梦醒了，还是要回到现实里面。他们两人家庭的背景，贫富差距太大了，女孩就跟他分手了。

平常我们男孩会觉得老兴特别闷，像乔峰，特别扛得住事。我没有想象过会看到他失恋以后，就像古人讲的玉山倾颓，这样的一个汉子，那种崩塌、悲伤的样子。

他跑到我阳明山的宿舍，我那时候真的特倒霉，宿舍常有这些失恋的哥们儿，我自己那时候很用功地练习写小说，可是这些失恋的哥们儿整天跑到我的宿舍。失恋了，就赖在我宿舍，然后就哭，喝酒。

老兴跟女朋友分手的时候，送她礼物。虽然他没有钱，但他真的很有才华。他就用硬卡纸和厚纸板，非常精致地做了一个手工的火车模型。这个火车模型很特别。台北有一个公园，以前我们那个年代叫新公园，现在叫二二八和平公园。公园里放了一列刘铭传开台的时候，当时铁路上最先烧煤气的火车，像一种远古的神兽，各种棱角凸出来，好像是挂在外面的骨骼。做模型的话非常难，但老兴从高中的时候就是西画社的社长，美术非常强，所以他就用他的手艺做了一个这样的火车模型。作为哥们儿，我都觉得这个火车模型美到幻美绝伦。他送给那个女孩，可是那女孩好像也不怎么当回事，这个礼物无法进入到商品经济的换算价值中。他们还是分手了。

2

那时,老兴还遇到了一件事情。

他告诉我,有一天他骑摩托车回永和。永和那个地方的巷弄像迷宫一样,像十二指肠,很小的巷弄。他骑摩托车走到一个巷子里,那个巷子非常窄,窄到摩托车没法骑,他只能下来推。这个小巷子大概只能容两个人走过去,可能都要贴身过去才行。

那时正是黄昏时刻,天光已经蒙昧不清,他在走的时候就有个男人迎面跟他错身而过,两人互相看了一眼,这个男人就走了。

然后他继续推着摩托车往前走,突然从旁边的工地废墟(那里有个老房子被拆掉),恍惚就跑出来一个白色的影子,后来一看,是一个裸体的女孩。他以为是仙人跳,本能往后退了一下。

这小女孩就跟他讲,大哥哥,我被强暴了。

他立刻反应过来,就是刚刚那个男人。他把摩托车推到巷口然后马上掉头,去追那个男人。他在附近绕了一圈,但找不到那个男人。

他说他回到那个废墟工地的时候,看到一幅很悲伤的画面。那个小女孩全身没穿衣服,像个小动物,一只小狗或者一个小兔子,蹲在废墟里,蹲在乱七八糟的瓦砾、钢筋和碎玻璃中间。她被强暴的时候,衣服被脱下来,被随手扔到一边。

老兴就把运动外套脱下来,给小女孩披上,然后他骑摩托车带着小女孩回她的家。他说他当时从侧边看到小姑娘的大腿内侧全是鲜血淋淋,她遭受到很大的创伤。

老兴带着小女孩回到她家的时候,看到她家是比较贫穷的人家，父母是小摊贩。女儿被强暴了，老兴就一直跟他们说，应该去报警。但是她妈妈很奇怪，女儿被强暴，她却一直当着外人在责备她女儿，说这小孩就是不听话，整天叫她不要往外跑，非要调皮往外跑，你看现在在自己惹了麻烦。她没有想过给在外头已经遭受很大创伤的女儿一个拥抱，平复一下女儿的情绪，却还在责骂她。老兴还是坚持到警察局去报案，他是唯一在现场看过那个男人一眼的人，唯一的证人。

老兴后来扼腕不已，他非常遗憾地对我说，以前他觉得他有这样的能力，只要看过一个人一眼，他绝对可以凭记忆用素描把那个人的脸画出来，然而那天他在警察局画了至少二三十幅不同的铅笔素描，却怎么样都想不起来那个人的脸部特征，所以画不出来。

后来有一段时间，老兴会去接这个女孩放学，这个女孩穿着小学女生的制服、短裙，恢复了很天真可爱的模样，好像没发生过这件事一样（这其实可以拍成一个电影）。

3

后来，我有一个拍艺术片的导演朋友，他找我帮他策划一个短片剧本，三个年轻导演合拍一部片，所以每部片子不长，15分钟或20分钟。他想让我讲个故事给他。我后来就把老兴跟我讲的，他撞见小女孩被强暴的故事写下来给我的朋友，但故事的后半段是我编的。

我是这样写的，这件事发生后，老兴就一直陷入一种执念里，他一直在想，那天在昏黄的光线下，那么窄的巷弄里，那么近的距离，只有几秒钟的跟那个强奸犯错身而过的那一瞬，他看到那个家伙的脸，那个家伙也看着他，所以他只要把回忆倒带、停格转述，他应该可以回忆起来这个人长相是什么样子。可是他一直想不起来。就在他陷入这个执念中的时候，有一天，他经过永和一个骑楼，一家 KTV 的门口，有两个帮派在械斗。他经过时，突然有人拿棒球棍往他后脑勺打下去，他就昏倒了。电影里，主角老兴就失去了记忆。他在医院醒过来的时候，身上没有带能证明他身份的证件，所以他想不起自己是谁，他成为一个失去身份的人。离开医院之后，他也不知道自己要往哪里去，慢慢地，他变成了一个流浪汉，变成一个游民，在大街小巷以流浪为生。

有一天他在街上走的时候，突然看到一个男人，当他看到那个人的脸时，他强烈地觉得这个人应该是他失去记忆之前一个对他来说非常重要的人。当然，这个人就是当时他怎么也想不起那张脸的强奸犯。

这个时候，已经失去记忆，变成一个脏臭的流浪汉的老兴，就缠着那个男人。那个男人当然也不记得老兴了，但是这流浪汉一直缠着他，还一直问他，你记得我吗？我是谁？那个家伙可能也是一个烂人，底层打零工的酒鬼，老兴赖在他的住处，那家伙一直想撵老兴走，但老兴就是赖着他。其实他不知道，老兴会认得他，是因为老兴在失去记忆之前，脑袋里一直努力地想要浮现、忆起他的脸。

我把这个故事给我那个导演朋友讲了，他说太差了，这个故事不行，不予采用。所以这个故事就没有后来了。

4

我二十多岁的时候，看过一部电影，波兰非常伟大的导演基耶斯洛夫斯基拍的一个系列影片《十诫》，他把《圣经》"十诫"里的"不可杀人，不可奸淫，不可偷盗"等戒律拍成了十部短片，展现现代社会、现代都市里面人际关系的各种面貌。

《十诫》里其中一个短片叫作《爱情故事》，我年轻的时候看得非常感动。故事很简单，有一个少年，这少年是个宅男，住在一个公寓里，他好像有个老妈妈，年纪很大，也许是他奶奶，所以他可能是隔代教养的孤儿。这个少年白天在邮局工作，当邮局柜台的柜员。他非常宅，没有什么人际关系，那个年代也没有网络，没有游戏可以打。所以他其实非常寂寞。可是，他的书房放着一架大型望远镜，他每天进行的一项秘密活动，就是用望远镜偷看公寓对面那栋大楼的一个女人。他爱上了那个女人。

可是他对这个女人的爱，其实很像我们现在爱上了抖音里的妹子这种爱，基本上是一种视觉上的、远距离的爱，他爱上的是透过光学望远镜看到的那个女人的影像。他用望远镜看那个女人所有的生活状态，包括换衣服，等等，这其实就是偷窥了。

这原本是一个犯罪的故事，偷窥别人秘密的故事。但这个故事后来变得非常美，变成一种单方面的、无声的、非常深情的爱。他很爱这个女人。甚至他看到一个论年龄应该是这个女人的教授或是上司的男人，要扑倒她。这时这个男孩产生一种恶意，他打电话叫人家送瓦斯到这个女人家，甚至他会假装送牛奶的工人，跑去她家。他持续地偷窥或者说观测这个女人很长的时间，他对她的生活史简直是了如指掌。终于有一天，他约这个女人在一家咖啡屋碰面。他对她说，我记得你所有的事情。

这个女人一开始非常愤怒，你知道这种感觉吗？你被一个变态狂窥看。可是故事后来的发展却有种说不出的温暖。这个男孩从对街的后窗用望远镜持续偷窥她一年、两年、三年时光，应该说是侵犯她隐私的犯罪行为。但是，这个美丽的女人却产生了一种难以言喻的感动。人很孤独地活在这个世界里，其实是如此艰难、如此疲惫、如此孤独。突然有一个人，他记得你所有的事。当时这个男孩窥探到的那些闯进她香闺里的男人，最后都薄性地玩弄她、欺骗她、离开她，最后只剩下她孤独一人。

可是这一瞬间，当这个男孩对她说，我记得你所有的事情，我记得你所有的故事。她会产生一瞬间的温暖，这一瞬间的温暖未必是爱情，可是，它是一种文学的升华，这种升华恰好是："我记得你所有的事情。"

5

我再讲一部电影，这部电影让我非常感动，但这种感动与《爱情故事》不同。几年前我看过一部德语片，叫作《窃听风暴》，我想很多人应该都看过。一九八〇年代，德国那时候还是东德、西德分立。电影里有一位很重要的剧作家，也是一位作曲家，是一位很帅的先生。他的太太也非常美，他的老师也是一位很重要的作曲家。

那时德国有一个特务组织，如果在苏联可能是KGB（克格勃），这个特务组织决定锁定这个剧作家，派了一个小组去监听他，趁他不在的时候，闯入他屋子里把所有的电线管全部装上窃听器材。电影中的第二男主角,是这个特务组织的一个小队长,他的工作是躲在这位剧作家隔壁的一个房间里进行长期秘密监听。

监听的过程非常有意思,他每天要打报告给他的上司。但他慢慢发觉,因为持续在隔壁监视完全不知道自己暴露在天罗地网的监视之下的剧作家,其实他会很好奇,剧作家为什么会跟他朋友讲这些话,作为特务组织的小队长,他是理解不了的。甚至有一次,他偷偷跑到剧作家房间里偷了他一本书,好像是歌德的一本书。

他偷听到关于这位剧作家所有的事,甚至他知道这位剧作家自己都不知道的、非常恐怖的事。特务团体的首脑,一个老头子,为了恐吓剧作家美丽的太太跟他上床,威胁她说,你不跟我上床我就把你先生弄死。所以美丽的太太也瞒着她先生给他绿帽子戴,这是非常悲伤的事情,在一个恐怖的充满监视的环境里,她对她老公不贞。

这个窃听者,他知道所有的事情。后来他在监听的过程中得知,被监听的这个剧作家的老师忍受不了痛苦,上吊自杀了。

当时还是东德、西德分立的时代,西德有一个《明镜》周刊,偷偷给这位剧作家送了一台内容不会被泄露的传输打字机,让剧作家写一篇匿名文章。那篇文章是讨论东德的自杀现象,讲极权暴政,文章后来在西德发表。这对于特务组织来说,是非常大的失误,后来这个特务组织被撤掉了。

其实,这个过程中,这个监听者的内心发生了非常柔软的变化,他在默默地保护着他监听的对象。他把很多他该交上去的监听报告全部篡改了。最后结局是,他们要去挖打字机的时候,剧作家的太太出卖了丈夫，讲出藏打字机的地方，他们在挖打字机的时候，太太非常悲痛与羞怒，冲出门去，却在门口被车撞死。不过，特务组织竟然没有挖到打字机，所以剧作家就这样被保护下来了。

随着后来东德、西德分立局面的结束，这一切都结束了。这个监听者的上司当然非常愤怒，认为他办事不力，或者觉得他在跟他们暗中作对，所以他被贬去邮局，变成一个发送信件的底层小职员。

到了自由的安全的年代，这个剧作家一直很疑惑，为什么他能够平安无事？在他的房间里发生了这么多事，他心里有数，可是为什么国家没有针对他、对他作出惩罚？后来他去查国家档案，一直查，终于发现了一个代号，有个叫HGWXX/7的人，这位剧作家不知道他是谁，HGWXX/7一直在默默地保护着他。

电影的结尾非常感人，这个剧作家后来写了一本书，这本书在书店的橱窗展示。这本书叫《写给好人的奏鸣曲》。

这时已经变成很落魄的底层职员、之前监听他的第二男主角，在书店翻开这本书，突然看到书的扉页上写着：这本书献给HGWXX/7，不论你在哪个角落，我永远感谢你。

结语

我今天接连讲了三个故事，你会发觉这三个故事里都有这句话：我知道你所有的事。

可能在某个故事里，我知道你所有的事，我记得你所有的事，我知道你全部的细节。在文学里可能会变成一个爱情或非典型爱情的某一瞬的温暖；也有可能是在一个非常冰冷、恐怖、充满监控的时代，另外一种我知道你所有的事，但是我保护你，这是另外一朵温暖的花朵。

两个怪异胎胎的故事

1

台湾二十多年前发生了一起很吓人的社会事件。有一个老太太,她知道自己快要死了,她只有一个儿子,也是个中年人了。老太太交代她儿子说,她死后要把她的器官捐赠给台北的荣民总医院。

荣民总医院在台北城市的最北边,可是老太太家住在新店,等于是台北的最南边。那时候还没有网络,当时这个新闻曝出来的时候,大家是看电视新闻知道的,也有记者打电话采访消防队。消防队当时就曝出,这个中年人是个宅男,在社会上没什么人际关系。他当时其实有打119,打给消防队,但消防队跟他说,我们没有帮人运送尸体的服务,建议他直接打给医院。可能那天医院有救护车出勤,总之没有人理他。他很客气、很害羞、很内向,总之是社会上很边缘的一个人。后来这个儿子,这个天才,就把母亲的遗体放在轮椅上,用毛毯盖着,搭地铁,台北叫捷运。从这个城市的最南端新店,运送母亲的遗体,到最北边一个叫石牌的地方,就是荣民总医院所在地。

这个新闻曝出来以后,整个台湾社会就炸锅了,还有民议代表出来提议"大众运输法",以后禁止用大众运输工具运送尸体,不管是人类的尸体还是动物的尸体。

其实这个新闻后来被我放到我的一篇小说里。我在想这个新闻好像很搞笑,但是如果放在古典时代或是古典的故事时刻,它其实是一个非常美的、关于人类美德的故事。

这个母亲即将面临死亡。她交代的遗言是要把她身体的各种器官捐赠出去,而这个儿子非常信守承诺。如果没有他搭地铁这个画面,我想象中的画面是:这个儿子背着母亲的遗体,从台北盆地的最南端一直走到最北端,为了完成母亲的遗愿。

但是,这个故事为什么一放到现代都市景观中,一放到现代性的社会结构中,它就变得说不出的怪异?

2

海德格尔曾发表过一篇论文,论当时欧洲的现代科学与哲学,论文中他讲到一个概念。他说,我们经历了几次工业革命,我们经历了启蒙运动,我们经历了理性主义,我们现在所有关于人类存在的讨论方式,全部都有分门别类的专业语言。这些专业语言包括医学语言、科学语言、社会学语言、心理学语言、政治学语言、文学语言、修辞学语言,所有各种各样的专业话语,像蚂蚁的洞穴,呈分叉状,掌握着人类存在状况的解释权。海德格尔说了这样一句话:我们已经失去了古典时代人类观看自身存在的一个全景的视角。

刚刚我说的老母亲将死,要儿子把自己的遗体捐赠出去的古典的美德,儿子信守承诺,扛着母亲的遗体,从城市的最南端送到最北端，这样的一个古典时刻的故事，它现在会变成一幅非常怪的画面，他把母亲已经僵硬的遗体放在轮椅上，身上盖着毛毯。

因为我当时要写这个故事，也查了很多资料，就发觉，这个故事中，他把母亲的遗体真正搬到医院的时候，还不是古典意义上完整的死亡。医学上，医院要使用这些捐赠器官的时候，器官是有不同的保鲜期限。比如说捐赠眼角膜，要把它放在一种生理盐水中，它的保鲜期限可能是 36 小时，肝的保鲜期限可能是四天，皮肤可以保存两个礼拜。

关于死亡，没有一个统一的古典故事。说国王死了，国王就是死掉了；说皇后死了，皇后就是死掉了。不是的。人死掉以后，每一个器官如果再进入到医学话语的切割中，其真正的死亡时间是不一样的。就像我们到超市买东西，一个大保鲜盒包着鸡爪，这些鸡爪是分属于不同的鸡，可是它们被包在一起，叫鸡爪；这一大堆是鸡肝，这一大堆是鸡腿，它们的死亡时间是参照着销售系统、运送系统、保存系统而定的，而且鸡爪、鸡肝、鸡心、鸡胗，它们的保存期限是不同的。

这个母亲托儿子捐赠给医院的自己的遗体，各种器官的死亡时间，是好几个不同时钟的时间，这个对我来讲是很有趣的。

3

我接下来想讲一个我哥们儿的故事，这个故事发生在 2001 年，那个时候我特别倒霉。这故事我也许会在后面的故事中再讲另外一个比较完整的切面。

2001年我太太已经怀了小儿子，大概还有一个月就要生了，可是那个时候我父亲刚好去大陆参加一个旅行团，叫作苏东坡美食团，我父亲是中文系退休老教授，这种旅行团就特别容易"诈骗"他们。总之就是苏东坡这一生被贬谪的那些地方，他们这个旅行团就从海南岛开始玩起，然后去黄山、庐山等等。我父亲到了江西九江的时候，因为我在南京有一些亲人，大哥和堂哥等，他们就从南京搭船到九江跟我父亲碰面。大概老人家见到这些亲人太激动了，我们在台湾就接到病危通知，说我父亲小脑爆掉了，大出血。

我太太马上就要生第二个孩子，所以我和我母亲就跑到九江，特别折腾，在医院办各种手续。因为我父亲那时候整个人已经是植物人的状态，所以医院要跟上面汇报，非常复杂的准飞证明通知。后来我跟我母亲在九江待了一个月，好不容易把我父亲运回来了。我记得我的小儿子的生日是9月23日，我是9月10日跟我母亲申请国际SOS救援，非常复杂，他们还要派一个外国医生和一个香港去的护士去接管。一路我们花了非常多的钱，因为我父亲年纪很大，保险没法保。我母亲也因为照顾我父亲，退休了，所以我父母这边经济就垮掉了。那个时候我觉得我是全世界最倒霉的人。

我运完我父亲回来，当天晚上我们在看电视，电视上正在播放美国发生的"9·11"事件。我看着电视就觉得，天哪，这是一个梦境，这个世界已经整个被梦境修改过了吗？怎么会发生这样的事？我们眼前看到的景象，好像感觉第三次世界大战要开打了。

我父亲刚发生这个事情，接着就看到"9·11"事件，后来过了十二天，我的小儿子就出生了。

小儿子出生的时候，我太太是在当时台北最好的一家妇科私人医院，叫作台安医院。台湾有健保制度，孩子生下来以后，产妇可以用健保给付，可以在医院住三天，这三天观察小婴儿有没有黄疸等这些状况。

我这些哥们儿就陆续来探望我，台湾这边的习俗，就是看小婴儿，会打个小金镯子、金锁片，给小婴儿包个红包等等，我想大陆应该也有。

当时一个哥们儿拉我下去抽烟。他是我大学住在阳明山时周围宿舍的室友，是一个学弟，叫小贤。他的女朋友是我所有哥们儿的女朋友里最漂亮的，一个狮子座女生，叫小妹。小贤跟小妹当时来看望我的时候，小贤就和我说，骆以军，我是这个世界上最倒霉的人。我心里想，这世界上最倒霉的应该是我不是你，我前面讲我发生这么多这么倒霉的事。后来我听他讲了他发生的事情，我就愿意把最倒霉的宝座让给他，我当第二倒霉就好了。他到底发生了什么呢？

这个小贤高高帅帅的，长得有点像法国导演吕克·贝松拍的电影《这个杀手不太冷》的男主角里昂，那个法国演员叫让·雷诺。不过小贤是亚洲人，他的脸更精致一些，所以他长得很帅。

他本来有个哥哥，他念高中的时候，他哥哥在当兵，休假的时候跟其他三个弟兄租了车，在台北华江桥开到一半的时候，对面车道有辆公交车的刹车坏掉了，公交车的司机就想到一个方法，把车子开往桥中间的分隔岛去擦撞，想把车速减下来。不料那个分隔岛不够高，所以他一擦撞，公交车就整个翻过去，翻到对面车道，从上面掉下来，刚好把他哥哥跟他哥哥同事的那辆车压扁了。

他说那天上午九点，突然训导处通过广播把他叫到训导处，他就看到他姐姐在那里，跟他说，哥死了。

我们知道台湾那些本省家庭还是很重男轻女的，所以他就告诉我，他说家里有一个人死去了，这不光是悲伤。他母亲会感觉我的大儿子出门，好好地去当兵，回来却是盖着白布的尸体，所以唯一剩下的这个小儿子，他母亲就会有一种害怕失去他的过度的恐惧。

所以他的压力非常大。他用他哥哥书房，但几年下来他没有动过他哥哥的东西，那时候我就觉得小贤的故事，很像一个村上春树的故事。

他父母其实也不是真的那么有钱，就是勤勤恳恳的小生意人，有点钱就在板桥那边买一个公寓，所以后来就变成包租公，有了五六套公寓，这五六套公寓到时候都是要留给小贤这个唯一的儿子。所以他们蛮宠小贤的，那时我们大学生都非常穷，小贤的父母却给他买了一辆克莱斯勒的双门跑车，很拉风。那个年代电脑还是586，他父母花了二三十万，整套组备了一台电脑给他。

我大学期间，糊里糊涂间就考上北艺大的戏剧研究所。我那些哥们儿就觉得，连骆以军这个学渣都考得上研究所，这学校研究所应该很好考，所以他们全部报名去考，也全部都考上了。

小贤还蛮有才气的，他本来是日文系的，后来考上北艺大的西洋美术史研究所。我关于二十世纪二战之后现代艺术的一些知识，都是他告诉我的。他有个坏毛病，人长得帅，所以就常偷吃。他女朋友小妹整天盯着他，那时候还没有手机，还是BP机的年代。有时候他到我的宿舍来找我聊天，小妹都会立刻打电话到我宿舍来，说小贤是不是真的去你那里了？我都要帮他做证，他会拿我做幌子。

4

他们两人在一起七年了。在我们那个年代，他们两人就是所谓的新新人类。两人看上去穿着牛仔裤、球鞋，很低调，其实全是很贵的名牌，男的帅气，女的漂亮。后来小贤去当兵的那两年，小妹去了证券公司做股票，做得非常好，升为手下有三十个人的小主管，手头也很有钱，买了一辆奔驰Smart，狮子座本来就很独立。之前是小妹着急，小贤退伍以后，现在变成小贤着急，他是独子，他父母施加压力，希望他赶快娶媳妇。

可是小贤那时候在干吗呢？他说他想去台湾，坐上从花莲到台东的火车，慢车，坐在最后一节车厢。拿一台DV去拍铁轨，无止无尽的铁轨，一拍拍七八个小时。我说，你拍这个干吗？没有任何的情节。他说他拍了以后打算兜售给台湾贩卖迷幻药的酒店，摇头店，客人吃了毒品之后，头摇来摇去，然后看着铁轨咕隆咕隆的画面。我想说，你是废物吗？你女朋友现在已经月收入二十万台币（也就是四五万人民币），你还在想这些有的没的。

那时候他们俩会因为结婚的事争吵起来，因为小贤的父母想叫小妹结完婚就不要去工作了，在家里生儿子，传宗接代。后来又出了一个事情，小妹长了一种子宫肌瘤，据说就算动完手术治好了以后，她以后也不能怀孕了。

这些对我来讲是很吊诡，或者是很反讽的，原来他们俩是我认识的最时尚的人，谈论的是未来，是艺术，可是不过才毕业三四年，她怎么掉到很像连续剧里面很老派的、传统的传宗接代的故事里。

小妹后来也灰心了，跟小贤说想分手，因为她觉得她没办法帮他们家生孩子。这个时候他们去找了一个医生，这个医生很差劲的，是一个黑医生。黑医生给他们一种药，其实就是一种男性荷尔蒙的药，在台湾基本上还是禁药，在美国好像也是用于临床医学。

这个药的作用就是，不用动手术，可是会让女性荷尔蒙分泌变少，这样子宫肌瘤慢慢就会萎缩掉。但是它有一个非常重要的SOP（标准作业程序），就是吃这个药之前要验孕，不能怀孕。因为它是一种高浓度的男性荷尔蒙，怀孕的话，如果怀的是男生还好，生的小孩可能就会变成猛男。但问题是如果生的是女儿，就可能会变成所谓的金刚芭比。这是真的，美国的临床医学上有10%的比例性染色体会变异，是非常高的比例，生出来的是生理层面的阴阳人，就是同时有男孩的小鸡鸡，又有女孩的卵巢。

可是，这个大夫已经给她服了这种金刚芭比丸，服了一个多月，都没有做验孕。

回到前头我讲的，他们来台安医院探望我刚生完小儿子的太太。台安医院一楼有一个窗口放着一些免洗杯，可以免费验孕。他们看有人在排队也过去排队，一验，小妹已经怀孕一个多月了。

如果没有前面这些复杂的情况,这件事其实很容易,拿掉就好。问题是小贤他家要传宗接代,他是独子。他跟小妹又是真爱,他要跟小妹结婚。那这个他要不要赌?

可是赌的话,就会掉入到一种非常复杂境地里,性染色体有 XX 和 XY,现在才一个月,你不会知道,你有 50% 的概率,生下来的孩子是男孩,你有 50% 的概率,生的是女孩。是男孩就是没问题,可以传宗接代。女孩的话,这 50% 中又有 10% 的概率会生出金刚芭比,会生出阴阳人。那你要不要赌?

在台湾,要知道怀的胎儿是男孩还是女孩,基本上要到五个月后才能做羊膜穿刺,做羊膜穿刺才能去验胚胎,到底是男孩还是女孩。但到胎儿五个月大的时候,基本上已经不能去把小孩拿掉了。所以小贤面临的,其实是这么复杂的,已经不是古典话语能够处理的困境,而是一种我们正常人脑袋要转好几圈才会理解的专业医学话语的困境。

后来,小妹又去检验,查出怀的是双胞胎,所以等于是赌注加倍了。如果是男孩就是两个男孩,如果是女孩就是两个女孩。两个女孩的话,刚刚讲的那个概率还要乘以二。

小贤就跟我说,这真是魔鬼跟我开的玩笑。

我当时当然安慰他。我说,万一你最后验出是两个女儿,万一最后你又生出了两个金刚芭比,我们俩就指腹为婚,我有两个儿子,我做公公的也不在乎媳妇是金刚芭比。

结果小贤觉得我在讲风凉话,就更生气。

我之后的生活很混乱。我每天要去医院看我父亲,我太太又有点产后忧郁症,我自己的经济、父母家的经济也垮了,我自己在搞创作，穷得要命，一切都很混乱。

半年后，有一天小贤打电话给我。他说，已经验出来了，确定双胞胎都是女儿。

所以没有另外 50% 的可能性了，就是在赌这 10%。可能生出来是两个正常的女孩，或者极大的可能，生出两个女儿都是带把儿的，这是很残酷的。

过了几个月，小贤又给我打电话。这中间我还帮他算紫微斗数。后来他们换了一个医生，因为是双胞胎，他们要做剖腹产，所以他就会知道时辰是哪一天，我稍微会算一些紫微斗数，就帮他看了那一天，一天有十二个时辰，我挑出其中两个命盘最好的时间，这个好，叫雄宿朝元，将来两个都是大将军（好像更是会生出金刚芭比的感觉）；这个好，七杀朝斗，一听也是男人的、豪迈英豪的命。他就很生我的气。

那一天，他给我打电话。电话里他说，骆以军，生了。

我听不出来，他也不告诉我，到底两个女儿有没有长小鸡鸡，也听不出他是喜是忧。

5

我想描述一下，我们去看望小贤两个女儿的那个下午。他们在台北中山北路一个破旧社区的一家私人诊所，我们在那边绕半天找不到停车位。后来看到有一个旧公寓的地下室，可能是违规的私人停车场。车子经过一段防滑的陡坡，下去以后，你会觉得那个空间是一个很台北的、老旧的，像被这个城市废弃的角落。灯管一闪一闪的，墙壁上都是尘埃，管线上都在漏水。

我跟我太太带大儿子去的，大儿子那时候两岁多。那段时间我的心情非常阴郁、沮丧。但我一打开车门，我大儿子突然就非常开心。因为黑暗之境、冷酷之境的地下室，管线上竟然吊了四五十个鸟笼。

我现在如果是在写小说，写到这里是不是要调度出鸟类学的知识？可是我讲不出。当时我们看到有各种各样的鸟，有黄鹂鸟、金刚鹦鹉，有红色的鸟、粉色的鸟，非常漂亮，我们仿佛身处山林之中，鸟鸣婉转。

你会觉得非常奇怪，跟刚进来的地下室场景完全形成反差。后来我想这个停车场顶多停五六辆车，底下是封闭的空间。大概停车场管理员怕自己被汽车排放的一氧化碳毒死，所以养了很多鸟，把鸟当成化学毒气的监测器，如果鸟死了就赶快跑。

我们转角上去，从巷口走出来，转角到中山北路，大概走了一百米。诊所在五楼，可是从电梯一进去，一楼到四楼是色情KTV，特别怪异。电梯很旧，地上就有酒客吐酒的馊水，吐出来的胃液的酸味，他们清理不干净，就用一些廉价的芳香剂去掩盖。所以味道更臭了，又臭又香。

我跟太太带着一个两岁的小孩，而我们旁边就有三四个像是重金属摇滚客的人，朋客头，穿鼻环，脸上有刺青。

到了二楼，电梯门一打开，KTV的镭射舞台灯光照过来，出来几个摇滚青年。到三楼电梯门一打开又出来几个，四楼电梯门一打开又出来几个。到了五楼，电梯门一打开，是一个窗明几净，非常祥和、非常洁白的妇产科诊所，超怪异的。

小贤看到我们来了非常开心，两个小 baby 躺在小推车里推过来。我第一动作就是掀起婴孩的襁褓，看一下，两个都没有带把儿。小贤赌赢了，我们都非常高兴，两个女儿都是正常的。

我太太自己生了两个儿子，我太太娘家家族很庞大，有很多表姐表妹。我太太特别爱看那些表姐表妹生的小女孩，她说她看过那么多刚出生的小女婴，从没见过像小贤和小妹生的这两个女儿那么漂亮的女孩。小贤是个超级帅哥，小妹美到不行。这两个小女孩刚出生，眼睛是闭着的，可是你会看出来，她们的眼线非常长，将来两个一定都是大眼妹，而且那么小的婴儿，鼻梁就直挺出来，将来一定超正的。

我当然立刻跟小贤重提我们当时指腹为婚的约定。小贤立刻转头看一眼我大儿子那跟我一样朝天鼻的鼻孔，当下就背信弃义，否定了当时我们两个约定的这件事。

当然大家都很开心，后来我们走的时候，下楼走回刚刚那个地下停车场的转角，我想描述一下我看到的那个画面。

那时已经是黄昏了，夜晚即将来临，光线开始变暗。我们走过转角的时候，我看到有四五个在酒店上班的女孩，非常年轻，都是十七八岁，都很漂亮，她们穿着开衩到大腿根的酒店制服，那种廉价的公主旗袍。她们在干吗呢？台湾有个习俗，农历的十五或十六，做生意的商家会烧纸钱给好兄弟，给这些孤魂野鬼，保佑生意好做。我就看到这几个女孩围着火炉在烧纸。

这个故事讲到这里的时候，本来我前面所有的忧郁，关于两个怪异胚胎的担忧和疑虑都消失了。此时此刻，我眼前看到的这幅画面，仿佛就是我年轻的时候，完全不了解女性的身体之前，我在阳明山宿舍里抄写川端康成的《睡美人》，里面写的那些最美的少女的胴体，她们令人迷醉的美。

那个时候，那种感觉非常奇怪，我跟我太太、小孩经过这些女孩,我们之间的距离大概不到三米。我看到这些女孩有的在打电话,有的在聊天、开玩笑。她们虽然都化着浓妆,可是她们的脸上没有一丝一毫职业性的色情意味,就是非常纯真、非常漂亮的少女。我看到其中一个女孩,她正把纸钱丢到火炉里,火焰烧得非常旺盛的时候会有一股上升的气旋,有的纸钱一半已经被火焰烧着了,变成灰烬了,可是另外一半还是黄色的纸,厚厚的纸的形态。这中间有一些红色的火星,被上升的气旋吹得飞起来,这个女孩害怕飞起来的火星烧到她的丝袜,所以她非常爱娇、非常自然地把一条腿遮挡住,完全没有意识到有人在看着她,她那个姿态非常非常美。

我那个时候会觉得,这个画面好奇怪的,好像从我前面讲的小贤那个非常奇怪的,掉入到现代性医疗系统的所有怪异胚胎的,还包括我刚才所讲的紫微斗数算命的话语,包括鸟类学的话语,包括所有的这一切的,人在孤独的、无助的、荒谬的,在卡夫卡式的现代机构里面,但最后的结尾竟然是一个川端康成式的画面。

关于许愿的故事

1

我记得 2001 年 8 月的时候,我太太大概剩一个月就要生我们的第二个孩子。在她怀第二个孩子期间,我正在拼一部长篇小说,叫作《遣悲怀》。那个时候我太太为了让我专心写作,她每个礼拜会带着当时大概两岁大的大儿子回娘家住四天,我到周末的时候再把他们接回来,我们一家再团圆。

所以,当我那本书终于在 2001 年 8 月写完的时候,以我们当时的经济状况(我们当时也穷),我安排了一趟旅行,我们在花莲订了一家不错的酒店,等于是报答我太太这一年的辛苦,让我写了这部长篇,也是补偿她,她就要生第二个孩子了。我们那时候年轻,对未来还是有惘惘的威胁感。

那时我们开车一路开到花莲,我还记得那一天,我带着大儿子在酒店地下的室内游泳池玩,那天恰好没有其他游客,我们父子两个玩得很开心。当我们在很干净的淡蓝色的水池里玩水的时候,突然从空旷的泳池上头,传来广播的声音说,旅客骆以军,家人有紧急电话找你。结果是我太太的妹妹打来的,说我母亲急着找我。

原来，我父亲那个时候参加一个大陆的旅行团，结果在江西九江，他的小脑爆了，大出血。当时讯息不是那么畅通，根本联系不上，只传来一个病危通知。

本来是一个假期，突然就好像彩色电影变黑白电影。所以后来我太太也很沉默，大儿子也安静地坐在后座的儿童安全椅上。大家好像都被这种情绪感染，一路上都没有说话。

我们从花莲走苏花公路回去，走到宜兰的时候（那时候宜兰到台北还没有通，现在有雪山隧道，一个小时就到了），一路上都是很险峻的山路。那段路开得又特别慢，天空都是灰的，是那种很像油画的、很浓的铅灰色。

我知道有一条近路，所以我们那一段抄近路，走到一半的时候，我突然看到有一个小庙，就把车停了下来。这个小庙特别有意思，在台湾山里面和荒郊野外常会出现，不知道是什么人盖的。一个很小很小、很像电话亭或卖书报的小亭子，里面供着三个土地公的神像，神像十分破旧。

所以，我就进去跟这三个土地公祈求说，求求你们，让我父亲活着，我愿意以任何代价作为交换。

我当时有一种很强烈的印象，那时候大概是傍晚，那个昏暗的小庙，立在一座无人的山里面。我感觉这三个低阶的神明，三个老头，就像通常在乡下遇到的三个老大爷，没事干了。我觉得他们都在对我笑。

我当时有一种感觉，觉得这三个土地公是我父亲的老朋友。因为父亲晚年还没中风，还没在大陆出这件事之前，他每个礼拜会跟我母亲搭公交车，坐一个多小时，从永和坐到那个山脚下一个叫石碇的地方，那里专门有一些茶农在种茶。父亲那时候腿已经不是那么好了，但会拿根拐杖。我父亲和母亲会爬那一小段山路。其实我听他们讲过，说他们走的就是那段我恰好开车抄近路的山路。父亲和母亲每次爬山，恰好就是爬到那个地方。

当时我许了愿，后来这件事就好像影片的快进，我跟我母亲第二天就赶到大陆，路途蛮艰难的，当时先到海南岛，办了临时的台胞证，接着又从海南岛飞南昌，再从南昌坐几个小时的车，我们到九江的时候，发现父亲的头已经像猪头那样大，因为脑出血，头部都变黑了。

我们当时在九江医院折腾了大概一个月，医院才发准许飞行的证明，让我们把父亲运回台北。

好像这三个土地公当时允诺了我的许愿，或是允诺了我的祈祷，父亲又活了四年。不过这多出来的四年寿命，他一直是处在一种植物人的状态，一直卧在病床上。

2

我的哥们儿都知道我吃素，但是他们没有人相信我已经吃了三十年的素了。我应该是从十八九岁时开始吃素的。见过我的人会觉得，我这外形就像钟馗，或者像鲁智深、像张飞，我相信我去演张飞是不用化妆的。我这种人怎么会吃了三十年的素？

回到三十多年前，我高中整个就是一个学渣，都是班上最后一名，是个小流氓。我还被学校记过大过，三次大过都记满了，我最后高中毕业证书也没拿到，是用同等学力考的大学。

第一年没考上大学，然后我就读了重考班。在重考班的时候，我也没有再跟以前那些坏朋友小流氓鬼混，我当时进入一种很奇怪的、封闭的时光，我就是在那个时候开始决定要写小说的，但是我整个人还是恍恍惚惚的，很茫然，以为前途无光。

那个时候台湾的联考，也就是大陆的高考，不像现在，现在比较好考，因为现在少子化，而且台湾后来没有规划好，办了非常多的私立大学。三十年前大学没那么多，要考上大学有一定难度。

当时我根本也没在念书，整个人恍恍惚惚的。在重考班马路对面有一个观音堂，里头供着一尊大概跟人1:1比例、等人高的观音菩萨。我母亲是一个很虔诚的佛教徒。可是我并不是那么虔诚，后来有一天我经过观音堂，那时候还有一个月就要联考。我跟观音菩萨许愿说，菩萨如果你让我考上大学的话，我这一辈子就吃素。

结果她真的让我考上了，但是让我考上全台湾最后一个志愿，我真的就是那个传说中的"孙山"，全台湾那一年榜单的最后一个准考证号码，最后一个名字。我考上的是文化大学的森林系。

当时那个贫穷的年代，我那时候哪吃过什么肉，现在五十岁了，总是会出来跟一些大人物、前辈聚会，跟他们吃一些好的。那时候哪知道这个世界上有和牛，有大闸蟹，有炖羊肉，有这些这么好吃的东西。所以许愿对我来讲，也就不觉得自己有很大的损失，我觉得菩萨承诺我了，我考上大学了，所以我也很信守承诺，吃了三十年的素。

3

我可能在之前的故事里讲过，我太太年轻的时候是个大美女，我太太是我们那一届中文系的系花。我小儿子特别逗，他有一天突然问我：爸，就你这德性，你当时是怎么追到我妈的？

我沉默了很久，在思考这个问题，我当年是怎么追到的？

我突然有一种好像是印度文化里像宇宙那么大的神，把整片星空都吞到肚子里去，太饱了，想打嗝的感觉。

为什么会有这种感觉？

那时候我大四，是一个很宅的家伙，我很少去学校上课。突然有一次看到原来我们班有这样一个大美女，高个儿，很像《红楼梦》里林黛玉那种女孩，特别地柔美。我当时当然就被电到了，而且我之前也没有交过女朋友。

其实那时候她有一个男朋友，条件特别好。身高大概快一米九，是电机系的学长，还是篮球校队的。所以我追她就追得特别辛苦。

那时候，我在阳明山租房子，房东太太有一个小孩，是小学生，我有时候会教这个小男孩数学。我自己数学其实很差，但那小孩功课特别差，所以我教一教，好像他妈妈也觉得有进步。

有一次，天空中有一架飞机飞过去，它不可能是低空飞的，怕撞山，所以飞机都显得很小。这小男孩突然就对着天空做出一个动作：把大拇指跟其他的手指头圈成一个圆圈圈，好像一个瞄准镜，然后对着天空，把那个小小的飞机圈在"瞄准镜"里，然后做一个假动作，把那架飞机抓在手掌里，好像抓了一只小虫或一条小鱼苗凑到嘴边，像吸一口气那样把它吸掉。

我问他，你在干吗？

他说，抓50架飞机，可以许一个愿望，非常灵验。

所以我就听了这个小男孩的话。我那一年追我太太追得特别难，根本追不上。我后来跟我小儿子说，你爸当时应该吃了两千多架飞机才追到你妈。

我又特别功利主义,我在开车的时候看到飞机,手就伸出去抓,就好像飞机的躯壳还在天上飞,我就把飞机的灵魂抓起来,放在手掌里,握在中间,然后就送到嘴边把它吸掉,这样就累积到一架。我心里一直在记数,现在是第34架、第35架、第36架,那到第50架我就觉得可以许一个愿。我那时候应该吃了有两千多架飞机。

有一段时间,我还经常去那个机场,我的天啦,满天满地都是飞机,我在那里狂抓,在那边一直吸、一直吸,别人看都觉得我是神经病。

这个到底是灵或不灵?但是,我后来真的娶到这个女孩了。

那时候我还许过一个愿。那时候在夜晚开车,经过台北的罗斯福路。如果要开到新店的话,中间至少会经过大概二十个红绿灯。我当时就在心中许了一个愿说,我如果现在一路飙车(那当然是夜晚,夜晚车辆比较少),我一路飙到罗斯福路的尽头,不要碰到任何红灯,我就一定会娶到这个女孩。

我就加速一直冲冲冲。当然中间有作弊,其实有的时候中间绝对有一两个正在变成红灯,或者已经变成红灯了,但是我还是闯红灯过去了。竟然真的一路给我飙到罗斯福路的尽头,没有被红灯拦下来。

当然,这个你说准还是不准?我也不知道。

但是最后,如果按结果论,我许了那个愿,向一个我也不知道到底是天地之间的什么神明许了愿。结果成了。

4

时间再往前推一点,大概到我高中。那时候一个班大概五十八个人,整个高中三年,我永远是第五十八名。我好像看起来也寡廉鲜耻,心不在焉,懵懵懂懂,也不觉得这有什么丢脸的,因为我的魂根本不在这个教室里。

但是我母亲特可怜,因为我父亲是一个很严肃很传统的教授,很高大,特别严厉,所以我母亲那个时候整天提心吊胆。有时有挂号信来,她不在家,她还要联络我哥我姐帮我偷偷拦截这封挂号信,就怕是记过通知(我翘课、旷课的通知),或是拦截我的成绩单。其实我成绩单也没什么悬念,总是最后一名。

但我有一次回到家,发现我母亲简直就是喜极而泣,简直像二十年后我得了文学奖那样地开心。她跟我说,小三(在家里她叫我小三),你知道吗?你这次不是第五十八名,你是第五十七名。

我变倒数第二名了,其实我自己也有点愣住。我想我最后一名的宝座是被什么人夺走了。我看了一下成绩单,发现这一次第五十八名是一个叫陈正伟的人。

我跟陈正伟不熟。我都是坐教室最后一排的那种牛鬼蛇神,他是坐比较前面的,他是一个很良善的好学生、好孩子。他的名次都是十来名,将来应该是考"国立"大学的。但是他怎么会考第五十八名?

他后来没有来上课。听同学说考试那一天,他只考了前面两科,他的头非常痛,然后他就请假了。所以他其实才考了两科,我考了八科,每一科可能考个二三十分,我最后还小赢了他。

大概过了两天，我跟几个同学去台大医院探望陈正伟。他刚动了一个脑部手术，被剃了光头，昏迷不醒。他跟他母亲长得几乎一模一样，他母亲是一个非常良善的、老实的妇人。

我后来走上文学这条路，好几年后，我看了沈从文的小说，我才知道说这世界上有这样的人，他们即使在最苦难的时候，还是那么地良善、温顺，脸上仍然带着一种没有戏剧性的苦笑或微笑。我觉得他母亲好像搞不清楚状况，这群人里面她就抓着我，一直在跟我说她儿子当时可能是上体育课，或者从操场走过去被人家撞了一下，所以那天考试考到一半，头非常痛。后来就送医院，结果说脑出血了，就动手术，本来手术还算成功，但后来又被感染了，所以他现在发了高烧。

我看到病床上这个我不熟的同学，一直在张口打哈欠。他的脑压太高，他一直处在一种无知觉的状况。他母亲好像也不了解，我是一个坏学生，可是不知道为什么，她就一直跟我讲这些。

那天我离开的时候是傍晚了，跟同学们分手以后，我搭公交车回永和老家。在那个年代，回永和会经过中正桥，我就在那一站下了车，因为我看到桥头有一个观音亭，观音的塔里面供着一尊很大的观音菩萨，我突然灵机一动，就去跟这尊很巨大的观音许愿。我说，菩萨你让陈正伟活下去，我愿意用我十年的寿命给他抵命。

那个时候我可能觉得自己就是一个废物，我的命大概也没什么值钱的，就随便许了愿。

后来，他的病真的好了。他留级了，我们有一群同学去他家给他庆生——庆祝他重生。他母亲还是那样一张愁苦的、温良的、好人的笑脸，热情地招待我们，但没有任何人知道我许过的这个愿。

或者我许的愿根本没有意义。但一直到我前两年身体很不好，尤其是去年心肌梗塞差点死掉。我突然在想，会不会是我当年乱许愿，寿命本来应该还有十年，结果现在被减寿了。

5

我现在想要讲我非常喜欢的加拿大小说家、诺贝尔文学奖得主爱丽丝·门罗的一篇短篇小说。这篇短篇小说叫作《梁柱结构》。我是门罗粉，在她得诺贝尔文学奖之前，我就是她的短篇小说的粉。我觉得她的每一篇短篇小说都好，但是这篇《梁柱结构》甚至都可以用来作为短篇小说课的示范教材，它的结构实在太漂亮了。

这篇小说的女主角叫作罗娜，是一个美丽的少妇。她先生是一个社会地位比较高的教授，但年纪比她大了蛮多，可能大她十二岁左右。

门罗的小说有个特色，很像溪流上面很浅很浅的水波轻轻地在流动，不会有太剧烈的戏剧性，比张爱玲还要张爱玲，比沈从文还要沈从文，人心的细微变化都是在水波下面，在水流的深处静静地流动。罗娜就是这种很内向的、满是内心戏的人。

别人也很羡慕罗娜，因为她住在富人的社区，在豪宅大院里面，有一对儿女。她跟她先生的社会地位，或者说知识资源有蛮大的差距。所以她先生有点大男子主义，又是经济上绝对的主人，甚至有点像家长的角色。

小说一开始说，有个年轻的男生叫莱昂纳德，莱昂纳德是罗娜的先生以前所在大学的学生。他曾经是那个学校的数学天才，大家最看好他，他的智商非常高，但有某种高智商症候群，亚斯伯格症之类的，大概大学念到一半的时候，突然就崩溃了，休学住到精神病院。他在精神病院住了几年后，也没有人知道他那段时间发生了什么。有一天他又回到正常的世界，回到这个社区里的时候，他的身份变成一个教会内部杂志的小编辑，教会有给教徒们、教友们看的教派内部的杂志。

罗娜的先生基于导师的角色心理，或是觉得妻子有点太闷了、太害羞了，就会带着罗娜到他的社交团体去。那些老男人都好像冒出荷尔蒙，会说，你太太真是个小美人。她先生会有一种好像我带着一只孔雀出来炫耀的虚荣感，可是也会有一种说不出的不高兴。

同样，她先生把莱昂纳德带回他们家，变成他们家庭的友人。莱昂纳德是一个很内向的人，甚至是有某种程度的轻微的精神官能症者。他对事情的回应非常简洁，很像孩子。虽然他跟罗娜年龄接近，都是二十来岁，但是在小说前半段的叙述中，感觉他还是一个少年，非常单纯、纯净。

她先生好像完全不会对莱昂纳德产生雄性的嫉妒或是防卫，因为可能在他看来莱昂纳德根本就是一个还没长毛的小孩儿，没有觉得对自己有威胁感。所以他好像把莱昂纳德当成一个像陪伴他小妻子的宠物，是他给小妻子找来的一个玩伴。

后来突然不知道从什么时候开始，莱昂纳德每个礼拜会写一首诗，然后装在信封里，很正式地放在罗娜的书桌上。这样持续了几个月，罗娜也不敢让先生知道，但是她不懂文学，所以也不知道该怎么回应他。她不知道这些诗写得好或不好。门罗厉害的地方就在于，她并没有写罗娜内心对这些诗有什么样的感受或情感起伏。

这时候又发生另外一个状况。罗娜家乡的表姐，一个典型的、讨人厌的表姐，年纪大罗娜五岁。她是一个很神经质、很敏感多疑的人，在家族里不受欢迎。她突然离家出走，存了一笔不多不少的钱，来投奔罗娜。

她来了以后，他们在家庭客厅讲话，这个场景门罗真的写得非常好。她也不多写，可是你在这个空间里面，就会从对白里或者从换场的私下相处的时刻，发现她先生很不喜欢这个表姐。

她和表姐好像都是单亲家庭出身，家里还剩下一个老祖母，这些年其实都是这个表姐在照顾。现在这个表姐变成了一个老小姐，没有走进婚姻的可能。她就觉得罗娜当年一走了之，变成新娘子，嫁到这个有钱的人家，有种命运的不公平之感。

表姐说，你们住这么豪华的社区，但是你们这房子怎么盖得像谷仓一样！

罗娜立刻就知道她先生很不喜欢这个表姐的原因，因为整栋房子是她先生自己设计的，是一种梁柱结构的西海岸风格。

等到晚上就寝，罗娜跟她先生独处的时候，他们有一场很简洁的对白。他问，她要待多久？然后说，你为什么不早告诉我她要来？还说，她为什么当时打要我们付费的长途电话？她先生表明了不欢迎她表姐的态度，罗娜左右为难。

表姐充当了他们家饭桌上聊天的角色，一直在讲这些年来自己吃了什么苦。因为表姐大罗娜五岁，罗娜还是小女孩的时候，都是表姐在照顾她。所以其实全部都是含沙射影，是一种道德上的谴责或抱怨。

门罗写道,这中间罗娜的先生像故意似的,安排了一次家庭旅行,去一个热带的海滩玩,等于是把表姐一个人扔在家里,眼不见为净。他实在不喜欢唠叨的,又很多疑、讨人厌的表姐。晚上睡觉的时候,她先生就会用家长般的语气问罗娜,你告诉她了吗?

罗娜个性很温顺,从头到尾不敢告诉表姐说:过两天我们全家要出门。

这个时候莱昂纳德因为帮父亲搬家,要离开一段时间。于是罗娜收到莱昂纳德最后一封写着诗的信,其实几乎就是一个害羞的少年隐秘的、告白的情书。信上说,我梦见我骑脚踏车载着你,我们骑得飞快,可是你没有露出害怕的样子。

罗娜知道莱昂纳德不在家,可是她特意经过莱昂纳德的家。罗娜对女房东说,我先生是莱昂纳德以前的教授。于是她拿到了钥匙,进入莱昂纳德的房间。

门罗这样描写道,莱昂纳德的房间尽头有个壁凹,里边装着一个两灶的瓦斯炉和一个壁橱,没有冰箱,没有洗涤槽,百叶窗半放下来,有一些光垂进来。有一块满是棕色颜料的花色杂乱的油毡,空气中微微有点燃气炉的味道,混合着潮湿的厚衣服味、汗味以及某种松香味抗鼻塞药丸的味道。门罗的这段描写像淡笔画一般。

这个房间像一个修道僧、一个苦行僧的房间,这一切都是莱昂纳德的气味,但是小说没有写任何罗娜想要出轨,想要婚外情,或者想要跟这个有点故障、有点自闭症、还停留在男孩形态的这个男生有什么情愫的想法,都没有写。

接着门罗就写他们出去旅行了,把这个讨厌的表姐丢在家里。他们出门之前,表姐对着罗娜哭吼,你不想要我了?

罗娜那时候很想冲上去打她,她想说,你凭什么?我欠你什么?你凭什么这样对我?你凭什么来勒索我?你凭什么想要介入我的家庭,破坏我的生活?我在这个家庭里的处境也并不是那么容易。

总之他们出去旅行了,旅行当然就像典型的富人的旅行,有钱的丈夫带着漂亮的小妻子和一双还是小 baby 的儿女,在海滩玩耍,有各种景象描写。

可是门罗在这时写道,在旅行的过程中,罗娜突然觉得自己非常确定一件事情,即她表姐为了报复她,一定会在他们不在场的家里,在后门内侧上吊自杀。她可以感觉到他们把门推开的时候,厚厚的门撞到垂挂在半空中的尸体,有碰撞到沉重的垂坠物之感。于是她开始变得非常焦虑,可又不能把这个想法跟她先生讲。小孩仍然无忧无虑地在玩。直到他们开始回程的时候,罗娜还是强颜欢笑,心不在焉。

门罗还写道,先生开着车,小孩问妈妈各种问题,要妈妈唱儿歌给他们听。罗娜也都敷衍地应付着他们。可是她心里一直知道,等到最后他们到家,打开门的时候,会看见一具尸体,这个讨厌的表姐会用死亡来报复她。

这个时候,她开始向看不见的、神秘的上天许愿了。可是许愿的话,要拿自己最重要的东西去交换。但是她有什么可以作为筹码交换的呢?她立刻就说千万不要牵涉到孩子。那她还有什么呢,她一无所有,她自己的寿命,她的健康,她的美貌?她不知道自己能承诺什么。后来就掂量了各种的可能性,是关于她自己一切的、所有可能可以交换出去的。

最后，到家的时候，因为车库在后面，需要从厨房推门进去，她还跟他们说，我们从前门走好不好？

但这时候，她突然听到院子里传来了莱昂纳德非常快乐的声音。她想，天哪，她许的愿真的实现了。然后她木愣愣地到了二楼，从二楼的窗子看到一个非常美好的场景：她先生和两个孩子在玩，莱昂纳德和他们像一家人一样，打开水龙头，浇旱金莲花，然后她的表姐也走了出来。因为她不在的这段时间，莱昂纳德来找她的表姐，竟然跟她这个讨人厌的表姐交谈得很融洽。

这时，罗娜有一段内心独白，她突然回想，刚刚在回程时，她到底对上天承诺了什么？她到底拿什么做了交换？

她想不能牵涉到孩子们，那是关于她自己的什么呢？是放弃读书吗？还是她去贫穷的国家领养那些可怜的弃婴？还是她信教，去教堂？还是她把头发剪短，不再化妆？

她回想了所有的可能，后来她才发觉，其实交换已经发生了：一种原本可能改变她生活的可能性，被取消了。一种模糊的，可能是幸福、可能是伤害的幻想，被永久地夺走了。她将永远继续这样一成不变的生活。她本来有可能被一束说不出的童话里的光照亮，但现在这束光从画面上隐去了。

爱丽丝·门罗这篇小说的最后一句话，我觉得可以作为这个故事最棒的结尾。

她说：她那时太年轻了，对于谈判，她还是个新手。

弄丢父亲的故事

1

波兰小说家布鲁诺·舒尔茨有一个短篇小说,叫作《肉桂色铺子》,收在小说集《鳄鱼街》里。这个短篇小说非常美,非常诗意,可能是整个二十世纪的短篇小说中我个人最喜欢的前十个之一。

布鲁诺·舒尔茨笔下的父亲可能是世界文学史上最倒霉的父亲。比起卡夫卡《变形记》里早上醒来发现自己变成一只硬壳虫,这个父亲的变化更加奇幻。这个父亲总像是被这个世界伤害,遭受着超乎我们所能想象的创伤。父亲回到家里的时候,总是像鬼魂一样,或者心不在焉,面无表情,神魂颠倒。

其中有一篇是写父亲回到家里,变成一只螃蟹。但奇怪的是,他的家人也没有觉得老爸变成一只螃蟹是个奇怪的事情。大家还是一块吃饭,只是有的时候儿子在房子里走动的时候会不小心踩到那只螃蟹,一下踩到爸爸了。

这篇小说最恐怖的地方是,有一天晚餐的时候,父亲不在,他们才发觉母亲把那只由父亲变成的螃蟹煮成了螃蟹汤,在餐桌上。但他们也没有悲伤,也没有惊吓,很安定、很平静地把螃蟹汤喝了。

这篇《肉桂色铺子》如同布鲁诺·舒尔茨其他小说一样,充满了一种童话的诡异感与神秘感,或是童话的诗意。

同样,这个父亲出现的时候也是一脸说不出的茫然、呆滞、心不在焉。为了分散父亲的注意力,把他从不健康的状态中拽出来,母亲提议在傍晚时分出去散步。父亲一声不吭而且也没有提出任何反对意见,就算是同意了,尽管兴趣不大,心烦意乱走了几里路。有一次,我们甚至走进了大剧院。父亲还是那样一张瘦削的、寂寞的、呆滞的、没有表情的脸。小男孩可能十多岁。在一九三〇年代,世界上还没有好莱坞电影,还不像现在我们在YouTube上什么都可以看到。所以在这个东欧小镇,这个小男孩眼中的大剧院,简直就像天堂一般的景象,可以看到蓝色的布幕像夜空,上面有繁星点点,各种光束打上去,非常美。

小男孩当然非常期待,但倒霉的父亲发现他忘了带皮夹,买票的钱,买票要用到的证件,都放在那个皮夹里。这时候,在经过与母亲的简短磋商后,这个奇怪的、倒霉的父亲竟然做了一个决定,叫这个小男孩一个人跑回家,帮他把皮夹拿过来,他父亲就待在马戏团的门口等。这篇《肉桂色铺子》的故事,就围绕着这个小男孩如何穿越一个小镇而展开。

傍晚时分,天慢慢黑下来了,所有的街道对这个小男孩来讲都像一个陌生的路口,他要穿过夜晚的城市跑回家。而父亲还站在马戏团门口,此时马戏团已经开演了。父亲孤独地站在门口等着他,他要回家去把父亲的皮夹拿回来给父亲。

小男孩这时候自作聪明,想到可以抄近路,于是他就跑到暗影中城市旧区的一个小街区。这个地方有很多小店铺。每一家小店铺，店门都矮矮的、小小的，门口都会挂一块黑色的木牌，好像是犹太教的习俗。小说为什么叫"肉桂色铺子"呢？因为每家店铺都渗出一股混合着肉桂这种香料的香气，所以叫"肉桂色铺子"，一个肉桂色的小铺。在这些肉桂色小铺的街边，会站着一些浓妆艳抹的但已不年轻的妓女，她们抽着烟，穿着皮衣，在等待顾客。

接下来的描述非常美，其实很像我年轻的时候有一次听阿城先生说过的，他小时候跑到北京的琉璃厂，虽然是个小男孩，进来看这些东西，分不清楚，这个看起来像破碗烂勺子的，是最贵的官窑的瓷器，还是宋代的文物。店里的那些老掌柜，对你都非常客气，脸上带着一种神秘的微笑。

在《肉桂色铺子》里，布鲁诺·舒尔茨写道，这些小店铺里的掌柜，他们的脸有一半映在灯泡的光里面，有一半隐在阴影里，他们脸上都带着一种似笑非笑的神秘的表情。

这些肉桂色小铺里摆着什么东西？中国的剪纸和靛蓝染料，有一些已经不存在的国家的邮票，有孟加拉的灯盏，有魔术匣子，有活的蝾螈和蜥蜴，有昆虫的卵，有从纽伦堡运过来的机械玩具，有装在罐子里的侏儒，有显微镜，有望远镜。

对这个小男孩来说，更特别、更神秘奇妙的是一沓一沓非常珍罕的古书，这个中国也有，甚至还有一些春宫画。小男孩跑过这些肉桂色小铺，经过这个很像迷宫，或者很像一个城市的老旧的滤筛，这些肉桂色小铺里头坐着一些来自老时光的、蜡像般的老掌柜。

布鲁诺·舒尔茨在《肉桂色铺子》这个短篇里花了很多篇幅，写这个孤独的小男孩。写他一个人在这个城市的街道奔跑的时候，舒尔茨对月亮进行大量的描述，我们一般有很多评论家说，张爱玲非常会写月亮。但是如果你看了《肉桂色铺子》里写的月亮，你会发现，那才是描写月亮的极致。

舒尔茨写月光被一层层的云挡住，云被微透的月光晕染，变成银色的鳞片。云在天空中像一群绵羊或像川端康成《千只鹤》中一千只鹤的羽毛。天空像青瓷的颜色，月光穿过去像可以看透翡翠墨绿色的、螺旋状或柱状的节理，写得非常美。

小男孩跑着跑着，慢慢地好像迷路了，或者是说进入到一种似梦非梦的情境中。他跑到念书的中学里，非常奇妙，像梦境一样。他觉得自己怎么在美术教室，在还开着灯的美术教室里，美术老师还在给同学们上素描课。然后舒尔茨还描写画室里一排残缺不全的石膏像，一些希腊的英雄或神祇，半兽半人的石膏像，他描写了很多这些情境和细节。

到了小说的末尾，好像一部公路电影接近尾声。小男孩在天色微亮之际走出了迷宫。但是我们读到这里，才发觉这个小男孩已经彻底忘掉了他原来的使命。他的父亲可能还站在马戏团门口等着他，所以这是一个把父亲丢掉的故事。

2

在中国现代文学史上，屹立着两个大作家的父亲的巨大身影，一个当然就是鲁迅的父亲，大家都记得鲁迅最有名的那篇《父亲的病》，非常惊悚、恐怖，很像是鲁迅所有小说的一个证物，一个他所身处的这个古老的中国文明的证物。文章中，父亲临终前，绍兴的这些大娘、这些老先生、这些讨厌的邻里们还一直叫还是小男孩的鲁迅,照着习俗,一遍一遍地喊着"父亲、父亲",即使父亲其实快断气了。这是鲁迅的父亲。

另一个是张爱玲的父亲。张爱玲的父亲是不输布鲁诺·舒尔茨笔下那个倒霉的父亲的。张爱玲讲过一句话,她说,我父母那一代人像是磨坊的碾盘上被碾压的谷粒。因为他们恰好是在古今与中外这两种纵向与横向的文明剧烈变化中被碾压的一代人。所以张爱玲的父亲非常有名,他读尼采,读叔本华,他甚至会用一九二〇年代在上海很时髦的铁柜办公桌和书柜,他有一块表,是旅行用的可以切换国际时间的表,表面上有两个时针,分别是中原标准时间和世界标准时间,他喝牛奶,他觉得在那个时代喝牛奶很西化。但同时,他却是一个会没事把鼻涕擦在长袍袖子上的人。所以张爱玲描写她父亲的袖子非常恶心:都已经发亮了。她父亲小时候因为家世非常好,他的母亲是李鸿章的女儿,所以从小怕他学坏,还是小男孩的时候,母亲不让他出去,还故意给他穿绣花鞋,这样出去会被同伴笑,所以他就不敢出去学坏。

他背了满腹的八股文,可是等到他慢慢变成一个中年人、老年人的时候,大清朝已经亡了,所有这些八股文,在这个活的世界变成一种死的语言,可是他却倒背如流。张爱玲描写她父亲每次吃完饭后,会背着手,绕着只有几平方米大的阴暗的厅堂走路,嘴里背着那些他已逝的母亲当年教他背的八股文。

张爱玲描写她的父亲,就像一只被困在兽槛里面的困兽。

3

前一阵子,金庸先生过世了。我的哥们儿聊起,因为我们都不算是真正的金庸迷，就聊为什么金庸的影响力可以横跨几十年，从香港、台湾到大陆，都有那么多的人读他的小说。

当然，金庸小说里的武功设定太厉害了，神之又神，几乎也很难超越了。六脉神剑、乾坤大挪移、九阳神功、九阴真经，这些当然是玄之又玄。而且，他小说的情节非常诡谲、华丽，铺展开来是非常好看的。其中有个很重要的特点，金庸经常把主角的父母的形象，设置成被这个恐怖的世界变成怪物。

譬如说最有名的《天龙八部》里，非常恐怖的地方就是三个男主萧峰、虚竹、段誉的身世。萧峰不用讲，萧峰这个角色的悲剧就来自他的父亲，他到底是汉人还是契丹人，他的身份其实是分裂的，是冲突的。

而段誉一直在把妹，但他老爸是个风流老头，他把的每一个妹都是他妹妹，所以都不能乱伦，很倒霉。最后到那场大戏的时候才发觉，他不是他老爸的亲生儿子，他老妈当年太恨他老爸去外头乱把妹，就随便找一个倒霉的流浪汉，给他老爸戴绿帽子。当然在这个故事里，这个结果对段誉是很好的，因为这些女孩都不是他亲妹子，所以都没有乱伦的威胁。

最令人震撼的是虚竹。虚竹这样一个苦命的少林寺小和尚，后来变成金庸所有小说里武功得来最神之又神的人。金庸把三个各拥有七八十年功力的老人家加起来有二百四十年的功力全部灌在他身上。他是一个最传奇的人。他是个和尚，他一直说我不要犯戒，我不要犯戒，结果最后最爽的就是他。但是，他的身世也是最离奇的，他是少林寺的住持、整个武林的老大和社会上最坏的恶婆娘生的私生子，瞒了整个世界，瞒了几十年。所以为什么大家看金庸小说会有共鸣，因为这一百年来我们的集体记忆，我们整整两代人,我们的父亲是在一个远超出他人想象的、扭曲的世界和历史里,变成怪物,失去身份,无法分辨。

怎么去寻回失去身份,变成怪物,变成舒尔茨写的那样,变成一只螃蟹,不能口吐人言,无法被理解的父亲?所有的孩子都不知道为什么他那么地茫然。

4

希腊导演安哲罗普洛斯有一部电影,我年轻的时候非常喜欢,叫《雾中风景》。电影里有两个小孩,小孩很可怜,他们的妈妈是一个很不幸的女人。他们从来没见过爸爸,只知道爸爸去德国打工了,他们父亲存在于这个世界某个地方的唯一证据,只是妈妈对他们说的话。

这个电影的影像是在一片大雾中有一棵大树,就是这样一种风景。姐姐可能才十二岁,还是一个刚长成少女的小女孩,她带着可能才五岁的弟弟,两人瞒着母亲,离家出走。两个小孩像《苦儿流浪记》里那样,跑去搭火车,去寻找他们的父亲。

当然这是一部很悲伤的、很沉重的、很绝望的电影。这个小女孩在旅途中的高速公路上被一个卡车司机强暴了。她还是那么小的一个小女孩。

他们也遇到了一些很好的人,他们跟着一个流浪剧团。这个小女孩偷偷喜欢上了剧团里一个帅哥,一个对他们非常好的大哥哥。可是到电影的结尾,小女孩发觉这个大哥哥其实是一个同志,是一个 gay,因为他带她去一个 gay 吧。小女孩非常伤心,就跑了出去,大哥哥追上她,对她讲了一段话,他说:头一次总是这样，一开始你会觉得很痛很痛，像心脏要爆裂开来，但是慢慢地，你会习惯。

其实，什么叫作"慢慢地，你会习惯"？这个故事我年轻的时候看不懂，我现在五十岁了，我慢慢理解了，就等于说，你会慢慢习惯，你注定是会弄丢你的父亲，你注定会找不回他。你父亲好像还站在某个地方等你，等着你把他的皮夹拿来，可是你注定找不到他。

5

我父亲是1949年随着溃败的国民党逃到台湾去的所谓的外省人。我父亲以前的家是在南京江心洲的小岛上。我小时候，住在我们永和那栋老房子里，我父亲很爱讲他小时候在南京的一些往事。我印象特别深的有两个故事，都是没头没脑的故事。

一个是他还是小男孩的时候，有一天他独自在江心洲上玩耍，经过一个沼泽时，他看到沼泽中间有一大坨很像莲花的某种水生植物，而且一直在冒泡泡。他观察了一下，发现那个水生植物上面坐着一个婴孩，一个非人非鬼的东西。我父亲当时还是个小男孩，感到非常恐惧，就捡起一块石头向水中的妖怪婴孩扔了过去，一下子就扔中了，那个坐在水生植物上的妖怪婴孩沉入水中。

另外一个故事，我父亲水性很好，他们住在江边，从小就在水中游泳。有一次，他跟几个同伴打赌，大家潜水，看能够憋气多久。我父亲说他潜到河床最底部一处起伏的沙面时，突然看到一只青色的螃蟹。那是一个银光灿烂的水下世界，水光晃荡。

我父亲还是一个七八岁的小男孩，突然这只螃蟹伸出一条非常纤细的、白皙的、女人的手臂，紧紧地抓着我父亲的脚踝。

这个场景我父亲回忆时讲过很多次。还好我父亲水性很好，拼死挣扎，最后才把那条紧抓着他脚踝的手臂挣脱开，然后使劲往上游去，冲到水面上，才活了下来。

我小时候非常不耐烦，老听我父亲重复地说这些像梦话一般的童年的故事、奇怪的故事。但是这两年，我有时候会想起我父亲讲的这些对我来讲是一个很遥远、很陌生的地方的奇怪的故事，有些细节我记不清楚，想要再问我父亲的时候才想起来，父亲已经不在了。

结语

说到底，我们都是注定弄丢父亲身份的孩子。就像布鲁诺·舒尔茨小说里的父亲，变成了一只螃蟹，变成了一只鸟；张爱玲的父亲变成了被困在兽笼里，来回徘徊，背着手背诵着人类已不再使用的华丽语言的一个非人的怪物；或是鲁迅的父亲，在将死的时候，还被灌各种奇怪的汤药。

他们在自己的时光里，像碾坊里磨盘上的谷粒，已经被碾了一百年以上了。而现在，我们常常感受到的我们的痛苦、我们的迷惘、我们的困惑，其实早在一百年前就超出了我们能解决的范畴：我们找不回父亲的身份。

命运交织的文明

1

有一回,我在一个场合听阿城先生说起,多年前他在纽约,有一次问木心先生,先生您能否只说三个小故事,就描述出纽约这座城市的个性?

木心先生真的讲了三个小故事。不过我只记得两个,有一个我忘了。

第一个故事,木心先生说,有一回他在纽约一个类似downtown的很大的超级市场,他要从这个市场出来到停车场,差不多两百米左右,然后就看到一个典型的美国白人老太太,八十多岁的样子,背驼到与地面可能呈90度直角了。她推着一个超市里的菜篮车,里面放了一点蔬菜,步履蹒跚,非常慢、非常慢地移动。

木心先生说他站在旁边观察这个老太太从超级市场推着菜篮车走出来,直到走到停车场,她有一辆很大的休旅车停在那儿。两百米左右的短短的一段路,这个老太太步履蹒跚,就像蜗牛在爬一样,慢慢地、慢慢地推着菜篮车,竟然走了半小时。最后,她终于像蜗牛一样、像乌龟一样到达了她的休旅车的位置,然后她按下自动锁，车门开了，她慢慢地把菜放在车上，慢慢地爬到车子里，发动车子，一换挡，车子开走了。

阿城说，对，这就是纽约。

第二个故事，木心先生说，有一次他在纽约的地铁站等地铁，纽约地铁里光线很暗，人也都非常地冷漠。大家在等着地铁列车进站。这个时候有一个像流浪妇一样的老太太，六七十岁的样子，她的票卡掉到月台下面去了。那个年代还用票卡，那种小小的厚纸卡的车票。看到这一幕，她旁边没有任何一个人有所反应，大家都非常地冷漠，没有人看这个老太太。只有木心先生，他观察着这个老太太，这个老太太穿着一件长袖毛衣，她不慌不忙地从毛衣袖口抽出一根脱绽了的毛线。她抽了非常久，抽出一根非常长的毛线。然后她从背在身上的像垃圾袋一样的大包包里掏，掏出一片口香糖，放在嘴里嚼一嚼，然后把口香糖粘在毛线的另一端，接下来，她就像在钓鱼一样，颤颤巍巍地把这根毛线垂到月台下面，在那边捣鼓了半天。

木心先生都感到紧张，因为过一会儿地铁就要进站了，但是这个过程中，老太太始终气定神闲。没多久那个口香糖竟然真的黏住了票卡，然后老太太把毛线慢慢往回拉，就把掉下去的地铁票卡拉回来了。

这个故事的重点是，票卡被拉回来的那一瞬间，老太太把票卡拿到手上的那一瞬间，整个月台的人全部都在鼓掌。

你原来觉得纽约人全都很冷漠，但其实他们都很佩服这个老太太，她能想出这么充满创造性的办法。

阿城先生也笑着说，木心先生讲的这个故事就是纽约。

我后来到不同的城市，比如说我到北京遇到老北京人，或者我到上海遇到老上海人,或者甚至我在台北碰到我的哥们儿,我就提阿城先生提的那个问题,你有没有办法用两个故事,或是用一个故事,说出这座城市的性格,说出这座城市的身世?但没有一个人像木心先生这么厉害。

2

2017年,我生了一场病,然后就耽溺于在YouTube上看大陆的综艺节目,我真是什么综艺节目都看了,比如大陆很火的《我是歌手》《金星秀》《非诚勿扰》这类的,看得乐不可支。我还特别爱看很多年前流行的一部电视剧,叫《东北一家人》。我每次半夜看,看的时候还一直笑,然后我小孩半夜起来尿尿,就发觉他老爸是个废柴,自己在书房里一直呵呵笑。我也看了超多《华山论鉴》这样的鉴宝节目,还看了很多马未都讲古董知识的节目。

有一次,我看到一个很怪的综艺节目,这个综艺节目叫作《最强大脑》。大概就是把全中国智商最高的超级天才找来,都是一些年轻人,然后PK,做一些我们平常人不可能理解、不可能想象、很怪异的超脑测试。

我也不知道测试是真是假,总之节目组找了外国专家当评审,出题目测试,有各式各样的测试。比如让选手某一天去一个牧场,牧场里面可能有两百头乳牛。对我来讲,乳牛身上的黑白花斑都是一样的。选手一个礼拜前去看这两百头乳牛,进行几个小时的观察,最后在节目现场随机抽取,比如说第79号乳牛身体某个部位的花斑纹。这家伙竟然也答得出来。

我在遥远的台湾我的书房里，用电脑在 YouTube 上看到这一幕，我整个人内心受到非常大的震撼。

还有一个天才，跟一个 AI 机器人 PK，最后竟然还赢了，这个也是特别震撼。

韩国的少女团体很多，好像每年都有一个新的少女团冒出来，而且每个团里都是二十来个人。因为整形，每个韩国少女长得几乎都一模一样，所以一个韩国女团唱歌跳舞的时候，我根本认不出来她们谁是谁。

《最强大脑》节目组找来两个韩国少女团，在舞台上交叉混错地跳舞，载歌载舞。时间很短，一首歌的时间顶多 3 分钟。唱完歌，这些很漂亮的团员会比出各种爱心，韩国美少女很会比爱心，她们扭腰摆臀，做各种整齐划一的姿势，然后走位。这个过程中，被测试者在一旁观察她们。

她们离开舞台后，节目组放出一张照片，是刚刚这两个韩国少女团里四十八个女孩中的一个女孩的照片，而且是她三岁时候的照片。这简直是不可能完成的挑战。但这家伙也答出来了。这不是一般的人。

我现在要讲的，当时对我的灵魂造成深深的、重大的震撼的，是一个小胖子。他们给他做什么测试呢？他们在他的前面放了 88 幅沙画，沙画因为没有颜料，基本上只能用沙子的细微不同，雕塑出一种差异感。88 幅沙画，画的是人类文明数千年来 88 个非常重要的、有历史意义的建筑物。比如说圣索菲亚大教堂，比如说泰姬·玛哈尔陵，比如说吴哥窟，比如说金字塔，比如说比萨斜塔、罗马竞技场、雪梨歌剧院，等等，各式各样的建筑物。中国当然有主场优势，有故宫、天坛，不记得有没有长城，好像还有鸟巢。

88幅用沙画技术所雕塑出来的，这种明暗的差别，表达出建筑物廊柱结构和花纹雕饰的细节的沙画。88幅沙画都不大，是一般画画用的半开大的图画纸，装在木框里。88幅沙画，88个人类历史上重要的建筑物，放在舞台上，然后让这个小胖子观察。

我忘记他观察了多久，可能15分钟、20分钟，接下来让我非常震撼的一幕发生了。

他们问：可以了吗？小胖子说：可以了。

他们按下一个按钮，一瞬间，这88幅沙画整个都立起来了。等于说，在那一秒之内，刚刚那88幅代表人类几千年来的历史的、这些重要的建筑物，全部在这一瞬间灰飞烟灭，全部都不存在了。

然后他们做了一件更变态的事情，他们把这88幅沙画里的某个建筑物切出一小块，1×1厘米的小框格的局部，投影出来，让这个小胖子判断：这是刚刚那88个建筑物里的哪一个建筑物？

他们挑的是巴黎歌剧院。巴黎歌剧院的屋顶上有两座女神像，非常有名。一座女神像的名字叫作"诗意"，另一座女神像的名字叫作"和谐"。他们从叫"诗意"的这个女神的翅膀边角羽毛的一处起伏，切割了一小块。所以看上去根本就是影影绰绰的一点沙子的小弧线，一块小小的阴影，然后让小胖子判断这是88幅沙画里的哪一幅。

我看到的那个场景是，我觉得他不是作假，不是装神弄鬼，因为我看到小胖子眼睛曲眯着，半睁半闭的，满头大汗，就像心算高手那样一直捻手指。最后他真的答出来了，就是巴黎歌剧院。

那些世界高智商鉴定专家全部都说，impossible! 不可能的，这已经超出人类智力的极限。

我看到的这一幕，让我感到深深震撼的地方在哪里？最震撼的地方在于，小胖子在那个时刻里的处境，非常像我们现代人的处境，就是你眼前一切文明的景观全部崩塌了，全部消失了，全部不存在了。你唯一能够记得的线索，只有你自己最孤独的脑海里，像闪电一瞬间照亮、闪曝，然后立刻就熄灭的光照，照亮螺旋形蜿蜒的窄梯。你在那闪电般的光照里面，一步一步踩着不存在的记忆窄梯，下沉到深不可测的记忆的最深处。

这个小胖子竟然在我眼前展现了这样不可思议的技艺。

我们常讲所谓的小说，或是我们现在所谈的这一百多年来所谓的西方现代小说。我们一般有个描述，即小说是一种关于记忆的技艺。比如说最有名的就是《追忆似水年华》。我们知道他花了几十页还是上百页讲玛德莲蛋糕。我的一个哥们儿特别喜欢普鲁斯特。他最爱讲玛德莲蛋糕，就是普鲁斯特花了几十页上百页来描写一块他童年记忆里的玛德莲蛋糕，在他舌头里激发出来的人类文明难以言喻的美与幻觉，所有的隐喻、所有的诗意、所有的文明的缩影，全部都在玛德莲蛋糕里，在他舌头把玛德莲蛋糕压瘪的瞬间。

3

我要讲的另一个故事，是一位非常有名的捷克小说家赫拉巴尔写的一部小说，这部小说叫《过于喧嚣的孤独》。

这个故事非常怪，整部小说就是主人公在自言自语。主人公的职业是什么呢？他是躲在布拉格这座城市的地下，将城市每天运送下来的所有的废纸，压成一坨一坨的巨块的一个压纸工人。那个场景非常奇怪，整个布拉格城市的地底，关于文明的浓缩，每一本书的声音与愤怒、哭泣与耳语，全被压成巨块的垃圾。

地下室里堆满成千上万本书，有黑格尔的书，有老子的书，有印刷精美的宗教画，有尼采的书，有歌德的诗集，有照相馆的硬纸卡（我们现在已经没有照相馆了，那个时候有照相馆冲印照片后裁切剩下的硬纸卡），有纳粹的宣传单，有车票，有戏院的戏票，有各种色情书刊，有小手册，有妓院流出来的沾了妓女经血和污秽物的草纸、卫生纸，也有屠宰场里沾满血污的用来包裹内脏、腿等动物尸块的油纸。有时候，在这些废纸堆上面，还有一窝刚出生的、粉红色的、没睁开眼的小老鼠，有二十多只。

主人公把这一大堆整个城市全部文明的浓缩物，放到一个机器里，"咔嚓咔嚓咔嚓"，就变成了一块一块的硬纸块。

小说家的工作，基本上跟《过于喧嚣的孤独》中主人公的工作是一样的，就是把全部文明集体打包成一块一块的废纸块。

我们的文明在哪里？我们如同孤儿，我们如何记起那文明？如果文明已经在我们面前灭绝了，不存在了，我们如何拦阻那将要到来的整片荒原呢？

我们还可能像阿城问木心那样说，你能不能只用三个故事，就讲出你所居住的这座拥有几十万人、上百万人、上千万人的城市的性格，以及在这里生活，时光流动，"追忆似水年华"中所发生的一切故事。

仅仅用三个故事就说出这个城市的性格，让人会心微笑，我们可能已经做不到了。

4

我再讲一位很伟大的意大利小说家,大家耳熟能详的卡尔维诺。卡尔维诺有一本很怪的书,叫作《命运交织的城堡》(大陆译为《命运交叉的城堡》)。这本书分成上、下两个部分,上半部叫作《命运交织的城堡》,下半部叫作《命运交织的酒馆》。

卡尔维诺在后记中说,这整本书基本上是他用一整套塔罗牌写成的。可能年轻的朋友知道塔罗牌,年纪大一点的朋友可能不那么清楚。塔罗牌其实基本上是吉卜赛人发展起来的,很像我们易经算卦、算命的一套符号系统。它是22张大阿卡那牌加上56张小阿卡那牌。

大阿卡那牌有皇帝牌,有皇后牌,有太阳,有月亮,有星星,也有一些比较不好的,比如说倒吊人、塔,玩塔罗牌的人都会知道。56张小阿卡那牌,其实就跟我们扑克牌一样,扑克牌是diamond(方块)、heart(红桃)、spade(黑桃)、club(梅花)四种牌型。小阿卡那牌也是四种牌型,但它是圣杯、星币、权杖、宝剑。

塔罗牌在整个欧洲非常流行,代表着古老的智慧,好像与命运交织交互,所以这本小说叫《命运交织的城堡》。

卡尔维诺很有意思,他说某一天他脑海中突然出现了一个想法:有没有可能发明一种恶魔机器,这个恶魔机器可以自主地、任意地排列组合,可以无限地繁殖出小说。后来他就写了上半部《命运交织的城堡》,他说《命运交织的城堡》是把22张大阿卡那牌加上56张小阿卡那牌随意地排列组合。但是他在桌面上排出的形状比较简单,随意抽牌随意排列,可是它排出的连续性是形成一个平行的或垂直的线条。翻牌之后他照着牌型的符号系统，在算命机制里所暗示的特质，他选择的是中世纪欧洲说故事的小说话语，很像中世纪小说故事里通常会出现的这些样板角色，比如国王、皇后，就有点像我们后来很流行的《冰与火之歌》，这些国王、皇后、骑士之间的，这些敌国的国王、公主之间的爱情故事，宫廷内部的乱伦丑闻、夺权黑幕等等。

后来他又把牌型变成了不是这么简单的垂直跟平行，而是在桌面上排成比较复杂的，比如说梯形、星形、三角形、四边形、六边形、八边形等各种形态。形状变复杂了以后，他用这个牌型来翻写故事，就变成是从文艺复兴到十八世纪十九世纪的小说语言了，所以就出现了莎士比亚剧本里像哈姆雷特等这些角色。我们知道文艺复兴时期，欧洲出现了很多新形态的职业，比如妓女、酒保、流氓、骗子、保安官、水手。

于是你就发觉，《命运交织的酒馆》产生故事的牌型，自动组合，形成故事的场所，已经不是"命运交织的城堡"，而变成了"命运交织的酒馆"，最容易发生故事的场所变成了酒馆。

卡尔维诺很妙，他就是这种魔鬼小说家的性格。他说塔罗牌后来脱离了平面，变成了立体的形状。但是我觉得它可能不是只有一副牌，可能有加牌的情况。

他说刚开始的这些牌型，从立体变成比如说球状体、角锥体，甚至很复杂的像海葵、海星那样立体的形状，复杂的小说生成的机器。后来他脑海里又出现了新的书名，譬如说"命运交织的露天电影院"，或是"命运交织的汽车旅馆"，或是"命运交织的太空船"，但他最终没有写出这些小说。

结语

我们回到小说这门非常复杂的关于记忆，或者关于一个非常庞大的、全景式的、变化万千的城市景观的艺术，可能我们所要发动的故事，可能我们眼前的文明，却不一定是我们能够目睹到的。

关于这样复杂的技术，我今天举了三个例子。第一个是《最强大脑》那个智商爆表，在200以上的小胖子。他可以从已经灰飞烟灭的88幅沙画里的其中一幅《巴黎歌剧院》顶端的两座女神雕塑，其中一个女神翅膀上一个最角落的局部，靠他不可思议的全景观测的记忆力，记得、判别、知道这一幅画的故事。

接着，另外一种形态是捷克小说家赫拉巴尔的《过于喧嚣的孤独》。为什么是"过于喧嚣的孤独"呢？因为我是如此孤独地在做这件事，我在做着什么事呢？我是在把整个城市几百年来所有人的声音与愤怒、哭泣与耳语，所有文明曾经发生过的人类的生离死别，人类的悲欢离合，人类对于生命美好的向往、梦想，人类的丑恶，人性的黑暗、嫉妒、斗争，记录在书本里的这一切，有一天全部被送到地底下的垃圾场、废纸厂，我全部再把它压成一坨一坨、一块一块。

但是卡尔维诺代表了另外一种形态，就是我也许没有发动这么沉重，或是这样地往回旋的螺旋梯，从记忆的地底深处去找寻已经消失的、不存在的文明。可是我可以靠着我的博学，靠着我全景式的知识地图，我可以因为我了解那个时代的话语形态，跟人类在那个时代生存形态的特征，发明出所谓的"命运交织的城堡"，发明出所谓的"命运交织的酒馆"，以及发明出所谓"命运交织的太空船"或"命运交织的露天电影院"。事实上，我们可以说，我们中国有命运交织的《红楼梦》，我们有命运交织的《儒林外史》，我们有命运交织的《金瓶梅》。

我们现代人基本上已经不可能再有像木心或张爱玲这样的人了。他可能只是嘴角稍微往上一翘，眼神稍微遥远一下，或是他抽根烟、喷口烟，仿佛就有老北京人，或老上海人，或老南京人，或老台北人，对这个城市所特有的人情世故所饱含的一种幽默感、一种自嘲的方式、一种滑稽感。

这是老一辈人，他们待在自己的城市里特有的，我觉得是很难再现的一种文明的教养。

赎回与找寻

1

我很尊敬的诺贝尔文学奖得主、日本小说家大江健三郎，有一本小说叫作《换取的孩子》。这个小说引用了当时德国版画家的一个童话故事，这个童话故事就叫作《换取的孩子》，是一个很可爱的童话。

这个童话里，有一个小女孩叫艾达。艾达的爸爸是一名渔夫，出海捕鱼去了。妈妈刚生了一个小 baby，但得了产后忧郁症，所以妈妈是处在一种忧郁、故障、失调之中的，不理会这对姐弟的状态。

这个童话故事一开始说，在森林里，有一种住在地底下的妖精，它特别调皮，爱恶作剧。有一天小妖精把少女艾达的弟弟从窗子偷偷抱走，然后放了一个赝品、一个冰雕的婴孩在摇篮里面。整个过程妈妈都没有发现，只有少女艾达发现了，少女会有一种灵性或者神性。

这是一个童话故事，所以艾达就飞出去了，她有飞行的能力。她在半空中一直鸟瞰着下面的森林，还是没找到弟弟。后来她就倒着飞，倒着飞之后她就发觉，整个森林里，成千上万个住在地底下的小妖精全部变成了她弟弟的模样,所以在地面上有成千上万个假婴孩。

这时候,艾达拿出她金色的小喇叭,吹了一首曲子,这首曲子是这些小妖精最害怕听的,所以这些小妖精统统把耳朵捂起来,然后求艾达:艾达,你不要吹了,拜托你不要吹了。艾达不管她们,继续吹。

后来伴随着她吹出的喇叭声,地面上出现了一个洞,然后很像洗手台放水时形成的漩涡,成千上万个由小妖精变成的假婴孩全部都被卷回他们原来地底的世界中去,这时候地面上就剩下那个真正的婴孩——艾达的弟弟。

艾达就抱着这个小婴孩、她真正的弟弟回去,放回婴儿床上。这一切过程,她妈妈从头到尾都不知道。这时候,艾达收到爸爸从海上捕鱼船上给她传回的一封电报。信里说:爸爸不在家,母亲又生病。艾达你作为姐姐,要负起保护好弟弟的责任。

到这里,故事写道:艾达当时心里想,这正是我刚刚做的事。

2

其实每次讲到这个故事的时候,我自己后脑都会起鸡皮疙瘩。我们举个例子来说好了,现在一个二十岁的北京或台北的年轻人,他大脑中所拥有的经验,绝对是一百年前一个八十岁的老人家,这一生八十年的岁月里他脑中经验的一万倍、十万倍、一百万倍。

我们现在随便一个二十岁的年轻人，通过网络，通过视频，通过好莱坞电影，我们可以看到太多可能三十年前、五十年前的人觉得简直匪夷所思的事情的发生。比如说我们可以看到《变形金刚》，巨大的变形金刚在城市上空对打；我们会看到世界末日，外星人毁灭地球。不要讲这种好莱坞制作的电影《复仇者联盟》，现实生活中真实发生的大型灾难，所有人都有手机，所有人都可以拍摄下来。

我们可能曾经目睹南亚大海啸，大浪淹过之后，沙滩上漂浮着成百上千个死去的男人、女人、小孩的尸体，我们会看到这一切世界末日的景观，所有的车子都漂浮在巨大的海浪上；我们会从电视上，会从视频上看到伊斯兰激进组织IS，如何当着众人的面把人头砍下来。

所以，一个可能才二十岁的年轻人，他就已经拥有相当于一百年前一个八十岁的老人家大脑里一万倍、十万倍、一百万倍这么庞大的经验。

大江健三郎写《换取的孩子》这本小说，为的是悼念他少年时最好的同伴伊丹十三。伊丹十三是日本一位非常重要的导演，而且长得非常俊美，在上世纪七八十年代是非常知名的国际明星。

然而，在大江健三郎写这本《换取的孩子》的前几年，伊丹十三因为卷入电影圈里的黑道纠纷，有太多的黑幕，有太多庞杂的金钱纠葛。最终，伊丹十三跳楼自杀了。

在大江健三郎的回忆里，他们本来都是在距离东京非常远的乡下长大的孩子，他们当时就显露出比周围其他少年更成熟，更有想法。他们觉得自己一定要成为不平凡的人，所以他们俩互相砥砺，非常用功。

两个哥们儿兵分两路。大江健三郎后来考上了东京大学的法文系，做法国存在主义研究，研究加缪、萨特等人，后来他也成为二十世纪日本最重要的小说家之一。川端康成、三岛由纪夫，然后就是大江健三郎，是日本非常重要的世界性的大小说家。伊丹十三则以少年时期非常上进的精神，认真地接受西方现代艺术的训练，所以成为国际上一位非常重要的导演和明星。

或许，世界上很多民族都有这样一个民间传说。有的小孩小时候长得漂漂亮亮，十分俊美，可是到了十一二岁，可能是脑膜炎，可能是发烧，疾病没治好，孩子就傻掉了。在以前，老人家会说，这孩子是被妖精换掉了，他不再是原来的那个人。

我前面引用的德国版画家画的童话故事，艾达如何从成千上万个伪装成分辨不出来的、跟自己真实婴孩弟弟一模一样的赝品里面，找寻出真正的婴孩。其实我觉得，这也正是我这一辈或者比我年轻一辈的小说家要努力、要奋斗去做的事情：如何从如此庞大的无限量繁殖的赝品里找到"真正的婴孩"？太多的悲悯是假的语言，太多的正义是假的语言。如何凭借对现代小说技艺的信仰，像艾达那样飞行在空中，辨识出真正的婴孩？

3

关于为何被神遗弃，何时变成怪物，何时变成赝品，无法寻回本来模样的故事，我再讲另外一个短篇，是一位伟大的小说家米兰·昆德拉的一个短篇小说，叫《顺风车游戏》（大陆译作《搭车游戏》）。

这个故事比较简单，有一对年轻的情侣，女孩是一个内向害羞的乖女孩，可能是处女座的。男孩我觉得可能也是处女座的，他很喜欢他女朋友这副羞答答的样子，认为她有别于他以前遇到的那些女人。他们是一对很恩爱的情侣，约好在假日开车去预订好的旅馆度假。

但是，他们在半路的时候开错方向了（这是一个隐喻），错过了他们本来该走的那条公路，走到另外一条公路去了。两人就有一点焦虑和烦躁。后来他们在路边加油的时候，突然，只是出于年轻情侣的灵机一动，他们做起了一个小游戏。

男生假装成很会撩妹的风流浪荡子（其实他不是那样的男生），故意把车停在女朋友面前，假装问她"要不要搭个顺风车"。所以小说叫《顺风车游戏》。

两人都是年轻人，女孩很快心领神会，就假装成很风骚的女孩，搭了陌生人的顺风车。

他们这个时候突然玩起这个游戏，其实这种情形很容易发生。他们平常太无聊了，两人太老实太保守了，都太知道对方，你穿的内裤是老大爷的大补丁内裤，你穿的内衣就是老奶奶内衣。所以出于一种情趣，两人故意演了起来。

但是越演情形就变得越发复杂，两人不知不觉中都戴上了面具。A 戴上了 A one 的面具，B 戴上了 B one 的面具，其实是 A one 跟 B one 在进行调情的游戏，但是最后产生了混乱。A 突然会以为 B 其实是 B one 那样的人，B 突然会以为 A 其实是 A one 那样的人。

这个好男孩在假装成风流浪子的时候，在调戏他女朋友演的搭顺风车的、陌生的、风尘味很重的风骚女孩的时候，平常他根本不敢讲的大胆的、带有侵略性的、色情化的调情的话,这时他全部讲出口了。而且,他本来最熟悉的小家碧玉的、处女座的、羞答答的、内向的女朋友,突然会展现出一种他从来没有想过她会有的这一面,竟然那么地风情万种,竟然那么地风骚。

所以他们开始产生了演员与角色在对戏过程中的混乱感,他自己到底是演员还是角色?他被面具给弄混淆了,或者被对方的表演与角色给弄混淆了。这是这个很短的短篇小说中非常好玩的地方。

小说的结局是他们到了一个很廉价的、脏脏的酒馆。他们坐下来喝了一杯,讲了一些荤话和调情话。

后来,这个女孩去上厕所,出来的时候,她做出风骚的样子,甚至撩拨到了旁边的那些酒客、那些流氓。一个醉醺醺的家伙炫耀地用法文向她献殷勤:"小姐,你真漂亮。"女孩也一副很享受的样子。

这个时候男孩内心就很混乱,他眼前是一个陌生的、性感的、风骚的辣妹。然后他内心浮现出一种恶意的嫉妒:原来你是这种贱货,原来你是这种骚货。

而且这种复杂的情感让他的欲望高涨,本来他们是两个非常温柔的、非常温和的小动物,可是这时候他就非常粗暴地把他的女朋友拉过来,他女朋友也演出一副非常风骚、非常淫荡的样子,两人到楼上开了房间,然后他就叫她做出各种他们之前不可能做出的A片里的姿势,叫她爬上一张小桌子上,然后他们就达到了性爱上前所未有的高潮。两人都感到非常的刺激。

他们本来是很传统、很保守的年轻男孩女孩,可是当这个游戏结束之后,他们回不去了,他们被这个角色的面具给绑架了,架到淫男和浪女的角色框架里了,他们回不去原来的身份了。

最后这个小说的结尾非常有意思。这个女生其实已经退回她本来的处女座的、纯真的女孩子的样子,跟她男朋友说话,可是她男朋友经过这一番以后,他回不去了,而且他觉得他重新认识了这个女生,原来你骨子里就是个荡妇,所以他用非常粗暴的态度,鄙弃地对待他本来非常疼爱、非常呵护的女朋友。

这时候,小说结尾这个女孩说了一句话,真是非常漂亮的一句话。

她啜泣地说:我是我啊。

我是我啊。

4

宫崎骏有一部动画片,台湾叫作《神隐少女》,大陆翻译为《千与千寻》。很多人很小的时候都看过,非常棒的一个童话故事。

这个叫作千寻的少女,某一次,她跟爸爸妈妈到一个游乐区,其实是误闯了一个神鬼和妖怪平常聚会的所在,然后她的爸爸妈妈因为人类贪婪、贪吃的本性,变成了猪,变不回原来人类的样子。所以这个童话故事的设定,就是这个少女如何把变成猪的爸爸妈妈变回本来人类的样子。

这个故事非常感人,非常可爱。千寻跑到汤婆婆的旅馆里做打工妹,作为一个平凡的人类,千寻正直、善良、认真的性格,后来反而和解了这些神鬼和妖怪之间原本的一些宿怨,她用爱让这些神鬼和妖怪遗忘了仇恨。

有个叫白龙的少年,他是一条小河的河神,但他忘掉了自己的名字,后来也是千寻这个少女替他想起来这条河川的名字。最后这部卡通片的结尾,当然就是千寻的爸爸妈妈终于从两头猪变回了人类。

5

大江健三郎《换取的孩子》里的艾达,如何把变成赝品的冰雕婴孩换回本来自己挚爱的弟弟、柔软的人类婴孩。《千与千寻》里的千寻如何把变成猪的爸爸妈妈变回人类的形貌,其实这是一个非常难的难题,不是技术性层面的问题。

关于这个,我想再提另外一位日本小说家,在一九八〇年代跟村上春树齐名的一个女小说家吉本芭娜娜。她有一篇很简单的小说,叫作《白河夜船》。

故事是讲有一个少女,她的工作是陪睡者,但不是我们想象中的在城市里当妓女。她比较特别,她的客户都是一些公司的大老板,或是政府里的高级官员,或是一些神秘的大人物、大明星。因为这些大老板,这些大人物,这些权力顶峰者,其实根本睡不着觉。他们白天在现实世界里,所有在进行的这些恐怖的、复杂的、高速运算的权谋斗争,这些人性的黑暗面,让他们晚上睡不着觉。

这个少女有一种很特殊的、灵性的特质,她睡在一张吊床上,在她的客户、这些大人物的床边陪睡。她睡着的时候会进入这些大人物的梦中,吸收他们梦境中的暗黑的东西,所以只要付很多很多的钱让这个少女陪睡,这些大人物就会睡得非常好。

陪睡者这个工作，有点像是我们讲城市大楼里的洗玻璃工人。就好像说，哥们儿你的梦太脏了，让我进入你梦里帮你清洗一下你的梦。

但最后，这个女孩自杀了。

我年轻的时候一直和想写小说的同伴说，小说家或者所谓现代意义上的说故事者，其实很像是食梦貘，就是一种马来貘，传说中会吃掉人的梦境。

我真的认识一个哥们儿，他说他小时候只要做了噩梦，他奶奶就会带他去台北的动物园，里面有一个不起眼的角落，养着一种马来貘，他奶奶说马来貘会帮你把你做的噩梦吃掉。

从某种程度上讲，小说家其实就是食梦貘。吉本芭娜娜写的《白河夜船》里陪睡、后来自杀的这个少女，其实就是一个食梦貘，但是因为她吃了太多太多别人梦境中的恐怖、黑暗、哀伤、变态的东西，所以她终于爆掉了，没办法撑下去了。

在童话里进行赎回或是救赎、换取，把假的换回真的，是一件很美好的事情。但是在真实的世界里，尤其我们现在铺天盖地、这么庞大的一个资本主义的大峡谷，小说家在做的工作，想要赎回，想要救赎，其实是非常艰难、非常痛苦，甚至会让自己爆掉的事情。

结语

回到前面所说，不论是大江健三郎《换取的孩子》里，作为一个少女神，把被隐藏在成千上万个假婴孩里的她真正要守护的婴孩给辨识出来，给赎回；或是《千与千寻》里面的少女，她如何千辛万苦去跟神明交涉，把变成了猪的、悲哀的、已经脱离了人类形态的父母赎回；或是米兰·昆德拉的《顺风车游戏》，你会发觉，这一切的，瞬间的，我们突然就脱离了本来的形貌的游戏，在作家的笔下是这么简单，这么容易。

其实这样的事情发生在我们日常生活中的每一个界面、每一种可能的关系、每一种状态的选择中。

我们在何时变成怪物？我们为何被神遗弃？我们怎么去赎回珍视的东西？

这正是我相信的，现代小说不只是说故事而已，而是如何从巨量的、可能是赝品的经验中，赎换回我们原本最真实的、最柔软的、真正诗意的感性和感情，我们所爱的东西。

关于变形的故事

1

几年前我去杭州,那次是出版社帮我安排去杭州打书,到了以后才发觉那个打书活动很特别。杭州有一条古代的大运河,大运河上面有仿古代运河上的游船,他们安排我坐船和二三十个听众一起游大运河,一边游大运河,一边我给听众讲讲故事。

前一天,主办方一个很漂亮、很温柔的杭州女生跟我讲,骆老师,您明天跟这些听众讲故事吗?希望您讲一些跟我们杭州,跟我们的雷峰塔、西湖有关的故事。雷峰塔就是白娘子、许仙的故事。

我就说没问题。当天晚上在旅馆里,我在心里捋了一下,我想白娘子不就是一条白蛇变成人的形状,跟人恋爱,人兽恋、人妖恋,就是一个变形计,一个在动物与人之间来回变换的故事。但它是一个凄美的悲剧,被列为中国民间十大经典之一的爱情悲剧。

第二天,船在运河上摇摇晃晃,不过船蛮大的,是那种大平底船,有一个很大的船棚,里头还开着冷气,很舒服。我坐在讲桌前,有点像古时候诸侯与兄弟们聚会,大家分坐两边的情形。他们也很文雅,给我沏着一壶盖碗茶,里头泡的是西湖龙井。

我就跟他们讲了两个故事。

2

第一个故事是那一两年我看到的很喜欢的一个故事,一个关于爱斯基摩人的动画片,叫作《男孩变成熊》(大陆译作《想做熊的孩子》)。

动画的前半段是我们印象里爱斯基摩人部落的冰屋,一个爱斯基摩人的妈妈在屋外干活,外头当然就是大雪冰封的景象。突然有一只大北极熊来了,北极熊很聪明,把门打开,走了进来。床上有个小 baby,一个小男孩,北极熊就把这个小男孩抱走了。

小男孩被抱走以后,这个妈妈当然是非常伤心地哭泣。小男孩的父亲当时去打猎了,他是一个典型的、穿爱斯基摩人传统服装的猎人,但他们都有现代的猎枪。然后他拼命四处找那个被熊抱走的孩子。

熊妈妈把这个人类的男孩当成自己的小孩。熊妈妈觉得我这个孩子特别傻,身上也没有毛,就教他怎么捕鱼,教他怎样野地求生。这个男孩慢慢长大了,大概到了六七岁,他慢慢学会了这些技能。

可是有一天,一个悲伤的画面出现了。他突然听到一声猎枪响,对熊来讲,这是很恐怖的声音。"啪"的一声,然后他看到一个画面,逆光的画面,尤其在北极的冰天雪地中,太阳光的折射光显得更加灿烂,他看到他妈妈倒在血泊中。妈妈被猎人杀死了。

然后他就被猎人,就是他人类的父亲带回去了。当然人类的妈妈抱着他痛哭,但他已经是熊的孩子了。他有野性,会攻击他们,他们就把他关在屋子里,慢慢地让他学习人类的仪式,学习人类的语言。

有一天,他爸爸妈妈大概觉得他乖顺多了,也穿上人类的衣服了,于是带他去参加聚会。这时候动画片画面的风格突然就变了,原来这不是古时候的神话,而是现代的爱斯基摩人的村落。他们来到一个比较有现代感的酒馆,他爸爸妈妈在和别人聊天,这个熊孩子自己偷偷溜出来了。

后来突然有一群人类的小孩来逗他。这里附近的人都知道这个小孩是熊孩子,大家就学熊的样子嘲弄他。他就发狂了,把他们推倒,然后他跑掉了。

这部动画片有一个让我非常感动的地方,就是这个男孩跑掉之后,他父亲还是想办法找他。可对他来讲,好像是人类骑着雪上摩托车在追猎他,其实他爸爸是急着想把他找回来,让他回归人类。可是,他想要变成熊的样子。

后来他跑到一个山洞,这个山洞里有个声音告诉他,你要从人类的形态变成熊,必须经过三个考验。

第一,你要承受最恐怖、最巨大的海浪。你要穿过位于两座山之间的海峡,在海浪里不被淹死。

第二,你要承受这个雪原上最剧烈的、最巨大的风暴,能够在三天三夜的北风中存活下来。

第三,你要承受这个世界上最恐怖的孤独,在一个非常偏僻的地方生活,如果能够挺得过去,你就会变成一只熊。

第一关，他在北冰洋被漩涡冲撞，本来快死掉了。后来鲸鱼说，一则古老的规律说，当人们充满勇气时，鲸鱼有能力救助人类。所以鲸鱼把他救起来，把他顶到岸上。于是，他过了这一关。

第二关，他在一个雪原上，风吹得他一直翻滚，都快死掉了。雪原上有一群牛，我不知道是北美哪种野牛，很像牦牛。那群牛说，有一则古老的规律说，我们能够帮助敢于尝试的人。所以那群牛就围着他，那群牛好像很能顶住酷烈的风。所以他又过了这一关。

接着是第三关，他孤独一人在旷野上，孤独到不行。这一段动画效果非常好，他孤独得快要疯掉了，而且这时候来了一头狼。可就在狼正要扑向他的时候，他眼前所有的光已经变成强曝光。然后，慢慢地，光退掉，眼前我们看到的画面，他已经变成一只熊了。

那一刻，其实我们可以想到这部动画片，内在的一个剧烈的冲突，身份认同的剧烈的颠倒错位，是不是非常像《哈姆雷特》？就是那支猎枪射杀的是他这几年下来，已经认定为母亲的这只北极熊，它倒在血泊中，已经被猎枪打死了。而当他转过头来看到的，拿着枪的，枪口还冒着烟的，应该是他杀母仇人的那个满脸泪水的人类，其实是找寻他好多年的、他的人类父亲。

3

我在杭州的大运河上分享的第二个故事，是拉丁美洲文学黄金大爆炸时期，跟加西亚·马尔克斯、巴尔加斯·略萨一道的，墨西哥一个很闻名的、很有才气的小说家卡洛斯·富恩特斯，我个人也很喜欢他。但他在华人中的知名度没有马尔克斯那么高。我大概二十年前读了他一部中篇小说，叫作《奥拉》。

这部小说讲的是，一个三十多岁的历史学家，有一天在报纸上看到一则征人启事，就是找工作的广告。这部小说是上世纪八十年代写的，那个时候没有电脑，没有网络。

这个工作简直就像是有人专门为他量身打造的，要求是年纪三十多岁，要具备怎样的语言能力，专门研究拉丁美洲殖民地时期的历史。于是他前去应征。

作者描写历史学家应征的场景。在墨西哥有一些殖民地时期的房子，是西班牙人仿欧洲贵族的别墅群盖成的，不过都已经破旧了，花园也荒芜了，爬满了四处蔓延生长的植物。地上铺有花砖，还有欧洲文艺复兴风格的石雕，有巴洛克风格的镂花的野餐桌椅。

历史学家敲门，里头传来一个苍老的妇人的声音：门没有关，自己进来。

他推开门进去，屋子是殖民地时期西班牙风格的大房子，可是已经年久失修。可以强烈感觉到，这个老太太是很畏光的，她用厚窗帘把所有可能有光流泻进来的窗子全部遮蔽住，所以整个屋子非常黑暗。偶尔有一些有破洞的地方会有细细的光洒进来，在这黑暗的空间里，好像有灰尘在细弱的光束中悬浮着。

老太太对他说，他的工作是要给一位在墨西哥历史上很有名的老将军写一本传记，就很像我们现在说张学良将军那种世纪老人。她给他的薪资非常高，他的工作就是每天在这个老将军的书房里面，整理老将军所有的信件、日记、文件、简报，所有有关老将军的资料,然后为老将军写一本传记。

他有点犹豫,因为他觉得这个屋子有点像鬼屋。

这时候突然出现了一个非常美的女孩,这女孩拥有一种无法形容的美,就像常看到的世界选美比赛中十七八岁的拉丁美洲女孩。作者描述她的眼睛像湖水,绿玻璃一样的绿色,皮肤非常白皙。非常美的一个女孩。

老太太说,给你介绍一下,这是我的侄女,她叫奥拉。

这个年轻的历史学家当然立刻答应签约,在这里住了下来。

接下来,这个历史学家陷入了一种很奇怪的时空分裂中。白天工作的时候,他在这个已经死去可能半世纪的老将军的书桌上,整理他的日记、他的信件、他以前写的一些笔记。

他发现,这个老将军可能当时已经年迈,却娶了一个十五岁的女孩,也就是现在的老太太,老夫少妻。老太太名字也叫奥拉,所以很多照片里是年轻时候的老太太依偎在老将军旁边,老将军那时候已经是个老人了。老太太年轻时候的样子跟她的侄女一模一样,好美好美,但她现在已经变成了一个可怕的老太太,脾气很古怪。他看到他们当时谈恋爱的时候,老将军对奥拉特别地着迷,她太美了。然后又想到老将军曾经代表墨西哥,可能到欧洲去见拿破仑,并领导当时拉丁美洲的独立战争、殖民地战争等。

傍晚他下楼来跟她们一起用餐的时候,奥拉会跟他坐在一张传统的旧式长条桌上吃饭。都是奥拉在厨房做吃的,拿出红酒、料理给他,老太太不跟他们一起吃。

他有一种感觉,奥拉被老太太用某种意志或某种恶魔般的力量、神秘的力量控制住了。

他开始调戏奥拉,或者说他爱上了奥拉,两人之间很像拉丁美洲小说中,那种美男子追逐美女的恋爱故事。

这个时候他也发觉,在腐朽的、充满死尸般气味的老房子的天井里,种的都是畏光的植物,这些植物都是一些类似大麻、颠茄或一些有致幻功能的毒蘑菇。他觉得特别怪,怎么会在天井种一些阴湿的,现在来讲都是二级毒品的植物。

有一天,发生了一件特别怪的事。他在餐厅等着,却没有看到奥拉出来。他就到厨房去,却看到奥拉眼睛发直,正拿一把刀对着一只小羔羊,拉着小羔羊的耳朵、头颅,把它的脖子露出来,然后用利刃把它的脖子割断了。小羔羊的血流出来的同时还冒着热气。

他一直觉得奥拉是一个这么美的女人,可是看到这个场景,他默默地退了回来。

然后他去找老太太,推开老太太的卧室,突然看见老太太在那张已经破烂的针织的床上,像悬丝傀儡一样,正在做着跟刚刚看到的美女奥拉用利刃割开羔羊的脖子一模一样的动作。他突然明白,这个老太太是用一种黑魔法控制着他心爱的女人!

时间继续流动,他读老将军的日记,发现老将军一直在喃喃写道:奥拉,你不要被魔鬼诱惑。

老将军感觉到他年轻的妻子耽溺于自己的美貌,想要青春不老,所以研究了很多跟魔鬼交换的、可以保持青春不老的魔法。老将军觉得这是不好的。所以他在日记上写道:奥拉,你不要出卖自己的灵魂,没有一种青春美丽是可以永恒不朽的。

后来有一天,这个年轻的历史学家终于把奥拉诱奸了。在拉丁美洲魔幻的、充满诗意的文学中,那是写得非常美的性爱场景。那个女人美到不行。

作为热恋中的男女,他一直对她说,奥拉,那个老太婆太邪了,你不要被她控制,我们逃离这个恐怖的时光坟场吧,这个地方是被衰老和死亡控制的。

这时奥拉的眼神非常迷蒙,一直问他:你是真的爱我吗?

他说:我当然真的爱你。

他说:你跟我走。

后来,老太太对这个历史学家说,她第二天要出门,叫他们好好地待在家里。

他就想到明天是一个好机会,和奥拉一起逃走的好机会。

奥拉告诉他,她第二天会在老太太的房间等他。

第二天,一片漆黑中,他摸到老太太房间的床上奥拉那年轻的、曼妙的身体,两人开始欢爱。

可是在他们欢爱的时候,小说突然写道,这个时候有一只老鼠咬破了窗帘布,窗帘破了一个洞,于是有光洒进来,像银色的粉洒下来,垂照到床上。

然后历史学家突然清楚地看到,他面前的奥拉,原本那个妖魅般的、幻美绝伦的美女的身体,却变成了一个老太太枯瘦的乳房,枯瘦的肋骨,头颅上灰白的枯发,和凹塌的、骷髅头般的脸孔。

这时他听到奥拉问他:你会爱我多久?你会用多长的时间爱我?

他听到自己的声音突然变成了老将军的声音。

他听到那个声音说:一生一世,永远。

这个故事到这里就结束了。

4

在杭州大运河的船上，他们原来叫我讲跟雷峰塔，跟白娘子、许仙有关的故事，我讲了这两个故事之后，我发觉那些坐在旁边跟我一起喝着西湖龙井茶的大爷大妈，都愣在那边，不知道我为什么会说这些故事。我也觉得有点尴尬，因为我讲的全是西方的故事，不是他们期待的雷峰塔的故事。

后来我站在船舷边抽烟的时候，有一个大爷过来给我打烟抽，然后露出非常快乐的笑容。

他说，我体会到你讲的，你讲的确实是跟白娘娘从一条白蛇变成一个美人，或是小青从一条小青蛇变成白娘娘的婢女，是同一回事。

我觉得这一代年轻人比较幸福，他们有很多观影经验。比如一个特写镜头，一张人脸，然后透过运镜的效果，突然那个人的脸孔慢慢长出毛发、长出獠牙，这个人开始变成了一头野兽。比如金刚狼，比如日本《火影忍者》中的那个漩涡鸣人，本来是一个很可爱的金发小男孩，突然小男孩的脸变成九尾妖狐的狐狸的脸。

古人在想象神话的时候，白娘子一开始从白蛇变成人，而最后她被法海镇压的时候，她又从一个那么美的人的脸孔慢慢变成白蛇精的样子。其实这个场景就跟动画片《男孩变成熊》中的男孩变成熊一样，在那一刻男孩顶住了最巨大的孤独，而那孤独已经超出了人类所能体验的最原始的、天地之间大自然最深的旷野中的孤独的时候，他的脸孔开始变异，变成了一只熊。

我们刚才讲的卡洛斯·富恩特斯的小说《奥拉》，奥拉对于青春永驻的意志和执念，到后来已经形成了一个自己的幻影。

我想大家听到这里已经知道，年轻的历史学家眼中的那个美女奥拉，根本是这个老太太年轻时候的强烈渴望形成的幻影。她渴望自己永远保持年轻，她动用各种致幻剂，产生了像现在的投影技术那样的效果，投影出一个永远年轻美丽的奥拉，但真实的她其实已经枯萎老去，变成恐怖的老太太的形象。

年轻的历史学家在书写老将军传记的过程中，在日复一日地读老将军的日记和相关资料的过程中，他慢慢进入老将军的角色。所以最后这两个时空上不可能跨度交叠的人，却上演了一个非常美的、此恨绵绵无绝期的故事，一种爱的时光的变形。

结语

我年轻时有时候会有这样一种经验，譬如说我年轻的时候爱飙车，那时年轻莽撞不懂事，飙到极致的时候，我会出现一种幻觉：好像并不是我在一个金属的器械里，不是我这个拥有人类脆弱的骨骼与皮肤的人体在踩油门或者换排挡杆，而是我与车子的金属外壳慢慢地相融、慢慢产生物质混淆与液态溶解的一个过程。我觉得我变成了一头能那么快速地奔跑的猎豹。

我们这种在现实主义或者说在物理学上，比如说固态与液态、液态与气态之间的跨度，在物理学上有非常严格的标准，是不可能跨越过去的。这也影响到我们非常现实性的、习惯性的思考。

可是需要特别注意到的是，中国的神话故事，还有拉丁美洲的魔幻写实主义，在这个跨度里面，时间上的衰老与年轻，

《百年孤独》里漫长的时间与眨眼间，以及人的形态与兽的形态、人与鬼、梦境与现实，两者可以无比自由地颠倒和穿梭。

这就是马尔克斯最常讲的那句话，我们在讲马尔克斯的魔幻现实主义，但马尔克斯说：错，不是魔幻现实主义，而是超级神奇的现实。

关于初体验的故事

1

我大二的时候，曾经和一个我暗恋了可能四五年的女孩约会。

这个女孩是我初中的同班同学，但是因为我初中升高中有重考，高中升大学也重考，所以我大二的时候这女孩已经大学毕业了。她长得很漂亮，大学毕业以后去当了空姐。那个时候我在念一个很差的大学，在阳明山上，我非常用功，读一些很大部头的西方纯文学小说，整个人很宅。

我有点忘了我和她是怎么联系上的，她不可能会看上我，但我想她可能是正处在前男友刚跟她分手的空窗期，也没有打算要跟我交往，只是老同学。我们两个以前初中的时候是同桌，还蛮要好的。

我想回忆约会之前我那种忐忑的心情。因为我们那个年代没有网络，也没有个人电脑，更没有现在的智能手机，所以现在的年轻人可能完全不能理解，我们那个年代像我这样的一个宅男，没有任何社会经验，也没有社会资源。可是有一个机会，有个女孩跟你约会，你要怎么安排这一场约会？当然我一定会幻想，那种荷尔蒙幻想，就是这一天约会的尾声，最好能够跟她来那么一下，当然在那个年纪我会这样幻想。

但是根本不像现在可以上网去查，哪里约会可以去哪个hotel，哪边可以比价可以打折，约会晚餐去吃什么会特别有情调，或者说到底我约会时该做什么，该怎么讲话，完全没有经验。

我是个宅男，平常读的陀思妥耶夫斯基、卡夫卡、福克纳，读这些作家的小说，我不知道怎么样跟一个我暗恋了四五年的女孩约会，而且对我一个穷大学生来说，她已经是一个社会人士了，她是飞国际线的空姐。我也忘记我当时是怎么样去安排这一天的约会的。

我住在永和，我去永和附近一个看起来像黑道开的租车行租了一天的车，租一天可能要人民币五六百块，但是那个时候这些钱我都还要跟哥们儿凑，或者说我可能从约会前的两三个月就开始存我的"破处"幻想的基金。

那个年代也不可能随意在网络电脑上面看大家交流，比如非常快速地告诉你什么电影是神片，非看不可的片，评分是多少，没有这些东西。所以我们那时候，在阳明山上有些懂电影的哥们儿会大老远地换公交车，到台北南京东路一个叫作影庐的地方看电影。那个年代是放一种类似VCD的黑胶盘，是分离式的，黑胶盘放进去后，下面还要放一个字轨，就是字幕是作为一个卡夹放进去，才会是翻译成中文后的字幕。

那时候我们是一群文艺爱好者，我们看小津安二郎的电影、黑泽明的电影，还有当时法国新浪潮的电影，比如戈达尔的电影、特吕弗的电影，还有伯格曼的电影、塔可夫斯基的电影。

像后来的 KTV，但那个时候叫 MTV，六七个哥们儿可以在里面抽烟，看这些艺术电影，看得非常感动，是怀着崇敬在看电影。

MTV 和 KTV 一样，也是在某个大楼某一层甬道的两边，有一间一间包厢。因为现在这十年、二十年，我们已经习惯了 KTV 的空间。在甬道走的时候，每一个房间会流出来各种人嘶吼着唱歌的声音，周杰伦的歌、汪峰的歌、邓紫棋的歌，等等，他们唱得五音不全，各种声音都有。走在走廊里的时候你好像是行走在一个梦境里，可这个梦境里每一个房间的门都关不住，它会流出来各种声音。

可是那个年代，在 MTV 的空间里走，比如你要出来上厕所，整个空间是非常安静的，因为每一个房间里都是安安静静在放着艺术电影。有的房间可能正在放着小津安二郎的电影，有的房间可能在放着黑泽明的电影，有的房间可能在放安哲罗普洛斯的电影，有的房间可能是好莱坞很好看的经典电影。

我这样回忆起来，那个空间很像是失聪者的一个梦境，一个没有声音的、很安静的梦境。如果你透过门上开的小窗，隐约会看到里头有一些电光在闪跳，这是播放电影时流动的光影。

所以我觉得我也特别傻，那天下午，我就带着那个女孩到影庐去看了一部想象中的艺术电影，我可能还不敢给她看那种太前卫、让人看不懂的，因为她不是搞文学的，所以我记得当时去看的那部电影叫《布拉格之春》（大陆译作《布拉格之恋》）。

《布拉格之春》就是根据米兰·昆德拉的小说《生命中不能承受之轻》改拍的电影，在当年是蛮红的，女主角也很漂亮，而且里面有很多在那个年代来讲蛮激情的画面，战争时代充满激情的情色场景。我就跟这个女孩在那个小房间里坐着看。坐着以后，我就不知道该怎么办。

但是我们在看电影的时候，发生了一个状况，影庐的小姑娘放错字夹了。她放的影片光碟是对的，影像分三集，一、二、三这样按顺序播放，可是放第一集影像时，字夹却放成第二集的了。

因为我对那部小说熟，画面上完全就是《生命中不能承受之轻》里的情节，特丽莎、萨丽娜，然后托马斯，他们之间的故事，我都看得懂。但问题是为什么他们在做的动作、他们演的戏与下面出现的字幕是不同的，是不相关的。但当时我也不知道，也不敢去跟柜台抗议，我还在想这是不是导演用一种非常艺术化、非常前卫的方式拍出来这种效果。一直看到这个女孩要来换第二集的时候，她才说弄错了，后来第二集才看得懂。

这个女孩很有教养，她一直没有出声。那个时候我还不胖，还不是傻胖子，她知道我这个老同学这两年沉浸在文学里面，我讲的东西基本上她是尊敬的或者她不了解的，所以她乖乖坐着，小鸟依人地坐在我旁边，跟着我看。

看完以后，我们就去找个以那个年纪我的经济能力能招待她吃的餐厅，好像是吃的午餐。

2

吃完午餐后，我就照着我原先的安排，开着租来的车开了大老远到了淡水，台北北海岸的一个沙滩。那个沙滩是一个无人沙滩，不是海水浴场，那天也不是假日。

我们俩站在海边，她是一个没什么心肝的美女，和我讲了很多她们空姐圈子讲的黄色笑话。空姐的生活太无聊了，她们的圈子很小，为了在飞机上打发无聊时间，她们知道很多黄色笑话。我听过超多黄色笑话，但是她讲的笑话没有任何淫荡或色情意味，她只是觉得那个好好笑，就讲给我听。

所以我们站在那片沙滩上，眼前那一片蓝色的海水冲打着我的脚。一切都设定好了。我想，看着这一片海水，这么美好，我们之前又看过艺术电影，吃过一顿有情调的午餐，那这时候我是不是就应该是看看海，是不是应该照着原来设想的，我的手不知不觉地搂住她的腰，然后把她拉着靠近我，这就是我们那个年代看侯孝贤他们这种新电影所幻想的画面。

我正想照着我的剧本走的时候，突然不知道从哪个角落跑来一个披头散发、满脸是泪的妇女。她哭着跑过来，边跑边喊：救人哪救人哪，我孩子溺水了。

我就远远地看到海那边有个小孩，但还好，小孩身上有个救生圈。他可能在近海的地方玩，但那个救生圈把他漂到他游不回来的地方了，漂到外海去了。

但是我那个时候完全不会游泳，我现在还稍微会游一点，即使以我现在能游的距离，如果跳下去救他，在美人面前展现出所谓的英雄气概，肯定就是溺死，结果将会在那个海边被立个铜像。所以我就转身快速地跑跑跑，我跑了好远才碰到一个救生员，古铜色皮肤，胸肌很发达，有点像那种漂泊的男子汉。那家伙很有经验，他马上跟着过来了。

我和那个女孩还是站在原来的位置，就像电影里的远镜头，看到救生员跳下去，浪里白条地游到那个小孩身边，然后再把他拉回来，当然就没事了。他们也没有来跟我们道谢之类，没有再看到续集了。

但是这个时候，那个我原本充满了抒情的想象和性幻想的，我暗恋了四五年的女孩，突然一下子笑出声了，为什么？因为她看到沙滩上那串我刚刚很着急快速跑去找救生员的脚印。其实我那个时候真的不是胖子，但是人很用力在跑的时候，沙滩上留下的那串脚印就很像大象脚印，那女生就说好像大象的脚印。反正整个场面就冷掉了。

之后我内心就想开车带她去阳明山，我们那个年代可能有那种想法，你至少带她去阳明山看看夜景吧。

等我们到停车场的时候才发觉，车锁被小偷撬开了。这个女孩也是没经验，那时候也是年轻，她用的可能是一个入门款的LV皮包。那个皮包连同里头的钱和东西被偷走了。其实真正贵的是那个LV皮包。

后来当然非常地扫兴，这个女生就陷入一种不太搭理我的状况，之后的活动她不可能有心情了。她就说送我回家，后来我就开车回去，我也陷入一种好像电路回路出现故障，越来越阴郁或者不开心的状况。我前面先讲了几个笑话逗她，她已经脸色如冰霜，后来才知道她是对她皮包被偷走这件事或是这个约会非常生气，就是因为她跟我出来，她损失大了。

但是我内心突然出现一个只有写小说的人才会出现的这么奇怪的想法，在这个时刻不应该有的这么奇怪的想法。我想，她是不是觉得我刚刚跑去喊救生员，花了这么长时间，其实是我把车锁撬开，把她皮包偷走了。难怪我很晚才"破处"，我脑袋是有点问题，这件事情是我很多年后再遇到她时提到的。

反正后来这件事就黄了。我送她回去以后，接着我去还车，还赔了一笔钱，因为那个租车行是黑道开的，锁被弄坏了，赔了可能五千块人民币，远超出我的想象。确实你跟他租车，你把人家两个车锁都撬坏掉，他整个要换，所以我那个时候搞得特别惨。

这是当年有点遗憾或是有点困惑的一件往事，现在回想起来，其实我恰好处在一个时代的夹层。大概到2000年的时候，网络世界就开始了，个人电脑开始普及，也开始有诺基亚手机了。所以，所有的人在做一件事情之前，都可以先上网看各种经验分享，可以预先排演，有更精准的路线或剧本，但我们那个时候基本上是没有这种可能，没有这个机会。

3

我再讲一个故事，时间再往前推一点，发生在我刚才讲的约会之前的三四年，那时候我念高二。

那时候我是个小流氓，也不是真的很厉害的流氓。那个年代台湾的高中生都被规定要穿一种卡其布的军训服，我不知道是不是日本人留下的习惯，其实我觉得特难看的。我们这种流氓和女校的太妹就会跑到当年台北的中华商场，现在已经不存在了，当年中华商场靠铁道那一边有一些很便宜的裁缝店，会帮你定做这种"流氓服"，这样你的制服颜色就比别人白。

现在想来很奇怪的，就好像流氓还要挂臂章，告诉大家我是流氓，所以我觉得那是一个很苦闷、很没有想象力和创造力的年代。你觉得自己是坏蛋你就会去定做这种"流氓服"，你觉得自己是"好蛋"你就会穿学校规定的规规矩矩的、便宜的、布料垮垮的卡其布军训服。但是你一穿上这种料子比较白的,假装是卡其布,但颜色有的是奶白,有的是奶黄,有的像橘色的"流氓服",学校的教官就盯上你,其他也在混的流氓和坏学生也会盯你。

那个时候我也特别无聊,我跟一个也是废柴的好哥们儿就去补习。我们俩都不是那种真正很坏的学生,其实是父母都还蛮正派的正常家庭。但我们俩就特别无聊,爱玩,我们那时候跑去外头补化学,那个化学老师当然也是个名师,补习班是在罗斯福路的一个巷弄里。

这种补习班黄昏以后才会开课,化学老师在上面讲课,我跟这个废柴哥们儿都坐在最后一排,我们俩拼命在讲话,或者躺在那里睡觉。我觉得在好学生眼里我们俩就是智障,就是讨厌鬼,干吗花父母的钱跑来补习,根本连学校的课都没上,为什么还要跑来补习?

这种补习班是男生女生一起上课,不像我的学校是单纯的男校。补习班的教室比较大,容纳了上百人,其中也有台北市好学校的男生和女生,大家混杂在这个有一百多个座位的教室空间里。

因为我跟那个废柴哥们儿都坐最后一排,所以隔了三十多年,回忆起来会有一种残存的视觉记忆。

很奇妙,这时候你突然会发觉,为什么那个年代这些高中学校,学生制服都是要挑选某种固定的颜色。比如说台北的北一女是女孩都想要报考的第一志愿,北一女的衬衫就是某种绿色。中山女高是白衬衫,这比较一般。当年女生的第三志愿是景美女高，它的制服是一种很粉嫩的黄色。

男校的制服大都是军训服的卡其色，只有少数像我们这两个废柴学渣，制服是定做的，颜色比较白。因为会跑去补化学的，基本上他们还是有心想好好考大学的。

那个教室可能装了八管或十管日光灯，可是有些空间里的黑暗日光灯照不到，因为教室外已经进入夜晚，黑暗会渗透进来。化学老师在黑板上讲共价键，黑板上画着各式各样连接起来的六角形、各种英文符号，但那个时候我根本没在听。

那时台湾还是戒严的年代，一个比较压抑、比较封闭的年代，然而在那间教室的讲台下面，大家制服的颜色却像花园一样五颜六色，在我们的前方这样铺展开来。

4

那个时候我那哥们儿也很无聊，我们看到在我们前几排有一个北一女的女孩，特漂亮，眼睛很大，然后我们就特别蠢地写一张纸条，上面写着：小姐，有没有人告诉过你，你的眼睛好大好漂亮。其实这件事是他做的，不是我做的。

我们把它揉成一个纸团，朝这女生丢过去，但没丢准，丢到旁边一个中正高中的男生头上。这个男生在我跟我哥们儿看起来，就是一个瘦削的小帅哥，一看就知道他不是在混的小流氓。但他突然回头骂我们，骂了几句脏话。

我跟我那哥们儿就觉得我们是凶神恶煞，你个文弱小生敢这样对我们。当然，下课的时候，我们就向他走了过去。

我们就模仿电影里的流氓那样讲话：怎么样？要不然下礼

拜约啊。

那是我生命中第一次打架。

因为我觉得我们两个现在把他拖到楼下去打，不公平吧。他那么瘦弱，我又这么壮。我那时候不胖，但我是个"巜"的人，就是体格是算高壮的。

我们就约好地点，我也没当回事，因为我当时真正认识的混黑道的人是我隔壁班的一个小个子。他来自台湾专门出黑道流氓的黑道故乡，就在云林那边，他们叫海线兄弟。这个小个子是北港的，那里都是拿武士刀去砍人的，他是我认得的一个朋友的兄弟，所以他很罩着我。

他在我隔壁班，他个子矮矮的，在学校他的制服又特别白，他还戴一个会变色的墨镜，平常是正常的眼镜，可是一走到外面，就变成墨镜。教官特别爱找他麻烦，可是教官有点怕他，因为他是那种书包里会带刀子的人。

我们就跟他讲了，这个家伙根本不当回事。你跟你哥们儿两个就是衰货，你们惹到一个很文弱的书生，好，我帮你去恐吓一下就可以了。所以他不当回事。

这是我第一次混黑社会，或者说第一次打架。那个礼拜我还在教室后面练俯卧撑，想让自己的胸肌看起来大一点，好像会比较吓人。

我觉得对方大概也就带两个哥们儿，或者他根本就不会出现。当天我跟我那个废柴哥们儿，然后带了那个真正有黑道背景的家伙，他还比较警惕一点，他顺手捡了一根木棍。他很有经验，他把木棍用报纸包起来，这就让人家以为他拿的是一把扫刀，或者一把小武士刀。人家看起来就很有杀气。

然后我们就到补习班旁边的小巷里头,结果真的等到了对方。他们出现的时候,我差点笑出来了。我们这才知道我们惹到的人叫江明,他念的那个班是中正高中最有名的、最坏的流氓班。我到现在都还记得他的名字叫江明。

他们那一票人来了七八个,不止七八个,我觉得十个都有了。每一个都跟我们得罪的文弱小生江明完全不一样,每一个都凶神恶煞。

我为什么差点笑出来?因为他们完全是照日本漫画里那些铁血高校生的样子打扮自己。他们有的拿着木剑,有的拿着狼牙棒,有的就拿着拆下来的脚踏车的车链,我们那个很匮乏的年代,看到日本铁血高校生的流氓坏蛋都是这样打架的。有的还拿着双截棍,这更好笑了,他根本不可能会使双截棍。我就看到事主江明最瘦弱,他戴了一双黑色的皮手套,那叫老虎指,皮手套在关节的地方都钉上突起的金属物,钉了锥钉。

我们表面上装作气定神闲,但其实我们立刻转身,对方人太多了,我们就三个,我们太低估对方了。我们就往巷子里面走。他们那一票人很像是猎人在围杀猎物,嘻嘻哈哈在后面调笑我们,有种不要跑。

我们一边走,其实是想把距离拉远一点,我们稍微有点保护自己的空间,一边回头耍个嘴皮子,说有种来呀。

他们就在后面慢慢地追。因为我们三个走进的是一个死巷,我们根本跑不掉,最后我们三个就被这十来个人堵在那里。他们虽然拿着木剑、双截棍、铁链、木刀,但他们就是校园里的坏学生,不是真正有黑道背景的,所以还是被我唯一找去的那个手上拿着报纸包起来的木棍的矮个子震慑住了,他们觉得那是真刀。

他们说的是闽南语，用台湾黑道的谈判方式。那个小个子就对他们说，现在怎么样？

我猜那个文弱书生的人缘也不是很好，他们竟然说，当事人解决。他们变成不关他们事的样子。当事人解决就是我跟那个文弱小生单独解决。

那不是跟今天这一场没约一样吗？你们来了十来人，我们三个，你们不是正想把我们往死里打？

那是我生命中第一次打架，我没有经验，我也装出很坏的样子，做出一副很狰狞的样子，耍帅说：打你太不公平了，挑一个你们里头最壮的来打。

我爸是大学中文老师，我妈是很良善的妇女。我小时候其实长得很可爱。我觉得是因为那两年学黑道，每次洗澡就在浴室对着镜子练各种狰狞的表情，一定是我练得太用力了，后来脸就弹不回来了。后来，我明明是好人，可是我的脸就长得很像港片里的陈奎安。

说完那句话，我真的非常后悔。我觉得那家伙绝对是留级生加重考生，年纪一定比我大个两岁，身体已经发育成大人了。我虽然在同龄人里算是高壮的，可是那家伙跟我对打的时候，他简直就像大人在打小孩，就是把我的头往墙上撞，然后这么打。我也有反击，但我其实没练过武术，我打也是打流氓拳，乱挥乱打。

在我们两个这样乱打的过程中，对方那十来个人就站着旁观，我那个废柴哥们儿跟我们找来的帮手也站着旁观，就好像在竞技场看斗牛，我跟那个壮家伙互相捶来捶去，大部分时候是我被他按在墙上捶。

因为刚开始大家说"单挑"，就是黑话，单挑的意思，就是其他人不能动手，所有我们带来的兵器也都靠在墙上放着。所以他们带来那些双截棍、木剑、铁链也都靠在墙面上，我们那个黑道矮个子带来的、他们以为是武士刀的、报纸包起来的木棍，也靠墙放。

但就在这个时候，不知道谁把木棍踢倒了。我正在挨揍或正在打的时候，就听到一声"哐哐"的声音。然后，那些人全扑上来揍我们三个，所以我们三个后来是抱头鼠窜。

这事对我来讲就是一件倒霉的事，我那个黑道的朋友大概也被捶了两下。他就对他们放话，说今天这件事已经不是他们两个的事，是我的事，你们给我等着。然后他就走掉了。我以为这就是放放狠话而已。

然后我跟那个废柴哥们儿还很害怕，我们两个还很怕我们俩落单，他们十来人想起来会再把我们扁一顿。我们俩很像丧家之犬，好不容易才回到家里。

我回到家，我妈问我怎么了，我说我从公交车上摔下来了。我整个脸都被打烂了，然后整个脸是凹的、凸的，凹凹凸凸，全肿了。

但是那天晚上，我妈突然说，有你的电话。竟然是那个从来不会打电话给我的，我找去的那个黑道哥们儿的二哥。他用闽南语说，骆以军，我已经帮你讨回来了。我说，什么意思？

他是混黑的，他就跑去他们宿舍找了一堆人，也是七八个。可是他们是真正混黑道的，他们超狠的。他们去工地找那种铁条，不是电影道具的铁条，而是木棍上面带着铁钉的。他们玩的都是真正要让你溅血的，让你头破血流的。

他们又回到刚刚打架的地方，那个瘦弱的书生江明实在是个傻瓜。这事闹完以后,他竟然不会觉得对方会来报复他,他那群哥们儿散掉了,各自回去了。他还在想自己是个好学生,要上楼去听化学课,那天交的补习费,他要回本,要把化学课听完。于是,等他下楼以后,他们七八个就把他拖到巷子里,往死里打。

那个年纪我也缺乏情感的想象力,但是我印象很深的是,我带去的矮个子的黑道二哥还讲了一句话。

他说,他将来不能生了。

他们把他打残了。

很多时光过去了,我也没有机会知道这个人后来怎么样了。

5

时间再往前推。为什么我高中会去学坏?

回到我初三的时候,初三我念的是永和中学,初一考进去的时候,我是全校智商最高的,很意外,我功课不太好,但我智商是全校最高的。那个时候一个班比较大,我们班上有五十几个人,初一、初二时,我的名次也不是最后,在班上排三四十名。我也不是什么好学生,但我一群哥们儿跟我很要好。

那个年代台湾升学主义特别严重,考联考,挤窄门,特别变态。所以到了初三的时候,学校就采用了一个很奇怪的制度,重新进行了一次分班。所以我们导师原来带的班变成一个新组合起来的变形金刚超级班,就是本来A段班的前几名全部调来这个班,然后这个班可能第二十五名之后的全部打到A减班去了。

我本来也应该是被打到A减班去的,可是因为我父亲刚好是校长以前的老师，我父亲地位不高，但他因为在教育界服务很久，以前恰好教过这个学校的校长。因为这层关系，不知道怎么回事，我被留在这个班。

留在这个班之后，我一些以前很要好的哥们儿就跟我疏离了。疏离以后，我觉得我好像哆啦A梦被拔掉了尾巴，就关机了。我那一整年就故障了，所以我一直是这个班上的最后一名。

教室的座位排列跟将来社会上的社会地位、权力位阶是一样的，座位排列就体现你在这个班上的社会位阶。第一名是坐在讲台最前面，男生、女生分成两排，可是最中间那一排座椅是从第一名到比如第八名坐，然后旁边可能是第九名到第十几名这样，所以我的位置永远是教室最后面的最后一个位置。

那是一个可以体罚的年代。我印象非常深，除了我们班第一名，后来也是当年全台湾联考的第一名，那个家伙是个高智商，但看起来像个白痴，亚斯伯格症，他每一科都满分，所以他不会被打。

那次考英文，考完以后，我记得老师从最前面最中间第二名开始。

几分？98分。叉叉打两下。

几分？97分。叉叉叉打三下。

反正这样一路打下来，大概打到比较斜前方那边，几分？88分，叉叉叉叉打十二下。男生女生都一样，就这样打。

我记得打到我前一个，就是我们班倒数第二名那个男生的时候，几分？76分，叉叉叉打二十四下，你已经觉得很惨了。

可是突然问到我说，骆以军，几分？13分。

结果全班同学都笑了，连老师都笑了，大家都会觉得我是那个吸纳老师体能、救赎大家的怪物,我的功课差到这个地步。

我之前讲的我暗恋的、后来当空姐的那个女孩坐我旁边,她非常聪慧,但竟然有时候会掉到女生的最后一名,所以坐在我旁边。考英文的时候她会罩我,作弊罩我,但是我英文程度太差了,把她考卷拿过来偷看,我还看不太懂。然后我蛮好玩,这女生我觉得蛮侠义的,她还念字母给我听,然后我还问是什么。我们俩在作弊时她还发脾气,她是小姐脾气,她觉得我程度太差了,怎么连这个词你都不知道。

后来考完联考后,大家就打散了,全班只有我落榜。

我落榜后去念的重考班,那个重考班也是一个很变态的学殿。所有去念重考班的学生全部剃光头,穿上重考班特有的、很丑的制服,提着重考班特有的很像人家拉保险的那种塑料包,上面用荧光白漆写着"建学补习班"几个字,一看就是贱民或者是重考班的。

问题是我们当时初中的同学都是住永和这个小镇,我去那个重考班要过桥到台北市区,就会在公交车上遇到以前的初中同学。

有一次,我在公交车上遇到了我暗恋的那个女生。她已经变成一个白衣黑裙的高中女生了,也有了一种高中女生特有的美感,好像毛毛虫变成蝴蝶了,已经进化了。可是我还停留在毛毛虫阶段,而且我是一个看起来很猥琐的重考生。她很开朗,因为她跟我常坐在一起,跟我交情很好,过来跟我打招呼,我还很别扭,头撇过去不理她。

我们重考班非常变态,每天睡完午觉,会要求这些剃了光头、像怪物一样的男生,和被剃成西瓜皮头的女生,全部列队,绕重考班一个四层楼的旧公寓走。这个公寓里一个班有一百多个座位，完全没有对外窗。我们绕着街道走，所有的店家都知道这些人是重考班的学生，所以我内心其实很受创。

我大概就在那个时候开始结识一些比较坏的同学，学坏、学抽烟，然后去混兵工。

我记得很清楚，我们考完联考回重考班拿成绩单的那一天，让我瞠目结舌，叹为观止。

那一天，重考班的这些学生，突然很像监狱暴动或者疯人院暴动。这些剃了光头的学生，本来都非常怕那个训导主任，他会拿藤条揍大家，压制大家。但那一天，所有这些光头，像暴动一样，把桌椅挥舞起来，打砸抢。他们全部拿桌椅砸，然后把椅子上的木条拔下来。厕所很小，就把马桶也打爆了，然后把洗手台全砸烂，用脚踹。所有的班主任和老师全部不见了，躲起来了。

我在旁边看。我没有这种暴力倾向，可是我也很恨这个重考班。过去这一年，我们一起关在这个监牢里。我第一次发现，原来哥们儿你们是这样的，牛鬼蛇神，你们疯了吗？我不知道那个教室能被砸，全部被砸爆。

我跟我哥们儿，就是那个跟我一起补化学的家伙，我们在重考班是好朋友，我们俩会觉得，这群人这么疯狂的时候，我们好像也该做一点什么邪恶的事情，才不会显得你是好人，不会显得你跟大家不一样。确实这时候也唤起了我们对重考班的憎恨和一种苦大仇深的感情，但我们不知道要做什么，因为坏事已经都被别人做尽，公寓里所有东西都被砸毁了。

我们突然看到墙上挂着一个小型的消防灭火器，漆着红漆的灭火器，我们就把它偷走，放在书包里。但那时候我太年轻了，缺乏经验，我不知道我偷了这个灭火器到底要干吗。然后我们两个其实有点害怕，我们真的犯了真实大人世界的罪行，偷窃罪。

然后我就背着这个灭火器回家，那段应该是坐公交车回永和去，但是我们那段路一直在走，一直走到中正桥中央的时候，我突然觉得我书包里的灭火器好像一个乌贼，好像一条章鱼，它有自己的生命，它在那里挣扎。

后来我就把那个很沉的、像一颗小型炸弹的灭火器，从中正桥上往河里丢下去。我现在都还记得很清楚，我们从桥上往下看的时候，那个漆着红色油漆的灭火器慢慢掉下去，然后"咕咚"一声，水面上出现一个窟窿，出现一串水花，灭火器就这样沉下去了。

结语

我很喜欢提的，可能也提了很多次的捷克小说家米兰·昆德拉，在《生命中不能承受之轻》的开篇讲到了一个概念，叫作"永劫回归"。永劫回归的概念就是说，曾经发生过一次的事，就跟没发生过一样。

所有我们生命中经历过的事情，如果它没有再一次地发生，没有像音乐的赋格，再一次地重奏和变奏，那么，它永远就只是像一张草图或一次预演，没有正式地演出，没有正式地雕塑，是一幅非正式的画。

我觉得我曾经活过的十四五岁，一路到二十多岁，那个年代恰好是世界还没有如同今天一样已经跨到另一个世界，这个世界是一个有网络的世界，这个世界是有外挂的，人类不需要把大量的经验和知识记在自己的大脑里,而是可以储存在一个非常庞大的云端,储存在一个共享的网络知识体系里面。

你可以透过网络,现在更可以任意地、便利地用智能手机去调度这个知识体系,你可以虚拟或是像画草图,像雕刻一个雕件那样,你可以先从它四面八方、上下左右、里面外面,先画出一个类似 3D 的设计图。你可以先了解关于它你能掌控的讯息,尽量不要犯错,尽量不要出丑,不要显得狼狈而茫然。

但是我说不定是属于最后一代了,我是属于在事情发生之前,基本上是缺乏经验的这一代人的最后一代了。我们这一代好像没有办法预先透过练习来让自己身上流过去的这些时光更有尊严一点,或是更精准一点、更好看一点、更不那么滑稽,或是不那么怪诞。

很有意思的是,等我慢慢到现在这个年纪,再回忆起那些时光的时候,我突然会觉得好像我经历的那些时光像草图,或是像纪录片,像一段任意播放的、随意的、自由的、移动的时光。我突然觉得它好像一部欧洲独立制片,它就这样子随意地放在那个状态里面,它是缺乏练习的,它是缺乏经验的,它是缺乏教养的。但是我现在回忆起来,它还是有一种说不出的美感。

被强迫疯狂的故事

1

我今天讲的两个故事都是马尔克斯的短篇小说。这两个短篇小说，一个叫作《我只是来借个电话》，另外一个叫作《你滴在雪上的血痕》都收在他一个集子《异乡客》里。里面每一篇其实都非常好，但这两个故事特别棒。

我先说第一个《我只是来借个电话》。故事一开始，可能是在西班牙一个高速公路边，傍晚的时候下着大雨，有一个叫作玛丽亚的美丽女人开着车，突然车在高速公路上抛锚了。她那个年代没有手机，她在路边拦车，刚好有一辆破旧的巴士开过来，停了下来，她上了车。司机告诉玛丽亚说，他们这辆车是短程，不会开很远。玛丽亚就跟司机说，没关系，我只是想找个地方打个电话就可以。

上车以后，有一个长相有点像女军人但非常温和的女人对她非常和善。玛丽亚这才发现座位上所有人都是女的，她想这辆巴士是不是修道院修女们的旅游专车。当时外头下着大雨，车上的人都裹着毛毯在座位上睡着了，所以有一种大家全都处在梦境中，像梦游一样的感觉。

这个像军人一样的女人也很好，拿了毛毯给她，因为她衣服都淋湿了。这时候玛丽亚就掏出烟来，她身上的烟只剩下几根，而且被雨打得有点潮湿了。玛丽亚就跟这个女人分了烟，点火抽了起来。她是比较烈、比较急性子的人，有点发牢骚，说她车子抛锚，她老公在等着她，所以她需要找个地方。这女人就跟她比了一个不要太大声的手势，因为车上其他的女人都在睡觉。于是，玛丽亚也就找了一个座位，把毛毯披上，也睡着了。

等她醒来的时候，车停下来了，车上的这些梦游般的女人们鱼贯地下车。她看到这里好像是一个森林，雨也停了，但天已经黑了。她看到的是一栋隐在森林里面的，石头造的建筑物，很像修道院。

玛丽亚就跟这个盯车的、像军人一样的女人说，我只是借个电话。这个女人说，没问题，你下去跟门口门房的人说是我说的，你只是借个电话，你跟她们不是一道。然后这个女人跟她告别，这辆游览车就开走了。

玛丽亚看到这些女人都有一种异常的乖顺与纪律感，排着队，到那个建筑物门口的时候，有另外一个穿制服的女人好像在点名，像军队在唱名。玛丽亚就想从另外一边绕过去，到门房那里去。

这时候有个很壮的、穿着警卫制服的女人跟她说，慢着。她把玛丽亚拉过来。玛丽亚就和她说，我只是来借个电话，是刚刚那个女人说的。

她说，我知道，那你就在这里排队，跟她们一起。

玛丽亚就乖乖地跟她们排队，等队伍慢慢地挪动，陆续地这些人都进去了，轮到她了。她跟这个负责人说，我只是来借个电话，我的车子抛锚了，我老公很着急，我老公是个魔术师，他今天晚上在巴塞罗那市区有一场表演，我需要去当他的助手，等等。

这个女人露出一个敷衍的笑容，接着就开始登记她的信息。

这时候玛丽亚才发觉，这是一座女子精神病院。

她们让她换上制服。玛丽亚年轻，也很漂亮，她就开始挣扎，然后那个很粗壮的、穿着警卫制服的女人过来用擒拿术把她抓住，然后痛打一顿，用镇压精神病院里不乖的精神病患者的手法把她压制住。她用束缚带把玛丽亚缚在病床上，并注射了麻醉剂。

玛丽亚醒来后，经过一些波折，后来到了一个房间里，精神病院的院长坐在诊疗桌那边。玛丽亚突然哭出来了，她觉得很委屈，她觉得我只是来借个电话，你们干吗折腾我，你们这是什么鬼地方。

院长就跟她说，哭吧，有时候眼泪能起到最好的疗效。

玛丽亚听到他那种很像耶稣的慈悲的声音，马上眼泪就流出来，第一次有一个异性愿意这样聆听她说话，不是哄着她，等着待会儿跟她上床，而是真诚地听她讲，她从小受到的一些创伤，后来碰到哪些烂男人，以及现在的遭遇，她就叽叽哇哇讲了很多。

大概讲了40分钟后，这个男人在诊疗单上写下几个字：此人容易激动。当天下午，玛丽亚被登记进了这家精神病院。

小说另一条线索写她的丈夫。她丈夫是一个小个子的拉丁美洲人，是一个魔术师。那一天，他一直没等到他太太。

他那天晚上有三个表演，第一个表演是一群小朋友全部穿着袋鼠服，大概是帮一个小朋友过生日。他要表演一个钓鱼的魔术，可是没有玛丽亚，没有他太太来做助手，这个魔术就没法表演。

第二个节目是他赶到另一个场子，是一个九十三岁的老寿星过生日，这三十年来，她每次过生日都会找不同的魔术师来给她做不同的表演。但没有玛丽亚在，这个魔术师就无法进行专注的表演。

第三个节目是在一个音乐咖啡馆，为一个法国观光团做表演，这群法国游客是一群理性主义者，都不相信他们眼前看到的这些魔术是真的，非常没意思。

马尔克斯写道，这个小男人，这个魔术师丈夫，心里充满了一种嫉妒和焦虑。他觉得，玛丽亚一定又是跟男人跑了。

因为玛丽亚在这方面是有前科的，这个魔术师是一个被玛丽亚发好人卡的丈夫。他跟玛丽亚交往到三四个月的时候，突然有一天玛丽亚抛弃了他，他哭着求玛丽亚不要离开，玛丽亚和他说，她生命中还有别的体验要去经历，她就把他一脚踹了，去跟其他的男人好。

不知道玛丽亚换了几任不同的男朋友，总之他们有一年时间失去了联络。有一天魔术师回到家的时候，突然发现玛丽亚竟然像女神下凡一般，穿着一身新娘的白纱，睡在客厅的沙发上，简直像做梦一样。

原来，玛丽亚本来决定与另一个男人结婚，那天玛丽亚办婚礼，各种亲友都来了，大家一起喝酒，唱歌跳舞，很开心。闹了半天，最后，在强烈的悔恨心情的支配下，她三更半夜来找魔术师了。她最后想到她唯一可以依靠的是这个魔术师。

所以在这个魔术师的内心里，他一直有一种恐惧，觉得自己配不上玛丽亚。但其实在玛丽亚心里，从那次婚礼之后，她就收心了，她是真的想要跟这个魔术师过一辈子了。

所以小说的前半部，她在高速公路上车子抛锚了，然后误上了这辆女子精神病院的游览车，她急着要去打个电话告诉她先生。

可她先生这头是一无所知，他的认知就是他的妻子绝对又把他抛弃了，因为他只是个其貌不扬的魔术师，这么美的妻子怎么可能跟着他，一定又被别的有钱男人或是帅哥给拐走了。接着他接到警方通知，说玛丽亚的车抛锚了，被扔在高速公路，钥匙也忘了拔。这更加证实了他的猜想，他开始疯狂地照着字母从A到Z打电话给他们共同认识的朋友，没有一个人知道玛丽亚跑去了哪里，他怀疑是他们联起手来骗他。

而玛丽亚在这个女子精神病院里面，慢慢也就适应了，跟着这些穿着白色病服的疯女人一起在这个古怪的超现实的空间里，她变乖顺了。因为她一不乖顺，那个壮女人就打她。

玛丽亚有烟瘾，后来她慢慢把随身带的首饰和其他东西跟这个壮女人去换烟，烟奇贵无比，可能一天只能换两根烟。慢慢地，她身上的首饰、钱、手表，能跟壮女人换烟的东西都换掉了。

但是，这个壮女人好像爱恋玛丽亚的美色，她用烟或巧克力来诱惑玛丽亚。玛丽亚当然抵死不从，那壮女人又开始每天写情书，藏在她的枕头下面，甚至去跟她亲热。玛丽亚看起来也没有怎么反抗，可是，真的要进入到最亲密的状态的时候，玛丽亚条件反射般反手给她一巴掌。我觉得玛丽亚可能是射手座的女生吧，或狮子座女生。

那个壮女人就说，我绝对把你关到腐烂，活在地狱里为止。

不知不觉，玛丽亚在里头被关了两三个月了，大概到夏天了。感到闷热的女患者们在听弥撒时开始脱掉长袍，女看守们像瞎眼的母鸡一样乱跑，场面十分混乱。

玛丽亚本来处在一种怕被大家碰到、撞到的状况，机械地在人群中走着，突然间她发现自己走到一个无人的小办公室里，这个小办公室里面有电话正发狂般地一直响。

她把电话拿起来，是一个无聊的人打的，模仿电话局报时。（我小时候就会做这种无聊的事，乱打电话到别人家，学报时台说，你好，现在是 13 时 69 分 186 秒。）

她骂了一句，白痴、神经病，就把电话挂断了。

挂断电话，正要走开时，她突然想到，这不就是她朝思暮想要打的电话吗？她不就是为了要打个电话，所以现在被关在这个地方，困在这里。

她赶快拿起电话狂拨给她那个小魔术师丈夫，好不容易她等了三个月，她终于听到她急切要找的那个男人的声音。不知道你们有没有养过小狗，小狗走失了以后回到家里见到主人时，小狗会哭泣，像受了很多的委屈。我已经无法用言语形容，她终于听到丈夫的声音了，她就像走失的小狗那样瞬间哭了起来。

她哭着叫他：亲爱的，我的宝贝。

然而，她却听到电话那头，她的魔术师丈夫非常冰冷地骂了她一句，婊子，就把电话挂断了。

玛丽亚整个人都发狂了。然后壮女人又出现了，又把她打一顿，绑起来，给她注射麻醉剂。

后来，她丈夫大概静下来想了想。一个月后，这个小魔术师跟着探望精神病患者的家属，一起来到精神病院。他进来的时候，院长交代他说，你太太的病情很严重，她一定会告诉你说，她只是要打个电话。

他在精神病院的会客室，隔着一面玻璃，玛丽亚就坐在他对面，穿着精神病人的衣服，泪流满面，整个人很惨，蓬头垢面。她隔着玻璃，对着播音器告诉她丈夫说，当天她的车子在高速公路抛锚，她只是搭便车，急着要打个电话给他，没想到他们会这样对她。她把这些遭遇都告诉了丈夫。

可是到后来，她突然发觉，她丈夫对她的那种态度和笑容，跟院长一模一样。她丈夫已经接受了院方的这套话语，认为玛丽亚已经疯了。所以等到她丈夫下一个月再照这个会客时间来看她的时候，她拒绝见他了。

这篇小说就这样结束了，马尔克斯最后写道，过了两三年，没有人再听过这个小魔术师的消息了，他大概已经离开这个城市了。

最后一次听说的玛丽亚的状态是，一个共同的朋友以前经常去精神病院给玛丽亚送烟，她说玛丽亚后来被剃了光头，已经不折不扣就是精神病院里的一个女精神病人。

2

第二个故事叫作《你滴在雪上的血痕》。

一对在欧洲的拉丁美洲裔新婚夫妻，男的帅，女的漂亮。他们在哥伦比亚是天之骄子，就是我们现在讲的富二代。

他们在西班牙办了一个非常豪华的婚礼，岳父送给新郎一辆非常棒的国产跑车，作为新婚礼物。然后，带着这些亲友的祝福，这个很漂亮的新娘子跟这个很帅的新郎官，开着这辆跑车离开了。他们的蜜月旅行是去巴黎，已经预订了最顶级的豪华大酒店入住。

旅途已经开始了，他们穿过一个换日线，这换日线很像是这个小说从前面一派欢乐景象进入到某种梦境的边防。

那个冬天非常寒冷，在边境的西班牙跟法国的关口的这个军人口吐白烟，查看他们的护照。查看之后，知道他们是新婚的新郎新娘，祝福他们新婚愉快，甚至还开了一些黄色笑话，然后他们就过关了。

接着马尔克斯写道，跑车在雪地的公路上畅快地跑，新郎心情非常好，然而新娘子右手的食指一直在滴血，原来在婚礼上，她被新娘捧花的玫瑰花刺扎到了，所以流血了。

一开始是小滴的血淌出来，所以她还开玩笑，把手指头伸出车窗外。她还想说，多美啊，她的血滴沿途滴在雪地上，所以这个小说的名字叫《你滴在雪上的血痕》。

但是等到他们快要进入到巴黎市的时候，新娘子的食指竟然已经血流如注了，停不下来。马尔克斯没有多写，不知道是不是家族有血友病还是什么疾病，反正血止不住。

新娘子是一个很坚韧、很沉着的拉丁美洲女孩。她长得很美，有传统拉丁美洲女人的坚毅。她丈夫反而显得很不成熟，她还安抚他，不要着急。她用手帕把伤口包住，整个手帕都染红了。

一路进了巴黎市，又遭到塞车，丈夫很烦躁，但是总算到了医院，这时候他太太已经昏迷了。他发狂地把太太抱上去，医疗人员就把他太太送进紧急手术房。

这家医院对街有一个便宜的小旅馆，他不放心他太太，就住在这个廉价小旅馆里。小旅馆是石砖建筑，很旧，可能已经有四五百年以上的历史，细细的铜管线非常杂错地环绕着，但都已经生锈了，都在漏水。地板是那种磨石的地板，上面凝结的都是之前住客留下来的污垢的痕迹，很脏。

第一天他还非常暴怒，因为他是富家子，法国这种老旧的小旅馆，淋浴设施不在房间里，而是在一个很小的阁楼间里面。里头很多黄铜管线都锈了，斑驳了，连流出来的水可能都是脏污的，都带有红褐色。地板上残留着之前住客们留下来的污垢，还有肥皂渣，或人体特有的一种腥臭的味道，它基本上是一种很旧时光的空间。

那是冬天，他要走到这个破烂走廊尽头的淋浴间，他到了淋浴间才发觉先要回房间投币，投完币他再去淋浴，淋到一半热水就没了，光着身子围着毛巾非常冷，再跑回房间去投币。这都是很琐碎的小事，但是你看马尔克斯就是在处理这些小事。

第二天早上，他本来想要再进病房探望他太太。然而法国这种特别的现代资本主义国家，他们的规定是探望病人的时间只能是每个礼拜二的上午九点到下午四点，所以他得等到六天以后才能再来看他太太。

他发狂了，就跟他们说，我昨天才送我太太进来的，我是她法定的丈夫，我太太现在到底怎么样了。他是拉丁美洲的富二代，太娇惯了，态度就很莽撞，于是保安把他打了一顿，扔到大街上。

接着第三天，他发现他停在路边的车被开了一堆罚单。原来巴黎的规定是，每个月单号天，车子要停在单号门牌马路这一边；双号天，车子要停在双号门牌马路这边。其实，越是现代化的都市，越有这种奇怪的规定。

第四天，他试图闯进去，又被保安打一顿，又被扔出来。后来他就决定坐出租车到巴黎的大使馆控诉这件事，因为他跟他妻子在拉丁美洲、在乌拉圭都是名门大户，都是来自本国非常大的企业家家庭。他去找大使谈判，结果大使不在，办事人员就给他留了个大使的电话。

可是等到他出来的时候，他发觉他在空间中迷失了。他走了非常久，也不认识法文，他不记得旅馆的地址，甚至也不记得他太太所在的医院的地址。后来，还好他突然找到一个火柴盒还是什么东西，上面有那个旅馆的地址，他走了非常久，然后顺着巴黎铁塔的方位走，终于找到了旅馆。

他被这个城市奇怪的卡夫卡式的法则给驯服了。他后来几天就非常乖，单号天把车移到单号门牌的这一边，双号天移到双号门牌这边。他耐心地等着下个礼拜二。

到了下个礼拜二，其实就过一条马路而已，他来到医院，那些医生看到他进来，全部冲过来跟他说，你不知道这个礼拜全巴黎的电视广播都在找你吗？

原来，他妻子送进医院之后，血流如注。第二天怎么紧急治疗都治疗不了，第三天就死掉了。全部的人，包括他的家人，有的还在办婚礼的哥伦比亚，全部坐飞机赶过来了。

他妻子是一个非常坚韧的女人，很爱他。当时，她的脸已经变得像金纸一样，她已经快死了，但还在跟他们说，叫他们安心，叫他们去找她和丈夫原来订的那家豪华旅馆。她说，她丈夫的脾气她知道，他非常急躁、非常暴躁，叫他们想尽办法找到他，告诉他，不要慌乱。

这个时候，这个丈夫简直要发狂，简直想把这家医院，甚至把巴黎这座城市整个炸掉。

没有任何人知道整个巴黎都在找他，都想通知他来医院见他妻子最后一面，没有人知道他竟然就被困在仅一街之隔的小旅馆里。

结语

我转述这两个故事、这两篇小说，其实是作为对我们的一个启发，就是关于死亡的时间。

在现代小说里，死亡的时间似乎并不存在于正在死去的死者身上，而是存在于费尽千辛万苦，和各式系统交涉之后赶赴死亡现场的未亡人身上。

疯狂的时间，也未必只在一个正在疯狂的人的身上，而是像一种切割，像一种分割画面般的存在，其实我们都只是存在于这个正常或疯狂的模糊地带的孤独个体。那种切割方式，好像日本高级料理厅里的老师傅，巧手将鱼的鱼肚肉或鱼腰肉，贴着鱼骨卸下，以专注的技艺，切成薄薄的花瓣般的生鱼片，再装饰排列在那一架张口翘尾、只剩下空骨架的鱼骸形体上。

白色的眼泪

1

七八年前,我来大陆参加一个叫作东北文学之旅的活动。这个活动是大陆的作协举办的,找一些台湾的作家,组一个作家团,促进两岸之间文学上的互相交流和理解。这次是东北文学之旅,东北大作家就是萧红嘛,所以是萧红之旅。

我们台湾团的团长是出版我的书的出版社的老大,号称文学界的黑道大哥、文学老大,叫初安民。当时他就叫我跟另外一个哥们纪蔚然,我们都叫他纪伯,他是台湾大学的戏剧系主任、戏剧所所长,他们俩都大我十岁,我们三个常在一起喝酒,是酒友。大人物在喝酒的时候全部在讲屁话,他就叫我们两个一定要报名,他说,哥我当团长,你们要让我有面子,不要让东北的作家瞧不起我们台湾作家,你们俩要报名参加。

问题是,我那个时候心里还蛮害怕参加这种活动。前几年,我也参加过一个类似的台湾作家团来大陆旅游、参访的活动,那次是到西藏,那时候青藏铁路刚通车。那次我真的被折腾到死,刚到西藏就有高原反应,我觉得特别恐怖,好不容易到拉萨,全团的人都有高原反应,全部上吐下泻,头痛不止。

第二天我们去西藏东边的林芝。车开了一天，看到外头珠峰真的美到不行，可是再美的女人，裸体在你面前，美到不行，看十二个小时还是会受不了。然后我们到了林芝就去参观了一个湖，那个湖就很像大陆游客跑去台湾看日月潭一样，就觉得不怎么样的一个湖，那时候天也黑了，大家就看了看湖，身体很不舒服。

后来我们好不容易回到旅馆睡了一晚，起来以后精神比较好，就问领队，我们这次这么辛苦到林芝来，到西藏藏东来，今天的景点是哪里？他说，景点就是昨天我们去的那个湖。所以我们今天还要坐12个小时的车回拉萨，我快疯掉了。

大陆太大了，空间太大了，所以我一想到去东北那个团，心里就预先让自己有点警惕。

2

果然，我们第一天参访的是萧红青丝冢。我们从哈尔滨出发，大陆这些大城市都塞车，我记得我们塞了差不多两小时，回程又是两三个小时，总之花了四五个小时，到一个坟头去，大家给萧红献花，致敬。后来听说萧红的遗体不是埋在这里，这里埋的是她的一撮头发。我们花这么大力气跑来这里拜萧红的头发，我们那个团里有人讲，到底是不是萧红的头发都还不知道。

我这家伙就很聪明，我第二天就装"死"了。因为第二天要去参访的那个地点更远。我是那个团里面辈分最小、年纪最轻的。这些老大哥他们很坏，不管你跟他们讲什么，他们一定不让你跑，你一定要跟着。但我就想到一个特聪明的招数，我假装我拉肚子，结果他们就放过我了。因为第二天来回都是七个小时车程，带一个一直拉肚子的人在车上，他们也不敢。

我第二天就超舒服的。我在哈尔滨找到一个由东正教教堂改造的咖啡屋。

我经常跑来大陆，但是我跟我哥们儿比起来，我很少去欧洲，很少去那些异文化的地区。但是很妙，我在东北这座俄罗斯的东正教教堂里，却感受到一个非常奇妙的异国场景，好像我以前在陀思妥耶夫斯基小说里看到的那种俄国的景象。

当时，坐在周边的有很多东北人，但是也散着一些混血的、有俄罗斯血统的人。这个空间的光线给人的感觉，跟我们在台北，甚至我平常在北京、上海的咖啡屋所采用的光源的感觉不一样，它的光源还是借着原来教堂挑高式、狭长形、靠近天花板的，而且是拉高两三层楼以上的拱顶，然后利用天窗的光垂洒进来，所以它会形成一种很陌生的诗意与抒情性。

那天晚上，纪伯还有另外一个哥们儿跑到我房间抽烟，他们就说，骆以军真聪明。

所以第三天他们全学我，这俩哥们儿也跟团长说，他们也犯了急性肠炎，也拉肚子。于是他们跟着我，我就带他们去哈尔滨非常漂亮的由教堂改造的咖啡屋，我在赶稿，他们俩特别不成材，在那里一直看东北妹子。

3

东北人很好客，当天傍晚，就安排我们去看二人转。接待我们的女生名字叫孙俪，是一个很好、很纯真的姐姐。让我们很震惊的是，她跟我们说，你们不要去看了，太黄了。

我们一听"太黄了"，觉得太好了，我们一定要去看。

她还在说，不能去，真的太黄。

二人转就是以前农民农闲的时候，围绕着生殖器开玩笑发展起来的。它很符合俄国形式主义大师巴赫金讲的，小说的嘉年华就是民间的话语，最好的小说话语原本就是民间的语言。

以前那个年代，大家平常很苦闷，农闲的时候，一个老大爷一个老大娘，开始开各种黄腔，这些黄腔关于人的生殖器，会感染到农作物，好像农作物也会很兴盛。这是土地上的小说的沃壤、故事的沃壤。

孙俪跟我们说，几年前你们台湾有一个女教授来，说要去看二人转，我就告诉她说不要，太黄了。她说，我不怕，我是女性主义者。后来她去听，听到一半她就脸红了，啐了一口，掉头就走了，实在太黄。

我们三个一听就更想去听了。那天晚上大概七点，主办方要在哈尔滨某个地方招待我们吃饭，吃饭的地方可以看表演，像北京老舍茶馆那样，一边吃饭，一边看台上表演，表演的是二人转。

我们搭出租车，开出租车的师傅是个小青年，很有正义感。他跟我们三个台湾同胞说，你们去的那条街很奢侈，都是大腕、有钱人，一个晚上可能花掉五万人民币。他说，那个地方你们到了就知道，豪华得不得了，店门口停的都是进口跑车。我们一听就更想看了，但后来我们到了那个地方，发现没有很腐败。

我们上到二楼去，东北菜太好吃了，我们台湾作家分两桌坐，但是台上那时候并没有表演二人转。开场的时候在唱红歌，一个好美好美的女孩，那正是我到东北来慕名的所谓的东北妹子，那是我在东北见过的最美的女孩，唇红齿白、脸孔、五官精致得不得了。

歌声非常美，但是我完全听不懂她唱的歌词是什么。我就问旁边接待我们的孙俪姐姐，她把歌词写给我看。那是她小学、中学都会唱的歌。她说，歌名叫作《十送红军》，就是说哥哥你好好去前线打仗，把那些国民党、那些坏蛋打爆等等，妹子等着你胜利归来之类。

我这时很想抽烟，就到楼下抽烟。我边抽烟边想，要不我打个的回旅馆去。但是我觉得我已经连着两三天白天都逃脱了，我年纪是最轻的，我怕那些长辈到时候说，骆以军你什么玩意，你以为你自己红吧？

没想到又有一个人下来抽烟了，是我们团长。他跟我们不一样，他父亲是山东人，他父亲他们被共产党打败，后来他跑到韩国去了。到了一九七〇年代，他才从韩国跑到台湾去当留学生，能说一口普通话。

他后来跟我说，我们还是乖乖上去吧，我们不要这样，不能跑掉。我们上去的时候还不错，一个小时的节目，最后 15 分钟是二人转。

4

我想讲的重点就是这场二人转。

二人转是一男一女，但是男角不是典型的二人转男演员，而是一个侏儒。他跟我一样是一个四五十岁的胖子，他的头很大，但他的身体却像五岁小孩的身体。他头上绑着一个冲天辫，他的脸却是一张中年人的脸。跟我长得有点像，浓眉大眼的，也有岁月的风霜，也有一种中年人甚至年纪更大一点的人的那种狡猾，不是小孩的纯真。

他旁边那个真的就是一个所谓东北妹子，那个女孩我看比我还高，我身高大概有一米七七，我觉得她应该有一米八多。她是穿着新娘的白纱，像仙女服那样的非常纯洁的白纱。

这个侏儒特别能说，真是让我见识到了，我们这些台湾作家听得瞠目结舌，真的佩服到不行。他嘴里一直讲各种黄腔，各种性器官的双关语。他是一个侏儒，这女孩是个高个儿。你能想象吗？什么潘金莲跟武大郎，白雪公主跟七矮人，我们能想得到的，他都想得到，甚至还有各种我都不能在这种公开场合说的话。

这个空间里有很多桌子，各桌坐着很多东北哥们儿。我在台湾，我在南方的男生里还算比较 man 的，但是在这些东北哥们儿里，在这个空间的气场里，就有一种说不出的，显得自己有南方的柔弱与阴柔那种感觉。

东北哥们儿都剃个平头，或剃个光头，拿瓶烈酒在那边喝，搂着旁边的妹子，很欢乐，完全就是像巴赫金讲的嘉年华，像一个愚人宴。大家是在一种真正低俗的，然而这种低俗里面有一种真正民间的活力的空间里面活生生地蠕动着。

侏儒特别会讲，说，哥们儿，爷们儿，给个面子，给点掌声。

他在讲这些黄色笑话的时候，旁边的高个女孩就显得特别地害羞与腼腆，形成一种反差。

他在讲黄腔的时候，台下那些东北好汉们就说，姑娘，美女,你别跟这矮子了,你今晚跟哥回去。

侏儒立刻在台上就回他一句,这位哥不瞒您说,七年前我刚娶这媳妇的时候,我身高跟您一样。意思说这个女生会吸精大法,他今天变侏儒,是这媳妇造成的。

我们这些台湾来的作家,看呆在那里,像傻瓜一样。

接着到了最高潮的时候,高个女孩突然"刺啦"一声把她的新娘白纱、她的仙女服撕开来,原来她里头穿着一件非常火辣辣的红色小袄,以前叫肚兜,非常性感。她肌肤雪白,腿也很长,然后在舞台上载歌载舞,热歌劲舞。她唱的歌是台湾一九八○年代的流行歌,对我们台湾人来讲都有点老旧的歌,现场整个就很 high。

情绪 high 到你都不知道怎么停下来的时候,音乐突然就变了。刚刚还是那种靡靡之音或流行音乐,或者劲歌热舞的音乐,突然就变成很像《天鹅湖》那种很神圣的音乐。

侏儒就跟大家说,各位哥们儿,各位爷们儿,为了感谢您这么热情,兄弟我有一手绝活儿,我从不在其他人面前表演,从不在其他地方表演。我今天特地在这边表演给各位看。什么绝活儿呢?这个绝活叫作鼻子喝牛奶从眼睛流出来。

这是什么东西,我听了都不知道他要干吗。

因为他个子矮,他就站在一张小桌子上,站在这张小桌子上才跟一般人一样高,然后他拿着一个透明的玻璃杯,玻璃杯的容量大概有 1000cc,玻璃杯里面装满了牛奶。

然后,我们真的就眼睁睁看着他非常恐怖地、用鼻孔喝杯子里的牛奶。我们看到牛奶的水位线一直在下降,一直在下降。接着我看到非常恐怖的一幕:他的眼角突然流出了白色的眼泪。

后来我回去写了一篇文章，就叫《白眼泪》，我受到非常大的震撼。

他在做这个动作的时候，刚刚那些很粗豪大气的东北爷们儿，顿时全都安静下来，被他震慑住了，因为他这一手绝活太恐怖了。他甚至还挤了一下眼泪，把那两注牛奶像喷泉一样，从两个眼角喷到前排，前排的那个女生尖叫起来。

我觉得这好像是这一百年来关于身体的、一个很中国的叙事，包括莫言写的《檀香刑》，还有前一阵子过世的金庸先生的武侠小说，不只金庸先生，还有清末民初很多武侠小说，主人公是二十来岁的少年英雄，因为某种奇遇，得到本应该要两三百年才能练好的某种功夫。

这个侏儒一定是在超出人类能承受的极限的、不可思议的痛苦中苦练。

他不像 NBA 那些球员，他们这些人平常在操练着自己神一般的技艺时，也是承受着不可思议的体能上的痛苦，承受那些压力训练自己，才能在赛场上表现得像神一样。但是他们这一套通过身体上苦练与折磨练出来的技艺，可以在资本主义金字塔的最顶端作为一种闪闪发光的表演，可以得到非常好的营生和非常大的利益。

在中国东北某个二人转的场子，我们看到的这个侏儒，他一定是承受了同等的不可思议的操练，一定是重复地练习，从鼻子喝水，从眼角流出来。他喝的如果是牛奶，就变成白眼泪；他喝的如果是黑墨水，就变成黑眼泪；他喝的如果是红墨水，就变成血泪。你可以想象那个场面有多恐怖。

接着他还做了一个更恐怖的动作，他拿两个铜板，铜板中间像古代钱币那样打了一个孔，铜板用红线绑着，下面各挂两个小水桶，两个小水桶里面注满了水。他用眼皮把那两个铜板含起来，左眼右眼各一个，然后，我们眼前看到的那个画面非常恐怖，很像一个雕塑，像一个外星人或咸蛋超人，可是只有眼睛部分是两个像钱币一样圆圆的。因为他眼皮被铜板撑起来。两只眼睛垂下来两条红线，吊着那两桶水，他还可以旋转，可以像耍特技那样把那两桶水甩到头上去再甩下来。这已经是超乎我们人类所能想象和承受的极致的震撼。

他旁边的高个女生本来在唱跳各种热歌热舞，这时候她突然变得非常严肃，踢着正步说，各位哥们儿，各位爷们儿，所谓台上三分钟，台下十年功，他这一手绝活儿是经过了多少个寒冬酷暑，是经过怎样的辛苦才练成的。

表演结束后，全场都真诚地、肃穆地、充满敬意地鼓掌。

这个侏儒是被他的女伴扶着走出去的，他的眼睛还睁不开。我们平常隐形眼镜如果在眼睛里歪掉了，眼睛就极度不舒服，可是他为了这一场震慑观众的表演，一直练习把铜币大小的铜板放到眼皮里，而眼睛是特别脆弱的部位，所以我觉得这真的是很恐怖的表演。

我自己当时的感受是，我有一种类似于高中的时候被哥们儿找去看A片，那还是看VHS（家用录像系统）的年代，我们在他家很笨重的大电视上看，还不是现在这种液晶荧屏。

那是我第一次看A片，那个时候我没有任何的经验，也对女孩子的事情都不了解。我对眼前看到的场景，觉得非常不可思议，我后来才知道这是一套工业。当时我眼前看到的是一个非常美的女孩，这个女孩美到我如果在公交车上看到她，我心脏都会怦怦跳，跟她讲话我会脸红。但是我却看到了四五个像后来几十年后、现在的我这个年龄的大叔在轮暴她，而且我觉得这个女孩真的是在挣扎，真的很痛苦。但是她被四五个大叔强暴的场面，为什么却成为供我们这些男生围观的一种娱乐？为什么我们共同在娱乐这件事？

我当时的感受就是，为什么这个侏儒花这么大劲儿去练的这个技艺，他表演出来的特技，却正是把人类的尊严与形态给抹消掉。而我们这些人在这边喝着酒吃着肉，集体观赏、围观这项特技表演。我心里有一种说不出的难受与受伤的感觉。

5

后来我们回到那辆小巴士上，本来往常这些作家前辈都会叽叽喳喳开玩笑，讲第二天要去哪里。但那天，大家好像被什么给困住了，都讲不出话，非常安静。

就在大家很安静的时候，站在巴士门边的孙俪突然对我们说，你们知道吗？那个矮子跟那个高个儿女孩，真实生活中真的是一对。

她说，这个矮子当年不是标准的东北二人转训练出来的，他本来是在河南练马戏的。有人会去农村招这种天生是侏儒的人，训练他们练各种马戏，他就特别擅长这种特技。不过这个侏儒是一个智商很高的人，他可能看了春晚，看到二人转，觉得二人转有未来，所以他就跑到东北，一开始他去的应该是长春，后来跑到哈尔滨，在哈尔滨上二人转的剧校。

毕业的时候，剧校要求班上男生跟女生配一对，做一个毕业的演出，当然没有任何一个女孩想跟这个侏儒配一对。这高个儿女孩是他们的系花，是最漂亮的，也是个子最高的。这侏儒特别会讲，他跑去跟这个女孩说，你给我一次机会，你只要跟我合作一次，只要一次就好，不信你看看。

后来这个女孩真的跟他做了一个晚上的演出，他们在一个露天广场演出，结果万人空巷，一炮而红。后来他们在东北成了一对很有名的搭档，从此就固定下来了。

日久生情，这个东北傻姑娘慢慢喜欢上这个侏儒了。她跟她妈妈说，她想嫁给这个侏儒。她妈妈说，闺女你敢嫁给他，我打断你的腿。

因为这是真实的考量，不是说歧视，这侏儒在社会上能带给女孩以他这个条件所能带给她的最大的名声和利益，但是从遗传上说，侏儒是短命的，这是一个真实的生理遗传问题。

但女孩从侏儒那里学会了那一套，她跟她妈妈说：妈妈，你只要给我们一个下午，你去看一次这个矮子在大院练功的样子，你再和我谈这些。

这个妈妈也很有意思，她真的跑去大院，躲起来偷看这个侏儒练功。

我有时候在想，我岳母如果躲起来看我写小说，她会不会看到一些惊天地泣鬼神、让神鬼都震撼的那种感人的画面。但是没有，她可能会看到我在咖啡屋里抠鼻孔。她看不出，写小说的人的脑袋内部，其实是一个史诗般的、核子战争的场景。

这个高个儿女孩的妈妈，看到侏儒表演我们后来看到他表演的这些绝技。一个人在这么刻苦地练功的时候，会有一种神的气势出现。她回去以后就同意他们结婚了。

这就是孙俪站在小巴士的门口跟我们讲的故事。

孙俪讲完之后,我们心里刚刚被困住的东西,好像突然有了一个台阶下了。我们本来觉得有这么剧烈的悲哀,或者这么残虐、这么扭曲,超出人类的感官所能承受的东西,我们被困在这里。可是刚才透过东北女孩孙俪讲的这一番很像琼瑶小说似的话,突然我们就有个台阶下了,我们全松开了,所以接着车上又开始变得很欢乐很愉快,各种耍嘴皮、各种打打闹闹又开始了。

开心农场

1

六七年前,我大儿子阿白正要小学升初中的那个暑假,他突然迷上了脸书上的一个游戏,叫作《开心农场》。他弟弟那时候比他小两岁,也跟着哥哥一起玩《开心农场》。

我是我们家所谓阶级最低的,事实上我根本不碰电脑,我那个时候也还完全不会打字。很多年前,我到大陆来,我到香港去,有些场合大家会交换名片。大家会说,骆老师,你有没有 Email?咱们交换一下。我就说,没问题。但问题是我不会打字,所以常常有些人写了长篇文字跟我谈文学,我的回应就是:是的,好。

所以,他们都以为我是个很冷酷的人,其实不是,我真的不会打字。我是错过了我二十七八岁时电脑刚刚普及时第一波网络热潮。我身边的哥们儿、创作者,他们都开始打字了,但是我错过了那个机会,所以我一直还是手写稿。到现在我写小说还是用黑色的 0.7mm 的原子笔写在 A4 的影印纸上,对我来讲那好像才叫创作。

但现在我会打字了,不过这就要从头说起。

那个时候我两个儿子迷上了玩《开心农场》。我太太在大学教书，他们学校大概每一两年就给老师配一台笔记本电脑。我太太用一用，淘汰以后就给大儿子，大儿子用一用，又来了一台新的，太太的那台又淘汰给大儿子，大儿子那台就淘汰给小儿子。再来一台，太太淘汰的给大儿子，大儿子淘汰的给小儿子，小儿子淘汰的给我。

不过基本上我不太使用电脑，那时候我白天去咖啡屋写作，晚上陪小孩玩，花了比较多时间在陪小孩。等小孩睡了，十点之后，我还会看点书，偶尔挂挂网，可能也就是想办法看一下色情网页，没有起到什么真正的用处。

可是，我大儿子在小学升初中的那个暑假迷上了《开心农场》。我一听就想，这什么娘炮的游戏。因为我听说《开心农场》都要跑去别的农场偷人家的菜。我们骆家好男儿，你祖父是怎么样的人？你太祖父是怎么样的英雄好汉？你们做这种偷鸡摸狗的事，偷人家的菜，这是什么？偷东西也要偷大一点的，偷东西你要偷火箭或者偷人家的高科技，你偷菜？我就觉得特别地丢人。

我以前在小流氓的年代，不是在个人电脑上打电动，那时候是用投币式的台机。我还写过一篇小说，写那时候我们玩的《快打旋风》《小蜜蜂》等游戏，我们这些不良少年，大家抽烟，在里面打投币式的格斗电玩。所以那个时候我太太回娘家的时候，我偷偷用她的电脑，偷玩《三国志》第4代，很早的游戏。后来还把鼠标玩坏了，我太太很生气。

所以我对电脑是不碰的，但那个时候因为担心我孩子做出这种小奸小恶、鸡鸣狗盗，只有小贼才做的事，我觉得这比做大坏蛋还要可耻，所以后来我也去注册了脸书账号，因为《开心农场》在台湾是挂在脸书上的，但我完全不知道脸书是干什么的。我们下一代很多人都经历过部落格的年代，现在大家都用微信，以前是博客、微博，这些我都没有经历过，MSN 也根本没有用过，因为我不会打字。

那个时候我就去注册了脸书，但是电脑一开机，我就进到《开心农场》。结果我一玩就入迷了，就玩进去了。玩进去以后，因为我是大人，就很急性子，我就去外头的 7-11，或者是全家、OK 这种便利超市，买加值的虚拟货币，就是农民币。

我后来好像花了一万多块人民币，台币四万多块，加值，然后我从 0 级，一路升到最高级 200 了。那个暑假，我的《开心农场》简直就是一个法国豪华大农庄。我的农场里面都是神仙般的发着光的珍奇异兽，种了天山雪莲这些发光的神仙异草，反正就是非常了不起。

我觉得，《开心农场》的设计与整个资本主义的设计，其实是基于同样的逻辑。你把真实世界的货币透过虚拟世界，通过"洗钱"变成了虚拟世界里的农民币。老实讲，在现实世界，有一万块人民币也不是什么了不起的大富翁。可是在《开心农场》，花一万块人民币，你就有了变成一个国际大富豪的那种爽感。有钱了以后你什么都买得到，之后就会在内部形成很多新的机制，比如说你可以使用榨汁机，或者你可以做糕饼，等等。它要求的原材料很多都可以用钱买到，但问题是，所有这个环节只有一样东西是钱买不到的，就是鸡蛋。你在《开心农场》里面只有一只老母鸡，《开心农场》里的时间跟真实时间不一样，这只老母鸡一天还是三天才"啵"一个小鸡蛋出来，下得特别慢。

我等不及，于是我开始堕落了，我这时候就发觉《开心农场》可以去偷菜，于是我开始去偷别人的鸡蛋。我刚开始注册脸书的时候会冒出来很多人要求加我好友，有的头像是美女的照片，我全部就点OK，没当回事。加了好友，可以进入对方脸书后台的《开心农场》。这时我突然发现，这是一个很神秘的异次元空间，你可能跟你身边最亲密的你的女朋友、你的太太、你的家人，相处了十年、二十年、三十年，但他们都有一个自己秘密的小房间，你是进不去的。可是在网络的世界，你可以是一个完全的陌生人，可以轻易进入十米外那个小房间，那小房间就是《开心农场》。

我跑到一个女生的开心农场去，她用的是英文的假名字。我发现这个女生应该是处女座的，她每一棵植物都照着相同的品种排列得整整齐齐的。不过我看这女生应该是刚经历一场非常绝望的、毁灭性的恋情，她里头的东西全部乱扔在那边，死掉了，然后剩一头驴子。我不知道为什么一定要配一头驴，那头驴子孤零零地站在那里。

我还曾经在《开心农场》侵入到我初中时暗恋的、后来当了空姐的女孩的脸书，我也偷了她的鸡蛋。我还侵入了一个高中同学的开心农场，他是一个好学生，长期跟教官打小报告，高中时我很想打他，我也偷了他的鸡蛋。

在台湾有些文青知道我，我在《开心农场》偷鸡蛋时，突然看到荧屏上有人打字：耶，骆以军来偷我的鸡蛋。我吓死了，我根本搞不清楚这是怎么回事，我不知道为什么我处在一个被监视的状况里。

到了那一年的九月初，我太太是家里唯一去上班的，那天她很累，下午她上完课回家，开门进来的时候，发觉我们父子三个没有半个人去迎接她，没有半个人理她。我在书房忙着经营我的《开心农场》，大儿子在他的书桌前忙着经营他的《开心农场》，小儿子玩的游戏比较低阶，叫作《开心猪仔》，他在玩他的《开心猪仔》。

结果，我太太就发飙了，当然是对大儿子发飙。她就跟大儿子说：阿白，马上要升初一了，这个阶段非常重要、非常关键。很多人就在这个阶段掉下来了，跟不上。

因为在台湾的课程设计中，与小六的数学难度相比，初一的数学难度突然跳了好几阶。

她说：你这个时候要盯很紧，你数学才跟得上。

她说：你不能这么沉迷于《开心农场》，你必须把你的《开心农场》杀掉。

我站在我太太后面，大儿子阿白就坐在书桌那里。我就说：对，要杀掉。

我大儿子阿白是巨蟹座，他没有像我那样去买外头外挂的农民币，他是花了两个月，几乎一整个夏天，勤勤恳恳地经营他的农庄。虽然他没有盖出一座法国豪华大农庄，但他凭着自己很努力地种了植物去交易，换来换去，很细心地经营他的农庄。你不知道他对他那个农庄有多认真，它好歹也算是垦丁的一家民宿，漂漂亮亮。

现在妈妈要他把它砍掉。我就看到他的眼泪突然从眼角流了下来。

我是一个很豪迈的白羊座父亲，我就站在我太太背后跟我大儿子说，男生你为这种事掉眼泪，这是一个虚构的东西，这个东西是不存在的。你为一个《开心农场》掉眼泪,你把眼泪留着,等举行你父亲的葬礼的时候再掉。

大儿子看着他妈妈,突然说了一句话:爸比的也要杀掉。

这时候我太太就回过头说:对,你的也要杀掉。

我的眼泪就流下来了。我花了一万多块人民币盖的豪华大农庄,就被杀掉了。

杀掉以后的接下来那两三个月,我有一种美国越战军人的战争后遗症,叫幻肢感。你的手臂被砍掉了,已经不存在了,但你一直觉得它还在那里。

2

其实偷东西这件事,在我小时候,它是有实体世界的现实感受,偷东西要躲开众人。譬如说,我小时候也偷过父母的钱,甚至在那个年代台湾刚出现超市的时候,我跟我哥还跑到超市里头去偷吃超市里的东西,出来就不用付钱。

我在混流氓的时候,身边有哥们儿会做偷鸡摸狗的事。人在偷窃或是说背德时,你的身体会感受到罪恶感,或者阴暗的感觉。其实我在青少年的时候是有真实的感受,但是我现在已经变成了一个父亲的角色。基本上我已经远离了这一切,不是我不耻偷钱,而是事实上因为我的社会位置跟生活状态,我不需要做出偷窃的行为。但是我却跑到一个虚拟的游戏世界里,以为好像没有成本,可以轻易地越过边界,跑到别人私密的《开心农场》去偷鸡蛋,那其实也是别人一个隐私的地方。

但当时这对我来讲好像吸毒一样,进入一种很刺激的、迷失的状态。那个时候，本来以前没有惹到这口毒，没有玩《开心农场》之前，晚上小孩睡了，我还可以看书看到一两点。但那两三个月我通常都是天亮才睡，我整晚挂在上面玩《开心农场》。可是它被砍掉之后，我书也看不下了，晚上那个时间我就开始挂网，可是挂网我也得不到以前玩《开心农场》那种快乐。

后来我就开始练习打字了，因为那时候我迷上大陆出版的一本科普书，叫作《上帝掷骰子吗？》。我高中时是个学渣、流氓，没有学什么物理学。那本科普书写得非常好，讲量子物理学史。很多专有名词我不懂，什么波粒二象性、薛定谔的猫、量子纠缠、量子坍缩，等等。于是我就开始在脸书上打字留言，写量子坍缩。那个年代脸书有字数限制，现在没有了。因为不会有人来给你按赞，我就留言给自己，就这样我花了大概三四个月，慢慢就会打字了。

3

第二年我刚好到香港浸会大学驻校，住在香港。那个环境我不是很适应，后来忧郁症发作，小孩不在旁边，也不用去倒垃圾，也没有哥们儿找我去喝酒，很无聊，我就开始真的玩起脸书了。

玩脸书以后，我发觉我好像有一种写小说之外的、另外一种天赋，我很会讲笑话。后来我的脸书就变得还蛮多人来按赞的，蛮热闹，不是因为我的文学，而是因为我讲的笑话。但是人气很热以后，我的脸书后台就常有各路的人留话。我这种倒霉咖，因为我会支持流浪动物，有很多流浪动物团体，也不是真的团体，比如他个人养了一堆狗，经济崩盘了，就请我转帖；或者有一些很小的出版社或者年轻的不得志的创作者给我留话，我脸书整天都是这种人来留话，有时候也有一些神经病来留话。

有一次我就收到一个神经病给我留话。他留话说，骆以军先生，我知道明星、演艺人员会谎报自己的年龄，会说得比较年轻一点，但是我没想到连作家也会做这样的事。你明明是1964年生的，为什么在脸书上登记说你是1967年生的？

我一开始还很客气，回信给他说，这位先生你弄错了，我确定是1967年生的。我长这个德性，我不是靠脸吃饭的，我不需要谎报年龄。

他就说，你明明是1964年生的，你不记得吗？当年你念淡江大学德文系的时候，你住在淡江大学的某某路，门牌号码几号，房东太太叫阿P婆。你有一个室友很瘦，是西班牙语系的，绰号叫电线杆，那就是我。我清楚记得骆以军先生是1964年生的。

我就跟他说，这位先生你真的弄错了，你说的那个人叫骆以忠，是我哥。我哥是1964年生的，我哥当年考上的是淡江大学航海系，但是后来转系转到了德文系。我叫骆以军，我是弟弟。我生于1967年，我当年考上的是文化大学森林系，后来转到了中文系。您真的弄错了。

他又写来说，不，我记得淡江大学1964年生的那个人是骆以军，就是你，你不要说谎了。

我想神经病啊，我就把他拉黑了。

4

但是后来我再回想起这件事，我想讲讲我哥的故事。

几年前台湾发生过一起捷运无差别杀人事件，我不知道大陆这边有没有人看过这个新闻。有一个年轻人打电玩，打到脱离现实感了，他就带了一把长刀，去搭地铁，因为他打电玩已经打到他没有办法感受到真实的人被杀掉会痛苦，大概电玩里面有很多是开枪杀敌人的，他就在捷运上无差别地砍杀这些乘客，造成台湾社会很大的恐慌。

后来我常跟一些我创作课上的学生或我哥们儿说，杀人的年轻人叫作郑捷，我觉得我哥如果在这个年代，很可能就是郑捷这样的人。他们就说，怎么可能呢？我后来解释一下，他们就懂我的意思了。

在台湾一九七〇年代，这个世界上还没有电玩的年代，台湾相对比较贫穷。那时候没有游戏这种东西，台湾很多一般家庭的男生那时候很爱做一种模型。这种模型都是军事战争，比如二战时期的模型。这种模型做得最好的是日本一家模型公司，叫田宫模型。它做的就是二战时期日本太平洋海战的那些赤城、加贺、苍龙、飞龙等航空母舰，名字确实都非常美。陆军的模型则全部是德军的，这也确实是有理论基础的，其实法西斯的美学高度是非常高的，所以二战时德军的虎式战车、豹式战车，在现在看来都还是军事迷心中的经典，造型非常美。德军的钢盔、德国灰蓝的军服，如果以军事迷的眼光来看，就是比美军看上去更有一种美感，法西斯特别会创造这种美感，它类似宗教，要把你催眠。

我哥是一个模型高手，做了各种德军的模型，他整个人活在模型的世界里。我父亲是中文系老师，研究孔孟的，而且他是南京人，南京大屠杀就是日本人干的。所以我父亲常觉得祖先没积德，儿子怎么会迷这些日本鬼子的模型。当然，我哥迷的不是日本，我哥迷的是德国。

我哥告诉我说，他将来要重新建立第四帝国。第四帝国是什么意思？我根本搞不清，后来他叫我见到他，向他敬纳粹礼，要对他喊"希特勒"。后来我看二战片才知道，见到希特勒要敬这种第四帝国的礼。我哥还封我为希姆莱，后来我长大以后才知道希姆莱不是希特勒的弟弟，他们并不是姓希的希家兄弟，只是翻译作希姆莱。希姆莱是一个用毒气毒杀集中营里的犹太人的魔鬼。我是这种人吗？但是我当时傻傻的。

我哥就像是跟现实世界失去了联系、失去了现实感的宅男一样，完全沉迷在模型的世界里。等到他后来考大学，他没有像我那样学坏，所以他考上的大学不好不坏，考到台湾一个叫淡江大学的私立大学，他考上的是淡江大学的航海系。到大二的时候，他转到德文系。

我哥转到德文系是发自内心的，他跟那些去念德文系，想要学德国文学，或者想要学外交的年轻人不一样。我哥是想真的学好德文，成为德国人，成为德国人以后，他要建立第四帝国。

很多人像我哥一样，脑子也是被灌水了，就算纳粹有一天要复辟，要建立一个第四帝国，他们要找一个希特勒那样的将领，他们会找你一个亚洲人吗？他们不会找你一个中国人、一个东方亚洲人来当他们的领袖。

当然有很多这种年轻人，他们本来就处在与现实脱离的状况中。台湾是义务役，男生都要当兵，我哥刚好是到外岛当兵，在金门。在当兵的过程中，他们的梦破灭了，知道这些想法整个是有问题的。

我哥因为跟现实缺乏足够长时间的连接,所以当他想象与虚构中的纳粹德军的美梦破灭以后,他在军中被人家骗了。

我不知道在大陆有没有这东西,叫传销,台湾叫老鼠会。有一种人叫你拉很多小老鼠,做传销,其实传销能不能做成功跟你的社会人际关系、人际网络有关,所以叫老鼠会。老鼠很会繁殖,你再拉下面的人,下面的人叫小老鼠,小老鼠再拿钱给你。他们告诉你的理论是说,你只要在最上面,你不用再赚钱,你下面拉十个,等比倍数,这十个再去拉十个,你每天不用去赚钱,最后每个月就有十万块的收入,等等。

但这整个是一个梦。我哥是一个宅男,我哥唯一能拉的小老鼠就是我。那时候我还在文化大学念书,我正在做我的文学梦,我在念卡夫卡,念福克纳,念马尔克斯,我哥跑来跟我讲那一套传销理论。我当然跟他谈陀思妥耶夫斯基的那些哲学观念,我哥觉得我是神经病,所以就放弃了。

我哥很省,退伍以后他存了大概八万台币,折算人民币也有一万八,不少的一笔钱。他用这笔钱全部去买了一种清洁剂,全部一模一样几十罐的清洁剂,堆满了我家偷盖的一个违建小阁楼中间的隐藏式的楼梯间。

这种清洁剂据说是万能清洁剂,它是一种酵素之类的东西,可以拿来洗菜、刷牙、洗手、洗澡、洗脸、敷脸、护肤、洗头、拖地板、洗马桶、洗车子、排油烟……反正是万能的。总之都是骗人的。

当然,最后我哥这个梦想幻灭了。幻灭以后,我哥一直像个流浪汉一样。

我爸妈在乡下深坑的山坡买了两座房子，那时候很便宜，大一点的房子，是我爸妈每个礼拜六、礼拜天去度假住；比较小的那个房子，后来我跟我太太结婚以后就给我们住。其实我父亲是个穷文人，但他就觉得他跟人家有钱人一样要有个别墅，礼拜六日去度假。父亲买了很多书，我们永和的房子放不下，父亲就把书堆在比较大的那个房子里。那个时候没有电脑，现在可以直接看电子书，但那时父亲买整套整套的《资治通鉴》，买的都是这样一些套书。我们家为什么那么穷？因为父亲把他的钱都去买了这些书，就堆在深坑那个比较大的房子的书柜里。

我哥就住在我爸妈假日去度假的那个房子里，等于是我父亲的书斋，我哥住在二楼。没有人知道我哥在做什么。父亲每个礼拜六、礼拜天去的时候，我哥就会溜回永和，跟父亲说他要参加公务员考试，考邮政特种考试或市公所的考试，他考了五六年都没考上。

后来父亲中风了，在医院待了十年，其实都是我哥在医院照顾父亲，那是另外一个故事。医院常把病人赶来赶去，突然这个医院把人赶出来，我哥就要立刻推着坐轮椅的父亲去另外一个医院。

有一天我哥打电话给我说，他们又被医院赶出来了，他忘了带父亲的身份证，因为我住在山脚，他叫我上去拿。他说父亲的证件是在二楼的书桌抽屉里，说钥匙藏在门口的地毯下面。

我就开门进去了。我在二楼看到的那个场景，我觉得父亲如果没中风，看到这个场面，也会立刻被气死。

本来放着我父亲那些《大藏经》、那些笔记小说的书柜，书柜的门全部被打开，上面挂满了各种德军的军事用品。因为我哥会德文，他骗了我妈一些钱，可能跑到德国那种军事用品的网站，上面有很多军事迷收藏的二战时期德军的制服和其他军事用品，不是假的，是真正的古董。我哥买了这些东西，邮寄到台湾来。

那些德国军事外套上都挂着铁十字勋章。纳粹的法西斯美学非常美，敦刻尔克之役、沙漠之鼠等等的军事用品，各种十字形的铁十字勋章，还有德军的钢盔。当然还有一些狙击枪，德军的冲锋枪，但那不是德国做的，是日本人做的那种，射BB弹，稍微改造一下，其实可以去抢劫的。整个场面非常怪异，全是德军的军事用品。

有一次我跟我太太开车回那个山庄的时候，管理员拿了一个从外国寄来的包裹，说骆先生，有你从国外寄来的包裹。我拿到一看，上面都是外文，其实是德文，但那时候我不知道。我一看是外国寄给我的，我还想会不会我得了国外某个重要的文学奖。后来我想不对，我还没有作品被翻译成外文。

我回家拆开一看，是两颗二战时德军用的手榴弹，很像平常演讲用的麦克风，德军手榴弹是有个木头柄的，然后丢出去。当然是我哥订购的，那个管理员弄错了，就给了我。

我在二十六七岁的时候，把我哥当成一个小说角色，写了一篇小说，叫作《手枪王》，就是一个做模型的人混淆了真实人生与虚构人生的故事。

这篇小说后来得了那一年台湾时报文学奖的首奖。在那个年代，差不多二十多年前，得了那样一个文学奖，出版社基本上会注意到你。所以我因为得了那个文学奖，出版社找我出了我的第一本书，慢慢地又出了第二本书。可以说我是因为那篇小说，走上我后来这二十年的所谓的专业小说家之路。

结语

当时,我在想脸书后台收到的这个人寄给我的信,我突然产生了个想法,后来我把它写成一篇小说。

会不会是我现在以为的,正在写下这些故事的这个骆以军,其实在那个时候早就死了,现在这个我并不存在于这个世界。那个好像一直在这里讲这个故事的我,其实是那篇小说里面写的我哥,他在那篇小说的世界里继续存在着。这篇小说可能后来被PO在网络上,在网络的海洋里继续浮动,在大数据的乱码计算中继续繁殖,它让我产生了一个幻觉,这个幻觉就是有一个人叫骆以军,他非常会讲故事。骆以军后来结婚了,追了一个很漂亮的太太,生了两个小孩,继续写小说,继续创作,出了书。

可这一切其实只是大数据运算形成的一个幻觉,这一切就像皇帝的新衣。

直到有一天,有个人在脸书上发现了这件事,他说的是真的,他戳破了我。没有骆以军这个人。

故事可以拯救故事

1

我先讲一篇还是我喜欢的、得了诺贝尔桂冠的加拿大短篇小说家爱丽丝·门罗的短篇小说,叫作《自由基》(大陆译作《游离基》),我也不是很清楚什么叫自由基,好像是一种比较不稳定的活化的化学元素。

小说的开头写一个老太太刚办完她先生的葬礼,当然家里只剩下老太太一个人。她面对的不光是死亡,还有亲人离开后的哀伤与孤独。其实她几年前得了绝症,她还担忧说她走了以后,她先生一个孤零零的鳏夫怎么办,没想到先生先走了。

她正一个人处在刚办完葬礼的疲惫中,就在这时候,有个年轻人突然进到她屋里来了。

这个年轻人有一张很瘦削的脸,人也是瘦瘦的。他很客气地跟她说,抱歉,我在外头敲门,敲了很久没有反应,我看门没有锁,我自己就推门进来了。

他说,我只是口渴了,走了非常远,想跟您讨杯水喝。

老太太说,我没有咖啡,有花茶。

他说,可以可以。

他就在厨房餐桌坐着。老太太沏了花茶，装在一个杯子里，拿给这个年轻人。

不料那个杯子"砰"的一声就摔在地上，摔碎了。一开始我读的时候以为是年轻人失手，后来发现他是故意的。然后年轻人刚刚那种有礼貌的、客气的声调，变成一种奸笑，或一种尖声的嘲谑：我真是太大意了。

老太太的反应比较慢，她说，没关系。然后她正准备起身去打扫。

这时，年轻人把桌上的一把刀拿起来，在自己手臂上一划，血喷出来了。图穷匕见了，他要她把车子交出来。

老太太这时候内心想法就是，突然来了一个抢匪，你要跟他演谍报。于是她说，我先生等一会儿就回来了。

他说，你先生等一会儿回来，车子怎么会在？

这家伙要她的车，还叫她去把钱拿来。他摸到盘子里有一堆钥匙。他说，你不要想花招，我刚才在外头已经把你的电话线剪断了，你没有办法报警。

接着他很舒服地把脚跷到餐桌上，抽起烟来，后来他好像想起什么就开始跟老太太聊起来。他从怀里拿出一张照片，立可拍拍的照片，丢给老太太看。

那是非常恐怖的一张照片，是这个年轻人的家人，他的爸爸妈妈，还有一个坐在轮椅上的姐姐，等于是家族合照。可是他们的脸全部被枪打爆了。

这家伙有躁郁症或者杀人狂倾向。他说他受够了，那一对唠叨的老头老太太，还有残废的姐姐，老头老太太好像还一副将来他们死了要把照顾姐姐的责任交给他的样子。他说他很累,他走路走了一天才到这个地方。他说他离开家之前,本来他们在举行一个家庭聚会,在他们又说了一些让他很厌烦的话之后,他就叫大家来拍个家族合照,放一个立可拍,拍了两张照片。

一张是活着的时候,他笑着跟爸爸妈妈和姐姐合影。第二张,他们三个还是坐在椅子上,可是脸全部被打爆了。然后他还是笑着与他们合影。

爱丽丝·门罗写道,老太太心里知道,他给她看了这张照片,他会把自己杀了。

其实她本来觉得自己也就剩一年寿命要活了,她觉得自己没有多少要活下去的欲望,她的老伴儿刚办完葬礼,她坐在那边在想,还要不要等到患癌症走到终点,不如她干脆就自杀了。然后她又想到小镇这些保守的人,他们都是老人,在那里闲言闲语,她觉得非常烦。

小说前面有讲,老太太跟老先生后来才结为夫妻,当时老太太是第三者。三十年前,老先生是当地一所大学的教授,他原来的太太是系里很有名的美女。这个老太太在三十年前大概是另一种姿色,她本来只是学校里一个低阶的职员,但比教授的原配年轻,于是慢慢就把很高贵的、很美的学霸原配赶走了。反正她就是鸠占鹊巢。

她接收了原来女主人的房子,接收了三十年,她也一直在看丈夫前妻留下来的书,也不去改变房子原本的装潢。好像后来在这房子里继续生活三十年的她,跟原来的那个前妻是没有差别的。

这是小说前面提到的三十年前的往事。

这时,这个老太太突然对残忍的年轻杀手说,其实我知道杀人的那种感觉。

年轻人说，你少来了，你少耍花样。

她说，真的。

于是，她就慢慢讲起来。几十年前，她丈夫在外头有了女人，那个女人是怎样怎样的一个贱人。她说，她当然不动声色。当时她院子里有一种大黄叶子。熟悉中药的人会了解，大黄这种植物的叶子有微毒。她就进行非常精密的计划，不动声色，瞒过众人的耳目，把大黄叶脉中这种微毒下在那个拐走她先生的贱女人的咖啡里。

这时候我们读者会产生一种晕眩感，画框里的细节好像哪里被揉捏了一下，好像有种偷天换日的晕眩感，突然不知道什么事情不对劲，但是有种东西被调换过了。

到后来才发觉，她把故事中的人物颠倒过来了，她变成那个当时被她抢走老公的，我们看不到脸孔的那个妻子。而这个妻子进入下毒这个故事发生的时空，所毒杀的贱女人，正是多年前的她自己。

她这样把所有的细节都告诉了这个年轻人，但是凶手不知道背后的这些故事。

很不可思议的是，她讲的这些细节，最后真的打动了这个年轻的、疯狂的杀人魔。他一直在说，少来了，你说的是真的吗？

因为她讲的一些下毒和处理杀人细节的小小的卡榫，突然杀人魔内心那个秘密的插栓好像被拉开了。他眼前这个脆弱无助的老妇，就如自己一样，是被打入地狱之人。

她说，是真的，所以我太知道你杀掉你讨厌的父母，还有你姐姐的那种感觉。

他就告诉她说,待会儿如果有人问你,你不要说我来过。

老太太知道他放过她了,她再不敢多讲话。他当然还说了一些吓她的话,然后开着她丈夫留下的车子离开了。

这篇小说的结尾,这个老太太在那幸存下来的、发抖的状态中,内心想着一句话。这句话也很有意思,作为小说来讲是很有小说感的一句话。

她想的是,她觉得她应该写信给贝蒂的。贝蒂就是当时被她抢走老公的那个前妻。

她想说,亲爱的贝蒂,里奇死了。我因为扮成你,救了我自己一命。

这个故事非常好玩。其实这种用说故事来拯救人的故事,最经典的当然就是《一千零一夜》了。国王的太太被自己弟弟霸占了,所以国王疯狂了,要把全国的处女都抓来,睡过以后就杀掉。可是她用说故事的方式来延缓国王的注意力,然后用一个故事又一个故事来拯救自己,以及拯救全国其他的女人。

2

第二个故事是大陆的科幻小说家刘慈欣的短篇小说《乡村教师》。

我是六七年前才知道刘慈欣这个名字,我一开始看的并不是《三体》,而是他的短篇小说。其中他有篇小说,我整个人为之倾倒、惊为天人,就是《乡村教师》。我觉得那真的不能说只是科幻小说,而是一篇伟大的,谈天地,又谈命运、谈无限的小说。

　　这篇小说一开头非常像鲁迅的那套小说语言，说在中国西北的一个小镇，有一个乡村教师，他内心非常难过，因为他被检查出只剩一个月的寿命了。

　　这个乡村教师人非常好，他其实是在北京读过大学的。好不容易从一个小地方到了北京，大学毕业，他应该像一般的年轻人留在北京工作。但是他当时觉得，他不要这样，他有像五四时期鲁迅他们那一辈人的理想主义，他要回到穷乡僻壤的故乡。他们这个地方太穷了，所以这些小孩都很难摆脱贫困的命运，这些小孩都是孤儿，年纪都不一样大，有的可能五六岁，有的可能大一点，十来岁，都没受过教育，这里教育资源十分匮乏。他就把他们找来，教他们读书，告诉他们：你们一定要读书，只有知识才能改变人的命运，你们一定要上进，你们一定要离开这里，你们一定要脱离这种痛苦的命运。

　　所以，他很急切地希望在所剩无多的这一个月把最重要的一些知识教给这些孩子。他知道他死了以后，这些孩子就会被放弃了，他们本来就没有经济条件，没有父母，他们没法学到其他知识，所以他很着急，但是他的生命又仅仅只剩一个月，时间根本不够。

　　小说写到这里的时候，突然一跳，跳到一个完全不一样的语境。刚开始前面是这种鲁迅的、老舍的、茅盾的小说的情境，突然跳到一个距离地球五万光年的半人马座的星球的某个角落。

　　在那个星空，银河浩瀚，一场旷日费时已经进行了两万年的星际大战即将结束。这场超出我们想象的高等外太空文明碳基文明与硅基文明之间的战争，它的宇宙战争的规格也超出我们地球上可怜的人类曾经发起的这种，即使时间最近的现代性的战争，比如二战、伊拉克战争、美国跟苏联冷战时期的对峙，这都太像原始部落了。

在遥远的半人马座，他们刚结束一场星际战舰的时空跃迁。小说中描述的太空是非常诡异的，非常美的，很像乳酪状。整片夜空不断有被焚毁的战舰，因为他们要进行时空跃迁，进行质能互换，他们会把某些星球的曦光作为宇宙战舰虫洞跳跃的能量，所以很多星球变成了白矮星或者黑洞，一个洞一个洞，所以那一块星空变得很像乳酪的形状。

好不容易结束了这场旷日费时的宇宙战争，所以碳基文明他们害怕，几百万年后，如果硅基文明又起来了，他们又来侵略我们怎么办？所以他们就用了一种中国以前用过的作战方式，就是坚壁清野。在硅基文明与碳基文明之间要做超时空跳跃，但我把中间所有的星球都歼灭掉。等于是说要从河的对岸到我这边来，你可以跳着石头过河，可是如果我把这中间所有可能让你做跳跃的石头全部拿掉，就算以后你的科技再进步，也无法违反这个规律。要做跳跃飞行，一定要借助这些星球，把这些星球的质量转换成能量，才能做超时空跳跃，那我把这些星球都先歼灭掉。

他们歼灭的方式是用一种叫作奇点炸弹的武器，其实就是一种微型黑洞，透过一种被戏称为宇宙捕鲸船的东西，打捞这些微型黑洞。这些微型黑洞是一种很小的黑洞，从宇宙大爆炸刚发生的时候就散布在宇宙之中。黑洞的空间很小，但是它的质量无限大，所以任何东西都可以被它吸进去。

歼灭的模式就是他们到了这个星系，通常是一颗恒星，周边有一些行星环绕着,他们对着中央的恒星发射奇点炸弹,就是这个小黑洞,发射成功之后,这个恒星通常就会被小黑洞慢慢吞噬进去,然后爆掉,这个星系就会灭绝掉。

但是碳基文明有一个宇宙的伦理,他们发现某一个星系的时候,一般这些星系会有那么一颗星球,上面会有一些很艰难地发展起来的生物,他们会对这个生物进行测试,如果它达到3C文明,他们就会放过它;如果没有达到3C文明,就要一律歼灭,为了碳基文明后代的安全着想。当然这是科幻小说的设定。

然后小说又跳回乡村教师那边,乡村教师正在跟这些孩子讲牛顿的物理学三大定律,他跟这些孩子讲,第一定律是当一个物体没有受到外力作用时,它将保持静止或匀速直线运动的状态不变。牛顿第二定律是一个物体的加速度与它所受的力成正比,与它的质量成反比。第三定律是当一个物体对另一个物体施加一个力,第二个物体也会对第一个物体施加同样的一个力,这两个力大小相等,方向相反。

可是,他跟西北这些没受过什么教育的、流着鼻涕、衣不蔽体、没有爹没有娘的苦孩子讲牛顿三大定律,他们哪听得懂?虽然他一直跟他们解释,但是时间真的不够。最后他就说,你们听不懂就全部背下来。你们将来慢慢会懂。

他只剩一个月的寿命了,他希望能在自己残灯将熄之前,把牛顿三大定律硬塞到他们的脑袋里面,将来对他们一定会有用。这些孩子都很爱他,他们哭着说,我们一定把它背下来。

然后这个老师含恨而死。这些孩子就很认真地背他教给他们的牛顿三大定律。

接着小说又跳到外太空碳基文明银河舰队的指挥官身上,

他正在处置别的星系，此时已经慢慢靠近太阳系的外延了。作者描述投掷奇点炸弹的场景非常美。

作者写道，从外部看，那颗恒星的色彩正在缓慢地变化，由浅红色变成明黄色，从明黄色变成鲜艳的绿色，从绿色变成像洗过的碧蓝，从碧蓝变成恐怖的紫色。这时在恒星中心的黑洞产生的辐射能已经远远大于恒星本身的辐射能。随着更多的能量以非可见光的形式溢出恒星，紫色逐渐加深，这颗恒星看上去就像太空中一个正在忍受着剧烈痛苦的灵魂。而且这种痛苦还在迅速地加剧，紫色已经深至极限。这颗恒星用不到一个小时的时间，就走完了它未来几十亿年的旅程。

这个时候，他们这个舰队终于来到了太阳系。然后，他们发觉这个3号行星，就是地球，上面有海洋，好像有生命，所以他们要测试这个生物有没有达到3C文明，他们就做取样。

取样如果是在比如北京，或者东京，或者纽约、伦敦，在这些地方做，对地球都好。然而小说里，像开玩笑一样，倒霉的是刚好取到了西北的那群小孩，所以那些小孩突然出现在一个透明的、奇异的空间里面，当然，他们有高度发达的科技，有万能翻译机可以沟通。

然后他们开始按着题标问他们，请叙述你所在星球生物进化的基本原理，是自然淘汰型还是基因突变型？孩子茫然地沉默着。恒星的能量来自哪里？这些西北傻孩子完全愣住，呆在那里。一直问到第10题，覆盖你们这个星球的海洋，它的液体的分子构成是什么？H_2O嘛。他们也完全不知道。

指挥官就说，好，启动微型黑洞，朝太阳系发射。

此时，他们的太空战舰距离地球可能还有几十光年的距离，大概还要十分钟整个太阳系就会被毁灭。指挥官想,那用五分钟的时间,我顺便再问他们后面的题目好了。

然后他随口问他们,当一个物体没有受到外力作用时会怎么样。这些小孩突然想到这题目跟老师叫他们背的一样,他们就说当一个物体没有受到外力作用时,它保持静止或匀速直线运动不变。他问下一题,他们回答说当第一个物体对第二个物体施加一个力,这两个力大小相等,方向相反。他再问下一题,关于物体的加速度,他们又继续背,一个物体的加速度与它所受的力成正比,与它的质量成反比。

这个指挥官马上联络发射总部说,赶快按偏向。但问题是这时发射过来要把整个太阳系毁灭的微型黑洞,已经越过了水星轨道,离太阳系非常近了。

谁也不知道他们现在按偏向,转移微型黑洞发射轨道的努力能否成功。透过超空间直播,全银河系都在盯着模糊的雾团状的轨迹,并看到它的亮度在急剧增大,这是一种很可怕的状态,炸弹已经感受到太阳系外围空间粒子密度在增大。而舰长的手已经放到红色的时空跃迁启动按钮上,就是他们舰队要逃离太阳系周边了,不然会整个被这场爆炸吸进去。

《乡村教师》小说的结尾写得非常美,奇点炸弹最终像一颗子弹一样,擦过太阳的边缘。当它以仅几万米的高度掠过太阳表面上空时,由于黑洞吸入太阳大气中大量的物质,亮度增到最大,使得太阳边缘出现了一个刺眼的蓝白色光球,使得太阳在这一刻看上去像一个紧密的双星系统,这奇观对人类将一直是个难解的谜。

我记得,我读到这里的时候,泪流满面。

那一天在东京、在首尔、在北京、在上海的人们，他们抬头看着天空不可思议的美丽奇景，太阳边缘突然冒出一个蓝白色的光球，飞速掠过，像一艘快艇掠过平静的水面，太阳自身浩瀚的火海突然黯然失色。黑洞的引力在太阳表面划出了一道Ｖ形的划痕，像一颗钻戒，非常美非常美。

3

刘慈欣的《乡村教师》，我觉得是非常厉害的、不可思议的双螺旋体结构的小说。我说双螺旋体，因为我们可以看见它的螺旋旋转。

大概中国这一百年来，鲁迅说"救救孩子"，我国的台湾和香港，以及新加坡、南洋，华人的世界都一样，还是士大夫传统，认为脱贫要从孩子抓起。尤其中国，不止这三十年，一直以来城乡之间的差异是很大的。刘慈欣写的场景是非常写实主义的，我想可能在大陆会看到很多类似像《看见》这类纪录片，到第一线看到农村这些受苦的孩子最悲惨的状况。

现实主义的情感语境已经被刘慈欣自己限制住了。其实我们可以从李锐的小说，从贾平凹的小说，从韩少功的小说，或者是阿城的小说，甚至莫言的小说中，都会看到这一类贴近土地的现实主义，写这些农村的、悲伤的故事。这些是上世纪三十年代写实主义小说的延续。他们反映人类的生存形态和情感模式，其实就像是在绝对的受苦与可能性的高贵之间的这个乡村老师的形象，其实这在小说中，已经变成生产过剩了。

刘慈欣在小说中提供的情感的救赎，其实也就是一种我们那个年代在看《战争与和平》《包法利夫人》,看左拉的小说,十九世纪的一些小说,可以提供给我们的一种心灵上被拉高一个音阶的救赎。

我们常常在读科幻小说时,会发现理工男缺乏诗意和抒情的能力,因为科幻小说是把所有的场景拉到无限巨大的,像天文台里虚拟的星空,充溢着大量的物理学话语,超乎写实的范畴。如果不是理工男写的科幻小说,我们就不太知道那些抽象的量子力学或时空维度上的二维、三维、四维,或这种超时空跳跃、质能互换等等我们不太知道的理论。

但问题是,很多作者把科幻小说变成好像我们看的很多好莱坞科幻片,比如《星际穿越》或《星球大战》,它们的叙事核心是非常熟烂的情感,它们的戏剧核心是很低阶的戏剧核心,它们的拯救是非常低阶的拯救。

可是在《乡村教师》中,把乡村教师这部分独立出来读,或者把外太空星际大战这部分独立出来读,它们完全是两个不应该在一起的故事。

乡村教师是绝望的,他救不了这群孩子,一个怀抱着五四人道主义的中国青年,还是没有办法用他的信仰、他的价值去拯救那些没有办法被拯救的贫穷的孩子。

然后在外太空的这一边,是人类也没有办法解决的自身危机,人类太卑微、太渺小了。这个星系就是弱肉强食,宇宙这么浩大,就像被我们轻易弄死的苍蝇、蟑螂、蚂蚁一样,我们在这些更高等的外星文明的眼中也是如此。我们人类觉得自己很厉害,发明了电影、iPhone,以及虚拟技术等这些我们现在所用的高科技。而在更高等的外星球上,他们可能已经在更遥远的宇宙另一端演化了上百万年，他们有更超乎我们想象维度的科技了。这个故事里的碳基文明和硅基文明，为了部署他们战争大战略，像下棋博弈那样，不惜把横亘在他们中间的、可能会形成对方之后攻打他们的跳岛战术的那些岛全部灭掉。在这个故事里，我们人类所在的太阳系也正是其中一个一点都不重要的小岛。

所以这两个故事本身都是灭绝性的，在小说话语里本身都是绝望的，小说话语其实都是无法拯救的，也是无法拉高的。

但是非常奇怪的是，《乡村教师》把这两个螺旋体很奇怪地镶嵌衔接在一起之后，这个本来是向下沉落的故事却变成了另外一个故事，一个关于整个宇宙大灭绝的恐怖的故事。所以我说刘慈欣真的是一个天才，世界级的天才。

很荒谬地、很悲哀地、很滑稽地，这几个小孩恰好这么倒霉，碳基文明选择随机取样，选中了西北这些最贫苦的、知识资源最匮乏的孩子。结果这群孩子却意外地拯救了人类，他们在老师死掉的时候正好背下来的牛顿三大定律，他们记起来了。整个故事就形成了一个完美的结构。

而且刘慈欣有诗一般的创造力，最后星球上其他城市的人抬头望向天空时，太阳好像一个活的生物一样，突然有一个东西划过太阳的边缘，然后太阳本来灿烂无比的、曝光的那种白光和炽焰，突然就在球体的外缘形成了一道很奇怪的、多出来的灿烂的光，刘慈欣形容它像一枚钻戒。

你突然看到这个画面，你看着天空上的太阳，经过前面这一切奇怪的拯救、不可能的拯救，可是在一种奇怪的回旋梯的、螺旋壁的交叉与交错之后，你最后看到的是人类被拯救了。而且，在原本太阳系要被灭绝，黑洞像擦边球划过去的那一刻，我们在天空看到一道像钻戒那么美的光。

结语

故事可以拯救什么？

爱丽丝·门罗的小说《自由基》，主人公可以通过说故事的幻术，编造她的仇家毒杀自己的这个故事，救了自己一命。

刘慈欣的《乡村教师》达到了一个近乎不可能的境地。小说的结尾有一个非常感人的地方，外星文明离开太阳系之后，他们说，这个星系能够说出牛顿三大定律，它已经不止是3C文明了。于是他们把太阳系定义为5B文明，一种更高等的文明。但是他们这种5B文明，还没有发展出可以储存记忆的方式。

在刘慈欣的科幻小说中，那个更高等的文明，他们的记忆传递方式是，比如我祖父这一辈子的知识、经验，可以像大数据传输一样，直接传给我父亲，然后我父亲可以传给我。但太阳系这种5B文明只能靠喉头的声带薄膜，其实就是人类讲话来传递语言，来进行文明的传递。

他们说这怎么可能，靠这么原始的生物器官，怎么可能传递这么复杂的文明。

刘慈欣在小说里写道，他们有一种专门的角色在传递知识，这种角色叫作教师，就是乡村教师。

这两个故事讲下来，你会发觉其实说故事、听故事是一个非常古老的行业或非常古老的行为。然而，从两三千年前一直到现在，人类依旧在用各种形态和媒介，听故事，说故事，创造故事。

因为对我这样已经写了三十年小说，应该也算是一个老故事工匠或故事技艺者来说，在某些神秘的时刻，故事可以拯救不可能被拯救的个人命运，故事可以拯救远超出人类的力量和人类的时间的、不可能被拯救的整个宇宙，甚至故事可以拯救故事自身。

关于最短暂的爱的故事

1

我今天讲两个故事,这两个故事跟我两个哥们儿有关。

第一个故事中,我这个哥们儿是一个大美女,她是台湾的小说家,叫成英姝。大陆的读者可能对她不太熟悉,因为她后来从台湾的文学界淡出了。可是,在2000年那个时候,她可能是台湾所谓的"五年级",就是一九六〇年代的这些女作家里面,长得最漂亮的。在那个年代,她还拍过SK-II的广告。她很有才华,当年还拿过时报文学百万小说奖,她是第三届得主。百万小说奖第一届的得主,是台湾很有名的小说家朱天文。

当时我们三十出头,她长得很漂亮,文坛的大哥每个都很哈她,所以我们这些歪瓜裂枣,这些倒霉哥们儿,就好像觉得她的命特别好。也确实是,她很有一种明星范儿,当时她也去上过大S、小S她们的一个综艺节目。她身在文坛,但跟台湾的演艺圈也都蛮熟的。

我跟她好像是哥们儿一样,大概因为她对我来说没有任何荷尔蒙上的意义,我知道她真实的个性其实是一个女汉子,所以她跟我特别铁,我们都叫她"老成",就像男生之间的称呼。

当时我才出了两本书，就是一个特别倒霉的年轻作家。那个时候蔡康永刚从美国学完电影回台湾，还没有像后来去做《康熙来了》变成这么红的一线大咖。那时他还是一个文青，在台湾主持《翻书触电王》，也有点像综艺节目，做得很年轻很活泼，他很有创意。但他基本上还是比较偏重我们这些年轻的创作者。其中有一集他找我，然后还有成英姝，还有几个三十出头的年轻作家，谈谈最近在读什么书，或是朋友们之间在聊些什么。

那是我第一次到这种场合。我三十岁，我们这种写小说的，书大概就是卖个两千本，基本上就等同于流浪汉了，所以我去这个地方觉得特别别扭。摄影棚旁边有个化妆间，我是个男的，结果他们还找了一个女孩帮我吹头，还往我脸上扑粉，我就觉得特别别扭。

当时我感觉到，摄影棚旁边的那个小化妆间，其实是一个最适合写张爱玲式小说的场合。你会看到里头有一些小明星，他们是去别的摄影棚，但也是在这个化妆间化妆。因为我没怎么看电视，那个年代还没有网络，他们基本上是在电视上露面的。小明星坐在那边，很娇气地补妆，有时突然就站起来叫"小S姐"，就是有大咖走过来了，这就很张爱玲的那种感觉。可是我和另一个年轻的创作者在这个空间里，会感觉特别地别扭，跟这个空间是违和的。

这时候成英姝来了，她就非常自在自如，她与这个空间没有违和感，因为她本身就是美女。这些综艺咖也认识她，知道她是个明星，她二十六七岁时出的第一本小说叫《公主彻夜未眠》，当年在台湾是爆款的畅销书。

她进来以后，你就发现她有点像明星，平常我们在台北那种文青咖啡屋混的时候,她出来就是穿牛仔裤,很随意,但这时候要上电视了,她突然打扮起来,不能说盛装而来,但打扮得很精致。你就觉得她变得很像那些很适合上电视的美女。

她进来后就有一种贵妇范儿,她拿了一个罐子,跟我们讲,你们看,这个是我最近养的宠物。

是什么呢?她说是她北京的朋友送给她的一只蝈蝈。我觉得大陆的朋友会知道蝈蝈是什么,台湾的朋友听不太懂。老一辈北京人喜欢养蝈蝈,好的蝈蝈还很贵,其实就是一种很大只的蟋蟀。南方人养的蟋蟀可能是比较小的,黑色的蟋蟀,他们还会斗蟋蟀,好像上海人就会斗蟋蟀。可是北京人养蟋蟀,其实很像以前晚清八旗子弟养鸟一样,还是听鸟鸣婉转,他们是听蝈蝈唱歌的、鸣唱的。

那只蝈蝈非常漂亮,穿一身碧绿的、非常漂亮的短打,或者是一件戏袍。头上翘着两根非常长的翎子,这两根翎子竖起来是那么地帅,那么地美,英姿飒爽。

蝈蝈的美我很难用言语描述,它明明是一个动物,是一种昆虫,一种活物。但是我看到它那一瞬间的那种美感,很像我们男人看到法拉利这种顶级跑车的烤漆;或者说像贵妇看到那种老坑玻璃种,那种最美的翡翠的美艳;或者像我们在故宫看到的那些汝窑、钧窑、哥窑或官窑,比如说汝窑,有传宋徽宗说,"雨过天青云破处,这般颜色做将来"。

那种美已经很难用人类这么有限的对美、对颜色的表述能力来表达,那是一种灵动的、活动的美,在这只蝈蝈身上体现出来了。

成英姝平常很傲气,一个天蝎座的美女,很多人捧着她,平常蛮冷酷的，可是她在讲这只蝈蝈的时候，我觉得好像我在看那些民国初年军阀的小老婆在捧戏子、在捧舞台上的小生一样，她说，你不知道我这只蝈蝈有多厉害。

她给这只蝈蝈取了一个名字，她说这只蝈蝈拿回家的时候，她们姐妹两个各自给蝈蝈取了不同的名字。她妹妹也是个美女，也很爱这只蝈蝈，妹妹比较萌一点，给蝈蝈取了一个名字，叫果咪。成英姝比较男性化，她给这只蝈蝈取名叫作清十二郎君，特别帅的感觉。

你听她在描述她的蝈蝈，我不太懂音乐，日本有一个非常厉害的流行音乐天后，叫椎名林檎，她的歌喉非常适合飙高音。成英姝说，你知道我这个清十二郎君有多神吗？我晚上在房间放椎名林檎飙高音，有重金属伴奏的时候，我的清十二郎君竟然跟着和弦飙上去了，跟着日本流行音乐天后的高音飙上去了。反正你就看她对这个清十二郎君一副很像贵妇迷梅兰芳，捧戏子的感觉。

但是她也面临着一个麻烦，她这么爱这只蝈蝈，但是养过宠物的人，养过狗或猫的人都知道，宠物的寿命跟人有一个时间差，现在人活到七八十岁没问题，短命的活到六十岁。但是你的狗、猫，再长寿也就是十来岁，你的时间跨度比较长，它的时间跨度比较短。所以你的生命还处在某个阶段的时候，它就老了，它就死了，你就会面临它的死亡。

小时候我家里的第一批小狗，两只狗先后死去的时候，我还懵懵懂懂，那时候我上小学五六年级。后来又来了一批狗，这批狗死去的时候，我可能已经上大一了。那时候我父亲还健在，我还没结婚。可是我又养了一批狗之后，等到这批狗后来死去的时候，我父亲已经过世了，而我已经是两个孩子的父亲了。现在我家里又养了一批狗，大概等到有一天它们过世的时候，我可能就是个老人了。所以两者有这样的一个时间差，寿命长短的差别。

基本上狗和猫的寿命是十几年，但是蝈蝈的寿命是多长？蝈蝈的寿命是六个月。所以，当成英姝那么娇滴滴地提着她那只蝈蝈时，距离她北京的朋友送给她这只蝈蝈，可能已经过去三个月了。

后来我们再碰面的时候，她对她的爱人寿命这么短这件事也缺乏现实感，就很疑惑地跟我们讲，好像一个你很爱的男子，他如此地俊美，可是他在你面前怎么这么快就变成一个老头？她突然发现她的清十二郎君，突然蔫蔫的，其实就是老了，没胃口，不吃东西。

她描述的画面也蛮恶心的，她说她喂蝈蝈是去宠物店买面包虫，一种很像毛毛虫的白白的蠕虫。她说很像一群疯掉的蠕虫在那里蠕动，喊着"吃我吧，吃我吧"，平常蝈蝈一上来就叼一只来吃。可是现在那些面包虫在那边蠕动，说"吃我吧，吃我吧"，结果她的这只蝈蝈根本不为所动，完全不吃。而且蝈蝈老了，还有点秃头，像我这样就只剩下一根须了。

她觉得蝈蝈好像没什么精神，就把它放到后院去晒太阳，加上一疏忽，它剩下的那根须好像被蚂蚁吃掉了，所以变成了光头，特别特别惨。

有一天，她早晨醒来就听到她妹妹在客厅哭喊："果咪……"这只蝈蝈过世了。

从此以后，天蝎座的成英姝，大概心中有了恨，她产生了一个绝天泣地的奇怪念头，她以后再也不养这种寿命比她短的宠物了，她再也不要爱一个寿命比她短的恋人。

2

她之后去养了什么？她去养一种东西，我不知道大陆怎么称呼，这种东西当时是日本玩具公司开发出来的，叫作关节人形，这是台湾依照日文翻译的。日本真的很变态，他们就按 1:1 比例做出一种非常像真人的玩具，完全可以以假乱真。这种关节人形的每一节手轴、膝盖的关节，全是由钢珠衔接，所以非常灵活，就像人体的关节一样。皮肤表层则大概是用一种合成塑胶膜之类的东西，所以喷漆以后，它的触感跟人的皮肤摸上去的触感非常像，栩栩如生。它的眼球也是可以换的，有专门制作的眼球。据说它的头发还是向人买的，穷人家的女孩真的会把头发卖给他们。

日本玩具公司有两种体系，一种是专门做十三岁左右的少女，不是机器人，而是像真人一样的模型；另一个体系是做四五岁小男孩的模型，而且是限量版生产的，所以非常贵。如果只生产一百支的话，每一支的价格就要人民币四五万。

当时是 2000 年，在当时的台北，这是很时髦或者很有钱的女孩才会去玩的时尚玩具，我们这种穷老百姓谁去花那么多钱，花买一辆国产车的钱去买一支关节人形。

当时，成英姝跟她男朋友先在网络上下订单，是限量版的，花了蛮多的钱。他们两个还特地到东京的公司去取货，取这支关节人形。这支关节人形出厂时的名字叫作 Ken 酱，就是一个叫作"健"的小男生。他们把它带回台湾，用一个小提琴盒子装着这个小男孩，带着小提琴盒子搭飞机，特别诡异。

回到台湾以后，她把它改名叫作白露，因为中国有个节气叫白露，特别美。当然我们还有翻译过来的法国的"枫丹白露"。她是那种日本漫画唯美派的，她有一个儿子，叫白露。

那个时候我大儿子差不多四岁，小儿子也差不多两岁了。我们聚会的时候，小孩还分不太清楚，所以我大儿子会跟那支Ken酱，跟那支白露一起玩耍，好像是他的童年玩伴一样，因为他们两个的个头是一样的。出厂的时候，白露是穿着一双荧光橘的球鞋，它那双球鞋脱下来就可以给我大儿子穿，我大儿子的球鞋脱下来也可以给这支关节人形穿。

但问题是，我大儿子会持续地长大，我现在讲这个故事的时候，我大儿子已经二十岁了，可是那支Ken酱或者那支白露，它永远停留在四岁的形状。这非常有趣。

3

我后来写过一部小说叫作《我未来次子关于我的回忆》，是一部寓言小说。叙述者是我的第二个儿子，可是他在说这个故事的时候，已经是一个九十岁的老人了，那时候台北经历过一次大轰炸，已经变成一片废墟了，整个已经变成一个沼泽了，整个被毁灭了，不再是城市了。

我想象我未来的次子，在九十年后，看到被人类恐怖的战争或人类的暴力、人类的科技毁灭的这个场面，他反而像看到了也许这个岛可能在一千年前的一次神演中，神创造出来的它本来最原始的样貌。

我想象，101大楼像一根折断的时针，一个折断的时钟上的一根被拦腰折断的针。

经过几十年时间，地下排水系统都已经坏毁了，河水蔓延出来，淡水河、基隆河漫溢出来，所以到处都是沼泽。这里还长出了可能用一百年的时间也不会长出那种比较粗硬的大木头，长得像樟木，或者像桂圆树，这些树长得特别迅猛，特别像一个热带雨林。

在汉人登陆台湾岛、开发台湾岛之前，本来在这个盆地上已经消失了的大批的水鹭、野猪，一些羽毛非常美的野雉、雉鸟、蓝腹鹇，这些非常美的鸟，垂挂着水滴四处飞过去。一些已经灭绝的，现在只存在于传说中的动物，比如说云豹、石虎，这些肉食动物也会出现。

大灭绝之后，河流的边缘有一些幸存下来的人，又退回到原始部落的状况，可能还像最早的这些本土部族，乘着木筏，顺着溪流而行，他们可能已经失去了现代文明的这套语言，回到一种原始部落的生活方式。

我想象我的次子那时候已经是个九十岁的老头，他眼前的这些本来是金属钢梁的或是玻璃帷幕的或是水泥的这种城市景观，有的就第一时间被人类的暴力、爆炸、飞弹、炸弹给摧毁了，但有的是经过后来更长的时间，自己慢慢崩塌、毁灭，包括高架桥也倒塌了。然后在这些毁坏的建筑物、破碎的玻璃裂口，还有这些新蹿长出来的树木上，攀爬着大批的兰花。因为在世界的兰花种属里，现在台湾高山里的兰花还有很多奇特的种属。我想象到处有兰花攀爬在这个已经成为一个雨林，或是一个野地的盆地上。

其实我想象中的场面有点像宫崎骏的一部动画片《天空之城》,主人公刚到达天空之城时,那座天空之城像一个废墟、墓园,好像还飘着薄雾,但那种薄雾不是我们现在的雾霾,而是很轻灵的、很大自然的一层淡淡的薄雾。

在这个故事里面,我的次子的父亲母亲和哥哥都不在人世了,所以他变成一个很孤独的九十岁的老人。

可是某一天他突然找到一封他父亲留给他的信。他在废墟中找到一个破烂的房子,一推开门都是蜘蛛网,门推开的时候,他就看到客厅的沙发上坐着一个已经变成骷髅的老女人。她已经死了蛮长一段时间,变成了骷髅,嘴洞张开,大批的蟑螂从她的嘴洞里爬出来。

我的这个九十岁的次子,找了半天,拉开堆满灰尘的书柜,找到那个小提琴盒子,看到那个还保持在四岁状态的他童年的玩伴白露。

这部小说不能给我的老朋友成英姝看到。

4

第二个故事是一个叫 D 君的电影导演告诉我的。我跟 D 君以前是台北艺术大学的同学。

那一次,我搭他的车,那年台湾的农历年特别冷。车上,我这个哥们儿 D 君问我,你上礼拜有没有注意到那个新闻?那时候我们还是看报纸,我们讲报屁股,就是比较小的新闻版面。然后 D 君和我讲起了那个新闻。

一个戏剧系的学生,我和 D 君的学弟,据说在大年初一的时候，晚上跟父母说他去同学家排练，结果他竟然去道具间偷走了绳梯，然后一个人去攀爬台北天母的百货公司，那是一家日本人的百货公司，叫大叶高岛屋。但他从六楼摔了下来，摔下来后还没有马上死亡，可能是腰椎断掉，可能是头颅出血。据说到天亮才被发现，中间拖了几个小时才死去。

但是我一听 D 君描述这个新闻，我就知道他没去过这个百货公司，因为天母这家百货公司我特别熟。这个百货公司是怎么回事？它很像一个巨大的烟囱，比如说十二层楼高，百货公司内部很像一个巨大的天井，中间是空的。

当时还是阿扁当台北市长的时候，大叶高岛屋百货公司的业主和台北市政府还打过官司，本来这家百货公司是作为停车场注册登记的，因为它旁边有一个棒球场，一个小巨蛋一样的棒球场。从政府的角度出发，看到是盖一座停车场，就通过了。结果业主后来用这个建筑执照去盖了一家百货公司。在台北，你到各种百货公司，只有到这一家天母的大叶高岛屋停车是全部免费的，你去其他的百货公司停车都要收费，而且还常常找不到车位。

这家百货公司停车场超多，为什么呢？我想大陆现在有很多这种大型商城，中间是一个天井，非常高，中空的，所有的商城全部环绕在建筑同心圆的外缘，它的一楼到地下 B1、B2，以及一楼到四楼是百货公司，十二楼的顶楼还有美食餐厅，可是可能五楼到十一楼全部都是室内停车场。

所以你开车进去以后，像是在一个螺旋形的弯道不断地往坡道上开，开到五楼的时候，五楼就是停车场，所以你从五楼的停车场，在圆心中央的地方沿着围栏往下鸟瞰，可以看到百货公司的四楼、三楼、二楼、一楼。

我一听D君跟我讲这个人摔死的情况,我立刻可以推理或判断出是怎么回事,因为D君说新闻上写到他是摔死在一个巨大的水族箱旁边。D君不了解那个水族箱是什么概念。

我试着描述那个水族箱。水族箱里特有的,也许是LEC灯,也许是特别的蓝光灯,搭配着这种不同的大自然造物,像彩虹鱼,也许像孔雀鱼,各种深海的颜色,不可能是我们人工造出来的颜色,但它又是灵动的,在光的摇晃中储存在这里。

因为我这一年特别迷恋福建福州的寿山石,我觉得很像我很迷恋的这些寿山石里的水洞高山,还有善伯洞石。从矿洞里挖出来的这些石头,它们美如夏日蒸云,夏天很热很热,云像蒸透了一般;或是美如冻雨郁结,雨一直没下下来,凝在半空中好像冻住了。那个水族箱给我的感觉就是一种很科幻,可是又很像有各种奇妙颜色的一个小宇宙。

5

2001年的时候,我父亲中风了,大脑出血,父亲中风没多久,我小儿子又出生了。我父亲当时是在台北天母附近的荣民总医院,住在急救加护病房,父亲长期处在昏迷的状况中。

我太太那时候刚生完小儿子,她在娘家坐月子。我那时候住在深坑乡下写我的小说。每天早上,我开车到我太太的娘家接我大儿子阿白。大儿子那时候大概两岁,是一个巨蟹座的小孩,特别地安静、忧伤,他不知道家里发生了什么事。每天的日程就是我开车,开大老远带他到我父亲住的那家医院,因为我父亲在中风昏迷变植物人之前,特别疼大孙子,所以我就有一种作为儿子希望出现奇迹的心理。我每天都把我的阿白当成一个法宝，开车带着他到爷爷的病床旁边，他那个时候还没上幼儿园，大概就听一些录音带儿歌，我就让他在爷爷的病床旁边唱歌，唱那些儿歌，希望我父亲在听到他最爱的孙子唱歌后会醒过来。

每一天都是这样，每天父亲都会过来接他，把他带到医院，然后爷爷昏睡在那边，奶奶在一旁以泪洗面。他必须要照着父亲的命令，唱一些儿歌给昏迷的老人听。可是他回到我岳母家的时候，大家注意力又在刚出生的小弟弟身上。其实这对一个两岁的小孩来讲是不好的，所以我觉得他变得非常忧伤，或是两岁的小孩不该有的那种沉默。

刚好在我每天中午开车离开医院回台北的时候，就会经过我刚才讲的大叶高岛屋。

这大叶高岛屋，我刚才讲它像一个烟囱，像一个天井，最底下 B2 楼也是一个开放的空间，地面那里还有一个非常大的水族箱，有点像你在海洋世界看到的巨大的水族箱。这个专业的大型水族箱里面摆着一些岩礁、珊瑚，里头养的鱼都是平常人家的水族箱不会养的很大只、非常漂亮、颜色很鲜艳的深海热带鱼，比如小丑鱼。

这家百货公司每天中午十二点整会有一个活动，一个喂食秀。他们找来一男一女，一个大哥哥、一个大姐姐，男生可能穿一身蓝色紧身潜水衣，女生可能穿一身荧光橘的紧身潜水衣，他们都戴着蛙蹼，拿着大白菜，潜到水族箱的高度，大概有两层楼那么高，它是从 B2 一直到 B1 的天花板。

这一男一女两个潜水员在水中做出各种回旋、各种花式的动作。那些鱼群就像大批的蝴蝶，非常漂亮，分成两股跟在他们后面，因为它们在追逐他们手中的那颗白菜。

这时候会响起宫崎骏的卡通音乐，或者喜多郎的音乐，好像那种 New Age 音乐，很空灵、很美的音乐，也会有灯光秀，整个是一个幻彩迷离的场景。

这时候我就会发觉台北有这么多没有工作的爸爸，大概六七十个顾客都是爸爸，他们都把他们的孩子，跟我大儿子阿白一样大的两三岁的小孩扛在脖子上，好像集体在看 show 的感觉，我当时也会把阿白扛在我的脖子上看。

所以我对大叶高岛屋的那个水族箱特别熟悉，或是有一种特别的感觉。

6

那个时候 D 君在跟我讲这个新闻的时候，我跟 D 君分析推理，因为后来据说新闻又持续透露，其实这个男孩的父亲是天母当地的名医，家里蛮有钱的。但是这样讲不合理，不会因为他家有钱，他夜里闯到百货公司行窃的动机就被抹掉了，但这个动机基本上会被弱化一点。

我跟 D 君描述说，我觉得他一定是趁百货公司结束营业的时候进来的。这家百货公司每天晚上九点半的时候开始放起音乐，然后响起声音，"各位亲爱的来宾，谢谢您来到我们大叶高岛屋，我们预定十点关门"。大家就一定要离开。

可是这个年轻人，他可能就是在这个时间点藏在停车场里，我觉得他一定就是藏在六楼的停车场，停车场没什么人注意。然后等到百货公司的员工陆续都下班了，整个大楼封锁起来，保全启动以后，可能会留一两个保安在一楼，没有人会各楼层都巡逻一遍。

所以他有一个奇思妄想。他设定好了，他沿着六楼的墙，把绳梯垂到四楼，然后他觉得可以一个摆荡，借助重力，他就侵入四楼了，他就跑到这个百货公司里面。后来证明我讲的是对的，因为D君后来有考察，他发觉确实六楼的停车场有那种消防火灾逃生用的绳梯的挂钩。如果这是一个推理案件，我的推理是对的。

但是最大的疑点是，他的动机是什么？后来我跟D君讨论，记者也去采访他母亲。他母亲很低调，很避讳，只是说她只想知道她儿子是不是在侵入百货公司行窃的过程中，被百货公司的保全人员追逐导致摔死。百货公司当然非常紧张，就调出监控录影带。

所以你会看到，我们现在这个时代非常奇妙的是，连死亡的场景、死亡的时刻，最后调出来以后，发现其实那是很奇怪、很像电影的一种感觉。

一个很孤单的人从六楼垂下绳梯，然后攀爬，然后失足掉下去，可能你要继续调B1层的监控录影带，画面上是闪跳的光点，画质不好，但你看到他掉下去，很孤单的一个人，随着监控录影器上面记录的时间，几分钟过去了，然后一小时过去了，两小时过去了，最后你看到的死亡是通过监控摄像头拍摄下来的死亡现场。

之后是什么？之后就是动机。他母亲说这个孩子大概是看了基努·里维斯的《黑客帝国》看入迷了，所以想模仿他。

我觉得他本质上有一个很像现代小说核心的野心或欲念。

百货公司其实是这座城市资本主义物神崇拜的一个神殿的缩影。百货公司基本上不像杂货店卖那些无意义的、不重要的东西。一般来说地下一二层,一定是美食街,一定有超市,可能都是外国的舶来品,都特别贵。一楼可能都是一些名牌的化妆品,可能会有LV、Gucci、卡地亚这些名牌店,你会看到那些外国明星大咖的海报和名牌的化妆品、香水。然后二楼可能卖一些名牌女装,都非常昂贵。三楼可能是名牌男装,同样非常昂贵。四楼可能是童装部。百货公司大概是这样一种配置,它里面基本上全部是资本主义社会挑选再挑选的最顶级、最昂贵的名牌。

这样就变成说,作为一个原始人,作为一个单独的个体,作为一个古典时刻人类自由想象的创作者,我觉得这个学弟自己设计了这幕行动剧,他在夜晚闯入无人的百货公司,闯入资本主义最核心的,好像本来是所有人的物神崇拜之梦的地方,像《黑客帝国》演的那样,他侵入进去,但是他失败了,他摔下来,死了。

7

好了,这两个故事我讲完了,老实说我自己也很难做一个确定的总结,为什么我会说这两个故事?不过我还是做了一个总结。

我很喜欢一部电影,这部电影应该也是神片,就是史蒂文·斯皮尔伯格拍的《人工智能》,台湾叫作《AI人工智慧》。这部电影其实就是讲机器人的伦理问题。当然是在一个未来的世界,在像苹果、像微软的机器人总部,他们开发出一种新形态的、具备人工智能的机器人。这种人工智能机器人是给那些想要小孩但养不起小孩的家庭，或者某些受过创伤的家庭，这种人工智能机器人是作为孩子的替代品。

故事的主角 AI 小男孩住在这个家，他的人类父母，为什么要购买他？他们本来有一个孩子，后来出车祸了，很严重，当时的医疗技术还没有办法救活他，他们就用冷冻技术把他冷冻起来。所以他们领养了或者说认购了这个 AI 小男孩。

这是一个关于遗弃的故事。这个妈妈很神经质、很忧郁，始终对这个男孩没有感觉。后来她自己的因车祸重伤昏迷不醒的孩子苏醒过来了。在这部电影里面，人类是很邪恶的动物，这个男孩会"婊"这个 AI 小男孩。AI 小男孩植入了机器人法则，很忠诚，但是很奇怪，他非常渴望人类妈妈的爱。他的人类哥哥就骗他说，你要得到妈妈真正的爱，就要趁她睡着的时候去剪一撮她的头发，藏在你身上，她就会爱你。

AI 小男孩就真的照哥哥说的，在妈妈睡着的时候拿剪刀偷偷剪下她的一撮头发，刚剪下来的一瞬间妈妈就被惊醒了，以为男孩要攻击她。后来他们把这个 AI 小男孩遗弃了。

被遗弃以后，AI 小男孩就处在一种很悲惨的状况，就像现在我们有没有想过所有被我们废弃的手机，所有被我们废弃的笔电，或者所有被我们废弃的汽车，它们现在是在什么样的地方？这部电影也拍了一个被废弃的 AI 机器人的坟场，其实像集中营，被关在一个很大的管理区，到最后会有重磅压级机把它们全部压成废铁。

当然 AI 小男孩逃出来了，后来就像《木偶奇遇记》一样，他要找寻当时创造他的工厂，最后他找到了。电影里这一景观非常壮美，那时，由于气候暖化，地球已经报废了，整个海平面上升。纽约市浸泡在海水中,自由女神像只剩下头部的桂冠和手举的火把露在海面上,所以男孩是坐直升机才找到这里。

他找到了创造他的上帝,机器人总部的总裁看到他也非常惊讶,说我们研发 AI 机器人的时候,并没有研发爱的能力。他说,你看看你,你真令我骄傲,你竟然有爱的能力,这是人类的能力。可是接下来的画面就是,这个小男孩看到了一个车间,他内心瞬间产生了巨大的混乱。

有时候比如说我在北京的地铁出口,或者我在香港的尖沙咀,我也会产生这种自我感的混乱。这个小男孩看到了上千个等待组装的、跟他一模一样的 AI 机器人男孩,正等在生产线上。所以他崩溃了。然后他跳海自杀,沉到海底。

他沉落的地方是纽约中央公园的儿童游乐区,那里有一个蓝仙子,就是《木偶奇遇记》里最后让小木偶变成真实人类的蓝仙子。男孩正好沉落在蓝仙子前面,他向蓝仙子许愿,请让我变成真正的人类男孩。

突然旁白响起,说两千年过去了,地球经历第几次冰河时期,已经被冰封住了。我们看到那些海洋区域整个被冰封,所以人类以及地球上所有的生物全部灭绝了,人类的历史全都变得无意义,所有的时间都取消了,灭绝掉了。我看到电影里这一幕,有一种非常不可思议的壮美。

这时候有一种更高科技、拥有更高等文明的外星人来到地球。他们就把这个已经故障了的机器人男孩修复好。刚醒过来的男孩有点电路刚恢复的不协调感。

外星人就跟人类小男孩说,我们对于地球上曾经有过的叫人类的这种物种、这个文明非常好奇。这种低等的文明,他们用战争，用核弹，用种种污染，最后毁灭了他们唯一居住的星球。他们整天屠杀自己的同类，制造恐怖爆炸，毁坏星球上所有的生态。但是这么低等的物种，他们会发明出诗歌、小说、哲学、爱情。在爱情发生的时候，他们会拿植物的生殖器官送给求爱的对象。

他们觉得非常迷惑，他们想多了解一下人类这种低等物种，但是他们在地球上没有办法找到活体基因，没有办法复制出人类的形态，他们只找到这个 AI 小男孩，男孩大脑内部有储存档案。因为他曾经跟人类这个物种相处了几年的时光。外太空高等文明的外星人知道他手上握有一撮两千年前他妈妈的头发，那一撮导致他被遗弃被伤害的、他妈妈的头发。

外星人对男孩说：如果你愿意给我们，我们可以帮你实现一个愿望。但这意味着，如果男孩把档案给他们，男孩的生命就会结束。然而，这个 AI 小男孩在人类已经灭绝两千年后，依然对高等的外星文明说：我希望能够再跟我的妈妈共同生活一天。

外星人说：我们现在的技术只能投影出像梦境般的一天，那一天结束以后，一切就结束了。小男孩答应了。

我想要说这部电影里的这一天，真的是故事的叙事里最奇妙的一天。在人类的时光，整个人类文明，几万年的时光和几千年的文明时光已经灭绝之后，它就像孤岛，孤立于人类所有时光之外的那孤独的一天。在那一天里，AI 小男孩跟他的妈妈玩着捉迷藏，得到了他渴望的人类小男孩该得到的妈妈的爱，妈妈和他玩游戏、画画，像一个妈妈在疼她真正的孩子那样爱 AI 小男孩。

最后，电影的结尾，妈妈要睡觉了。她跟小男孩说，我不知道这一切是怎么回事，我很迷惑，但是我只想告诉你，我非常爱你。

结语

我最后用 AI 电影作为前面两个故事的结尾，其实也是在讲这样的一种感觉，很奇妙的是，我们这一代的创作者和我们这一代的年轻的心灵，也许觉得我们已经是某种文明或时间的弃儿，我们被抛掷出这一切的集体性之外。

但是在《人工智能》这部电影中（这部电影隔了近二十年还是深深地感动着我，或是鼓励着我），主人公创造出爱的回圈，那个爱的回圈正是当时导致妈妈遗弃他的那撮头发。即使全部人类都灭绝了，地球已经被冰封住了，而他却还是可以凭着自己的爱，创造出那独一无二、绝无仅有的一天。

你是最美的

1

我三十多岁的时候,有几年的时光,大概每个礼拜会有一天到一家广告公司当顾问,他们可能是觉得这个年轻小说家有才华,但过得挺穷的。我每个礼拜去跟他们脑力激荡,胡说八道一番,还有几个前辈也在那里。他们每个月大概给我五千块人民币的车马费,当时对我的经济上、家用上是一笔蛮大的补贴。

这家广告公司是在台北市东区最时髦的地段,当时对我这个乡巴佬、土包子来说,它宛若这个城市最时尚、最具未来感的心脏。广告公司里来来去去的这些工作人员,这些年轻小伙,有点像美国黑帮片里那些黑帮专业杀手,个子都瘦瘦高高的,长手长脚,穿的都是皮外套、牛仔裤。他们都扛着机器。我们开会的时候,他们也在一旁,他们接的广告案可能是方便面的广告,可能是保全公司的广告,甚至是台湾高雄承接世界大学生运动会的广告。我们这些穷文人给些建议,但基本上他们有自己的专业判断。

我当时有一种印象,就是在这家广告公司很容易看到很多非常漂亮的女孩,来来去去,密度非常大,你平常在外头会觉得不可思议。当然这些女孩可能都有追星梦,而且我后来才知道,这广告公司里头这些扛机器的小伙子,主要是做企划的,做配音的,他们很容易把到这些这个城市里面上层的漂亮的优质的女孩。她们都有着明星梦,即使现实中只是一家广告公司里一个"尬"的角色。

有一次他们要试镜,给一个小广告挑女主角,他们就发通告出去。他们很坏,其实这个试镜已经进行了两天,有几十个女孩,女孩可能会带着经纪人,经纪人有时是女孩,有点像是拉拉那种感觉。她们可能是一对,那个拉拉可能是一个T的角色,保护着女孩。

那天我到广告公司,看到她们来试镜,不同的女孩,浓妆艳抹,穿得很像洛丽塔,或者很像《下妻物语》中向往中世纪的法国的这些日本女孩。在这家小小的广告公司里,她们好像把自己想象成是在参加世界美少女博览会。

广告公司老板的弟弟是个痞子,他很照顾我。他说,骆以军,我告诉你,我玩给你看。

什么叫"我玩给你看"?他说,其实我们昨天已经挑好我们要的那个女主角了。但是接下来,我们总不能说我们已经定了,接下来今天的这二三十个女孩就不用来了,所以我们的机器根本就没打开,但大家好像还是在做试镜的样子。

当时我印象很深,有一个女孩长得很漂亮,有一张很像张钧甯的脸,如果她是我中学班上的女同学,我会觉得她是女神,跟她讲话我都会脸红或口吃。而现在,七八个工作人员在假装听她讲,其实他们的摄影机根本没打开。

女孩一个人站在舞台表演区中间,老板的弟弟就站在后头,说，来，跳一段爵士。

那女孩可能不太会跳爵士，但她就在努力地跳，很笨拙地跳了一段爵士。

然后他又说，来表演一段人格分裂。这女孩就很狗血地表演，你会发现她完全没有受过表演训练，她好像在表演被她阿嬷附身了，她的脸突然就变成一张阿嬷的脸，就学一个老人、老鬼讲话，然后突然脸又变回来，说，阿嬷你不要这样吓我了。阿嬷，你到底有什么话？你好好讲。

这个表演其实是很花力气的，如果真正在一部好电影里，说不定是一段很有力量的表演。可在那个场子上，除了她以外，所有人都知道，她在被耍。

接着，这个老板的弟弟又丢各种的题目，比如说表演一段夜店脱衣舞娘放电的场景，她也表演得非常性感。

那时候我就在旁边，后来我就走掉了，我出去外面抽烟，心里感到很不舒服，我不是那么正直，或者说那么不上道的哥们儿，但是我很不喜欢眼前看到的这一切。其实这可能也是因为我自己的成长过程中，我一直是在被玩弄的那一端的那个人，所以当时我觉得这整件事有什么东西触怒了我，或是跑到我内心很不舒服的地方去了。

2

几年后，我看到日本导演岩井俊二拍的《花与爱丽丝》，当时我看的时候觉得是好美的一部电影。岩井俊二的电影都是美如诗、美如画。我不多说这部电影，我只说电影里其中的一幕，与我在这家广告公司见到的非常类似的一幕。

《花与爱丽丝》里有两个女孩，一个叫花，一个叫爱丽丝。她们是高中女生，经常一起学习芭蕾，所以很多画面都是一群女孩在舞蹈教室练习跳芭蕾舞，都是那种奂美绝伦的花季少女的场面。

后来爱丽丝要去广告公司试镜，就是像我刚刚讲的类似广告公司的这个场景。电影把这种坐在权力这一端的几个人渣痞子的角色更加夸张化，日本这种电影里人物的表演就更唧歪、更讨厌、更油腻。他们这样几个痞子，可能都是那种穿着像在时尚最前端的，我们在大陆也看过很多这种选秀节目，坐在评审座上的这几个人是在权力最高端的。

其实爱丽丝进来时，他们已经快结束了，连十秒钟都不想给她，所以就在那边调戏她。这几个穿得非常时尚的家伙，坐在评审桌前，女孩一讲话，他们就说你不要讲话，然后丢一支原子笔过去，就是无意义的戏弄。因为在这个空间里他们是权力拥有者，女生是被挑选的一方，所以他们可以羞辱她，可以伤害她。他们就这样不断地调戏她，比如问她，你会不会表演默剧，你会不会来一段二人转之类的，你会不会来段顺口溜啊？哈哈哈哈，大家都觉得很好笑，就在那里戏弄她。

这个少女，十七八岁左右的爱丽丝，突然非常严正、非常严肃，或者说她其实是一个少根筋的、很纯洁很天真的女孩，她怒斥他们。她说，你们可不可以安静下来，只要一分钟，好好看我的表演。

这几个家伙突然被这个少女的气场给震慑住了。当然这是电影里的桥段。

我觉得最美的那一幕是，爱丽丝从这几个考官面前走过，拿起桌上的免洗纸杯。现场没有芭蕾舞鞋，她就拿免洗纸杯套在脚指头的前端，因为芭蕾舞鞋其实重点是前端脚指头那个地方，要有一个平面，脚踮起来的时候可以踩在地面上。那一段场景美到我当场落泪。

她在这几个人渣面前，这几个被卷入社会的染缸或涡轮机，并参与其中，变得非常猥琐油腻的中年大叔面前，展现出一个少女所散发出的神一般的光芒。

于是她跳起芭蕾舞，当然她没被录取，可是那一段画面，让人觉得好像整个地球都停止了旋转，整个世界都安静下来，被她散发的光芒所笼罩。她非常认真地旋转着，跳着她的芭蕾舞。

这种绝美对我来讲就是某些故事里非常奇妙的时刻，这个奇妙时刻是，它并不是靠剧情在找寻某些救赎。人心受到创伤，或是人被遗弃了，人在生活中被踩扁，发出一种别人用皮鞋踩你的叽呱的悲惨声音，沦为被羞辱和被损害者；而在这个时刻，只有透过电影、小说、诗、音乐这些艺术，在某一种时刻，它有一种幽微的光升了起来，抚平了、疗愈了所有人受过创伤的心灵。

3

我接下来讲一个自己年轻时候的故事，大二的时候，我从森林系转到中文系文艺创作组。我们从外系转过来的学生跟班上的同学很疏离，当时有五六个从不同的系转过来的，有电机系的，有法文系的，有植物系的，有生物系的，有日文系的，等等。但这几个人我也不认识，因为我根本都不去学校上课。我在前面的故事里讲到,我大学那几年住在阳明山的小宿舍,非常疯狂地阅读和写作,我们班的人可能都觉得我是怪咖。

但是有一堂课非去不可,老师会点名。有一次,旁边有一个漂亮的女孩,对我来讲是一个与我的世界无关的漂亮女孩,突然递了一张纸条给我。说,你喜欢读芥川龙之介吗?或者说,你喜欢读川端康成吗?

她对日本小说非常熟悉。我那个时候年轻,当然就会臭屁,这些人我都读得很熟。所以,我们两个在那堂两小时的课上,一直互相传纸条,传来传去,中间还隔着一条过道,可能旁边人也会侧目。

老实讲,我整个青春期都不太有跟女孩相处的经验,或者不太有跟女孩当朋友的经验,我都是跟哥们儿混在一起的。所以对于与这种漂亮女孩的应对、进退,我不太知道怎么掌握。这女孩后来就邀请我去她的宿舍,孤男寡女在她的宿舍。我们两个当时聊得很投契,我也并没有喜欢上她的感觉,只觉得是一个频率很对的谈话对象。

讲着讲着她突然告诉我,说她前男友怎么婊了她。高中的时候两人青梅竹马,人家很看好他们两个是一对,后来就在一起了。可是大学她念的是文化大学,她男朋友是念台中的东海大学,所以她每次放假的时候就会去东海大学看他。可是有一次等到她开车到东海大学,非常开心地想给她男朋友一个惊喜的时候,突然发觉她男朋友跟另外一个女生同居了,所以她是哭着回到台北的。

她跟我讲这个故事的时候,在我面前哭泣起来。你知道一个女孩子,我这么 man 的人,我身边都是这些流浪哥们儿,通常都是我的哥们儿失恋跑到我的宿舍，跟我讲他们失恋的故事，我突然看到一个如花似玉的女孩在我面前哭泣，她穿着那个年代女大学生都会穿的大碎花裙子，整个人像花朵的蓓蕾，铺展在地板上。我也不知道我该前倾去安慰她还是做什么，我不知道。

后来她又讲了她们女生宿舍的很多故事，她们好像是教会的。她说有非常多的女孩，其实在成长的过程中都有被自己的表哥，甚至被自己的哥哥性侵的经历，非常痛苦，一直走不出来。她跟我讲这些的时候，我会觉得这个女孩的灵魂，跟我的世界的距离是很远的。

几天后她给了我一个录音带，我们那个年代还没有CD这种东西，录音带里是她自己唱的一首歌。这首歌如果我现在开技安演唱会，希望不会让我们这个音频的订户从此退钱，跑光了。这首歌原唱是潘越云，后来张艾嘉重唱过。

　　红颜若是只为一段情，就让一生只为这段情，一生只爱一个人。

如果真开技安或胖虎演唱会，这首歌歌词我自己都唱不下去。歌词说，纤纤小手让你握着，解你的愁你的忧。

我觉得我是像萧峰那样的一个汉子，我从来没有过这样的经历，听了这首歌以后我在宿舍落泪了。对我来讲，这个女孩就是在对我表白。

当时我宿舍还有一个倒霉咖在依附我，一个叫W的哥们儿。他当时脑震荡，住在我宿舍。我就跟我哥们儿讲，兄弟，这次真的有个女人爱上哥了，而且不是我去追的。因为我其实是有自卑感的，而且我觉得我要写小说的，我不要谈恋爱。我说，哥这次要什么？破处，不是破处，是脱离单身狗。哥这次真的，你要有个嫂子了。

我这哥们儿W也很替我开心，因为我很重义气，他就觉得好像没有一个女人懂得爱我。

可那时候正好放春假，我们那年代没有电脑、没有手机，就是用通讯录。这女生家住宜兰，W就陪我坐火车到宜兰。我很兴奋，我记得我到了宜兰火车站的时候打电话给她。电话是她接的，我就说你猜我在哪里，然后我就说我在宜兰。

我以为她会非常兴奋，因为有之前我跟她谈话的那几次经验，但我之前没有任何感情经验，当时以为她会非常开心，却没想到她表现出非常受惊吓的样子，非常诧异，然后说那你等等，她知道我还带了一个朋友去，我们那年代很保守。所以她就找了一个女生朋友，她们两人骑着摩托车，大概半小时后到了火车站，然后就变成她跟她朋友骑一辆摩托车，我那哥们儿W骑摩托车载我。

可是这整趟行程中，这个女孩表现得非常热情，非常像当地导游。大概有一类女孩，你到她家乡她就骑着摩托车带你去看宜兰的冬山河，一条很漂亮的河或者一个很漂亮的海岸，或者去参观她们那里一座传统的庙。总之她就像导游一样带着我们玩。

可是整趟行程中我有种说不出的感觉，感觉她在躲着我，或者说她觉得很尴尬。其实以冰雪聪明的我，我怎么会没感受到，我突然意识到我很像一坨屎跑来，很像那种恐怖的求爱者，这个角色变得很浑了。而且那趟行程中，我发觉W反而很会跟女生哈拉，因为W比我帅很多，这个女孩和W之间打情骂俏反而显得很要好。

当时在整个行程中，我心里就一直很憋屈了，很难受了。后来我们坐火车回去，当然我就跟W说，这事情黄了。黄了以后，我觉得我那时候也没有任何的感情经验，所以我回到阳明山宿舍之后，有一段时间我非常地悲痛。

我现在五十岁了，再回想起来，后来我经历过真正的爱情，也结婚了，有了孩子，后来也有人事阅历，也看过很多年轻的孩子、很漂亮很棒的孩子，可是在感情的创伤里，整个人散掉了，整个人崩解掉了，我还常常扮演鼓励他们或者导师的角色。

但是当时我自己才二十多岁，其实当时我根本搞不清楚整件事是怎么回事，其实我觉得那并不是失恋那么简单，而是你觉得自己应该是一个很骄傲的人，或者你觉得自己是一个很自卑的人，但是你终于在某一个时刻，你把自己全部的筹码，把自己所有存在的意义全押上去的时候，却突然发觉你被囊中了，你被诈糊了，你那一手牌整个变成一手臭牌，你被羞辱了。

所以当时我一直喝酒。喝酒以后，因为在哥们儿面前我比较像大哥的角色，通常是我安慰他们，所以通常我也不会跟他们说。所以那时候我突然创造出一种自我安慰的模式。我现在回忆起来很好玩，我现在五十岁回忆起自己二十多岁的时候，那时候我突然创造出一种自己安慰自己的模式。听起来会觉得蛮恶心、蛮变态的，但我想讲一下。

当时的我喝醉了之后会躺在床上，一边哭泣，一边自己拥抱自己。你懂那种感觉吗？就是自己抱住自己，感觉好像从我身体里面召唤出一个女性的我，抱住这个男性的、正在哭泣的自己，或者说左边的我自己在抱着右边的我自己，或是一个发着光的我自己在抱着一个沉入黑暗的我自己。

那个分裂出来的我自己，会对往下沉沦的我自己说，不要难过，不要伤心，你是最美的，你是最好的，你是最棒的，你是最珍贵的。

结语

后来我从像刚刚讲的岩井俊二的《花与爱丽丝》中那个突然的魔术时刻，那个被整个世界的运转逻辑与习气羞辱、损害的少女，突然变魔术一样，从桌上拿起免洗纸杯，套到自己的脚指头上，她开始跳起芭蕾舞；或者我在讲我二十多岁的时候发展出的这样一种模式，当然后来我已经不需要从身体内召唤出一个女性的我自己或是一个发光的我自己，去拥抱那个男性的我自己或沉入黑暗的我自己，对自己说，你有多棒，你有多了不起。因为这个世界后来会证明，有别人会告诉你：你是一个很珍贵的人，你是一个很棒的人，你是一个了不起的人。

但是在二十多岁的时候，这样的时刻我觉得是所谓故事中很奇妙的，仿佛神正以故事的方式给予人类一根神秘的、细细的、会发光的玻璃棒。

关于妻子的故事

1

我父亲四十多岁的时候才生了我。在我童年的记忆里，我很小的时候就觉得我父亲是个老头。

我父亲是大学中文系教授，属于非常传统、非常古典、非常保守的那一代人。我们父子之间基本上不太讲话，他都是讲当年从大陆逃难到台湾之前，他在南京的一些事情，比如我爷爷奶奶是怎样的人，多了不起，或是他生命中遭遇的苦难、国家的灾难，等等。然后是古人的教训，孔曰成仁，孟云取义。我父亲在家庭里的话语大概就是这样。

大约在我上大一的时候，那个年代没有网络，没有像现在这些四面八方涌来的各种讯息，我父亲从报刊杂志看到这种心灵鸡汤，大概就是说当父亲的跟孩子应该要有一个 man's talk，就是说父子之间应该敞开谈谈性这件事情。

我父亲那次不知道是怎么回事，我猜他也是鼓了好大的勇气。那时候我已经大一了，当时我在客厅里，我父亲悠悠走出来，走到我旁边，然后以从未有过的慈祥和蔼，问我：小三，你有没有像那些……他很为难，支吾其词，说：你有没有像那些人，有那些不好的习惯？

我一开始还没反应过来说什么不好的习惯，我还想，是说我吸毒吗？后来他又支支吾吾的时候，其实我大概就知道他在讲什么。他就说：就是那回事啊，那回事，你有没有像那些人有这些不好的习惯，那就是叫作自渎吧。

我就露出一脸纯真灿烂的表情说：那是什么啊？

我看到我父亲好像立刻松了一口气，就说：你不知道，那就好。然后我父亲就回房间去了。

讲"自渎"可能现在有些年轻人还不知道是什么，就是手淫，或者我们叫打管、打飞机。那时候我已经十八岁了，要是我儿子到十八岁还不懂得自渎是什么，我才要担心，是吧？但我父亲就是这样，这是我对父亲的一个记忆。

2

噢，今天我要讲的故事跟这无关，今天要讲的是关于我妻子的故事。有一些哥们儿在网络上看到我妻子的照片，会说，骆老师，你应该出一本书叫"丑男怎样把到美女"，应该会大卖，就是你这种货色怎么会娶到你太太。我太太是一个大美女哦，年轻的时候是我们中文系的系花。事实上我太太是我真正的初恋。

整个大学期间，我进入一种怪咖的状况，很长的时间，学校到底怎么样我都不知道，我不太去上课，总是翘课，然后整天就在宿舍里阅读和抄读比如福克纳、马尔克斯、昆德拉、加缪、卡尔维诺这些人的小说，还有法国新小说。整个脑袋里装的都是这些奇怪的、折叠压缩的、密度非常大的文字。

我们大四快毕业的时候,其实那也不关我的事,我后来延毕了,念大五,所以我心里对毕业也没什么感觉。那时候大家就要毕业了,我们班漂亮的女生蛮多的,女孩都是如花似玉,大家一起吃火锅、喝酒,他们感情比较深,我其实跟他们不那么熟。

但是,我后来才知道,我太太那时候其实有忧郁症。她在班上的功课是排前五。但是那一年她考中文系研究所没考上。她是一个金牛座女生,在人前是很坚强、很开朗、很阳光的一个女孩,她还是开开心心地跟大家一起吃火锅,讲笑话。

大家正在开心地喝酒的时候,我太太突然有点像人家讲羊痫风那样,突然哮喘发作,然后昏倒了,一直在哭泣,一直喘气,气喘不上来。大家当时乱成一团,那时候我有一辆很破的车,我没有任何揩油的心机,或者想吃豆腐,我立刻把这个女孩抱起来,我太太个子也算高,我把她"啪嚓"捧起来,抱到我的车上去。大概其他女生也吓哭了,有两个女孩子跟上来,我们就飙车到山下去医院挂急诊,后来没事了。

我当时抱着我太太的时候,突然有一种爱就产生了,就是你感觉到那是一个脆弱的、才二十几岁的年轻的生命,你突然会觉得这个美丽的生物有一个沉甸甸的重量,然后她在啜泣着,她在颤抖着。我也不了解她到底发生了什么状况,可是她的身体在抽搐着,你觉得她快死掉了。当时我内心里那个昆德拉讲的最私密的抒情的抽屉被打开了。当然我那个时候是个宅男,我也很害羞,没有感情的经验。

后来我大五延毕的那一年,我还住在阳明山,她那个时候准备重考研究所,就跑到一个比阳明山更山上的地方当小学代课老师。

阳明山再往山上面走一点，有一个地方叫海芋田，那个地方真是人间仙境。冬天刚过到三月之间，你会看到一整片的花田，田里面全部种的一种叫海芋的花，像繁星点点，非常漂亮。

我太太那时候就是在这里当小学代课老师，那个小学叫湖田小学，学生都是附近花农的小孩，特可爱，学生总共可能没有二十个。他们很爱这个漂亮的代课老师，所以后来到教师节的时候，我太太会收到好多盆海芋花，都是学生的爸妈叫他们把花包好，装成一盆，送给我太太。

其实我太太那时候有一个男朋友，年纪大她蛮多的一个学长，身高一米九，是篮球队的。所以你就说我是坏蛋吧，我去夺人家的女朋友，我那时候懵懵懂懂也不知道。

那时候还没有光碟，我记得我当时拿了一个宫崎骏《魔女宅急便》的录像带，好像还是盗版的。故事是讲一个小魔女，有一段时间，她失去飞的能力了，她的小黑猫也听不懂她讲话。但是后来她遇到一个艺术家，一个画画的姐姐，跟她讲艺术创作的艰难，这个小魔女就拿着扫把一直在练习，跑到院子里去练习，反反复复地练习、摔倒，想召回她本来有的会飞的神性。

这是一个特别励志的故事，对于一个漂漂亮亮的、比较内向的金牛座女孩，没考上研究所，受到挫败，突然有个白羊座的男生拿了这个录像带跟她说，你是最好的，你可以的。

如果有一天，二十年后，我有幸能成为一个更重要一点的作家，说不定我当时写给我太太的情书，出书会大卖，我的才气其实全部用在这些情书上了。

后来我终于追到了我太太，那个过程很长，我之前在讲关于许愿的故事那一节也讲过，我当时想了很多，我当时觉得是不可能的，不可能追上这个女生，然后吃了蛮多苦头的。我也不知道是不是我骆家祖先积德，去她梦中干扰她的脑电波，她后来真的就跟我在一起了。所以我当时是把它视为一个童话，童话里面，许一个愿，然后上天真的给了你允诺。

3

后来我们就结婚了，但是办婚礼的过程不是特别顺利，因为我们家是外省家庭，比较穷，我父亲是一个穷教员，我们永和那个老房子被我父亲的书柜堆得乱七八糟，他还找来工人做整修，重新刷粉，可是那个房子总之就很差。

那时候我被我太太"骗"了，因为我大学时候看到的她，看起来就是一个清纯的女生，跟班上那些比较狐狐妖妖的女生不一样，一个乖女孩，你看她穿得好像很朴素，穿牛仔裤，穿衬衫。后来别的女生才对我说，你被骗了，她穿的全都是名牌，原来我岳父是在中华商场开公司的。当年台湾中华路有个中华商场，后来拆掉了，李国修有些故事里讲过，吴明益还在一篇小说里回忆了中华商场。

那时候有很多做奖杯、奖牌的公司，那个年代公家机关、军队、学校还要做奖杯、奖牌。我岳父他们家的公司叫吉祥行，是全台北第一家做奖牌的公司，他们家是做生意的，很有钱。而且他们又是本省人，澎湖人，我岳父从小接受日本教育，就很不想把女儿嫁给我们这种外省人。

我母亲晚年还耿耿于怀，说那个时候我岳母竟然还打电话给她说，我就不了解，我这个女儿是眼睛瞎了吗？怎么会看上你们骆以军？说人才没人才（我长得确实也不好），说钱财没钱财（当时我也什么都不是）。但我岳父岳母现在非常疼我，所以这是一个努力而有回报的励志故事。

后来婚礼办得很吃力，但是我父亲非常开心，站在我们家立场上，会觉得他们家开了非常多的条件，都要照古礼来，要聘金，要大聘小聘，要十二项礼，要照很多很多的规矩来办。我父亲统统接受，他很开心，有的钱他凑不出来，还去标会借钱。

我父亲看到我太太那个开心，回想我大一的时候，我父亲在客厅问我说，你有没有自渎的坏毛病时，他不可能想到他儿子这个德性，有一天竟然能够给他娶到这个媳妇。我父亲非常开心地跟我讲，儿啊，我们赚了，我们老骆家赚了，人家栽培出这样一个如花似玉的姑娘，白白地嫁到我们家，我们准备一些聘礼都是应该的，都很开心的。

我太太当时也很可爱，用现在的话讲就是文青，傻乎乎地怎么会那样就跟着我？因为我岳父岳母把女儿栽培得那样漂亮，应该嫁给一个医生，在台湾医生地位很高嘛，或者嫁给家里做生意的，人家怎么会嫁给一个穷小子，而且是一个写作的人。我们那时候还住在阳明山，还是住租来的房子，所以我岳父岳母也真的拿他们这个女儿没辙。

我太太嫁给我的第一年，我们还住在阳明山。我们结婚大概一年以后，有一天我太太觉得她好像怀孕了，我们就到阳明山脚一个叫天母的地方做检查。那里有个小诊所，小诊所里那个老医生很可爱，很温和。

他检查了以后，就用闽南语跟我讲，恭喜哦，你要做老爸了，赶快好好去找个工作，你要做爸爸了。然后他就给我看电脑荧屏上的超音波。上面有很多像蜘蛛网、像棋盘的黑格子，在这个黑格子上面有一个小小的白色的光点。他跟我说，这就是你太太的子宫。这个小小的光点就是胚胎。你要做爸爸了，恭喜你。

我们当时非常开心，那时候才三十出头，我太太才二十八岁。我们真的是开心到才检查出来说有了，就把小孩的名字都取好了，我们还去查了书，推测预产期，算出来这个小孩可能是摩羯座的。我太太就非常开心，觉得金牛座跟摩羯座超合。

可是大概过了四个礼拜，再去的时候，这个老医生的脸色就变得不对了，他的表情有点担忧。但我们那时候年轻，什么事情都不了解。他对我们说，这个胚胎好像不太健康，这个阶段一般正常的胚胎会有心跳，每分钟应该跳160下，可是你们这个胚胎才跳80下。我太太是金牛座的，很固执，她说摩羯座动作都比别人慢半拍，所以别人跳160下他跳80下。

又过了三个礼拜我们再去的时候，胚胎心脏不跳了，其实基本上胎儿已经死了。可是我太太还是很固执，不愿意面对这件事。到了后来这个老医生没辙了，那时候已经五个月了，他说你们这样下去，这个胚胎还在持续变大，其实心跳已经停止了，基本上定义胚胎已经死了，只是在靠羊膜腔持续给的养分在变大。如果不做人工引产，会变成一种胎毒败血症，会对母体造成很大的创伤。

他说，我没有办法处理你们这个问题。所以他介绍我们到当时台北最好的妇幼医院台安医院，他的一个老同学是这家医院的主任。我们后来的小孩就是在那里出生的。我们就到台安医院去，这个主任是一个老好人，他检查了一下，就非常严峻地跟我太太说，不行，这礼拜就得做流产，太危险了。

所以我生命里突然就有那个画面。我记得小时候看电视，那个年代台湾很多连续剧很白痴，就是一个老爸跟一堆人，坐在医院诊室外面的长椅子上焦虑地抽烟。然后突然听到里面太太临盆，小婴孩出生，然后他就跟旁边人握手，很感动很开心，当老爸了很高兴。

可是我当时不是，我当时看到的画面是这样，我坐在那边，另外有几个愁容满面的男人。我们头顶有一个电脑荧屏，电脑荧屏上面列出这些做流产手术的女生的名字，过程很快，每一个大概十分钟，我太太的名字也会出现，然后荧屏上提示"准备中"，接着提示"手术中"，最后又会提示"休息中"。

然后，电动金属门打开，一个护士报我太太的名字，某某的家属，我就进去，我太太那时候身上穿着一件淡绿色的外科手术服，麻醉还没退掉，整个人还在一种好像喝醉酒，半睡半醒的状态。我看到一些血迹，但我不知道她身上到底发生了什么事情，反正那个小孩被流掉了。

4

这时候碰到一个问题，我太太娘家是澎湖的，是那种台湾非常传统的家庭，我岳母的生命时间感，我觉得基本上是跟我阿嬷同年代的，我岳母有很多老一辈的传统观念，非常相信神鬼祭庙，过年、端午、中秋都很讲究拜神仪式，对于婚礼、葬礼，她也非常讲究古人的仪式。她当时坚持说女孩子小产等同于正式生产坐月子，还讲要坐四十五天，后来实际坐了三十天。

那时候我太太本来跟我住在阳明山的宿舍，可是那三十天，我太太就回到她娘家去住。那时候我岳父他们还不知道我没有工作，我当时在写小说，这三十天我白天还在阳明山，偷用我太太的电脑打电动，打《三国志》第5代、第6代，然后混到大概黄昏的时候假装上班很累，下班了，然后到他们家去陪我太太，在他们家过夜。那个月对我来讲，真的是非常焦虑和辛苦。

这本书第一个故事就是讲"狼狗时光"，讲我高中的时候，我们什么都不知道，隔着车潮汹涌的马路，从成功高中的一个角落看着对面不穿衣服的一家人，当时给那一家人取的昵称就叫"家庭剧场"。这时我才真的知道什么叫"家庭剧场"，我到我岳父他们家以后，我太太在她的卧室里面静养，昏昏迷迷在睡觉。岳父岳母、我舅兄、我大姨子小姨子，他们全家人都在我岳父那家公司上班，可能白天他们在一起会有摩擦或者不愉快，或者他们一家人本来就是很闷的，不讲话，而且他们在家里讲话都是讲闽南语。平常我在我哥们儿中其实是一个开心果，特别会讲笑话逗大家开心，可是我不会讲闽南语，所以我在那个空间里变成了失语者。

我岳父又常常会有一种情绪，会这样对我说，你们这些外省人（就是指我父亲这种1949年从大陆战败逃亡到台湾去的这两百万外省人），到我们台湾来，吃台湾米，喝台湾水，混了四十年、五十年，可是连我们这么优美的河洛话都不会讲。河洛话指的就是闽南语。

这是真的，闽南语其实是很古老的，我们现在看宋词、唐诗，其实很多韵脚就是闽南语。我已经是外省人第二代了，那时候我也三十岁了。我真的就是不会讲闽南话，所以我感到特别憋屈。

而且，他们全家很奇怪，下班回来七点多，一家人会坐在电视前面。他们家特别爱看电视，家里有一台很大的电视。

就像大陆前些年特别风行《甄嬛传》一样，那一年全台湾全在追一部连续剧，叫作《惊世媳妇》。那时候有一个很漂亮的女演员，现在大家不记得了，叫张玉嬿，一个美人，她就演那个可怜媳妇，别人看到她就想虐待她。这个连续剧是本土的闽南语剧。全部的情节都是这些婆婆、娘家的姑姑等等，用各种古怪方式虐待这个媳妇，她怀孕了他们就下毒，把小孩弄掉，然后叫她做苦力，还在丈夫面前装作她很坏等等，这媳妇整天就在哭，这样的连续剧竟然拍了一百多集。

我看这连续剧看得内心好灰暗，可是我岳父他们全家围在一起，没有表情地都在那边看，我想评论一下，但我闽南语不好，没法评论，我就到卧室去。我太太躺在卧室，可是她因为流产，有点产后忧郁症，我就讲笑话给她听，可是听一听她又哭了，我觉得在这个空间，我不知道该去哪里，有点不知道怎么办，在这个空间我待得特别憋屈。

5

后来有一天夜里，我半夜三四点醒来，口渴，我就到他们家后面的厨房去，整个屋子灯都关着。他们家很有钱，饭厅里有个长条桌，尽头还摆着一台电视，他们家吃饭的时候全家都还是看着电视，互相不太说话。

我走到厨房的时候，突然被吓了一跳，厨房里头还有个男的坐在那里，然后发现是我岳父。他坐在那里，唯一的光源从电视荧屏流出来，蓝紫色的光印在我岳父的脸上，电视声音开得非常小。我吓了一跳，我岳父也有点吓一跳。

我闯进了一个我不该闯进的画面里，发觉我岳父在全家都睡着了的半夜三四点，一个人躲在厨房看日本Z频道的女子摔跤，那是一种我不太理解是什么的奇怪的色情节目。可是它是玩真的，画面上有两个女的，一个是紫头发的短发女生，一个是银色头发的长发女生，她们的胸肌比我跟我岳父这两个大男人的都要壮，两人用各种格斗术，在互相殴打对方。

另外一直有个很微弱的日本男人的声音从电视里传出来，大概就是解说员在说，现在这个紫头发正在用十字锁喉攻击这个银头发，"啪啪啪"，你就看紫头发的把银头发抓着，往地板上一直撞，然后用很壮的肌肉锁住她。银头发脸上露出很痛苦的表情，青筋直露，然后银头发好不容易挣脱了紫头发的十字锁喉扣，跑到摔跤场旁边，爬上绳索，然后倒空翻，压倒在紫头发身上，然后紫头发就被她抓着脸，露出非常痛苦的表情。

我突然间想说，我在梦游吧，我跑到刘慈欣的科幻片里了？

我岳父的女儿，我的太太，刚因为身体里面一个失败的胚胎，金属器械进入她身体里，把那个失败的胚胎取出来，受到了创伤，那是一个我父亲在告诉我不要自渎的时候的我根本不了解的女人的身体，不只是一个抒情的诗意的所在，她会怀孕，她会痛苦，怀孕失败以后，有这种现代科技的，这种卡夫卡式的科幻的金属器械伸到她身体里面，把胚胎拿出来，然后她必须像生病一样躺在床上休养。可是我们两个大男人却在这里看着两个比我们还壮的女人，用非常不可思议的魔幻的技术互相攻击对方的身体。

我觉得我那时候应该假装我在梦游,我应该转身走开,可是我想要讨好岳父,我就拉开椅子坐在岳父旁边,我岳父不是一直骂我说你们这些外省人不会讲我们闽南话吗,我就用我非常烂的闽南语,像狗在摇尾巴那样,你想象那画面就是我身后有只狗的尾巴正在摇,对我岳父说,爸爸,这两个女人的体格很壮吼。

岳父就用他受过日本教育的那张很严肃的脸瞪我一眼。如果是漫画,有旁白,其实他内心应该就是在说,滚,快滚。

我是白羊座,非常白目,我又接着说,那个紫头发的叫作Honda。爸爸,那Honda是不是翻译成丰田哪?

我岳父就用非常威严的眼神,瞪我一眼说:本田啦。

丰田是Toyota,本田是Honda。我连译名都弄错了。

结语

我本来想讲一个我怎么追到我那个美丽的妻子的感人故事,可是后来发觉故事本身就像一棵树苗、一根藤蔓的枝苗,蹿长的时候,它慢慢会长出周边的复叶,慢慢长出其他的触须,会互相地缠卷,互相地盘绕,到后来它会变得好像不是故事本来想讲的那个形状。在那样的复叶跟其他藤蔓的枝叶覆盖在一起的时候,最后我们再看这个故事,就会感受到它其实就是时光本身。

关于密室的故事

1

我最喜欢的二十世纪前三名的小说家，其中有一个是意大利小说家卡尔维诺，我应该在很多地方不止一次地说起我喜欢他的《命运交织的城堡》，或是喜欢他的《如果在冬夜，一个旅人》，或是他的《看不见的城市》，或是他的《分成两半的子爵》种种。

《命运交织的城堡》这本书，它的后半部叫作《命运交织的酒馆》。《命运交织的酒馆》我觉得特牛，讲的就是我们讲故事的人最激爽、最快乐、最欢快的时候，讲一群哥们儿，大家坐在酒馆里，像黑人那样，大家都是玩爵士乐的高手，全拿着萨克斯互相在飙音乐。你来一段，我来一段，像赋格一样，我的故事盖着你的故事，你的故事飙着我的故事，我们互相地交叠，互相地一直往上飞旋，盘旋飞舞。这是说故事的人一种类似吸大麻的最美好的状态。

我们被这个时代的媒体给宠坏了，我们现在很容易在网络上、视频上，看到各式各样的故事，像《黑镜》，像根据刘慈欣的小说改编的这个新年很火的《流浪地球》，包括美国好莱坞这些不可思议的影视剧。

我们会觉得故事就应该像武侠小说那样，天外飞仙、小李飞刀的飞刀，故事要到处飞旋着，故事不断地从四面八方、各个角落喷洒出来，光焰乍迸；不然就是像刘慈欣的科幻小说那样，最好要有这种曲率引擎，故事可以从各种动能的状态，不断地改变故事的维度，二维、三维、多维，然后不断地进行时空跃迁、跳跃虫洞。这个时代的人，我们这个时代的耳朵，我们这个时代的心灵，我们已经被这许许多多的故事宠坏了。

但是我今天想讲的是另外一种，在我年轻的时候，在某些说故事的人、某些小说家在他们的小说中展现出来的某种故事时刻，却完全是一种静止的状态。从某种意义来讲，它很像"123木头人"，它可以把那个故事的空间冻结住。

你要观看这个故事的神秘或奥妙或难度所在，要像玩魔术方块一样，旋转着它的好像是三维空间的故事方块，在一个静态的封闭系统里面，这一切故事里的这些人物，在一个封闭的小房子里、小空间里发生故事。

也许这个故事不是什么激动的、流光幻影的、不可思议的、吓人的、悲欢离合、死生逃亡等等这些激烈的传奇，都没有。但是它在这个故事的魔术方块里面，展演了一种在挤迫的状况里面，人类多形态的命运交织的景象。

2

我想先讲一个张爱玲短篇小说集里的故事。一般提到张爱玲的短篇小说集，因为拍成电影了，大家就会记得是《倾城之恋》，白流苏，不然就是《红玫瑰与白玫瑰》，不然就是《第一炉香》《第二炉香》，不然就是《金锁记》，曹七巧，就是这些张爱玲创造出来的经典的怨女或恐怖残忍的女人形象。

我印象很深，我年轻的时候把张爱玲的小说当成一个魔方，练习我说故事的静态的，或是说像琥珀一样的模型，这个模型像是一个好像小玻璃球里做成像爱斯基摩人的雪屋的微型雪景。

我记得我当时看到张爱玲短篇小说集的第一篇，不太有人记得的一篇，叫作《留情》。这个小说非常厉害，总共才一万四千字，但是她是把所有的所谓人情世故放在这个一万四千字的小小的叙事空间，让你感受到一种对于人世之哀或是人世时间感的叹息。读完这个故事，你会有一种说不出的叹息，而非有被故事的光焰所惊吓的感觉。

故事背景很简单，大概是一九三〇年代的上海，那个年代上海是孤岛时期，是沦陷区。张爱玲很会写这些所谓的泡在酒精缸里的孩尸，这种男子。大家也都知道她的祖母是李鸿章的女儿，她的祖父是张佩纶。她很会写这种从清朝到民国的没落贵族，他们内心其实是阴郁的。他们后来迁居到上海，在这个十里洋场，他们是漂亮的男子，那种非常会玩的男子，他们叫白相，我们叫富二代。

《留情》这个小说的女主角叫敦凤。故事一开头，敦凤跟她的先生米先生坐着人力车，去找敦凤的表嫂杨太太。敦凤是一个三十多岁的少妇，她的丈夫米先生可能像我这个年纪，五十来岁了，当然是个瘦子，很有教养，甚至可能是一个六十岁的老头。

开头的过程很简单，带过场，人家讲青春无敌，大概会看到在老夫少妻这种组合里面，敦凤在性上面就占有了一种优势的话语权。米先生就显得很气弱，对敦凤处处地谦让、处处地退让。敦凤比较娇气一点，或者是比较跋扈点。

张爱玲只是很简单地介绍一下，读者才知道其实米先生还有一个大老婆，真正的米太太，在米先生年轻时就和他在一起的结发妻子。可这个老太太现在卧病在床，瘫了，等于敦凤一直在等着这个原配米太太什么时候死掉，她就能扶正，所以她在语气上充满了对米太太的不耐烦，这就很张爱玲或很红楼梦。

可米先生一定是对老妻还有一种年轻女孩不懂的时光中的旧情，有不忍或是愧疚，可是他又很疼这个如花似玉的、娇嫩漂亮的少妻。

他们现在要去敦凤的表嫂杨太太的公寓。这里也介绍了敦凤跟米先生是怎么认识的。

在上海沦陷之前，上海的经济还非常好，就是所谓木心写的《上海赋》，十里洋场的感觉。真的就像杜月笙他们那时候，我们看和平饭店，那些钱币、大洋"乒乓"在地上撒，然后这些混乱的黑帮、金融巨子、革命党员、各路军阀的人马在洗钱，各种外国人的钱在里面跑。

当时，杨太太是上海非常有名的交际花，长得非常美，很像张爱玲笔下《倾城之恋》里的白流苏这样一个女人，非常媚，所以拜倒在她的石榴裙下的富少非常多，这些富二代都是家里在安徽在湖南等都有田地的，所以他们十分富有。

拜倒在杨太太石榴裙下的这群粉丝，等于是现在的网红粉。杨太太就像网红，大家送火箭、送邮轮、送跑车给她。相比之下米先生就不行了，米先生只是在外商公司，在英国人的银行里当高阶经理人，当然收入不错，但是比起这些富二代、这些有钱人，杨太太还没看在眼里。

敦凤是在安徽乡下长大的，敦凤的母亲就把敦凤送到上海来，拜托杨太太说，她也没见过世面，你提拔提拔她，其实就是希望她拉拔敦凤，看看能不能在上海也找个有钱人嫁了。

敦凤当然是没见过世面，杨太太看这个敦凤长得漂亮，可是根本不懂上海这一套，人家可是玩得玲珑剔透的。对她来讲，米先生是追求她的崇拜者中的鸡肋，她也没看在眼里，她就把米先生跟敦凤凑一对了。

但是没想到，淞沪战争爆发了，上海变沦陷区了。因为战争，全球的金融整个崩掉了。日军打下去以后，中国有很多像刚刚讲的这些富二代，他们大部分的产业是靠他们在乡下的田地收田租的，现在田都荒废了，所以这些人都不见了。

所以，敦凤跟米先生这对老夫少妻来到杨太太的公寓的时候，这个公寓就有一种好像连墙壁上的白粉都显得很斑驳的感觉，有一种刺目的苍白，有一种破败感。本来这个地方是一个灯红酒绿的场所，各路人才，各种上海最聪明、最时髦、最有钱的人，都在这里玩，现在全部不见了，所以就显得非常破败。

你看张爱玲多厉害，她写得多简单，她就写这么简单的一个空间。那个公寓大概两层楼，杨太太坐在饭厅里打麻将。

敦凤这个时候心里出现一种胜利者的辛酸。张爱玲写那段写得太好，敦凤拿起那个杯子来，她就感觉到，表嫂家真的不行了。

因为表嫂本来是一个大腕，敦凤只是一个小小的角色、小丫头，表嫂对她从来就是颐指气使。可是，米先生在外国人的银行里做经理，反而在这个乱世之中，他的银子是真枪实弹的，他的财富是稳定的。

然后敦凤拿起茶杯,看茶杯的边沿上竟然还有女人喝茶后的口红印,浅浅地印在杯子上。而且茶水淡而无味。敦凤心里在想,这个表嫂怎么也会有这么一天,她充满一种胜利者的辛酸,她想,这种杯子也拿出来接客。

你就可以想张爱玲写得非常简短,我这边讲得啰里吧唆的,张爱玲在这整篇小说里只用一万四千字就把这一切全部收拾掉。

而杨太太看这个敦凤,心里就觉得,你真是烂泥扶不上墙,一副就是人家小老婆的嘴脸。三句两句没戏,就是讲那个米太太,讲人家老不死老不死的,一副贫贱的样子,一副寒酸的样子,真正厉害的女人不是这样的。这杨太太看这个敦凤,她觉得不行,怎么就一副姨太太的样子。

而米先生的内心对杨太太还是充满一种特别的感情,她还是那么美,还是他当年心里真正的林青霞、真正的张曼玉。就是说他心里真正的女神是杨太太,可是他心里充满一种人世踟蹰之感,人世苍凉,黍离之悲。

这是一楼发生的状况,之后敦凤跟米先生两个就到二楼,楼上是杨老太太,就是杨太太的妈妈。杨老太太年纪大概跟米先生差不多大,六十多岁的一个老太太。

然后张爱玲写,敦凤问杨老太太,表嫂请客打牌,还请吃饭吃点心吗?杨老太太说,哪里供得起,到吃饭时候就回家了,所以现在这班人都是同一个巷堂的。

杨家已经萧条到、衰败到这种状况,但他们还是有老上海人的那一套做派,就是到了吃饭时间,我不可能不留客吃个便饭。所以干脆就不请住得远得人打牌了,只请同巷堂的。

这时候再看,因为她是杨老太太,然后你又知道她是杨太太的妈妈,你会觉得一个老太太,在这个故事里她应该是没有女性的心理或是荷尔蒙的分配。但是这时候,张爱玲突然写了一段非常妙的场景。米先生是老一辈的文人,他懂古董字画。这个时候杨老太太拿出几件要卖的字画和古董,请米先生看。敦凤当然不懂,觉得那是一些垃圾,可是米先生看了以后整个人像突然发光了,在那个时刻,米先生的魅力就出现了。

米先生跟她讲,这一幅是何诗孙的,倒是靠得住,不过现在外头何诗孙的东西也很多……张爱玲就这样淡淡地处理完了。

张爱玲的故事一万四千字,它对于一个练习写故事的人来讲,是一个非常厉害的静态的故事。我们的故事好像投射的电子会穿墙而过,但是张爱玲有办法让她的故事的光被锁住,被困在这样一个小方块里。每一个人物的表情、每一个人物的脸的明暗变化、每一个人物说出来的话,声音的大小,话中有话,其实全部跑不出这个封闭的小型魔术盒子,这就是一个非常厉害的静态的故事。

3

我想到另外一个故事是大江健三郎的一个短篇,叫《他人之足》。这个故事跟张爱玲的《留情》很像,是一个发生在密室里的小小的故事。

故事发生在一个海边的未成年人疗养院里,叙事者"我"

是疗养院里的一个少年，这个疗养院里住的都是一群少年少女。这群少年得了一种脊椎的疾病。他们一起被关在这个疗养院里面，好像活在一个穿透不了的异态的墙里面，他们跟真实的人类、跟真实的世界是隔绝的，他们像暗室里的蛆虫，暗室里畏光的怪物。

他们是一群十五六岁的少年，也青春期了，这些男生，别看他们没希望，是一群残障人士，可是他们在青春期一样会梦遗，梦遗的时候就会把床单弄脏，对于管理他们的护士来讲，这就变得很麻烦。所以这些护士每个礼拜或者每隔几天就会轮点，会毫无感性地帮其中某个少年撸管，然后其他少年会露出一种猥琐的、阴郁的、恶意的笑。其实很像一个集中营，对于管理阶层来说，这些少年就不会梦遗，就不用清理床单。这就好像变成医学上的一种流程，把他们的精液提早取出来，就不会惹麻烦。

但是，有一天疗养院里来了一个大学生，这个大学生其实只是踢足球的时候，脚骨折了，但因为医院临时排不到病房，所以某种误差下，这个大学生也住进疗养院这一层这个病房里。结果护士依旧行礼如仪，要帮这个少年打手枪，这个大学生就非常愤怒。他很愤怒地说，你在干什么？我又不是狗，你凭什么这样？

这是在原来这些像活在一群异态的墙里面的阴沉沉的少年中，从来没有发生过的状况。非常怪异地，或者出于一种敌意，其他少年对这个拒绝被打飞机的大学生，产生一种孤立或敌意。连这个叙事者"我"也是这样看待这个大学生，大家觉得他是个怪咖，或者说他不是我们的人，他在干吗？他就是在耍帅，他说他不是狗，那不就是说以前的我们都是狗了，不就是说以前的我们都像畜生那样子活在这种状态里面。这是小说里一开始的情景。

第二天、第三天，在日光休息室里，这个大学生很像一个革命分子，他跟所有少年讲，即使我们是在这个疗养院里面，我们也不能失去作为一个人的尊严。大家听了有各式各样的反应，有的是讥笑。

我是二十多岁的时候看的这个小说，现在不太记得细节。有一天，这个大学生说服大家联署反对核爆。

这个小说是大江健三郎一九五〇年代写的，那个时候二战结束不久，日本是唯一一个被原子弹炸过的国家，挨过两颗原子弹。大江健三郎是日本反核运动的代表人物之一。

在这个故事里，这个大学生对这一群住在阴暗的疗养院的少年说，我们大家一起来联署。他就起草了一份联署声明书，反对世界上有核爆这件事。所有这些残障的少年签名，然后寄到报社去。没想到第二天或者隔了两天，这份声明书被登在报纸的头版头条，说连某某医院这群残障病人都联署反对核爆。

这时候你就发现这些少年原来那种阴沉或是早熟的，不应该属于少年的那种比成人还要世故的猥琐或厌世或犬儒，突然在这个时候一下子溶解掉了。大家都在日光休息室的时候，大学生读着报纸的报道，每一个少年脸上都露出一种或害羞或快乐或虚荣的表情。

慢慢地，这些少年都接受了大学生，然后大江就写道，护士再帮这些少年打飞机的时候，他们都拒绝了。这好像一种传染病慢慢扩散开来，就像光在这个暗影的屋子里开始扩散，大家都对这个大学生产生了一种友爱。

叙事者"我"一直偷偷喜欢疗养院里的一个少女，这个少女非常害羞,然而她很喜欢那个大学生。

有一天晚上,"我"甚至听到大学生很激亢地在跟少女讲我们还可以做些什么,类似的话。后来,灯暗下来了,所有人都睡着了。"我"听到少女跟大学生嘴唇摩擦和吞咽口水的声音,还有石膏与纱布摩擦的细微声响。"我"待在阴暗的角落,内心的滋味非常微妙复杂。

一天,这些少年都围在四楼或五楼日光休息室的窗边。大家都充满一种快乐的情绪,因为大家往下面看,看到那个大学生像一个小动物一样,他终于把绑在腿上的那块大石膏取下来了,站在他对面的是一个优雅的妇人,应该是他的妈妈。他像小孩学走路那样,朝着他妈妈缓慢地走过去,大概走了十米。楼上这些少年全都鼓起掌来,非常地欢乐,非常替他们的同伴感到开心,有一种感动在里面。

接下来,这个大学生上来退房。他其实跟他们是不一样的,所以接下来这一幕非常恐怖和残忍。

大学生从电梯出来,他的母亲陪在旁边,他去拿他的行李,正要走的时候,其中一个少年因为觉得是自己人,就去摸这个大学生的腿,石膏已经拿掉了,腿上的肉色露出来,因为石膏已经绑了一两个月,腿显得有点苍白,还带有一些胶带凝固在上面形成的石灰感。这个少年在摸的时候,大学生突然把他的手打开,说,干什么啦?

那一瞬间,大江写道,就像一幅光影图,瞬间光从图上撤掉了。叙事者"我"突然看到这一层楼里,所有这些生病的少年的脸,瞬间就被暗影覆盖了。

大学生想要弥补,想要说一些话,弥补他刚刚的粗鲁,那一瞬间而已的行为，然而什么都没用了，他顿了一下足就走掉了。

这个小说的结尾是，某个下午，其中一个少年又跟那个护士说，喂，你该来帮我清理一下了。

一切又回到原来的那种状况。

结语

我今天讲的这两个故事，一个是张爱玲的《留情》，一个是大江健三郎的《他人之足》，大约是把刚才讲的《命运交织的酒馆》收缩到更小的故事框格，收缩到更小的故事单位里面的时候，我们也许像看咏春拳，或者我们在看电影《一代宗师》，练太极拳的高手可以把一只黄雀放在手掌中，他好像没有捏这只黄雀，可是这只黄雀怎么样都飞不出他的手掌心。

我们看叶问的咏春拳，怎么样地"借、打、推、拆"，一个很细微的，人跟人在一种非常近距离的状态中，不会出现很大型的戏剧动作，不会出现很剧烈的事件，不会出现世界末日里恐怖的爆炸、地震等灾难，不会出现世贸大楼被飞机撞毁，不是那么巨大的灾难或剧烈的事件，它就是在一个静态的琥珀般微型的魔方里面，而我们可以看到，人如何在一个高手的故事里缓慢地旋转，然后人是多么地感叹，多么地感动。

关于骗子的故事

1

九十年代末，我大概三十岁的时候，我们有一票都是这种三十出头的年轻小说家，包括后来过世的袁哲生和黄国峻，跟我一样都是出了一两本书，可是也不卖钱。我们互相也没那么熟悉。

有一次我们有一个聚会，在台湾大学后面基隆路上的一家啤酒屋，现在已经倒了。我们这六七个倒霉咖在那里喝啤酒，边喝啤酒边发牢骚。因为除了你的哥们儿，好像没什么人知道你出的书，可是又觉得自己才高八斗，不可一世，然后愤世嫉俗。

我们就说，我们这些六〇后作家怎么这么倒霉，我们前面这些五〇后的作家，张大春、朱天文、朱天心，他们运气多好，他们二十多岁出书的时候就碰到经济最好的时期，出版业的盛景，他们的书销量随便就是十几万二十万本，怎么到我们这么认真来写小说，我们有文学的理想，我们的书怎么就卖个一千本，我们感觉自己就特别倒霉，愤世嫉俗。

后来我们里头有一个小伙子，念淡江大学的，他还没出书，但得了一个很重要的文学奖。他比我们小个两三岁，我们非常喜欢这个小伙子,特有才华。这个小伙子在我们这群人里面会讲一些聚合大家凝聚力的话,他说,我们不能这样,虽然我们倒霉,但是一百只蟑螂凑在一起还是一个有力量的团体。

我们那时候不知道世界上有屌丝这种词嘛,我们就是感觉我们这几个六〇后有才气但不得志的小说家,应该团结起来,应该常聚在一起,应该组织一个团体,来办一个文学报。

于是他就叫我们每个人交一千块台币,人民币大概二百多块,我们都是穷鬼,但是大家听了热泪盈眶,两眼发光。没错,我们不能孤军奋斗,我们应该有这样的一个团体。那时候没有网络,所以我们就自己印刷作品,办一个我们六〇后小说家自己的文学报。于是我们每个人交了一千块给这哥们儿。

结果这哥们儿不见了,卷款消失。

这件事我一直耿耿于怀,其实我不是那么小气的人,我人生中被哥们儿借走的钱、卷走的钱,几万的我也没放心上,就这么一千块台币,其实二十年来我心里一直非常不以为意。

那时候我还住乡下,我太太刚要生小孩,我是处在一个很颠沛流离、很清贫的状况,很辛苦,没有收入,我心里有很弱很弱的烛火,想要维持写作的梦想。我那时候就觉得这个哥们儿特别不应该,你什么人的钱都可以骗,你不该骗这些发抖的、像是卖火柴的小女孩一样的作家。在冬天的夜晚,我们靠着这三根火柴点着了,照亮梦想,写小说的梦想,你怎么连这种哥们儿的钱都骗。

事情过去后,这哥们儿也消失了,后来也没有在文坛出现了,所以我也忘了这个人。

但是,大概过了二十年,有一次我遇到台湾一个美女小说家郝誉翔，我们同辈的，她和那个哥们儿很熟，当时他们都在台湾《联合报》副刊工作过，我跟她之前不是那么熟悉。她告诉我说，你知道那家伙的故事吗？那家伙可传奇了。

这家伙本来是一个大家都看好的文青，他跟我们讲，我们大家应该好好地奋斗，我们六年级应该团结起来，办一个文学报，他是真心的。

但是这家伙不知道怎么回事，有一次哥们儿带他去酒店，那种色情的陪酒的酒店，他迷上了一个酒家女，就是酒店的公主、酒店的女郎，台湾叫"煞到了"，他整个人神魂颠倒了。台湾管他这样的人叫作"火山孝子"。他一个穷鬼，我们这些哥们儿这些钱根本是小钱，他跟所有亲戚、公司的同事、长官借了好几百万，全部用来狂追这个酒家女，后来他还真的跟这个酒家女结婚了，后来又离婚了，反正搞得非常惨，他后来整个人生跟文学一点关系都没有。

我听了以后，突然觉得我反而从内心很喜欢他了，因为他这个很奇怪的人生的遭遇。

2

我今天的故事其实主要是讲关于骗子的故事，下面这个故事发生在几年前，在广州。那个时候广州方所书店刚开业，找一些大陆和港台的作家去开幕，我只是一个小咖，不过我也有一场活动。那天我去了方所书店的开幕演讲，然后第二天一早他们派了一辆九人坐的小巴到我住的酒店，载我到广州白云机场，送我回台湾。

我想讲的就是，他们来送我的时候，除了我以外，还有两个大概是老板娘的亲信，一个男孩、一个女孩，都三十岁左右，这个帅哥瘦瘦的，有点像日本的摇滚歌手，留着小胡子，很有型，他是一个摄影师，提了很多器材。这个女生大概也是老板娘以前很得力的助手。他们大概因为开幕来帮老板娘把场子布置起来。

我们坐在小巴上，我是一个大叔了，我就坐最后一排。他们俩好像是老同事，很多年没碰面，在一起喊喊喳喳，讲谁谁最近怎么样，谁谁后来怎么样，谁状态怎么样，不过他们很有礼貌。

我在大陆讲这个故事时，大陆的年轻人一听就会莞尔一笑，知道我讲的那种感觉，就是他们两个有一种非常村上春树的感觉。大陆的年轻人遇到台湾的年轻人时会有这种感觉，觉得对方好有礼貌，好单纯，可是有一种说不出的疏离感，礼貌的背后，好像他转过身之后，就会有一种淡漠或是无情，这种很村上春树的感觉。

他们俩讲话的过程中，突然会转过头来招呼我说，以军老师，你有什么需要吗？我就说你们不用理我，我是大叔，你们不要理我。但是他们还是这样，弄得我特别地不自在，因为对方的良善和有礼貌。

后来到了白云机场，我们去 check in，就是换登机牌，然后挂很多硬壳牌子，我猜都是摄影器材要托运。办完这些，接着我们要入海关，我突然有一种感觉，我们三个人这样子一路过海关检查，至少要半个小时，我们三个内在的灵魂都太细致了，感觉太灵敏了，我觉得这样在一起会很累，我就跟他们说你们俩先进去，我去外头抽根烟，他们也很开心地答应了。所以我就穿过白云机场那个很大的机场大厅,去外头抽烟。我口袋还有一些零钱,我穿过去的时候,那里有一个自动贩卖机,我就去买瓶可乐。

我对着贩卖机正在投币的时候,背后有一个老人,一个男子的声音,在对我说话。他说,这位先生,我一路从九华山下来,我这一生没见过有人的面相像您这么好。

我当时心里想,如果我在香港,我就是"丢",我心里就竖中指想说,诈骗!谁会觉得我相貌好?我的脸侧转过来大概45度,我发觉他是一个出家人,是一个和尚。他还在继续讲,这位先生您这个相貌真是好,我看到您这个相貌心里真是欢喜。

接着我就把从贩卖机掉下来的可乐拿起来,转过头来,我看到他的脸的那一刻,我惊呆了。这个老和尚的脸跟我已经去世的父亲的相似度,以现在网络用语习惯来说,是99.9999999%,无限趋近地相似,尤其他那张微笑着的脸,特别像我父亲。那时候父亲已经去世十多年了。

我父亲研究孔孟哲学,讲究儒家传统,非常老派、严肃,而且身材高大,我整个高中时期学流氓混流氓,父亲非常愤怒,会叫我跪在骆家祖先牌位前面,拿木头刀打我。说我们骆家没有你这种子孙,你不配当我们骆家的子孙。我的印象中,他跟我之间的身体接触,只有在他揍我的时候。我也一直让他非常失望。后来我念大学的时候对他说,我要写小说,父亲也是很痛苦,会觉得你疯了吧,你会饿死。我好像一直在做一些让我父亲觉得很失望的事,或是他很恐惧这个儿子会毁掉他对于家族良善与美德的传递的想象。

一直到我大概三十岁出了书,得了一些文学奖,父亲也到了晚年,他看到我就特别开心。我家三兄妹又只有我结了婚,每次我带着我的小孩回永和,父亲那时候已经中风瘫痪在床,他看到我,脸上就会露出笑容,那是老父亲看到小儿子的喜欢的笑。

但是,在我父亲已经过世几乎十五年后,我竟然在广州白云机场看到这个诈骗的老和尚,他脸上的那种笑是装不来的,那是无法用 3D 打印、扫描图档去无限复制的,他脸上那种笑就是我父亲的笑。

所以这老和尚一直看着我说,我没见过一个人相貌像你这么好的时候,其实这个老和尚还是在诈骗,对不对?但他不知道我内心已经认定了说,你是我父亲。好,你要骗我什么,OK。

这个老和尚从口袋里颤颤巍巍拿出一个金箔片,他说,这是我从九华山求来的地藏王菩萨的像,一个金牌。我都知道这是诈骗。他说,这金牌,送给你结个缘,我太喜欢您了。

我心里就想说,那谁叫你是我父亲。我不是到处认父亲的人。他不知道,我心里已经认定他是我父亲了,所以 OK,你要骗多少钱。我就说,那多少钱。他说,不用钱不用钱。我想怎么可以不要钱。

他说,不用钱,真的不用钱。然后他又说,你是台湾来的吧,我没见过台币,不然你给我一张台币,给我做纪念。这是诈骗对不对?我当时身上的台币只有一张一百块的,就是票值差不多是人民币二十块的一张红色的台币。我就给了他,他非常开心。所以这不是诈骗,他非常开心,把台币收到口袋。他说,您这个相貌真是太好了,我今天看到您实在太开心了。

其实那时我内心有一种非常难以言喻的感觉。这个故事我讲过很多次,我现在讲起来的时候,我整个后背还是会起鸡皮疙瘩。

我在香港浸会大学当驻校作家的时候,我有一个助理,是个特别好的女孩,她的先生也是香港人,人也特别好,但是不太会讲普通话。他们还带我去维多利亚港旁边的酒吧喝啤酒、抽烟。她先生跟我抽烟,可是他因为很腼腆,不会讲普通话,所以我们之间不太能沟通,就在外面一起抽烟。

可是有一次,我收到这女孩写给我的信说,她先生因为忧郁症上吊自杀了,她跟她的老板请假,从大学赶紧赶回去,也叫了消防队。可是赶到家的时候,她先生已经断气了,救不回来。

她当然非常悲伤,一直过了好多年都走不出来。

他们是基督徒,当时他的葬礼在香港举办,他们说,骆大哥你可不可以写一首诗,他们在葬礼上朗读给这个男生听。

我那首诗大意是说,我们以为这些人死了,我们会惊恐,我们会恐惧。但其实也许他们只是在我们不知道的城市继续旅行、流浪,他们可能持续地,在一些越来越远的机场或码头,他们在等着行李盘的转盘,他们在等着 check in、check out,你稍微不小心,注意到旁边的某个人,他背后的西装鼓鼓的,其实西装下面也许是一对翅膀。他们持续在流浪。

我那时候真的相信,这是我写去安慰香港的这个朋友、这个女孩,据说他们后来在葬礼上读这首诗,大家都哭得一塌糊涂。我当时是安慰他们,但是后来,在广州白云机场的那个上午,我突然也非常相信这是真的。

我们全家人在台湾火葬场亲眼看着我父亲的身体被推进烈焰中去,烧了半小时,推出来以后已经烧成骨灰。我们捡骨,他的脚骨、他的头盖骨、他的脊椎,把这些放在骨灰坛里面,还有些要压碎才放得进去。

但是我在白云机场的这个上午,我看到这个和尚对我笑,我有一种很奇怪的感觉。我突然会觉得，我父亲会不会其实真的就像我写的那首诗一样，所谓的死亡，其实是他持续地在这个世界不同的机场继续地旅行，继续地流浪，经过一次又一次的旅行，慢慢地，他对现世的记忆会越来越透明，越来越淡薄，他慢慢忘记了这个现世，他终于变成了一个诈骗的和尚，然后流浪的途中，有一天他辗转到这个机场，还以一个诈骗和尚的身份，诈骗到的是他前世的儿子。

因为某种频率的波频的关系，他不记得我了，但是他看到我的时候，他就特别地喜欢，露出只有我记得的那个我老去的父亲看到我才会出现的那么喜欢、那么喜欢的笑脸，那样的父亲的笑，我的内心非常地震撼。

3

后来我走出白云机场，路边有一个烟灰桶，我在那边抽烟。

我在抽烟的时候，有个穿着一身很不合身的西装的小个子，过来用闽南语跟我说，你是台湾来的？我不太会讲闽南语，所以我通常用一种方式鬼混过去，我会开启村上春树模式，就是微笑，很有礼貌地用闽南语说，啊丢啊丢。闽南语"啊丢"就是普通话"是"的意思，是，您说得是。不论对方在讲什么，我都"啊丢啊丢"。有时用这种方式坐出租车，后来下车的时候，出租车司机甚至还不收我的车资。

岔开一句题外话，我后来在香港搭出租车，他们讲广东话，我也不会讲广东话，然后我也本能地说"丢丢丢"，就乱说的啦，结果我差点被打。

反正我当时就进入到一种村上春树模式，我还帮他点烟，我们一起抽烟。然后他用闽南语在跟我讲，我糊弄地回应他。这时候旁边还有一些乞丐，一个乞丐老奶奶过来说，好心的大爷给点钱。我口袋里有一张五十块的人民币，我也没用了，我就把五十块给了这个老奶奶。

这家伙还用闽南语跟我说，你不要给他们，他们是假的，是骗人的。但是我已经给了。给了以后他还在那边说，好命哦，遇到了大老板，人好，算你今天赚了好运。我心里就对这个家伙很不喜欢。接着他还用闽南语和我说话，当他讲到一件事的时候，我立刻就知道他不是台湾人，可能福建那里的人会讲闽南语，他的闽南语跟真正台湾人讲的闽南语比起来，听上去比较硬。

我是怎么判定的？他当时告诉我的那件事情，刚好是前一年发生的，这样我就可以抓到一个时间坐标。那年台湾发生了一件很大的事情，花莲苏花公路发生了重大塌方，有一辆载满了大陆旅客的游览车掉了下去，许多旅客罹难。他用闽南语跟我说，你知道吧，我一个朋友就是工程队的，他们去修复塌方的苏花公路，在挖掘的时候竟然挖出了一尊千年古佛。

我突然心里村上春树按钮就"咔嚓"一声，按下去了，我表面上还是在抽烟，很有礼貌地笑着说"丢"，但我心里就想说，当我白痴啊你诈骗我。

我现在在大陆出书了，来大陆都是到几个大城市，但是我在四十岁以前，三十多岁的时候，我很爱来大陆背包旅行，都是去一些二线城市。几乎在大陆每一次漫长的旅途中，都会有人来告诉我说，他有个哥们儿是工程队的，去挖水库、挖学校，挖出了一尊千年古佛，可是那个家伙是个笨蛋，不识货，我们可以骗他，看看你有没有朋友懂古董的，你要不要收？

我心里就想说，根本不可能，一千年前佛教还没有传到台湾好吗？在花莲尤其花东那里都是台湾少数民族，如果你说挖出一个少数民族的百步蛇图腾的陶瓷，我还相信你，你在花莲挖出一尊千年古佛，是外星人去埋的吗？我心里立刻就想"F×××"，然后我把烟熄了，但脸上还是挂着村上春树式礼貌的微笑。我笑着说，噢，我真的不认识，然后我就走进机场，进行通海关的检查。

但当时我心里却一直有个执念，一直有个想法是：这家伙我以前见过。但是不可能，怎么会在白云机场外的烟灰桶旁边放一个我以前见过的诈骗犯？

我给台湾一家媒体写了很长时间的专栏，每个礼拜要交两千字，写一个故事，所以坐在咖啡屋写稿时，我已经练习了一种摄影机式的训练，就是在这个空间里，我如果开启了脑袋里的摄影机，在这个空间里搜寻一番，把周围的细节记下来以后，如果这个人我真的觉得我以前见过，那我一定是见过，我敢讲这样的话。

但是，我就是想不起来这个人我是在什么时候、什么样的状态下见过的。接着我到了登机口，就遇到开头讲的那两个年轻的男孩女孩，他们看到我很开心，因为飞机就要起飞了，他们怕把我弄丢了，我们碰到就很开心，上了飞机。

正当飞机起飞的时候，突然，我脑袋里那个开关"啪"响了一下，我想起来这个家伙了。

我经常在咖啡屋写稿，台湾十年前还没有禁烟令，夏天室内可以抽烟。但很快，台湾实行禁烟令，好像全世界都开始这样，咖啡屋室内就不能抽烟了。

所以我那时候发现台湾有个二二八公园，以前是叫台北新公园，这个公园就是白先勇先生在《孽子》里写到的，当时台北的一个同志约会的热门地点。从二二八公园的侧门出来大概一百米的地方是一个老区，一个被遗忘的地方，半世纪以前这里是非常繁华的，可是现在，街旁边都是一些旧洋房，二楼的玻璃都破了，很脏很烂，很像海底的一个岩礁区，时光的旧物残骸堆在这里。

这个老区里有一家一家很老的都是老人的理发店，很老的都是老人的西药房，很老的都是老人的按摩院，但是旁边这一侧有一栋新盖的大楼，一楼有一家类似星巴克的咖啡厅。这家咖啡厅有一个户外咖啡区是可以抽烟的，不过在法规上其实是违规的，因为它是在推门进来后一小块区域，所以在七八月的夏天这里没有那么热。

我发现这个地方太棒了，我就每天到这个地方去。只有四张小圆桌，每张小圆桌旁边放着四张藤编的靠背椅。所以我都要去抢那个座位，因为这个老区有些很怪的老头会去抢那些位置，我好不容易抢到以后，我周边坐的这些老头和我在不同的桌，可是跟我胳膊贴胳膊靠得很近，他们讲话都很大声，然后他们一定很讨厌我，觉得这个小肥仔抢了他们的好位置。

他们这里头我觉得很多好像是老国民党、老外省人退休的将军、将领。我不晓得他们具体的背景。他们有的会坐着电动轮椅车，围在我旁边，我好像是鲁滨孙，在一个小岛上，周围被好多只鲨鱼围着。他们讲的话全是屁话，比如说，他在中南海有人，两岸现在的局面是怎样怎样，股票哪一只进去一定涨等等，就讲一大堆内部机密。有的老头明明很老了，可是还穿着短裤，能看出身体练得很好，头发染成金色的，很时髦。

我突然想起来了，在这一堆外省老伯伯中，其中有一个瘦削的中年人，就是我在白云机场遇到的那个家伙。

结语

我后来在别的演讲有讲到，我觉得那天上午的广州白云机场对我来讲很像一个魔幻时空，我好像奇怪地在那个魔幻时空里遇到了我去世十多年的父亲，他变成一个诈骗的和尚；然后遇到了一个我在台北老区、我秘密去写稿的不为人知的地方遇到的一个中年人，他混在那一群老头中，现在他出现在白云机场外头，也变成一个诈骗者。

我其实对于这种诈骗者的故事充满感情。我们有时候会讲，对于一个说故事的人来讲，有的空间，我们会说它是一个好性感的空间、充满故事的空间；有的时间，比如说《百年孤独》开头的那句话，多年以后，奥雷连诺上校站在行刑队面前的时候，准会想起父亲带他在吉卜赛人的摊贩前面见识冰块的那个遥远的下午，我们说这是一个好性感的、说故事的时间。但是在小说里或者在故事里，我会觉得有一些人物对我来讲是好性感的人物，这种人物是什么？就是骗子，就是诈骗者。

关于失语症的故事

1

2007年我去美国参加爱荷华国际写作计划，我当时四十岁了，对于我这样一个华语作家来说，是一个莫大的荣幸。我们年轻的时候就知道爱荷华国际写作班是聂华苓老太太跟她先生、美国一个很重要的诗人保罗·安格尔一起创立的。

那个年代像丁玲、汪曾祺也去过，那更别讲后来台湾这边像陈映真这些大作家，大陆这边像莫言、王安忆都去过。后来也不只是华语作家，世界各国的作家都被邀请了。所以对我们来讲像是一个朝圣的节庆。

因为我英文特别差，我是那种联考英文考三分的货色，所以我当时要去参加爱荷华国际写作计划的时候，我的妻子小孩和我的朋友哥们儿，全部都特别替我担心。他们觉得，以军你英文这么差，你又长这样，加上美国之前发生的世贸大楼恐怖袭击，你会不会在机场就被抓去，就被关在监狱里面。

我当时就跟他们说，大家不要替我担心，我已经想好了，我虽然英文特差，可是我只要讲三句英文，我觉得在亚美利加大陆我出什么状况都可以迎刃而解。这三句英文我已经练好，反复练了无数次。

第一句英文就是 I want to go home，我想回家。我迷路了，我抓到一个人，我可以就赖着他，反正他问我什么就说，I want to go home，他一定会帮我想办法。

第二句是 How much，就是我要去店里买吃的，问一下价格，How much。

第三句是 Chinese Kung Fu，如果我万一到了贫民窟，碰到拉美人或者黑人要打劫我，我可以摆一个李小龙的动作，说 Chinese Kung Fu，我应该就安全了。

于是，我就坐飞机去了。那个时候有四五十个国家的作家都参加了爱荷华国际写作计划，当然他们所有的活动我都不参加，因为我很害羞，英文又不行，更加重了你像个残疾人似的那种焦虑感。

我还有一个麻烦是，他们住在爱荷华大学校园内一个旅馆里，旅馆旁边是爱荷华河。美国人特别严格，整个建筑物里面绝对禁烟，房间里会装红外线烟雾探测器。

我有个老师叫张大春，十年前他参加过爱荷华国际写作计划，他遇到我，他就说，没事你不用怕，那个烟雾探测器，你只要进房间的第一动作，SOP 第一动作，你去把烟雾探测器的电池拔下来就没事了。

我就搬个椅子爬上去，把旅馆房间的烟雾探测器的电池拔下来。但发现美国人现在对付我们中国人更厉害了，他知道你会耍这种诈，所以电池拔下来以后，烟雾探测器大概每隔十秒就会这样，"哔"一下，声音不大，但问题是你房间里每隔十秒就会这样"哔"一下，一直有个声音在，整个人就很不舒服，所以我只好又把电池装回去,这个声音就没了。

房间窗户外面的景色很美,可以看到河景,但问题是窗户是用螺丝锁死的,你也不能开窗,探头出去偷偷抽烟。所以那时候我特别痛苦。

那时候我去他们大学城的文具店买了一块画板,我还是手写稿,所以当时就买了一些 A4 的影印纸,然后每天带着画板跟一叠纸到爱荷华河边,找个地方坐下来写,那里可以很自在地抽烟,这个倒不是问题。

那个时候还有一个状况,我因为不会英文,第一天他们找我们去开会,都用英文在告诉你他的活动要做些什么,我全部都不参加,他们有各种作家之间的研讨会,甚至还要去旅游,我统统都不参加,我非常像一只地鼠,就躲在我的卧室里,非常害怕到外头碰到这些外国人。所谓外国人其实分各种各样的,有俄国的,有土耳其的,有东南亚的,有拉丁美洲的,也有非洲的,他们都会讲英文。我就是团里的一个怪咖或一个影子、一个无脸男,我是不会英文的。

而且,去了之后发现我的钱不是很多,在美国的大学城里买一张披萨都很贵,食物都非常贵,去旁边的中国餐厅吃,难吃得不得了,随便吃一次也要一百多块人民币,很贵。

后来我发觉一件事,四五十个国家的作家都住在这栋旅馆里,大概隔两个房间就有一个房间是早餐室,好像只有美国人会这样,他们的早餐是免费供应的,大概从每天早上六点开始,供应到九点或者是九点半。早餐供应的食物里有吃不完的面包,其中有一种叫贝果,像美式的甜甜圈,但没有甜味。还有苹果、果汁、炼乳、牛奶,什么东西都有。

我第一次去了早餐室以后特焦虑，因为他们这些西方作家非常爱social，早餐是他们的一个social time。各国的作家会在一起聊天，那你会发觉，其实这个世界上还是有一种所谓的很微妙的种族歧视，你会看到欧洲的作家他们会在一起讨论。和我同一年去的有一个香港作家，叫潘国灵，他英文非常好，他也很热情地加入跟这些西方作家的交流。有的国家其实不一定比我们有钱，比如说希腊或阿根廷，可是他们的作家都是白人，互相就比较能谈。

有个韩国女诗人，她的英文是这个团第二烂的，我的英文是第一烂。有个缅甸女孩蛮漂亮的，她英文还可以，可也不是那么好。我跟香港的潘国灵，跟这个韩国女诗人，跟这个缅甸女孩，我们四个反而常常一起吃晚餐。

但是我很害怕去找参事会，怕遇到这些各国的人，然后我会特别显露出一种我又不会讲话，我又很害羞，我又特别怪，然后就一直微笑。其实我是一个友善的人，可是因为我在不会讲话的状况下，就显得好像我有犯罪记录或者会犯罪的感觉。

我很聪明嘛，我每天大概五点五十分起床，然后贴在我的房门口，等到六点的时候，听到工作人员会把早餐室的门"咔"一声打开，然后就会听到咖啡机磨豆子的声音。我就"砰砰砰"跑进去，拿一个碟子偷了很多贝果、起司，偷两个苹果，然后像小老鼠"咚咚咚"跑回我的卧室里，这样我早餐吃了一顿对不对？然后我午餐又有残存下来的这些贝果。房间里有一台微波炉，我可以热一下再吃，我就省了一顿午餐。晚餐有时候我是跟我刚才讲的那几个亚洲作家一起吃，然后我又很爱耍凯，经常请客，所以就更穷。可是有的时候他们去参加那些作家对谈，没有来找我，我就还可以再吃一顿早餐偷来的这些面包贝果，然后第二天早上再去偷。所以这变成我在爱荷华每天注意力很集中的时刻，每天早上五点五十分等早餐室开门，然后我去偷面包。

2

我那时候太用功了，有一天午餐时间，我把一个贝果放到微波炉里面，然后很专心在看书，看着看着我就忘掉了。突然我闻到一股焦味，贝果在微波炉里被烤焦了，冒出一些黑烟，很臭的黑烟。

我那时候瞬间做出了一个非常错误的动作，我把微波炉打开了，一打开就从微波炉里蹿出一大股浓烟。接着房间里的烟雾探测器的警报器就被启动了，瞬间发出了非常可怕的、很尖锐的声音，吓死我了。

我第一时间做的动作就是赶快把我偷来的那些贝果、那些香蕉和苹果用报纸包一包，藏在我放袜子的柜子抽屉里，然后假装躺在床上睡觉。因为我想英文好的人遇到这种情况，应该自己会主动开门去跟旅馆的工作人员解释，我就假装我是睡着了，不知道发生的这一切。

我躺下来就用我非常烂的英文，一直在内心反复想我该怎么讲，待会如果有人来敲门，我该说，Oh, just my microwave, boom. My black…My bagel…然后 boom，然后 very much smoke，我就想一些非常差的英文，在想怎么讲。结果我在那边躺着装死，装了大概十分钟，没有任何人来，然后房间里的警报就停了，停了以后整个房间里都是烟雾，我很不舒服。

于是，我又做出了第二个错误的动作。我把房门打开扇一扇，想把烟雾扇出去。结果这时候才真正闯了大祸。

那些烟雾开始飘到旅馆的走廊，于是启动了整栋旅馆的火警警铃，这个声音可就不是刚刚那个声音，而是超级大声的。然后我就听到整栋楼各个房间里各种外国人在讲英文，大家不知道发生了什么事，开始逃窜，慌张，大家全部在逃难。

我更害怕了，我又赶快把房门关起来，又躺在床上，用被单盖起来，又开始在想，Oh, just microwave, boom…My bagel, black, very much smoke，都在想这些。

大概躺了五分钟就有人来"咚咚"敲门，我一开门，正要对对方解释说 oh, just my microwave 时，发现他是一个穿着一身消防队员装、胖胖的白人，像电影里的美国白人，他人非常好。他说，you should go，赶快。就好像我是个受害者，发生火灾你要赶快离开这里。

那个消防员就架着我，把我带到一楼，我还穿着拖鞋，好像跛着脚一样。然后我看到了我一生最难忘的画面之一，旅馆外头是一片草坪，草坪上挤满了来自四五十个国家的作家，他们都很狼狈，穿着睡衣，都抱着笔电，有人背着 LV 包，有人拉着行李箱，整个场面乱七八糟的。

好像好莱坞电影里恐怖袭击的场景，我是最后一个被消防队员救出来的人，那个画面好像变成一个经典画面，变成慢动作，还有配乐。当消防队员搀扶着我推开门的那一刻，我看到草坪上所有的作家全部在冲我鼓掌。

我后来就红了，我变成那一年度，2007 年爱荷华国际写作作家协会最红的作家。本来没有人注意到我或本来他们觉得我是个怪咖，觉得我是怪异的、不会讲话的一头大熊，但那次之后，我就红了。

后来他们告诉我说，美国消防队很有效率，我们大楼门口就停了四辆消防车，然后他们说罚了很多钱，可能要一万美元，还好后来好像是被爱荷华国际写作协会承担了，所以他们后来对我闯的这个祸很生气。

我本来是那么害羞，所有活动都不去参加，那一次之后我每次在电梯遇到各种德国正妹、捷克正妹，或是意大利小帅哥或是海地的黑人，一个非常可爱的女诗人，所有人看到我都会露出灿烂的笑容，然后说，Hi, Mr. Microwave，哈哈哈，我在那一年变成了微波炉先生，变成那一年最红的人。

3

当时我的婚姻有一些状况，正被忧郁症困扰，又有胃溃疡，但比起后来我这些年生的病，那都不算什么，可是那时候状况确实不是很好。

我那时候其实有点偷偷喜欢住我隔壁房间的一个缅甸女孩，她个子小小的，皮肤是棕色的。她也结婚了，有小孩。

她比较穷，刚开始我们去的时候是夏末，大概八月底，所以大家都一样，大家都穿着洋装、凉鞋、裙子。但是等到了九月底的时候，天气变冷了，其他各国作家开始把皮衣、外套穿起来了，你就发现这个缅甸女孩和另一个海地女孩还是穿着很单薄的印花裙或薄裤子，没钱买鞋子。

但我觉得这个缅甸女孩喜欢潘国灵，那个香港帅哥，然后我对潘国灵一直很不爽，反正他就是帅帅的，对这个女生也很man。他们英文也好，我们四个去吃饭的时候，我觉得好像她们两个都很爱跟潘国灵讲话，因为我不会讲英文，所以我很像一个废物或者是废弃物，我在旁边好像是他们三个共同领养的一只癞皮狗，他们没办法只好带着，要照顾我。

有一天潘国灵不在，我偷偷喜欢的这个缅甸女作家突然来敲我的门，她说她觉得我英文非常差，但是她觉得很无聊，她问我可不可以陪她去散步。我当然很高兴，我很像小动物，就跟着她去散步。我年纪比她大，就有一种很微妙的，觉得很美好的心情。

我们在爱荷华的河边散步，河边暗影摇动，那里有很多情侣，大学的男生女生在约会。

可是那个时刻突然我不知道为什么，不知道发生了什么，是被雷打了？我很难回忆起当时的状态，她讲的英文，我竟然全部听得懂，她告诉我说，她很悲伤，她的国家那个时候正在发生暴乱，军队屠杀僧侣。2007年缅甸发生政局变动，很多僧侣被军队杀害。

他们非常穷，她说，她的小孩没有见过巧克力，没有吃过巧克力，她有一天做了一个梦，梦见她带着她的小孩，有一个好大好大的用巧克力做的人，小孩问她这可以吃吗？然后他们就忍不住吃了，那是一个活人，但是是巧克力做的。她讲这些英文我竟然听懂了。

后来的事我不知如何表达，我就从我的皮夹里，其实当时美金都是这样带在身上的，我掏出不知道多少钱，大概三千美金，我在黑暗中塞给她，然后她哭了起来。

她用英文说，不，我不能收。我就一直跟她讲，不，请你一定要收下,请原谅我。我说,请原谅我的无礼,这是一个非常失礼的动作,但请接受,我希望有一天你的小孩可以叫我巧克力叔叔。

我觉得我的行为,本来是一种人类美好或爱的行为,可是我觉得在那些美国的白人学生看来,很像一个亚洲的大叔,在树林中强奸一个亚洲的女子,在对她进行性骚扰,还一直在往她身上塞东西,然后她一直在哭泣,在挣扎,说不。

这个女孩很可爱,后来有一天她问我说,中国话的"大哥"怎么发音?我就说,大哥。

我们后来离开爱荷华,她还持续写信给我,之后就一直称呼我叫 da kou。她说,她觉得我是非常棒的人,她觉得我是她的家人。这是一个很美好的故事。

但是我大概太凯了,我为人处世的方式太像我父亲,我后来突然发觉,那个海地女孩也很穷。后来这些作家都对我表现得很亲密。

有一个黑人,当时在巴士上大家都不太理我、我显得很别扭的时候,他跑来坐我旁边,用英文和我说话。我跟他道歉说,很抱歉我不会讲英文。他说,你现在不是正在讲吗?你就试着说,没有人本来就会讲英文。他很帅,我听过他们办的一个非洲诗人的朗诵会,他在读自己写的诗的时候,就像某种乐器在演奏,好美。

但是他们也很穷,后来我在离开的时候,我会偷偷在每个人房间的门缝里塞一个信封,我用很差的英文解释说,我们中国人管这叫作红包。对,这是表达对你的友爱和祝福。所以我后来超穷的,我本来可以待三个月,后来我待了两个半月就先溜了,没钱了，我就提前回台湾了。

这些作家都会陆续地提早离开，他们离开的时候，你就发现，爱荷华写作计划其实不应该是我这个年纪的人去参加的，应该是一些三十岁、二十七八岁的各国年轻的男孩、女孩去参加。他们在那里发生太多的罗曼史了，就是那种季节性恋爱。

这些作家本来在各自国家有男朋友、女朋友，有家庭，可是他们在这种很像花粉，很像美国一九六〇年代嬉皮士运动的环境中，大家突然产生了恋情。而且还有后续，有人真的结婚了，有个日本的作家跟荷兰的作家后来就结婚了。有很多这样的罗曼史，但是罗曼史与我无关。总之大家最后都离情依依。

4

可是恰好在我要离开的前一天晚上，后来得诺贝尔文学奖的鲍勃·迪伦要在爱荷华大学体育馆办演唱会。一个月前大家都订票了，后来我也买了票。

每一个人，每个世代的人都说，我的鲍勃·迪伦。好像鲍勃·迪伦是属于他们的。

所有人都买了票。那个体育馆本来是举办橄榄球比赛的，很大的一个体育馆，从A到Z，有好多个区。它距离我们旅馆有一段距离，我们一起搭小巴，先经过一座桥，就能看到体育馆。我们当时订的票是集体票，所以我的位置是很靠上面的，在很差的区。人非常多，可能那个城所有的大学生、所有的居民都来了，坐得满满的，大家都来听鲍勃·迪伦的演唱会。

可是我坐在那边听了半天，我发觉他好像不是鲍勃·迪伦，他可能在美国也很厉害，可是他年纪很明显只有四十岁左右，在台上耍各种吉他，超厉害的！舞台中央表演区放了四五把不同的吉他，他就演奏各种吉他，感觉就是一个吉他之神。我就觉得奇怪，我是不是听错了？这个人不是鲍勃·迪伦，为什么找了一个人来唱鲍勃·迪伦的歌或者是在表演鲍勃·迪伦的绝技？

我正在疑惑的时候，那个韩国女诗人突然跑来了，我们这个团英文第二烂的，她的脸很像我们一般看到的、没有整形过的韩国女生的脸。我就问她：他是不是鲍勃·迪伦？这个韩国女生就用英文跟我讲：鲍勃·迪伦已经死了。

我说：鲍勃·迪伦死了？她用英文跟我讲：鲍勃·迪伦被一个人暗杀了，他的太太是一个日本人。

后来我才知道她讲的其实是约翰·列侬，可是当时没反应过来，因为我英文非常差，对这些音乐人的故事我也不是真的知道那么多，我了解的程度就和一般的老百姓一样。

我说：这一场并没有鲍勃·迪伦？

她说：没有。鲍勃·迪伦不会来了。

所以我就想，明天我要回台湾了，我今天要一个人好好在我的旅馆里感受一下这样感伤的仪式，我要收拾行李，我还跑来这边听一个什么鲍勃·迪伦模仿大赛，这是多傻的事。我就站起来走了。

可问题是，本来说好结束以后大家在某个地方集合，然后一起搭小巴回旅馆。我凭聪明，就想反正爱荷华大学学校也不大，我就走回去，结果我却怎么都走不到，很奇怪，从这个点到那个点之间不是平面，不是公路，而是一个山区，我就开始爬山，然后再下降走到一个松树林，在松树林里挣扎。我想，我在干吗?

然后我突然走到一个区域,很像刘慈欣笔下的科幻场景,像一个太空城,半个人都没有,全是大楼,发出各种电磁波的声音。后来我才知道爱荷华大学有美国非常厉害的生物医学中心,我们待的这一边是旧区,是文学院,可是过了河,就是我们去听鲍勃·迪伦演唱会的那个区的旁边,是他们的生物医学中心。

我闯到这个医学中心,非常像跑到火星的总部大楼,高高在上,各种奇怪的像核电厂电磁波的声音,我也遇不到半个人,我一直在想,只要遇到人我就问他,Where is the river?我想问他,河在哪个方向,只要走到河的方向,我就可以沿着河边走,一定可以找到那个桥,然后过桥,就可以找到我们的旅馆。我大概在那座山里面爬,爬上爬下超痛苦的,最后终于狼狈地走到下面的公路上,拦住一辆车,然后我就问,I'm sorry, where is the river?

他比画给我看,我已经失去了方向感,我觉得至少走了两个小时,演唱会比如说七点开始,我大概听了前面 15 分钟就离开了,可是我回到旅馆的时候已经九点多了。我回到旅馆,我冷得要命,那时候已经是初冬了,美国初冬非常冷,我放热水泡个热水澡,心里充满感伤,好想点根烟,可是很怕又引发警铃。

后来,香港仔潘国灵打电话给我,很焦虑地说,骆以军你到哪儿去了,所有人都在找你。我当然没有多解释我迷路这些很糗的事,我就说我先回旅馆了。后来我才告诉他,我遇到那个韩国女生,她说鲍勃·迪伦已经死了,所以我就想先回来。

他说:鲍勃·迪伦后来来啦,后半段有唱,他嗓子已经坏了,可是他唱了大概有半小时,大家都哭了,都感动得不得了。

我说：但那个韩国女生不是说鲍勃·迪伦已经死了？

他说：她怎么跟你说的？

我就跟他大概讲了一下，才知道原来她讲的是约翰·列侬。她讲错了。

很多年后，这个韩国女诗人来到台北，参加台北办的一个诗歌节，她告诉主办方说希望见我。那时我还是说很烂的英文，她的英文也还是很烂，那时我出去还假装要打她，说你当时害惨我了。

这就是我在爱荷华最后一个晚上的一个悲惨的笑话。

结语

关于我在爱荷华的故事，其实还有一些更搞笑的奇遇，但是篇幅原因，我就不多说了。

要说这个故事对于所谓的故事有什么启示的话，有一个后殖民理论大师叫霍米·巴巴，他写了一篇文章，讲当时土耳其、希腊的移工被整批整批地迁移到德国去做帮佣，做佣工，后来他们也在那边生下第二代，他们回不去他们原来的国家，像寄生虫一样活在别人的国度里。

他说，他们就如同生活在别人的梦境里，他们如同在一个默片里，因为不懂这个国家的语言，他们听不懂所有人都在笑的笑话的点在哪里，他们不了解别人是不是在笑他们，他们不知道别人的故事，他们不知道这个国家别人的忌讳，以及别人有没有在歧视他们。

这种现象其实是二十世纪以来一个全球化的景观，在大陆可能不会那么强烈地感受到，可是我在台湾或者香港，经常看到大批的从东南亚迁移过来的移工，所谓的外籍帮佣，或者外籍看护。这些地方劳工的数量不够，所以大量地找菲律宾、印尼、越南等这些国家的人当看护或佣工。可是，他们就像活在别人的梦境里，活在别人的默片里。

我大概的感受是我很幸运，我只是去美国待了两个半月，我的英文还这么差，所以我很像憨豆先生闹了一些笑话，然后还全身而退。而且我的身份是被尊重的，是好像值得尊敬的，我是一个作家，我是去参加一个国际作家写作计划。

但是你会发觉当你是一个异乡人，你不是他们的人的时候，本来你用你的语言可以描述出来的你，是多么繁复，多么美丽，多么特别。可是在你失去语言的状况下，你在他们的空间里、他们的梦境里、他们的默片里，你只是一头怪里怪气的大熊。

爱的告白

1

刘慈欣的《三体》太火了，导致了一个现象，就是我写小说的哥们儿都哀叹说，古今中外的小说没有办法创造一个男主角，他送给女主角的告白礼物，能够超越刘慈欣《三体》里面那个男主角云天明送一颗星星DX3906给他的女神，这个太牛了。

不过我今天要讲的这个故事，可能没有那么高调，或是没有那些资本主义的计算。它是一个小小的，然而是一个寂寞的、爱的告白的故事。

写这个故事的是德国一个小说家尤迪特·海尔曼，我当年在台湾读到这篇小说的时候，差不多四十岁，尤迪特·海尔曼写这篇小说的时候还是一个年轻妹子，现在她应该也四十多岁了。她的短篇小说写得非常好，每一篇都非常好，但是我印象特别深的是一篇叫《夏之屋，再说吧》（大陆译作《夏屋，以后》）的短篇小说。

她写的是一群在柏林的年轻人，就是一群废柴，我不知道在大陆这边怎么称呼，北漂吗？反正就是一群艺术家，飘飘忽忽的，大家各自住在柏林的某个地方。

叙事者是一个女生，应该是一个还蛮漂亮的女孩，她讲述说这群艺术家就像吉卜赛人，时不时大家会去某个人那里聚会，里头有玩音乐的、玩艺术的，经常开个演唱会，办个艺术展。大家都太年轻，所以都着三不着两的。

这些年轻男孩女孩都是怪咖，跟这个世界格格不入的一群艺术家。这其中有一个家伙，我忘掉他名字了，这个男孩长得很好看，干干净净的，脾气也特别好，可是他特别奇怪，他是开出租车的，就开着一辆破的二手出租车。

这个男孩并不是艺术家，或者他并不是读书人，但他也跟他们混在一起，他也是个穷鬼，借宿在其他人的家里，他们的房子也是租来的，所以就形成一种一群很贫穷的青年的生态，他在谁家住了一个月，被赶了，然后又背着背包找下一家，但他整个人都干干净净的。

有一天，这个男孩打电话给叙事者的这个女孩，很兴奋地说，我带你去看一个东西。

他们之间其实不是情侣的关系，这个女孩落单了，她跟着这个男孩去了。他开着车，车上放的音乐都是一些很前卫的音乐，他们一路开到一个郊区。

结果他带她去了一个古宅，一个十八世纪德国那种旧式的大房子，房子整个像快要塌掉一样，他也许用了比如说一百万人民币买了这样一个房子，对于他们这群年轻人的现状来讲他是疯了，这个女孩就觉得你是疯了吗？这个男生很兴奋，要拉着她进去看，她很怕，说我跟你进去，这房子会不会就塌下来了。

她看到这个男生拿着一串钥匙，那串钥匙上有好多把大大小小的钥匙。男生非常开心地跟她说，这个是阁楼的钥匙，这个是马厩的钥匙,这个是客房的钥匙,这个是谷仓的钥匙,这个是地下室的钥匙,这是花园门的,这是乳仓的。这个房子以前是十八世纪德国贵族的家屋,所以它有马厩,有谷仓,有乳仓,可是它现在整个已经荒废了,你可以想象它可能已经有两三百年的历史了,木头地板都是"咯咯吱吱"要坏掉的样子。

女孩就很受不了这个家伙,这家伙感觉很像白羊座,一头热地拉着她,说,你看看,到时候我们大家都可以住进来,我有这个梦想很久了,我们可以在这边种很多植物、种大麻、种蘑菇,你们可以在里边吸大麻,我可以整修一间撞球室,我可以再弄一间雪茄室,甚至你们玩音乐的在这里玩电吉他,也不用怕被邻居投诉。

这个女孩觉得有一种说不出的晕眩,没有给出热烈的回应。这个男孩也没讲清楚,他到底为什么买下这个房子,他好像只是有这个梦想。后来回到车上,女孩对男孩说,你能不能对我说明一下,你到底在做什么?

男孩当时讲了一句话,他说,此时此地在我们眼前存在着一件可行的事,是诸多可能性中的一种。你可以接受这个可能,我们一起来做这件事,你也可以转头离开,这都是各种可能性中的一种。我主要是想让你知道有这样一种可能,仅此而已。

就像小说的篇名《夏之屋,再说吧》,如果这个男孩是有表达障碍症的话,这个女孩就是有选择焦虑症,这个女孩没有明确做决定,但那串钥匙一直还在她手上。

可是,之后一年的时间,他们没有人再见到这家伙了,这家伙不见了。但他时不时会寄一张明信片给这个女孩,他说他已经把房子里的马厩修好了,隔了两三个月又寄一张明信片给这个女孩，说他已经把整个一楼到二楼楼梯栏柱的那些烂掉的木头都换过了。

同时小说继续写他们这一伙人，这些德国柏林二十五六岁的嬉皮艺术家，在短短的一年内，有的人自杀了，有的人吸毒被抓进去了，有的人分手了，哪一对本来很好的分了，或者分开后的女孩又跟同一伙里头另外一个男孩在一起了。

小说的结尾，这个女孩已经有男朋友了，也是他们这一伙里头的一个人。有一天早晨她收到一封信，当然同样是没有署名的。拆开信就是一张简报，简报上写道，昨日某某区有一栋十八世纪的古堡发生火灾，毁于一旦。屋主一年前买了这栋房子，并且进行整修，但屋主已经失踪了。据警方推测这场火灾不排除纵火的可能性，这个房子可能是纵火所烧。

简报后面，有那个男孩写的短短的一句话：你知道的，那串钥匙在你手上。

这个女孩当时还在床上，大概没穿衣服。她的男朋友把她搂住，亲昵地说，是谁啊？她突然生长出一个非常内向的、非常像植物、像玻璃器皿的灵魂，内心突然对她身边这个男朋友产生生理上的厌恶。

最后她讲了一句话：夏之屋，再说吧。

这篇小说我觉得非常美，我可以再举出三四篇类似的我觉得很棒的小说，比如我年轻时候读到的日本小说家井上靖的《冰壁》。

这一类故事是说，有没有可能有一种小说里的魔术，能够把爱的表白表达得如此辉煌。它可能没有办法达到刘慈欣《三体》的那个上限，我送你一颗远方的星星，我把人马座第几号星星送给你，做不到。但是在某些时刻，放火烧屋这件事情变成一种很奇怪的、遥远的、寂寞的、无声的，不了解到底发生了什么，突然火烧起来了，绝望了，然后火又熄掉了的爱的告白。

2

我有一个我当年对初恋情人的"爱的告白"的故事，可以跟大家分享。

我大概在二十七岁以前，还是70公斤左右，不能说是瘦子，但是因为我的骨架比较大，所以我70公斤的时候其实很瘦。

台湾当时是征兵制，义务役，男孩子一定要当两年的兵。但是我当时刚把到一个正妹，就是我后来的太太，我就有一种我离不开她的感觉，或者说她很像小王子的行星上的那朵玫瑰花，她是一个很内向、很脆弱的女生。你当然可以讲我是拿这个来当说辞，说我其实是害怕当兵。但实际上我没有害怕当兵，因为我是白羊座的，我基本上是宜武不宜文的。

台湾前一代有很多这种故事，就是去当两年兵，结果发生所谓"兵变"：马子跟人家跑了。我内心也很恐惧，其实我不是真的那么恐惧"兵变"这件事，我就是不想离开她。

所以这是一个我用一年的时间，把自己从70公斤硬生生吃到108公斤，增肥，然后逃兵的故事。

这故事最感人的地方在哪里？最感人的地方是，我是吃素的，所以那一年，我完全没有靠动物性脂肪来增肥。当然我吃蛋类，我到7-11买茶叶蛋，每天狂吃四五个，吃各种甜食，吃蛋糕，反正就是非常疯狂，然后我用一年的时间慢慢地增到75、

80公斤，然后会遇到一个瓶颈，在80、85、90公斤的时候你会吃很久，体重就是上不去，等突破那个关卡就变成95公斤，然后95公斤的时候可能又会停住。

那一年我在念戏剧所的硕士班，每个礼拜要跟指导教授见面，讨论我的毕业制作。我那教授就说，我怎么会看到这种奇怪的现象，就是有一个人在我眼前一直动态地持续地变胖。

我在起了要逃避服兵役这个念头之前，在大学的时候就做过一次体检，我的身体就是一定要当兵的，体质是很好的，可是我怎么会在短短三年后变成一个死肥仔。在"兵役法"的规定里，我属于残障者，可以不用服兵役。

他们军方也不是吃素的，他们知道你们这些家伙就是想逃避服兵役，所以他们后来就有规定，要求这些人到高雄凤山，那里有陆军的总校，有一个军营和一个很大的操练场，有各种部队在那里训练新兵，我们也要去训练。我们这些人里面就会有这些肥仔，肥仔大概占65%，另外有35%是超级瘦的瘦子，他们是用变很瘦来逃避服兵役的。

有极少数的人是医学院的学生，将来要当医生的，他们是很精算的，他们用各种奇怪的方式，什么地中海型贫血，什么两眼视差，还有心律不齐、血压过高，等等，他们是可以用药物去控制这些的。我听说，台湾医学院的学生90%都没有服兵役，都有办法逃避兵役，因为对他们来讲，人生投资很重要，他们不要浪费那两年，要赶快到医院实习、就业。

很多肥仔或瘦子都被排在同一个排、同一个连队里面，我们的寝室都在一起。所以那个时候我会看到一个奇观，那一个月我感受到了一种人性的黑暗与求生的本能，以及所有这一切所形成的人性的状况。在那一个月，那些瘦子统统不吃三餐，因为他们要瘦，他们要瘦到49公斤，看起来很像埃塞俄比亚的难民，非常瘦。

人到很胖或很瘦的时候，就会长得很相像，你会觉得这些肥仔一个个都长得很像，那些瘦子也一个一个都长得很像。这些瘦子量体重的时候还要吃利尿剂，所以他们当然把餐统统给我们这些肥仔吃。

可是肥仔又怕自己在这个月好不容易累积下来的体重被军训的操练给降下去，所以到夜晚的时候，就会听到各床的肥仔会偷偷爬下床，把他们偷藏在衣物柜里的巧克力拿出来，于是就会听到大家在进补体重的声音。

你可以想象一堆这种一百公斤以上的肥仔，在军营里面匍匐前进、翻滚、蹲立、射击、呼口令、行军，这画面多滑稽，或是多悲惨、多怪异。带队的这些连长也很讨厌我们，从内心对这些想逃避服兵役的肥仔感到很愤怒，他们是那种政科的军官学校出来的，看这些死肥仔非常不顺眼，所以也想办法来整我们。

过了一个月，我们终于全部去陆军八〇几医院，大家集体去称体重，做最后的体检。一个军用卡车载运我们，我觉得这辆装着这些一百多公斤的肥仔的车行进的时候很像是运猪车。我觉得超没有尊严。因为车子刹车或者左转右转时，我们这些肥仔会撞在一起，会发出声音，就像是运猪车。

到了以后，大家排队等着进去体检的时候，有些人喊报告，他要喝水。带队官就不准喝水，因为他也知道你肥仔待会要称体重了，你现在只要喝1升的水，称体重的时候你就多了1公斤。

我真是一个非常聪明的人，我就说，报告，带队官，我要上厕所。然后，我就冲进厕所，直接打开洗手台的自来水，对着猛灌。

过了一会儿，这些后知后觉的肥仔也统统跑进来，大家就开始拼命抢水龙头。我觉得那个场面真的很像养猪场的饲养槽，抢到后来大家甚至去抢旁边洗拖把的水槽的水龙头。对着水龙头灌水的时候，这些胖身体用头互相把对方的头拱开，抢着喝水。因为情急之下，你不知道带队官什么时候发现了就不准我们喝水了，所以大家拼命灌自来水。那时候真的觉得我们像养猪场的猪仔。

后来才发觉他们的军方超诈炮的。他们有个公式，比如说你身高多少，乘以一个数字，然后再加一个数字之后，换算成临界的体重。只要超过那个体重你就不用当兵了。

比如说我的身高是一米七六，结果进去体检的时候才发觉，竟然是叫我们躺着量身高，躺下来量脊椎就拉长了，所以我在军中体检的官方身高突然变成一米八，我从来没有一米八过，结果那一次变成那种一米八的人。本来我好像只要超过104公斤我就不用当兵，可那时候我身高突然变成一米八，按那个公式换算，我要吃到107.5公斤，才可以不用当兵。

好在我不是那些医科的擅长精算的聪明家伙，我当时就傻乎乎地一直吃一直吃，我在去高雄的火车上还买了一大盒金莎巧克力，我想象自己是一把左轮手枪，一颗一颗子弹填到嘴里，吃到快吐了。

当时测出我是108公斤，所以我还是不用当兵。

我们回程的时候好多肥仔都在哭泣，他们不像我天生有肥仔的潜能，所以他们是花很大很大的力气去硬撑的、硬塞的，硬把自己吃到比如说 101 公斤，但突然之间他的标准变成 102 公斤，所以还是要当兵。他白搭了，而且还变这么胖。

我当时有个感觉，就是在那个月我本来觉得我旁边这些家伙，好几个肥仔，肥到让人觉得好讨厌，觉得他脏脏的，说不出地猥亵。当时量完以后，我就去问那几个最肥的，你几公斤？107。啊？比我还轻 1 公斤？那你几公斤？106.5。哈哈哈，所以弄了半天，原来我才是那一年台湾陆军的第一肥。我创过这样的纪录。

结语

我的故事大概就讲到这里，其实我是为了爱情，为了不要离开我当时的女朋友，所以我从一个正常的 70 公斤的男人变成现在你们眼前看到的这样一个猪八戒一样的肥仔。但我太太后来不会去记得或承认这件事。

从最前面讲刘慈欣《三体》，他买下一颗星星来送给他的女神；然后到《夏之屋，再说吧》，他放火烧掉一栋他莫名其妙买下来的古宅，十八世纪的一个古堡；再到我后来从 70 公斤变成一百多公斤，我本来应该是一个用 70 公斤的身体从二十七八岁活到现在的人，在那个时间点，因为一个秘密的爱的愿力，变成一百多公斤。所以我后来就持续二十年减肥，我曾经减到 90 公斤，可是后来又反弹回来，好像我是被诅咒了一样，永远停在一百多公斤的状态。也许你可以说，这就是"夏之屋，再说吧"。某些时刻，我们回头来看，某些小说里的人物其实是那么地卑微，那么地弱小，那么地无能或那么地平凡，但是他可能会做出一些很奇妙的行为。

我觉得到我这个年纪的时候,关于爱情这件事已经不可能是这样地说故事了,可是我很怀念说那样的故事的那个状态,就是放火烧房子,或是把自己的身体当房子放火烧成一个胖子的故事。

三岛由纪夫的《金阁寺》,是一个纵火狂的故事;聚斯金德的《香水》,是一个把人类的创造力,把人类对于艺术、对于美、对于香味极限的追求,变成一个剥人皮的杀人魔的故事;纳博科夫的《洛丽塔》,在小说叙事里展演疯狂的爱,而且将其变为一种极度怪异,或变态的美感的创造。

其实在二十世纪的小说星空中,我们可以持续地看到这些璀璨的、不断变化的、华丽的烟火秀。

未必存在的身体

1

我有一个哥们儿跟我讲了一个他舅舅的故事,那个时候他舅舅是直肠癌末期,生命最后的时光,整个人瘦得皮包骨头,灵魂却似乎变得透明。这个舅舅在他生命最后的那一年,常陷入一种好像他独自一人在等候开往远方的客车的那种表情。他开始喜欢自己开车到淡水的无人的海边,甩竿钓鱼。

有一天,舅舅如常在海边待到天黑,却钓不到鱼,他收拾了钓具,穿过沙滩和公路边一片木麻黄和荆棘林,突然迎面一阵怪风,他激灵灵打了个冷战。后来他回忆起来,似乎他唯一有清醒意识的时刻,便停在打冷战的时候,接下来发生了什么事,他自己全部不记得了。所有后来的事全由我哥们儿的舅妈,那个可怜的妇人目睹。

她接到电话,警方说,你是某某某的家属吗?某某某出了车祸,现在在金山医院急救。她赶到医院急诊室,却发觉他们用精神病院的束缚带把一身血迹的舅舅五花大绑在病床上,双手双脚和腰部都被绑住。舅舅双眼翻白,不断发出某种像兽类的低吼。

她说,你们为什么要这样对我先生?他不是出车祸了吗?

急诊室的实习医生、护士还有警员一脸惊魂未定,告诉她说,这个人之前在急诊室走廊大闹,我们五六个工作人员合力还压制不住他,力大无比,简直像国术馆里练拳的大力士。

她说,怎么可能,你们看他瘦成那样,他癌症末期。但她是老一代很传统很驯顺的妇人,乖乖在警察和医院递上来的各种文件上签字。

他们家在台北,他回家应该往台北的方向开。但根据警方的描述,这个男人驾车上了淡金公路(淡水到金山海边的一段公路)以后,他却相反,往基隆的方向行驶了十几公里,而且一路上车子是逆向开,所有正向行驶的车都散开,最后他自己这辆车在某个隧道口擦撞了两辆闪避不开的轿车,撞上了路边的水泥墩。警员做了酒精测试,发现酒精度是0,毫无酒精反应。但被送到医院以后他就开始大闹。

他舅妈等到这些警员、这些医生走光了以后,不忍心偷偷地把本来绑住丈夫双脚的束缚带解开。谁想到瘦弱的丈夫大吼一声,两脚撑地,硬生生把那张铁床竖立起来,就像一个会走阵的龟仙人,那张铁床整个变成他背后的壳。他背着偌大一张铁床,左撞右撞,前颠后退,把病房里的点滴瓶、瓶架、屏风、床头柜、壁灯,全部撞得一团糟。

我这哥们儿的妈妈,就是舅舅的妹妹,赶到医院的时候,他舅舅已经再度被大家压制下来,躺在床上,边喘气边用一个陌生男人的声音,口齿不清地大骂着,一直骂。

他妈妈看了一会儿,然后把失魂落魄、满脸是泪的大嫂,就是他舅妈,拉到一边说,嫂嫂,你看这个人是我大哥吗?那张脸根本是另外一个人的脸,这不是我哥的脸。

然后她们说，用闽南语，这是不是卡阴？

卡阴就是台湾民间习俗会讲到的，被外头的孤魂野鬼附体了。可能这个人生病了，灵魂的斤两、八字变得比较轻，所以会被孤魂野鬼附体。于是，我哥们儿的妈妈就拿了她大哥的衣物，叫了车，打的到新店的一个朋友介绍说很灵验的道坛，请法师作法。

这件事还加了一小段描述，所以有了一种传奇性。就是法师开坛作法之前，这一对姑嫂还用手机通了电话说，开始了没？要开始了。几乎是下一个瞬间，就是刚开始作法的瞬间，之前在医院狂骂不止的舅舅突然说，我要走了，然后头一歪睡着了，原本扭曲凸起的脸变得非常柔和。舅妈几乎可以用肉眼辨别，原来占据她先生身体的那个灵魂，离开了。

舅舅醒过来以后说，完全不记得之前发生的这一切。记忆的屏幕只能追溯到海边树林的那一阵阴寒之风，后来如何开锁、上车、发动引擎、逆向行车，乃至于车体的撞击，或是自己为何置身医院，全部一片空白。

这个故事里的舅舅，在半年后因为不能忍受癌症末期化疗的身心之苦，自杀了。之前发生的莫名其妙的卡阴，灵魂附体的这个事件，变成一个与他生命末章的主旋律无关的小小的插曲。

其实在《阅微草堂笔记》，在《聊斋志异》，甚至在莫言的小说里，比这个故事好的类似的故事太多了。

我们之前有萨满教，特别是南方，在台湾，特别是在我太太的家乡澎湖，这一类鬼鬼怪怪的故事非常多。

但是，我在听我哥们儿讲这个故事的时候，感觉到有一种说不出的忧郁，说不出的瞠目结舌。我认为它不只是一个鬼故事，或是它不只是一个灵魂附体的综艺节目，其实它有点像是卡夫卡小说中的蜕变，由人的形貌变成一个异类，变成陌生的虫的形貌。

说故事的动作非常地巨大，而在我哥们儿讲的这个故事里，这个动作变小了，那变小的过程里，它牵扯的反而是身边一个个小人物，包括他舅妈，包括他母亲，她们是茫然的、带着歉意的、温顺的、良善的，好像不太懂得怎么样去对抗。它也没有像卡夫卡的小说里那样完全孤立的主人公，像一个悲剧英雄在跟整个官僚系统，跟警察或是跟医院对抗，有一种说不出的滑稽。

这个故事让我觉得很有一种南方特有的汤微微发霉的味道。

2

另外一个故事是，我几年前来到北京，那个时候《西夏旅馆》刚在北京出版。有一次，被哥们儿邀请去参加一个饭局，在北京一个饭店的包厢，看起来大家都是一群废柴哥们儿，当时他们已经都喝得醉醺醺了，满嘴屁话。

我后来才知道他们是一群天才，他们都出现在我很多年后看到的、得了金马奖最佳剧情片的电影《神探亨特张》里，那时候才觉得奇怪，这些在《神探亨特张》里面演各种偷拐抢骗把戏的人，我在那一天那个包厢里遇到几个。

我后来也喝醉了，大家相见恨晚，喝得非常开心。

其中那里头坐着一个跟大家不太一样，看起来有点不群的年轻人。他很瘦，他的脸是蜡白的，他有点邋遢。后来我才知道他就是小说家阿乙。

那个时候他还没有那么红,我是隔一年再来北京才发觉,所有人都在说阿乙。那个时候我对大陆小说家的了解,也只到莫言、王安忆、贾平凹、阎连科这一代,我也是这两年才读到阿乙的小说,还有双雪涛的小说,我真的很佩服,觉得他们是说故事的高手。

我记得在那次酒席间,这个阿乙,我印象中这个瘦削的年轻人,脸色蜡白、桀骜不驯的青年,他不太理大家,就拿着一本书在旁边读,在那个场合特别怪,大家好像也很习惯他这样。

后来在喝酒时他突然讲了一个故事,这个故事我听了整个人发怵,头皮发麻,这故事实在太屌了。我后来好像看到他把这个故事写成一个短篇小说,所以这个故事我应该付给阿乙版权费。

3

这个故事是这样的。阿乙说在他来北京成为小说家之前,他在江西一个很偏远的乡下小镇当警察,这小镇非常破烂,非常偏僻,感觉很像周星驰的《功夫》里,包租公、包租婆他们住的那个城寨,就是一个很破败的,好像被遗弃的小镇。

小镇上只有一个十字街,派出所是在十字街角的一栋楼的二楼上,这里本来是一个农会,类似银行的那种小合作社,后来撤掉了,所以他们就把那一层楼占领了,变成派出所。

那个时候好像是农历年年前,很冷很冷的天气,他们正闲来无聊时,有人来报案。其实他们之前都知道有这个人物,是他们这个小镇上一个可能智力和精神状况有问题的家伙。他们都听说这个家伙在跟师傅练武功，可是没有人知道他练的是什么功，很神秘的，平常也是游手好闲，所以他们也不怎么注意这个家伙。

但现在这家伙犯了事，人家报案了。在江西或者说在南方，冬天各家都会在屋檐下垂挂冻着的腊肉，这家伙是流浪汉，肚子饿了，就拿一把小刀，把每一家的腊肉偷偷削一点下来偷吃。乡下人报案了，他们就把他逮住了。

其实逮住他之后，他们也没有很认真对待。因为乡下地方，他也不是犯了什么重大的罪行，他们在简陋的侦讯室，把他用手铐铐着，问这个家伙，听说你练功，你练的是什么功？

这家伙竟然说他练的是缩骨功。

阿乙说，当时他是这四个警察里最菜的。其他三个同事就说，缩骨功，太牛了，你表演给我们看。

他们把办公桌、两张椅子并在一起，中间只留有一个很小的缝。这家伙练过缩骨功的，他的手戴着手铐，被夹在椅子下面，他们看他很认真地在那里挣扎半天，手竟然真的拔了出来。他们鼓掌，好厉害。

这些警察没练过缩骨功，他们把自己的手放在那个缝里，发现也可以拔出来，他们就说，吹牛。

后来他们把他铐在一个比较简陋的临时性的侦讯室，这间侦讯室类似于办公室，只是里头装了一排像栅栏一样的铁柱子，他被铐在其中一根铁柱子上，就跑不掉了。

后来这四个警察就去附近一家店里吃火锅，当时好像电视上在转播足球赛，他们边吃边看球赛，时间拉得比较长。

等到他们回到派出所的时候，那个人跑掉了。他真的会缩骨功，那边就剩下一副手铐，吊在不锈钢的监牢铁栅栏的底部。他们四个立刻分头冲下楼，小镇的中心是一个十字街，他们就东西南北四个方向分头去找。

阿乙说他跑跑跑，那个镇很小，跑到尽头就是一片荒野，一片沼泽，芦苇荡，他跑着跑着突然心里有点发慌。他想，这家伙练过功夫，我现在一个人落单，如果碰到他，被他痛打一顿怎么办？他就有点孬了，有点蔫了，垂头丧气地回去了。

回到十字街心的时候发现，另外三个同事同样也是一脸尴尬的表情，大家都垂头丧气地回来了。他们又一想，对，我们四个还是应该合在一起，到时候万一遇到这暴徒，我们还可以一起制服他。他们就在小镇中心仔细地找。

后来他们真的找到了这个家伙，原来他根本就没离开那个派出所，他就在派出所外头的边墙上，二楼距离一楼的地面顶多一米多，一般人一跳就跳下来了，但那家伙竟然脸色发白，手抓着墙，腿一直在打摆子，一直发抖，腿软了，就是下不来。

他们当然就把他抓回到原先的那个侦讯室，暴打一顿，然后问他，怎么回事？你说。

这家伙交代，原来他真的会缩骨功，但缩骨功并不像我们漫画里看到的那样，或者《不良人》这种3D动画，一下子就成功缩骨了，不是，他发功要发很久。

他的缩骨功就像，你想象一只乌龟要把自己的壳卸掉，或者是一只壁虎要把自己的骨骼一根一根卸下来，他在铁柱子那边卸了很久，才把手从手铐里卸出来，接着卸他的肩膀，卸他的躯体，最难的是他的头，头要穿过两根柱子中间的距离，好不容易花很大劲儿，发很大的内力，溜出来了。

可是溜出来以后，他眼前是一个房间，房间有两扇门。他运气很坏，那两扇门都锁着，可是两扇门的上面都有一个通气窗，通气窗上也是一格一格的铁杆。他如果选了东边，他就可以逃出去，但他选了西边，他又花了非常大的力气，又开始像乌龟卸壳，像壁虎把自己的骨骼卸下来，花了很大力气好不容易穿过去了。穿过去发觉又是另一个房间。另一个房间又有一扇门，门上又有一个通气窗，他在这通气窗上又花很大力气乌龟卸壳、壁虎卸骨骼一样穿过来之后，终于到了一个房间，有一对外窗可以爬出来，爬出来就是后来他们抓到他的那个阳台，他站在那个阳台上的时候，两条腿已经软了。

也就是说在这四个警察吃火锅、喝啤酒、看足球赛的这大概两个小时的时间里，这可怜的缩骨功高人，花了很大力气在不断地缩骨，穿透一个又一个界面，可是最终只是到达派出所的墙外边，最后还是被逮回去了。

结语

我今天讲的这两个故事，如果取一个标题，可以是"未必存在的身体"。

我觉得很有意思，第一个故事是我哥们儿跟我说的他舅舅突然被另外一个人占领了身体。其实这个占领他身体的鬼魂，不知道自己占领的这个身体，可能不到半年也会形销骨毁，化为灰尘。他还是占领了，占领以后就发生了一场那么原始的、恐怖的暴力剧。

第二个阿乙讲的故事，更是让我觉得神之又神，可以在这一群警员的眼前，或是稍微转过头，再回过头来的时候，他就用一种中国古代武侠小说里写的传说中的缩骨功，把身体变成异态，像爬虫类，或者说像蚯蚓，突然他就这样滑溜地从非常不可能的一个夹缝里面溜走了。

其实最后你发觉，故事基本上都是靠人物支撑的。我们很多时候想要写这种所谓的都市男女的情爱，我们会去写像日剧或韩剧里酒店、KTV的场所里，大家纸醉金迷，喝酒，变装女郎，女人的大腿，支离破碎的身躯，广告的影像，网络上目不暇接不断切换的这些人形的形象。

可是听到类似像我那哥们儿的舅舅的故事，或是阿乙讲的缩骨功怪咖的故事，我强烈地感受到故事里的人，他还没有变成卡夫卡式的身体，他也没有变成像鲁西迪小说中的《古兰经》里的魔鬼，人头羊身的怪物，也不会像莫言的小说里人变成动物，比如《生死疲劳》里的各种投胎转世，但是他就是在这么小的市镇或小的空间里，一个朴素的人，小小的身体，这个身体突然背叛了我们对习见的人性剧场演出的期待的读者之眼，他的身体突然在某一个时刻，不复存在于我们眼前了。

怪异的《红楼梦》第 30 回

1

我的朋友都知道,我有一个神秘牙医,他是个神人。这牙医智商大概 167,智商非常高。

我当时牙坏了,整个牙需要抽神经,装假牙,他拿着电钻对着我,一边磨我的牙,把我嘴洞里的牙槽一个一个挖开,一边跟我讲量子力学中的波粒二象性的悖论,把它与佛教的如来藏做比较。

我的牙医就是一个怪咖,大隐于市,躲在台北。大家如果去台北,一定会去鼎泰丰吃小汤包,那个牙医就在鼎泰丰旁边一个小巷子,一个看起来破破烂烂的小牙医诊所。

有一次,他告诉我说这些古代的藏密中的佛教高僧,他们有一套修行的法门,在他们圆寂之前的每一天,他们会在自己的脑海里进行观想、净观。

观想是什么?我们到西藏去,看到西藏的唐卡,或者坛城,也叫曼陀罗,就是一整幅非常复杂的画,像一个几何图形,好像是外星人画好的宇宙设计草图,结构非常森严,充满细节,里头可能有数百尊佛和菩萨,还有护法金刚。他说,藏密的高僧修行法门的时候，就要每天在脑中把一整幅唐卡，或者一整座坛城上所有这些栩栩如生的细节从头到尾细想一遍，甚至每一个菩萨，不同的脸相，不同的表情，不同的眉眼，身上不同的衣褶，衣服不同的颜色，佩戴的不同的珠宝，他要把每一个细节全部想一遍。

我当时听到的时候，内心非常震撼，心想这是神经病。他这样跑一轮是什么意思？

当他圆寂的时候，他内在的波或内在的频率，经过重复的训练，已经进化成结构森严、非常繁复的巴洛克式建筑的各种廊柱结构。各种七层宝塔，各种璎珞服饰，各种发髻，各种诸天菩萨的脸庞，各种人体的形状，各种的装饰，全部这些细节都在他的脑海里。

我后来也在想，有些我们称之为"神作"的伟大的小说，十八世纪到二十世纪有一些非常伟大的小说，比如说《红楼梦》，或者《百年孤独》《卡拉马佐夫兄弟》《战争与和平》，我一定是练家子了，我从二十多岁开始，有些小说读过不止一遍了，甚至还夸口有的小说读过十遍以上，从二十多岁我抄书抄抄抄，但是读过以后，到三十多岁，你还记得它吗？或是到四十多岁，你还记得它吗？

你有没有办法像这些西藏的高僧每天做这样的功课，从头到尾把这部小说的每一个房间，每一层楼，每一个洞窟里面的诸天菩萨，他手上拿的法器、他的衣饰、他的头发的形状、他的脸、他的皮肤，所有的细节全都背诵一遍。基本上我觉得这是做不到的。

有的小说可以像圣索菲亚大教堂那么繁复，可以像布达拉宫那么繁复，可以像克里姆林宫那么繁复，它庞大、巍峨，而且繁复、富丽，人类文明的所有野心全部建筑在这个作品上。虽然你读过了它，但其实你不同时期再试着像那些西藏高僧那样默想，重新回想它的时候，你发觉很多细节你都想不起来，你其实根本像没读过一样。

2

我到四十岁再到现在五十岁，大概不同时期重读《红楼梦》的时候，每次读到第30回，都会觉得它特别怪异，所以这一集的故事，我想讲一下《红楼梦》的第30回。《红楼梦》的第30回到底发生了什么事？

《红楼梦》的第27回，让许多读《红楼梦》的人真正被曹雪芹完全震慑、震撼，或者说曹雪芹埋伏在《红楼梦》里最核心的那一颗黄金之星、那个诗意的小宇宙其实就是在第27回。第27回当然就是最经典、最著名的"黛玉葬花"，但其实它又是非常复杂的。

第27回就是在讲宝钗和黛玉的故事，上半场是讲薛宝钗像一个美少女，像杨玉环一样，胖墩墩的，有一点点丰满，可是非常美，有点醉态酣懒，拿着一个小圆扇在追粉蝶，跑到池边的滴翠亭，不小心偷听到大观园里的婢女，一个叫坠儿，一个叫小红，她们在讲婢女与少爷之间的情事。

薛宝钗在这么醉态酣懒、天真烂漫的状况下，突然作出了一个反应。所以很多人读到这个情节时，认为薛宝钗就是一个藏奸的女人，她平常那么敦厚有礼，应对温和，进退合宜，可是这时候，婢女推开窗子发觉薛宝钗在外面时，薛宝钗就故意说，颦儿，我看你往哪里藏？

颦儿就是林黛玉的小名，突然间婢女就觉得，完了，林黛玉这么难搞的主子，这么有心机，心眼这么小的。其实林黛玉是最天真烂漫的，可是在大家的印象里，林黛玉是一个最难搞的、心胸气量最狭窄的人。婢女就想她刚才一定是在这边偷听到我们讲的。那个年代，在大观园里面，婢女与少爷有私情那可是杀头之罪。

到了下半场，林黛玉凄凄楚楚的，啜泣着，顾影自怜，拿一把花锄去埋葬落花。那首《葬花吟》实在是美得让人震撼，花谢花飞花满天，红消香断有谁怜？

我前两年生病，生病的时候不太能看比较复杂的东西，我那时候整天挂在网络上，看了很多大陆的电视剧和综艺，比如《华山论鉴》《东北一家人》，还有《金星秀》，还有马未都讲古董的节目，我特爱看。

我是一个很奇怪的迟来者，那时候我才无意中看到87版的《红楼梦》，以前我会觉得87版的《红楼梦》说不出地老旧或者说不出地怪，但是后来我完全看进去了。我迷上了演林黛玉的女演员，我一个五十岁的大叔这样讲蛮恶心的，我也有家有妻有子，可是那时候会进入一种我觉得那是在小说里才会出现的迷醉。后来我通过YouTube才知道原来这个姑娘叫陈晓旭，她十年前就死掉了，所以这还真是人鬼恋了，我像个屌丝粉、脑残粉。

我每次听到87版《红楼梦》唱那首《葬花吟》的时候，我一个鲁智深一样的大男人会在电脑前面哽咽、啜泣，悲不能抑。

"天尽头！何处有香丘？未若锦囊收艳骨，一抔净土掩风流；质本洁来还洁去，不教污淖陷渠沟。尔今死去侬收葬，未卜侬身何日丧？侬今葬花人笑痴，他年葬侬知是谁？"

曹雪芹是个小说家，其实他等于是清代最伟大的词人，他写出了《葬花吟》，他让它看上去是他笔下的林黛玉这个小说人物写出来的词。

在第27回，你感受到这么强烈的雷电光闪的一个时刻，突然好像万古长空，一个美少女，在天地星辰之景面前，生发出生死的哀叹，可以到达如此深邃之境。

贾宝玉听到林黛玉念《葬花吟》，他整个人呆了、傻了，被林黛玉感动到涕泣不能自已，催心断肠。可是接着到第28回，他却好像没什么事，与蒋玉菡、薛蟠等人吟诗作对，行酒令。薛蟠就是一个人渣，讲了一些七七八八的话，很差的黄色笑话，很糟糕，很搞笑。

如果把第29回用VR做成一个大型的好莱坞式的特效，像《哈利·波特》《指环王》这种非常大型的3D动画场面，第29回就是在炫耀整个大观园的女眷，老太太贾母率领一班女眷，贾宝玉在前面骑着白马，有八人乘的轿、四人乘的轿，还有宝盖香车，总之是随从如云，大家去清虚观朝见。

但这个场景里面还埋藏着各章节的故事，这个没办法多讲，总之整个《红楼梦》就是一个非常伟大、非常复杂的曼陀罗。每一个章节都有它自主的细节，这细节形成了一种非常复杂的人情世故，以及阶级之间的差异、男女之间的情爱，还有一种对生死的恐惧感，未来惘惘不可测，未来这些人的命运其实并不像眼前这么灿烂。

3

可是到了第 30 回的时候,我们终于回来讲到第 30 回,第 30 回发生了什么事呢?

上一回的结尾,贾宝玉和林黛玉吵了一场非常大的架,这场吵架也非常经典,两人原本在斗嘴,后来变成真的吵架了,贾宝玉一气之下把他随身佩戴的宝玉摔在地上,这惊动到贾母,大家都受到很大的惊吓。你会感觉到黛玉后来的死,好像在这个时候就已经埋下一颗种子,她这次伤心,好像已经伤到了她的心脉的那种感觉,你会觉得这个女孩子其命不久矣。

但是到了第 30 回开头的时候,宝玉又没事了,他们两个又和好了。其实应该讲贾宝玉、林黛玉这一对小恋人就是孽缘,注定要在一起的,即使他们最后在这部小说里没有在一起,后世的几百年,人们还是把他们两个配在一起。

这个时候凤姐出现了,她说,我就说没事了,就把他们拉到贾母的房里。老祖宗看到宝玉总算没事了,又揉心肝,又心疼。黛玉像一个乖乖的小女孩,挨着贾母坐着。

这个时候有一场戏,薛宝钗平常看起来老成持重,可这时候突然显露了一下情绪。可能是她看到大家都看宝玉跟黛玉两个人好。事情起因是宝玉那时顺口说了一句,怪不得大家都说姐姐像杨玉环。薛宝钗突然就酸了一口,说我倒没有一个像杨国忠那样的好哥哥。因为她哥哥是薛蟠,是个废柴。薛宝钗觉得她被所有人暗示,出于所有人的一种心机,她被推为杨贵妃那样的角色,反正她就要一翻这个牌头。这时刚好有个小丫头不懂事,平常也觉得薛宝钗温柔端庄,就过来闹她一下,她突然拿出主子的架势呵斥那个丫头。

宝玉跟黛玉一阵面红耳赤，黛玉又很像《金瓶梅》里的潘金莲，就说，你看看人家牙利嘴尖的，哪像我嘴这么笨的，由着人说呢。你看这多厉害？这场戏就过去了。

接下来，贾宝玉在第30回的第二场戏，贾宝玉到他母亲王夫人的房里，那时候是盛夏暑天，他母亲在午睡，一个叫金钏儿的丫鬟在旁边帮王夫人捶腿。

宝玉看到这个金钏儿很漂亮，他从怀里拿了一个有点像喉糖的东西，香雪润津丹，塞到金钏儿嘴里。你想金钏儿是《红楼梦》里王夫人身边的首席丫头，一个雪肤朱唇的美女，她就这样子含进去了。因为她身边就是王夫人，她是贾宝玉的母亲，贾宝玉就是唐僧，所有妖精都想吃唐僧肉。贾宝玉就调戏她说，看什么时候我跟我娘讲，把你讨到我房里去。

这就是封建时期《红楼梦》大观园里很典型的男主。这些少女应该都是从穷人家买进来的，她们的庄园主对于她们的身体拥有绝对的支配权。

金钏儿很世故，她在大当家的身边当丫头，她是一个大丫头。她说，你急什么？你没听过那句话吗？是你的终究是你的。

这部分我觉得蛮驴的，曹雪芹蛮爱预言这种玩笑话。当然金钏儿后来的命运，是跳井自杀了。

宝玉还是不解，然后金钏儿还跟他说，去，你去后面抓环二爷和彩云。大概是说你去把他们抓了，那说不定我跟你就有可能。她讲宝玉那个同父异母庶出的废柴弟弟正在偷情。

其实王夫人根本没睡着，她突然起身，"啪嚓"就打了这个丫头一耳光。这里也看出《红楼梦》里主仆之间的残酷无情。作为写小说的练家子，我对三百年前写这部小说的这个人充满敬意，他超残酷的，"啪嚓"翻盘。王夫人说，下贱的娼妇，好好的主子就是被你们带坏的，马上找家人来。

当然金钏儿被赶出去了，你本来是在偌大的贾府里头当首席丫头，被赶出去就等于是被宣判死刑。她立刻跪下来，然后她妹妹玉钏儿也出来跪求，但王夫人不管，她非常愤怒，坚持要把她赶走。到第32回，大家知道金钏儿跳井自杀了。

贾宝玉闯了这场祸以后，我们现在到第30回的第三个情节，非常奇怪，贾宝玉刚跟林黛玉和好，被薛宝钗排揎了一顿，接下来又闯了一个祸，调戏了一下母亲王夫人身边的美女丫头，害得这丫头为他折损了，被赶走了，被毁掉了。

可这时候，贾宝玉突然跑到大观园，曹雪芹写道，"只见赤日当天，树阴匝地，满耳蝉声，静无人语"。好像一个很奇怪的无人之境，阳光非常炽烈，曝得非常饱满。

我后来几次重复读到第30回这一段的时候，觉得好像看到我二十多岁时看阿伦·雷乃拍的那部电影《去年在马里昂巴德》，非常怪异，非常像梦境。

宝玉在这种强光曝晒、空寂无人的情境下，走到蔷薇花架旁边，听到有一个女孩在哭。他隔着蔷薇花架看到有一个长得像黛玉、体态风流、很漂亮的小女孩，哭哭啼啼的。他本来还在想说，东施效颦，你在学我的颦儿葬花。然后发现那个女孩是拿着一根发簪，在地上一直重复地写字。

后来他认出来这个女孩就是"龄官画蔷"的龄官，是十二个小戏子中的一个，饰演小旦，她长得很像林黛玉。

贾宝玉这时候才第一次发觉，或者说谈《红楼梦》的人会说，曹雪芹透过这个场景，让宝玉第一次发现原来自己不是所有人欲望的中心、绝对的中心。

黛玉、宝钗、湘云，所有的姐姐妹妹、袭人、晴雯，所有这些丫鬟，对所有的女孩来说，其他那些男人都是脏男人，好像只有他是韩湘子一般的，风流的美少年、美公子。但现在，他突然发现原来有一个女孩，对他没有欲望。她在这里啜泣，心里想的根本不是我。当然曹雪芹也没说破。

龄官在"画蔷"，就是指贾蔷嘛，她在地上写了几十遍上百遍"蔷"字，写了又划掉，眼泪滴在那些字上。

眼前这一幕，贾宝玉整个看痴了。如果这是一部电影，它是一个很奇怪的默片，是一个光线饱满得像印象派的画，在极致的曝光里，贾宝玉躲在后面看这个女孩在地上写"蔷"字。

接着，突然风云变色，开始打雷下雨。宝玉很不忍心这个女孩淋雨，他对这个女孩说，姐姐你别再写了，赶快去躲雨，你看你身上都淋湿了。

龄官回头，因为隔着蔷薇花架，银光披散，没看清楚，她以为贾宝玉也是个女孩，她说，姐姐你自己不是也淋湿了吗？

从刚刚那种强烈的阳光突然到现在一阵大雨像银色的光一样泼洒下来，在这阵大雨中，贾宝玉突然醒过来，他就赶快往怡红院跑，心里还记挂着那个女孩没处避雨。

接下来写道，第二天是端午节，除龄官之外的那些小戏子都在怡红院玩，都是十三四岁的漂亮姑娘。下大雨了，大家很开心地玩水，她们把水沟堵起来，所以整个院子就积水了。

其中有个画面美不可言，可是有点残忍，她们把绿头鸭、花鹈鹕，还有彩鸳鸯这些很漂亮的鸟的翅膀用针线缝住，所以这些鸟飞不起来。她们把这些鸟放在水里面玩，它们是活生生的小动物，可是在这个水池里玩水，你可以想象那个画面有多美，美少女们在玩着这些色彩这么鲜艳这么美的鸟。

这个时候，宝玉在外头"砰砰砰"地敲门，因为雨很大，她们听不清楚，宝玉只得把门拍得山响，但这些小丫头都倍儿懒，不去开门。

袭人就说，谁这会儿叫门？麝月说好像是宝姐姐的声音。袭人从门缝一看，原来是淋得一塌糊涂、狼狈得不得了的宝二爷回来了。她就笑嘻嘻地把门打开了，说，怎么是你？

这时候，曹雪芹写道，宝玉以为开门的是那些小丫头，当场一脚就踹下去，往袭人的胸前一脚踹下去。

我年轻的时候看这里，会觉得胸口突然被卡住了。

本来是一个那么怜香惜玉，那么好脾气，那么像呆头鹅的贾宝玉，所有这些女孩，在大观园里不管你是小姐，你是丫鬟，你是怎样的背景，宝玉都是好言好语地对待。甚至有的女孩偷了东西，他都揽到自己身上。

但是这一幕，他竟然往袭人的胸口踢下去，你突然觉得贾宝玉变成了鬼脚七，瞬间像练过功夫一样，"啪嚓"踢下去。

然后他才发觉他踢到的是袭人，他才说，我以为是小丫头。袭人当然也讲了一些非常像大老婆讲的话，说还好踢的是我，这些小丫头平常也不像话，是我叫她们别开门的，还好你踢的是我。然后宝玉还一直赔小心。

到这里你才发现，贾宝玉不是一个小男孩，他其实已经是个有男性力量的男子，他可以一脚往一个女孩胸口踢下去。

当天夜里，宝玉拿着灯来看袭人，袭人的心口非常痛，不停地咳嗽，然后吐了一口在地上，宝玉用灯光去照，发觉竟然是一口鲜血。袭人当时也觉得心中惨然。

4

我们现在回过头来看，第30回发生了这么几件事。

从最前面宝玉跟黛玉和好，接着到贾母那边，他们被宝钗一顿排揎。接下来他到王夫人那边闯了一个祸，害得金钏儿之后跳井自杀。之后他跑到一个空旷无人的场景，日光曝照之下，他看到一个女孩在地上写一个男人的名字，这一切如梦似幻。正当如梦似幻的时候，光线突然变暗了，下起了大雨，一片银光色的雨幕，然后他跑回家，大观园里面一群美少女在玩绿头鸭、彩鸳鸯、花鹨鹅。袭人开门后，宝玉往袭人的胸口踹了一脚，之后给她道歉。

我觉得第30回在我阅读的过程中，屡屡形成一种很奇幻的立体感或是很奇幻的科幻感。

我到后来才看到石黑一雄有一部小说叫作《别让我走》，我才突然想到，其实《红楼梦》的第30回真的可以写成AI机器人那样的科幻小说。后来我也确实写了，我写的那本书叫《女儿》，我把这一想法写在《女儿》里头。

石黑一雄的《别让我走》一开头，也是一群人在一个学校里，像大观园里这样一群少男少女，老师让他们学作诗，做艺术品、画画，像正常人一样讲话，谈恋爱，也有像《红楼梦》里面的这些少男少女之间的霸凌和钩心斗角。

这是一部科幻小说，到小说中段以后，才知道原来这群少男少女只是一群器官提供者。他们其实是一群基因培养出来的活体的人，但是他们活着的目的只是等他们到了十六七岁，他们要被摘除心脏、肾脏、眼球等身上的器官，捐赠给那些真正的活人，社会里的活人。

如果用《红楼梦》作比，他们应该是《红楼梦》的古典秩序里面的小红、坠儿，甚至大一点的像袭人、晴雯，像金钏儿、玉钏儿、平儿，像这些丫头，其实基本上她们是一群 AI 少女机器人。贾宝玉这一脚踢下去，踢坏了、踢爆了，不小心把袭人 32 号的头踢飞了以后，在 AI 机器人工厂可以立刻再运送出来一个袭人 33 号机器人。这是后来我发觉《红楼梦》的第 30 回其实有一种这么怪异的科幻感。

结语

我二十岁时，距离《红楼梦》这本书诞生应该已经二百多年了。我二十岁的时候看到《红楼梦》第 30 回产生了那种怪异的、科幻的、超出我的辨识维度的感觉。

当时二十岁的我距离现在三十年了，二十岁的我还没有看过村上春树的《世界尽头与冷酷仙境》或是《1Q84》，也没有看过好莱坞电影中一个人每次只能拥有一天的记忆的设定，或是我们会在《黑镜》里看到很多记忆的断片，或是记忆被编码过，甚至像我非常喜欢的一部火车电影《源代码》那样，主角每次在火车上醒来后的时间只有八分钟，然后他会不断重复这八分钟的记忆，而这火车最后一定会炸掉。

《红楼梦》的第 30 回，我三十岁到四十岁到现在五十岁，再看的时候，仍然充满着这种科幻的光晕。一个十八世纪的小说家写的这个故事，当他写到第 30 回，贾宝玉一脚踢向袭人的心口以及他之前在母亲房间里调戏金钏儿并害她跳井死去，或是他站在一片曝光的蔷薇花架的空旷场景，窥看美少女一边哭泣一边在地上写着"蔷"字，最后又下起了漫天大雨，她们这所有的一切都被雨水遮蔽住。我会觉得这个故事好像可以随时关机，然后再开机。

这个故事里的人物会在不知觉的状况，似乎若有记忆，但是又像一切是第一次发生一样，会重复地发生第二次、第三次、第四次，他的脚会不断地第一百次、第二百次、第三百次踢向那个少女的心口。

关于安慰的故事

1

我 2008 年在台湾出版了一本长篇小说叫《西夏旅馆》。我的小说一般是很小众的，大家会觉得我是一个很不错的小说家，可是没有那么多的读者，基本上我的书销量不是很好。那个时候出版社帮我安排了一场打书之旅，当然不能跟大陆这边比，就是在台湾很密集地排几场活动，下午在高雄的诚品书店做一场活动，晚上到台南的诚品，第二天再到台中，大概是这样。

那场打书之旅对我来讲，是一个非常大的创伤。

高雄的诚品是在一栋非常大的百货大楼的顶楼，一个非常大的开放式的空间，全部挑高，装修得非常像一座神殿，里面全部是书柜，各式各样的书摆在那里。整个空间像命运交织的城堡，有各式各样的人来回走动。

演讲区是一个像祭坛或者像剧场的空间，讲台在中央的位置，所以我在那边讲的时候，声音是发散的。

问题是当时我站在那边讲，讲桌上堆着十几本我的《西夏旅馆》，一叠一叠的。可是我前面坐着的读者只有四五个人，所以越讲就越没力，越讲就越慌。

后来到台南诚品的时候，我心里就有点害怕。台南诚品也是在一栋百货大楼，但它比较小一点，是在地下室。我就先跑到地下室，一看，不错，看到演讲区四五十个座位都坐满了，坐了一些老先生。我想台南的文化水准是比较高，我就放心地上去抽了根烟。

抽完烟下来我就开始讲，开始讲以后才发觉原来下头坐着的四五十个老伯，他们原本只是为了打发无聊时间跑来诚品吹冷气，坐在这边看杂志、翻书，免费的冷气吹吹，可是突然跑来一个胖子不知道在讲什么，他们就很疑惑地抬头，然后开始纷纷离场。

预算要讲40分钟，然后让读者提问，我觉得我在讲的时候突然变快转模式了，因为他们一直在离场，我一直很想跟他们说，不要走，求求你们不要走。我讲15分钟就讲完了，这时候人也走光了，我再一次受到很大的创伤。

第二天到台中的诚品，它在一栋比较旧的百货公司大楼，也是顶楼，演讲区更小，是封闭的。你知道那种感受的反差有多大，你进到这个百货公司，从一楼开始搭电扶梯，一层一层往上升，最后到达八楼或九楼。

这是一个比较旧的社区，百货公司下面很多年轻人在唱嘻哈，有的打扮成很大的Hello Kitty或皮卡丘等各种玩偶，父母和孩子玩亲子游戏，各种各样的人，我就想阳光下面有这么多的人，如果每人都买一本我的书，我就发了。

我坐电扶梯的时候，碰到一个大学时最好的哥们儿，他住在台中，他带着他一家人，他太太也是当时我们班的一个美女，等于是嫂子，还有他当时在念高中的大女儿和在念小学的小儿子。

我很尴尬，我跟他说我演讲的时候会讲些屁笑话，因为要打书，你坐在下面我会讲得特别尴尬、别扭，你先回去，我待会打完书就去你家跟你喝酒。他说，不不不。

还好他们一家四口没走，整个小演讲厅总共五个来宾，除了他们一家四口，只有一个不知道哪来的神经病，估计跑错场子了，坐在那里。如果他们一家四口没有来为我撑场，我就只有一个听众。诚品书店那个小女生尴尬到不行，她想象签书会台子上应该堆很多我的书，很多人会来买，结果最后来买书的，只有那个不知道哪儿冒出来的陌生读者。她很不好意思，自己还买了一套，虽然我看她根本不像我的读者。反正那个过程我就受到很大的创伤。

这还不算什么，这只是说你去打书的时候根本没有读者。同样在那一个礼拜，他们还安排了一场到新竹一个排名比较差的大学去打书。这个大学有一个很大的阶梯式教室，一个开放式的礼堂，里头有一些大概是被迫前来的学生，那些学生是技职学校的工科生，他们跟文学一点关系都没有，我自己年轻的时候就是这种货色。总之是一群很调皮的年轻人，他们也根本没有想要念书。

我也没遇到过这种阵仗，虽然我去过那么多地方。它那个讲台是位于最低处的，所以我坐在最低处的位置，对着上方坐得满满的两三百人演讲。第一排坐的都是老师。我拿着小蜜蜂随身麦，就开始讲故事。我演讲应该是好听的呀，可是我在讲的过程中，我眼前好像有上万只蜜蜂在嗡嗡嗡嗡，那些染头发的小胖妹或性感小辣妹、染金头发的小伙子互相吵来吵去。其实我在他们那个年纪也是这样。坐第一排的老师装出一脸很认真在听的表情，可是也没有任何一个老师敢回头说大家不要吵闹，大约他们是流氓学校。

这场子太奇怪了。我在上头讲话，我麦克风的声音已经整个被他们喧哗的嗡嗡声，像海浪般淹没。

所以那次打书结束以后，我的心灵受到了很大的重创。

2

出版社派去的陪着我打书的男孩是个高个子，身高一米九几，我后来才知道他是我文化大学的学弟。

那一次在我从新竹回台北一个多小时的慢车上，他告诉我过去十年他各式各样的打工史，他干过编剧，干过殡仪馆的礼仪师，干过酒店少爷，干过赌博电玩店的假客人，干过快递员，干过西洋经典老歌套装DVD的推销员，等等。

他是个很温暖厚实的家伙，他在描述这所有的经验细节的时候，没有那种炫耀之感，一般小伙子有这么多奇怪的人生经验时，会有一种炫奇夸耀，有一种追忆昔时场景的打光效果。他没有这些，他没有大惊小怪。

他在描述这些的时候让我艳羡不已，我当然会很激动地追问。天哪，我实在太嫉妒他曾经目睹过那些拼组出我们这个时代、这个城市的所有这种像马赛克彩色小瓷砖的怪奇行业的那双眼睛。但是我在追问他的时候，他总是慢半拍，总是很像一只大熊那样，一脸茫然，一副"这个年代大家不都这样过来的嘛"那种表情。

他讲到电玩店，说起之前他在西门町武昌街打工的经历。

武昌街是一个已经废弃的老区，很多吸毒的人、老头混在那个地方。那里有一整排鱿鱼羹店，他曾经在其中一家鱿鱼羹店打工，店里有一个师傅吃住都在店里，所以必然每天都吃鱿鱼羹。他是一个单身汉，没有其他的嗜好，每个月初领两万五千块台币的薪水，当天下午就到附近一个叫7PK8连珠的赌博的电动玩具店，把刚领到手的两万五千块薪水输光，然后身无分文地过接下来的一整个月。

后来这个学弟又跑到电动玩具店去当假客人，为了假装生意很好，老板会开一万块让他们坐在那里把分数打光，输赢都是假的，主要是让客人觉得这家店人气很旺，每台机器都"砰砰呛呛"地响，如此一天他可以拿五百元的工资。老板偶尔还会拿几千块叫他们去别家店开机，刺探一下同行的军情。

他在那里遇到许多很奇怪的客人，那段时光导致他对金钱的价值产生一种超现实的扭曲感。譬如有一个客人衣冠楚楚、谈吐优雅，好像是有一点名气的企业老板。每天晚上九点会进来，他永远拿两万块开机，然后把这两万块扔到机器里哗啦哗啦输掉，好像这是他每天该做的事，像一个仪式，像每日诵经一样，每天把这两万块输光，输完以后就没有任何情绪地离开。有时候不小心今天这两万块赢到大奖，他会继续打下去，把大奖输光，然后再平静地离开，这样子弄到比较晚。仔细一算，每天固定两万块，扣除周末，一个月等于有四十万台币了。四十万台币花在这件事上，完全不知道它背后的意义是什么。

还有一个客人是头罩着护颈，脚裹着石膏，坐着轮椅进来的，说是被车撞了。他被撞成残废，拿到三十万赔偿金，但是他一个下午就把三十万输光了。

还有人把钱输光了,就拿房子、银行贷款跑来赌。然后这个赌鬼的老婆拉着婆婆进来,拿拖把在店里追逐殴打这个赌鬼。

至于他当酒店少爷的经历,台北中山北路旁边的林森北路有一个红灯区,他在其中一家色情酒店上班。

你们知道日本有一些洋食店、甜点店,会在橱窗摆放一些用蜡做成的色彩鲜艳、栩栩如生的食物,比如牛排、蛋包饭、薯条、青花菜、亲子丼。他在酒店上班,当酒店少爷,上班的场景很像蜡像馆,这些小姐粉面酥胸,脸上的妆化得幻美如梦,包厢里各个小姐身上不同牌子的香水像看不见的调酒师,把空气混成一种稠密的雾阵,整个变成一种迷雾森林。但是,等到打烊时,灯光亮起来,整个场面包括店里的白粉墙、沙发、大理石桌、地毯,在正常的灯光下,它们失去了暗黑迷离灯光的掩蔽,变得如此空洞简陋。

他说店里的大姐平常很疼他,因为他是很老实的男孩,妈妈姐姐都会很疼他。这个大姐平常化妆,虽然看得出有一定的年纪,但是非常地高雅、风流,轻声细语,穿着旗袍,身材也好。年纪大的客人喜欢点她,喝醉了会乱摸这个大姐,大姐会很温柔地把他们的手拿开。

可是有一天,礼拜天,这个学弟在附近街道晃荡时,有一个老太太轻声细语地喊他,他看着这个素颜的提着菜篮的老太太,竟然失礼地恍惚了大概三十秒才认出来,是那个很有气质、很美的大姐。她卸了妆,在日常生活中,寻常的人家中,日光之下无奇事,她竟然就是一个提着菜篮的老太太。

另外的一些细节似曾相识,几乎所有关于酒家女的故事必然都会有这种桥段,他搀扶着被客人灌得烂醉的女孩,回到分租给在四个不同酒店上班的小姐的隔间公寓。女孩喝醉了，会搂着他痛哭失声，他就像一只大熊，很好脾气地安抚她，扶她吐在马桶里，拍她的背，任她胡言乱语，哄她睡着，然后全身而退。公寓隔间里的那种狭窄、昏暗、脏乱、污浊的空气都让他印象很深刻。

但是等到下个礼拜，回到酒店里，他说的是公司，回到公司上班的时候，这个女孩又艳装成那群无灵魂的性感玩物中的一个，在包厢让客人挑选、搂抱、喷烟、灌酒。偶尔两个人遇到的时候，会像陌生人一样，表情冰冷，似乎那个晚上发生过的事情并不存在。

对于他所见的这一切，他的感想是，这世界上什么千奇百怪的人都有。很平淡的一句话，因为他不是写小说的。

3

但是，他为什么是这样一个奇怪的流浪者？他为什么这样晃晃悠悠地打工过日子，他当时也已经三十五六岁了，没小我多少，可是还在打一些这样的零工。

后来他跟我讲起，说他父亲当年在台南开了一家铁工厂，很成功。可是他父亲到了三十五岁那一年，好像突然被雷打到了，把所有的铁工厂收了，把资产跟股东分一分之后，把他母亲、他奶奶还有当时年龄还很小的他丢在台湾，自己一个人跑到西班牙去学古典吉他，大概学了七年。

七年之后，他父亲学成了古典吉他，弹得非常厉害，然后又跑到捷克去学做木工，用很好很好的木头做古典吉他。

后来等到他父亲回到台湾的时候,已经五十多岁了,根本找不到去大学音乐系教书的职位,所以他父亲就有一搭没一搭地兼课教音乐,可能一个月就赚个千把块台币,可是他父亲特别地乐在其中。他们住在淡水,他父亲在淡水找了一些老头,大家拿一些我们现在一般看不到的鲁特琴等欧洲中世纪的古老乐器,组了一个中世纪古乐器的乐队。当然也没有人理他们,因为很多人也许认为,怪老头你们应该是拿二胡、拿唢呐演奏,可是你们竟然在这边演奏中世纪的古乐器?

他父亲就是一个雅痞,后来我还看到过他父亲穿一身猎装,非常帅。可是作为儿子,我这个学弟却变成了一个很像《流浪者之歌》里的流浪者,在各种奇怪的地方打很奇怪的零工,个儿又那么高,好像这个社会无法让他容身。

我的故事其实可以延伸下去,变成一个被追逐艺术家之梦的父亲遗弃,所以长得歪歪斜斜,或者说不叫长得歪歪斜斜,说不定反而是更神秘地在看世界,看他父亲所看不到的这些酒店的女郎,或是电玩店的奇怪客人、殡仪馆的哭泣的家属。我应该是讲一个与《父与子》有反差的故事。但其实不是,我今天要讲的是一个关于安慰的故事。

像我前面所说的,当时在出版《西夏旅馆》后打书的那两个礼拜,我受到了非常大的创伤,其实我现在已经五十岁了,距离那个时候已经十年了,但是如果我现在再遇到那样的情景,我内心还是会受到很大的创伤。对一个创作者来讲,那样的场景是一个非常恐怖的噩梦。

但是在经历了这么大的创伤之后,在我从新竹搭火车回台北的途中,很意外地,这个高个子学弟突然扮演了一个奇怪的天使的角色。他其实跟这整件事无关,但他跟我讲了这一段故事,恰恰在这个故事讲完的时候,我们就到达了台北,我觉得他好像把我的创伤疗愈了。

4

有一次我遇到一个同辈的女作家,她跟她的伴侣已经在一起七八年了,结果她被劈腿了。我们彼此是同行,作家之间会像武士一样,不会让对方看到自己脆弱或丢脸或崩溃的那一面。我们看到的都是对方比较强大的样子。

可那次,意外的一个场合,我跟她在一间咖啡屋遇到。她在我面前崩溃了,因为她的伴侣竟然背叛她,劈腿。事情可能刚发生,所以她还处在措手不及,就像啤酒罐整个被捏瘪的状况。我当时突然不知道该怎么办,我不会安慰人,我们年纪差不多,我的生命中也遇到各种悲惨的事,所以我不知道该怎么办。

我突然跟她说,你知道吗?我平常都是跑到一个小旅馆去写稿,我在那个小旅馆大概待三个小时,大概付个一千块台币,就像钟点费。那种旅馆其实是人家去约炮,去跟情妇约会,跟小三约会的地方,就我特别怪,我进去三小时,很专心地坐在书桌抽烟、写稿,三小时的时间一到,我就出来,所以柜台的小女生也都认识我了,觉得骆先生怎么每天都来报到。

刚开始她们会觉得这个人有点变态,怎么都一个人来,难道是召妓?可是也没有妓女进来他房间,待了三个小时,床都没有动过,只有桌上有烟灰缸留下的痕迹。但后来她们也习惯了,也认识我了,或者说她们后来可能从网络上知道我是一个作家。

但是有一天，我在这个旅馆的房间里发生一件很悲惨的事：当时我肚子不舒服，上厕所，一冲马桶，马桶塞住了，马桶就满了。

如果我到一个陌生的酒店，关我屁事，我就直接走人了，不会有人知道马桶被我拉爆了。问题是她们认识我，旅馆里清洁的阿姨一定会讲，骆先生把我们五楼房间的马桶拉爆了。我有一种她们认识我，所以我不能丢脸的感觉。

我就想把这个马桶弄通，可问题是小旅馆的厕所没有那么好的装备，没有吸盘，没有通马桶的东西，所以我后来自作聪明，把旁边装厕纸的纸篓上的塑胶袋拿掉，去浴缸接热水。滚烫的热水倒进去，还是不通，再接一桶再倒，水快要溢出来了，它还是不通。当时我就想，怎么办？太可怕了。

因为只有我自己在这个画面里，所以我当时做了一个痛苦的决定：我把衣袖整个捋起来，胳膊露出来，伸手进去，通马桶的咽喉。但是那个马桶是新式马桶，咽喉的形状很怪，我的手伸进去后，水流旋转的时候，有一瞬间我的手不知怎么就卡在里面，拔不出来了。

当时我跪在马桶边，水是烫的，臭得要命、热烘烘的。我的脸就对着马桶边缘，臭气是热气腾腾的，我的手一直拔不出来。如果我按急救铃的话，他们一定会觉得我是哪里来的变态，我这是在演哪出？

这是发生在我身上的真事，不过后来我的手拔出来了，而且洗干净了，大家不要害怕，不要因此就不买我的书。

重点是，这个同辈的女作家正遭受情伤，她在咖啡屋告诉我，跟她相处了七八年的伴侣竟然劈腿了、背叛了她的时候，我突然跟她讲了这么一段发生在我身上的事情,她笑到差点从椅子上掉下去,笑得眼泪都出来了。我觉得我的故事大概把她悲伤的情绪释放了,她笑得一直流眼泪。

后来我们分开的时候,她拥抱了我,说,谢谢你,非常棒。

结语

某些时刻,故事出现的最初,并不是作为故事的状态被讲出来,它也并不符合那个情境下所需要的内容或隐喻或角色,纯粹就是一个奇妙的、灵光一闪出现的故事,然而它却无意中充当了安慰和疗愈的角色,它本来也不是被设计成安慰和疗愈的内容,反而常常是反差的,也许是一个非常悲伤的故事,也许是一个鬼故事,也许是一个非常恐怖的故事。但是很奇妙,在生命的某些时刻,它可以修补、疗愈那些像啤酒罐被打凹了,被生活弄得歪掉了,很痛苦很受创的灵魂,疗愈听故事的人。

关于后悔的故事

1

我们说起日本现代小说的最大腕、第一号人物，压过我们熟知的写了《千只鹤》《雪国》《古都》的川端康成，压过写了《金阁寺》的三岛由纪夫，在他们之上的，是芥川龙之介的老师——夏目漱石。

夏目漱石的小说，包括《少爷》，包括《我是猫》，是可以开一个学期的课来谈的。我二十多岁那时候还没有文学史的概念，那时候糊里糊涂看了太宰治的《人间失格》。我记得当时我看完后，整个人发狂了，在阳明山的暴雨中狂走，似乎灵魂燃烧起来，自己没有办法收摄住自己的灵魂。

另外一部我当时看了同样受到极大震撼的小说，就是夏目漱石的《心镜》，后来有的版本翻译得比较好，直接翻作《心》。据说这本书就像美国作家塞林格的《麦田里的守望者》，是日本近百年来畅销榜上排行前列的小说作品。

《心》这部小说其实故事很简单，一个关于背叛，或者说关于一个隐藏了几十年的秘密的故事。

小说一开始，是叙事者"我"，一个青年在街道上晃悠。他是个大学生，可他对学校的课没有什么兴趣。后来他认识了一个前辈，大学生二十多岁，这个前辈六十多岁，他称这个前辈"先生"。先生身边有一个女人，也五十多岁了，但还是非常地典雅、美丽，他叫她"太太"。

《心》这部小说前半段，是透过这个年轻人的眼睛在看这个先生。先生是一个很有教养、很博学的人，有点像是，你是一个小屁孩，突然在市井中遇到了木心，身旁还带着一个美丽的妇人。他们很低调，跟青年很投缘，这青年没事就跑去先生家跟他聊天。

小说前半段的中间，这个青年的父亲病危，他离开东京，回到家乡去照顾父亲，于是跟这个先生失去了联络。这中间，他的父亲劝他说，你既然认识这么一个看起来好像很有来头的大人物，你现在大学要毕业了，找不到工作，是不是该写封信拜托这个先生，帮你介绍个工作呢。

于是他写了信给这个先生，但先生一直没有回音，就这样失去联络了。所以他的内心有一种说不出的后悔与沮丧，本来这个先生对我还蛮喜欢、蛮器重，有点像忘年交，可是你们这些俗货叫我写这封信，结果现在这个先生不理我了，就是这样一种怅然若失的感觉。

直到小说的后半段，这个青年收到了先生写给他的一封很长很长的信，所以这部小说的后半段就由这封很长的信组成。信的开头，先生跟他解释说，我收到了你的信，但是以我目前的能力没有办法如你所要求的帮你介绍工作，在这里跟你道歉。我写这封信，是想跟你讲一个我埋藏了半辈子的秘密。你现在收到这封信的时候，我可能已经不在世上了。（所以他可能是自杀了。）

这就等于说，青年收到了一封来自活在上一代遥远时光的一个老人交给他的遗书。

这封遗书，就是整部《心》最核心的密室。这个密室在我们读者的面前打开——先生回忆说，他当年是一个大学生，很贫穷。他的房东太太是一个寡妇，丈夫在战争中阵亡了。她是一个很有教养的太太，还有一个很美的女儿，他叫她小姐。她们把其中一间屋子租给了他，于是他变成了这家人的房客。

现在叙事者声音变成了"我"，就是这个先生在信中对这个年轻人说话。他讲了一些非常静美的，很像小津安二郎电影里，日本人很有礼仪的场景——他、太太和小姐，他们每天一起吃饭。这个小姐是一个十七八岁的美丽的少女，穿着和服，很有规矩，家教很严，但又有一种天真烂漫。

对于这个天真的小姐来讲，年轻的先生是一个很有学问的人，所以他在跟她讲文学、讲哲学的时候，小姐会很认真、很崇拜（但其实也不是很专心）地听着。

那时，年轻的先生有个好朋友K，是一个修行者（像是和尚，但是过着世俗的生活），名叫真宗，是日本一家寺院从小栽培起来的（读三岛的《金阁寺》，大概会知道这类在寺庙里成长起来的少年，也会出来念大学，后来也许会还俗）。他内在有一种跟普通人不一样的精神性，或是灵魂的意志。K就是这样一个有点悲剧性的人，他会很认真、很严肃地思考日本的未来、人类的未来、世界的未来，或"美德是什么，正义是什么"这类问题。

K当时经济上很困窘，所以年轻的先生提议，让K过来跟他一起分租这个房子。与这个年轻的先生比起来，K更严肃、更冷感一点，但是慢慢地，他也融化在太太和小姐女性的温暖里。

每天晚餐有准备好的日式料理，大家汤汤水水地吃火锅，吃热腾腾的菜。所以他们很奇怪地组成了临时性的、没有根基的"一家人"：年轻的先生和K，跟着一个孀居的太太和一个花样年华的少女，大家生活在一起。

小说里写了很多很细微的心理变化。那时，有个小魔鬼跑到这个"我"，这个四十年前的二十多岁的先生心里去了。他开始产生了一些奇怪的吃醋的感觉，带着酸楚的嫉妒。

他感觉到，本来那个小姐是很喜欢他的，他觉得太太也是希望小姐跟他交往，可是自从K来了以后，他很多时候发觉小姐会到K的房间，传出非常天真烂漫的笑声。K原本是个很忧郁的人，可是在跟小姐聊天的时候，他很难得地会发出爽朗的笑声。要知道在他们那个年代，情感都很压抑的。

后来有一次，他跟K散步。那时候，整个东京到处都是黑市、摊贩，一派很混乱的场景。这时，K突然像那种很古典的男子，他对年轻的先生说，他很痛苦，很压抑，他爱上小姐了，他非常爱她。

对生活在现在网络时代的我们来说，这根本没什么。可是对夏目漱石笔下明治末期的一个知识分子来讲，这是一件非常严肃认真，需要庄重以待的事情。他原本是一个僧侣，有他的理想。他很穷困，他要把大学念完，他心中有一个抽象的哲学性的使命，可是他却爱上了一个美丽的女孩，这个美丽的女孩好像对他也有好感。

这个二十多岁的年轻的先生听了，内心非常痛苦，整个被嫉妒的魔鬼给吞噬、占领了，他很恨自己没有先K一步，告诉他说自己喜欢这个小姐。被K先讲了以后，他好像没有办法说，哥们儿,你爱的女人也是我爱的女人。这太令人压抑了,这里先生写得非常安静而平稳,有一种很静态的、无声的尖叫的力量。这也是这部小说很可怕的地方。

然后,有一天,他突袭了,他那天假装身体不舒服没去上学,请假留在家里。太太跟小姐很天真烂漫,她们准备好午餐,还招呼他,问他身体有没有好一点。就在只剩他跟太太两个人的时候,他对太太提出请求,说,请你把小姐嫁给我,我会好好地对她。太太考虑了一会儿,然后说,好,我决定把女儿嫁给你。

原来,太太是在旁观。这两个青年都是她女婿的候选人,你不知道她内心做过怎样的规划和盘算,反正她当时就说,好。这在当时来讲,是一个非常正式的承诺了。

接下来这段时间,年轻的先生面对K的时候非常痛苦。现在,他内在的良善或是道德的理性觉醒过来了,他觉得他做了一件非常卑鄙的事情,可是这一切没有任何人知道。

结果不久后的一天晚上,K自杀了。

信上这一段写得非常恐怖,先生说:"我至今想到那天晚上的场景,内心还是感觉到非常害怕。"他记得那天晚上,在那个老旧的日式房子里,他发现K自杀了。

他说:"以前我都是向着西边睡觉的,但是那天晚上却面向东边睡着了,这也许有着某种因缘。后来,我被从西方吹来的寒风弄醒了,一看之下,发现K和我房间中间的纸门就像几天前那个晚上那样开着,但不同的是没有看到K的黑影站在那里。我好像受到某种暗示般地用手肘支撑着床起身,并偷偷地瞧着K的房间。我看到油灯仍然黯淡地亮着光,被子和褥子都铺得好好的,只是铺在上面的棉被好像又被掀起来一般,下方对叠着,而K趴在上面。我喊了他一声，但是没有回答。我又问K发生了什么事，但是K仍然没有反应。我马上起身走到门槛旁，借着昏暗的油灯来照看他房间里的情形。"这是他写的这段话。我觉得这就是小说中非常恐怖、电闪雷鸣的那个瞬间。

他说："这时，我的第一个感受就是从他那儿听到他恋爱的自白时的那种感觉。当我再看一眼他房里的情形时，我的眼珠就好似玻璃珠球做成的假眼一样失去了转动的能力。我呆呆地站在那儿，眼看着一道黑光如疾风扫过般地横过我面前。我想我又做错了。我可以感觉到这一道黑光穿过了我的未来，在这一瞬间笼罩着我面前的生涯。我禁不住开始发抖。"

这个故事里最核心的并不是那戏剧性的一刻，而是那个戏剧性的一刻所牵动的一个人最内心的东西，人其实不是那么肤浅、那么卑贱的，人其实是渴望高贵的，人是有力量的。可是在那一刻，这一切像硬壳般地碰撞之后，他被摊牌了，他被宣判了，他被预示了。

所以我们这些读者，或者说我们这些观众，我们的眼神是跟小说一开头的那个年轻人一样。我们看到的其实是这个先生之后的半辈子，他终于如愿娶了那个如花似玉的美女，一个非常好的女孩。小说开头二十多岁的年轻人看到这个先生的时候，他们已经是垂暮的老人了，他们那么静美，在这个城市中走动着。

你可以想象，那位小姐的母亲过世的时候把女儿托付给他，其间他们为K举办了葬礼。从所有外界所见的义理和伦理来看，他没有亏欠K，他是走正常的程序，向小姐正式地求婚，请太太把女儿嫁给他，而太太答应了他。

可是，K也没有谴责年轻的先生，K其实在另外一个层面上，很奇妙地宣判了自己彻底地"人间失格"了。他不只是太宰治所谓的"人间失格"，他是彻底把时光结束了、终结了。而夏目漱石在写到这一刻的时候，像有一道黑光闪过我的眼前，我知道我这一辈子已经不可能从这道黑光里挣脱了。

这是一个非常可怕的、非常有力量的，关于后悔的故事。

2

前些年有一部根据小说改编的电影，叫《赎罪》，有类似的这种力量。这个故事的时间跨度非常大。一个小女孩在她小时候，目睹了她成年的姐姐跟家里一个做长工的男孩恋爱并发生了性关系。刚好那时一个表姐被强暴了，她就趁机诬告这个男孩，毁了她姐姐跟这个男孩的爱情。

最后，在敦刻尔克大撤退的背景下，这个男孩跟他爱的女孩，也就是小女孩的姐姐，终于没有办法见面。这个男孩死于败血症，死于敦刻尔克大撤退的海岸这边；姐姐后来是在伦敦躲防空警报的时候被炸弹炸开的泄洪的水淹死了。

小女孩后来长大了，她年老的时候，一直没有办法处理她内心的遗憾与后悔，所以她写了一本小说，叫《赎罪》，在小说的世界里让她姐姐跟无缘的姐夫在一起。

关于后悔的主题，我们可以在很多西方的和中国的、非常了不起的文学作品里遇到。

3

我还想讲一个发生在我自己身上的后悔的故事。

大约十年前,有一个漂亮聪明的女孩,小我两三岁。那个时候,我常跟这个女孩在台北师大夜市旁边一个 pub 喝酒。我们在二楼阳台上,所以在我们脚下的师大路就很像《陶庵梦忆》里写的那种红男绿女、美妇淫娃、车灯摇曳,闪烁着像梦境一般的光点。

这个女生非常聪明,像一只小猫,我觉得她非常像张爱玲的模仿者。那个时候张爱玲的《小团圆》出版了,张爱玲本不想出版,等于是出版社违背了张爱玲的意愿。《小团圆》原本是用英文写成的,出版社找人把它翻译成中文。当时台湾文坛很多人都说这本书很烂,但是我记得我和这个女孩坐在师大夜市酒馆的二楼阳台的时候,她跟我讲起《小团圆》,分析起《小团圆》的好,她讲得满脸是泪。这个女孩的童年,肯定有一个像张爱玲的母亲那样恐怖的母亲。

一开始我跟这个女孩认识,是她主动约我的。她当时已经是台湾一个很大的报社的艺文记者,她很虔诚地来问我,她还没有写过小说,问我小说怎么写。我觉得很搞笑,你已经是一个大报社的高级记者,算主管层了。而我呢,在台湾当小说家是那么倒霉,在台湾十个小说家,九个穷困潦倒。

很多个夜晚,我们一起喝酒聊天,我们很像是知己。她的智商很高,很聪慧,也很懂得男女在喝酒状态下,那种很细微的、很得体的、很优雅的调情,知道什么地方该笑一下,很像上流社会培养出来的那种女孩。她会告诉我一些她报社里高层人事斗争的各种黑暗面。我是白羊座，就很正能量地鼓舞她。

　　后来她出了第一本小说，她写得非常好，我也很花力气替她写了一篇很长的跋。我还找了我的老师给她写了一篇序，我的老师是台湾一个很重要、很棒的诗人，那时候我的老师也很疼她，因为这女孩很聪明，非常懂得怎么样去得到强者的喜欢。这个老师在台北文坛是一个大咖，有点像木心这样的，他出手帮一个名不见经传的女作家写了一篇序，那是很令人意外的，所以她这本书就大卖。

　　但是之后，这个女孩开始出现一种我们一般讲的"大头病"。我们这个年代，作家通常已经掉到社会的底层，但是如果时光倒流四五十年，作家在社会上的地位是很尊贵的。所以她给人一种错乱的印象，她好像在演一个她想象中的作家，我觉得就是"大头病"。

　　当时，我一群哥们儿有一个写作计划，叫"字母会"。有一个很优秀的研究法国哲学的学者，叫杨凯麟，他跟我们倡议，用法文的 A 到 Z，每一个字都找一个非常厉害的法国哲学里的词（比如说 A 是"未来"、B 是"巴洛克"、C 是"独身"、D 是"差异"、E 是"事件"、F 是"虚构"、Z 是"零"，都是非常厉害的一些词）。我们这个写作计划长达五年，现在已经快写完了。

　　但是，找谁来写？就是找五六个台湾的小说家，大概就我这个年纪，有我，还有陈雪，还有我觉得台湾最棒的一个小说家叫童伟格，还有客串的跟我们第一季跑了一轮的黄锦树，还找了一个也非常棒的小说家叫胡淑雯，后来我们还找了年轻一辈一个非常好的小说家叫黄崇凯，可能是四十岁以下台湾最好的年轻小说家。他们都是很强很强的小说高手。我们大家就从 A 一路写下去，很有理想主义，但后来这本书在台湾市场上卖得并不好。

我要讲的是，这个计划刚提出的时候，我们大家很兴奋。你可以想象，就像一九六〇年代法国的哲学家或文学家、社会学家，他们想要搞一个文学实验，大家就在 pub 里面讨论。这个时候，这个女孩，她是一个狮子座女孩，一个很像张爱玲、曹七巧那种女孩。她通过一个女编辑来跟我说，她有点怨我怎么没找她，我们这计划怎么没找她，好像我们有个小圈子一样。

其实我们当时找过一些同辈的小说家，被婉拒了，因为这个计划耗下去要五六年的时间，你应该把时间用来写自己的长篇小说，参加这个计划其实是很耗损的。我就以为这个女孩是想来参加，所以一次在酒馆聊天时，我就邀请她也来参加我们的计划。

可是没有想到，她走进来的时候，像大陆讲的很"作"，她就"作"出一个姿态，她的角色扮演瞬间就变成了报社高层女主管。她坐在那里，好像她是考官，我们这里头的这些作家，像我刚才讲的黄锦树或是童伟格（她对我当然不敢），他们会突然变得口拙了，本来我们在讲德勒兹、卡夫卡，很帅的。这些小说家是世界上非常稀缺的珍禽异兽，可是当他们只要嗅到一丝这种社会上世俗的权力与杀气的时候，他们会瞬间变得像小动物一样，他们那个时刻把自己最柔软的地方展露出来了。

这时，我在旁边突然就非常愤怒，会觉得你凭什么来羞辱我最珍爱的哥们儿？这几个哥们儿和我一起写字母会，这是我最爱的一群兄弟，我们要做一个不会有很大的世俗的好处或利益的实验，华文小说从没有过的实验。结果你跑来，把这种世俗的、报社女主管的嘴脸摆出来。所以我那时候内心就给她打了一个大大的叉。

后来她第二本书也大卖，因为她比较会经营。后来我跟她就很少约出来了，她会去找一些出版圈和文坛的大哥，把她的小猫或者张爱玲的模式用在这些大哥、大腕身上。

然后，有两个人不约而同来对我说，你要小心这个某某，就是小心这个女孩，她非常复杂，非常厉害。这两个人一个是我常一起喝酒的大哥，装疯卖傻嘻嘻哈哈，很像莎士比亚戏剧里的角色，故意让自己看起来像疯子傻子一样，可其实是个聪明人；一个是和我同辈的女作家，她不太会在文坛里面混的。这两个人平常是非常不会讲别人是非的，我很敬重他们。

原来，这个女作家二十多岁的时候，跟那个女孩在同一家报社当艺文记者，被她设计了一个很像《甄嬛传》那样很复杂的诡计，被整得非常惨。女作家讲到这里痛心疾首。我听了心里当然又增加了一些不爽。

另外有一次，我开车，这个女生搭我的便车，我记得那时候还在下毛毛雨，雨丝像很细的牛毛，洒在驾驶座前面的玻璃上，雨刷隔一阵子划一下。外面已经是黄昏，霓虹灯的光，红绿灯的光，机车车尾灯的光，还有其他各种光，变成各色光的一种汇聚，眼花缭乱。

她很信任我，其实我也很信任她，我们两个很像多年一起喝酒的知己。她突然跟我讲，她很苦恼，说报社总编辑把她找去，要升她到很高的位置。后来她真的被升上去了，到了很高的位置，可是升她的目的，总编辑在密室里告诉她，叫她"杀掉"帮她写序的我的老师。

这已经不是在文坛论理的事了，而是报社内部的权力斗争。

我当然很慌张,其实这位老师跟我还蛮疏离的,但我总觉得,老师还帮你写了序,作为文坛大哥他这么疼你。那怎么办?我还傻乎乎地这样问她。我在驾驶座,我记得那时候车子停在一个红灯前面。她就比了一个动作,把手像刀一样举到脖子前面,然后说"杀掉"。

我记得,那个瞬间对我来讲,很像夏目漱石《心》里讲的,一道黑色的雷电"唰"对着我打了一下。她的侧脸非常美,她的鼻子小小巧巧地翘起来。

我觉得她好像也进入到一种表演的状况,我事后回忆起来,觉得自己也太认真了。我当时感觉到车窗外的霓虹灯、玻璃窗上的雨点,雨刷隔一下会刷一下,这一切的光映照出她的侧脸,一个非常美丽的女人的侧脸,可是她竟然说出这么残忍、这么可怕的话。

从这以后,在我内心里,她就被我封锁掉了。当然她也不会感觉到。我们彼此越来越疏离了,没有再联络。

4

后来有一天晚上——这就说到了我为什么说这个故事是发生在我自己身上的关于后悔的故事——我有吃安眠药的习惯,但那个药对我来讲有点像用麻醉枪打大象,还是没效果。我那天晚上吃了两片安眠药,已经有点晃神了,可是我还在挂网。我突然看到她的脸书动态出现在我的荧屏前。她写了一些叽叽歪歪的话,像"有些人是天生当小弟的,有些人是天生当大哥的"这样的话。

其实她写的也不是我，但那个时候我的小宇宙爆发，我就暴怒，当即写了一篇脸文，"我很讨厌有些女人叽叽歪歪的，平常在人面前就像小猫，好像在自己的作品里扮演张爱玲，好像一直是受难者，可是其实她在权力世界里是一个最残忍的人"之类的话。当然我没写她的名字，贴上脸书我就去睡觉了。

结果第二天早上起来，哇，炸了！那个帖子有数千个赞，一大堆人按赞。

所以你就知道，我们还是活在《儒林外史》《金瓶梅》《红楼梦》的世界里，所有人都好像期待着文坛最好有一番恶斗。

其实不是什么大不了的事，她没有做出伤害我的事，我也没有真的那么痛恨她。老实讲我活到五十岁，我见到的文坛黑暗的斗争、陷害，比起她这样一个小女孩、小猫，像小动物一样小小地露出爪子厉害多了，甚至她可能只是进行自我表演，我怎么会被激怒成那样？我觉得那是一个很幽微、很复杂、很黑暗、很错乱的自己。

后来等我睡醒已经是中午了，一个出版社的老大哥打电话给我，叫我把那个帖子删掉，我就听话地把它删了。但后来这个事情还是扩散开了。

她的个性非常好强，是那种很好斗或者说很聪明的女孩，在台大一路念书，书也念得很好。所以当时我们两个互相信任对方，一起很悠闲喝酒的时候，我私下跟她讲的一些牢骚，我跟她讲的一些大哥、大姐多年前弄我的黑暗的事情，她果然就跑去告诉这些大哥、大姐，然后也扩散开来。这就变成很像是东林党争那种事情。

但我不鸟这些人，因为我本来就是个倒霉鬼，这关我屁事？

我觉得这就是维度降到很低的一种人性。如果要写小说,这就是一个非常低层次的人物,我都不放在心上。

5

然而,两年后,我辗转从别人那里听说她得了癌症,她在做化疗。

当时我内心好像启动了白羊座加天蝎座,再加一个上升狮子座那种心理机制。我好像就听听而已,也没有起什么悲悯之心或是心软,我本来就觉得人各有命。因为我自己前两年也生了一场很严重的病,也是差点就阳寿五十,我觉得这是每个人生命中该去面对的状况。

但是没想到,又过了两年,突然辗转听说她死了。这两年她虽然在做癌症化疗,但她还是非常努力、好强,过世后还出了一本书。当时在台湾,网络上出现一片哀悼之声。

这些哀悼她的人,其实都是跟她没那么熟的,然后会贴她的照片。但我内心其实是百感交集。当时跟我讲叫我离她远一点,跟我讲她是很复杂的人渣的长辈、哥们儿,也跑去她的葬礼上哭泣。我觉得我是太白痴了吗?为什么在那个时候我会突然跳出来?

后来当我静下来的时候,我回想起许多个夜晚,我和她坐在师大夜市旁酒馆的二楼阳台上,空气中充满着炭烤味。旁边是夜市,某种韩式的铁板烧肉味,卤味摊蒸腾起来的水蒸气的烟雾,甚至水果摊传来的蜜饯的味道,或是各种不同的女孩子身上的廉价香水味、化妆品的味道,散乱在很污浊的街道上,弥漫在空气中。我回想起来,在我过去的时光中,她真的是一个非常理想的,我这一生中非常难能遇到的红粉知己。

我帮她算过紫微斗数,她会在喝酒的时候告诉我她之前的几场恋爱,遇到哪些渣男。有的比她大二十几岁,有的比她小十岁,有一种爱情在各自不同的时光差距中,她总在等待却准备被辜负的凌迟感。

这些回忆的画面真是美好,真的是我的"追忆逝水年华"。她是个美人。虽然她也四十多岁了,但就像那些所谓的老少女,她内在好像一直还有颗少女心,很聪慧、好强。我最早开了一些小说书单给她,包括爱丽丝·门罗的小说。她就像个好学生,会非常认真去读我开给她的书单上的小说,她读了以后会讲给我听,我觉得她对门罗小说神髓的领会,比我还要深刻。

结语

回到夏目漱石的《心》,我在这种惘然之中,遗憾、后悔什么呢?

我们总是说,小说并不只是一个一个光焰四射的故事,让大家听得很爽而已。二十世纪的许多小说,它当然也是很棒的故事,但更重要的是,它让人们恐惧,知道天地之大、时间之无限、人之渺小;它让我们反思,为何我们并不想干坏事,却像《俄狄浦斯王》那样,弄得血流成渠,尸体满桌。

故事让我们感到后悔,因为我们没有变成本来要变成的更好的那个人。故事让我们打开我们以为自己就这样喜怒哀乐、像动物性一般反应的箱盖,惊觉原来在我们之前一百年、两百年、三百年，历史就被动过手脚，那是一种时光的债务。就像夏目漱石的《心》里讲的，我们好像是被笼罩在这个庞大黑影中的傀儡，我们做过的事情，是一道很细微的波涟，最后它会在故事里，酿成一种很长时间都散不掉的、叫作后悔的味道。

关于南方的故事

1

我特喜欢木心先生的一本短篇小说集,叫《温莎墓园日记》。木心先生人已经不在了,但这几年很多人特喜欢木心先生。在我很年轻的时候,台湾就出了他的《温莎墓园日记》,那时候我也不知道他是从天地之间哪里蹦出来的,我单纯把他当一个不认识的作者,就这样读。我觉得《温莎墓园日记》里的每一个短篇小说都厉害得不得了。不过我今天要讲的,是《温莎墓园日记》这本小说集里的序。

其实我以前没生病的时候,这篇序我是可以背出来的。我觉得他写得特别好。这篇序开头就说:"至今我还执著儿时看戏的经验。"木心童年是在乌镇长大的,所以接下来描述的整个场景,是他童年在乌镇的一个傍晚,大家一起看戏的经验。

> 至今我还执著儿时看戏的经验,每到终场,那值台的便衣男子,一手拎过原是道具的披彩高背椅,咚地摆定台口正中,另一手甩出长型木牌,斜竖在椅上——
> "明日请早。"

他这几个动作,利落得近乎潇洒,他不要看戏,只等终场,好去洗澡喝酒赌博困觉了——我仰望木牌,如梦而难醒,江南古镇的旧家子弟,不作兴夜夜上戏院,尤其是自己年纪这么小。

再说那年代的故乡,没有经常营业的戏院,要候"班子"开码头开来了,才贴出红绿油光纸的海报,一时全镇骚然,先涌到埠口的帮岸上,看那几条装满巨大箱笼的船,戏子呢,就是爬动在船首船艄的男男女女,穿着与常人无异,或者更见褴褛些,灰头土脸没有半点杨贵妃赵子龙的影子,奇怪的是戏子们在船上栗栗六六,都不向岸上看,无论岸上多少人,不看,径自烧饭、喂奶,坐在舷边洗脚,同伙间也少说笑,默默地吃饭了。岸上的人没有谁敢与船上招呼,万一走来个喊话的,大家就不看船上而看岸上的那个了。

混绿得泛白的小运河慢慢流,汆过瓜皮烂草野狗的尸体,水面飘来一股土腥气,镇梢的铁匠锤声丁丁……寂寞古镇人把看戏当作大事,日夜两场,日场武戏多,名角排在夜场,私采行头簇崭新,票价当然高得多。

预先买好戏票,兴匆匆吃过夜饭,各自穿戴打扮起来,勿要忘记带电筒,女眷们临走还解解手,照照镜子,终于全家笑逐颜开地出门了,走的小街是石板路,年久失修,不时在脚底磔咯作响,桥是圆洞桥,也石砌的,上去还好,下来当心打滑,街灯已用电灯,昏黄的光下,各路看客营营然往戏院的方向汇集。

"看戏呀?"

"嗳看戏!"

古镇哪里有戏院，是借用佛门伽蓝，偌大的破庙，"密印寺"，荒凉幽邃，长年狐鼠蝙蝠所据，忽然锣鼓喧天灯火辉煌，叫卖各式小吃的摊子凑成色香味十足的夜市，就是不看戏，也都来此逗留一番。

戏呢，毋须谈，以后或者谈。（这里木心非常懂，我这边在讲看戏对不对？我整个不要谈戏，以后再说，我只讲戏开演之前大家等待看戏的氛围。）散戏，众人嗡嗡然推背接踵而出寺门，年纪轻的跨圮墙跳断垣格外便捷，霎时满街身影笑语像是还有什么事情好做，像是一个方向走的，却越走越岔渐渐寥落，寒风扑面，石板的磔咯声在夜静中显得很响，电筒的光束忽前忽后，上桥了，豆腐作坊的高烟囱顶着一弯新月，下面河水黑得像深潭，沿岸民房接瓦连檐偶有二三明窗，等候看戏者的归返——跟前的一切怎能与戏中的一切相比，本来也未必看出眼前的人没意趣，见过戏中的人了，就嫌眼前的人实在太没意趣，而"眼前的人"，尤其就是指自己，被"戏"抛弃，绝望于成为戏中人。

这是木心先生的《温莎墓园日记》序里的一部分，但是我今天讲这一集，主要是想讲一种感觉，就这一整段文字的感觉，我读的时候骚耳挠腮，觉得好得不得了。

那种感觉是什么呢？

那种感觉就是我今天要讲的，南方的感觉。

2

台湾有一个作家,也是我的好朋友,叫房慧真。她是一个非常优秀的、书读得非常多的、我很尊敬的女作家,年纪比我小一轮。她之前要写一篇博论(但她后来不拿博士学位),她说她要写的题目,就叫作"中国小说里南方的忧郁"。我们知道克洛德·列维-斯特劳斯有一部很重要的经典,叫《忧郁的热带》。

她是想从鲁迅文章里讲的父亲的肺病,黑无常、白无常,就是这种很特别的感觉,这种只属于江南的或更浮泛一点,南方的忧郁,有一种很难说出的感觉,跟北方的爽朗、爽健、空阔不一样,然后还要进入十九世纪末二十世纪初清末民初的历史变局,一路再往南,到江浙到福建、台湾,然后到广东、香港,还可以继续往南推,讲小说里南方的忧郁。几年前读到金宇澄先生的小说《繁花》,我也写过一篇文章,讲这种特别的、属于南方的忧郁。

像木心先生写的乌镇,大家看戏,小运河里面还漂着狗的尸体,河水是浓绿得泛白的颜色。大家在河里洗粪缸,甚至在河里淘米。小鱼就用网子网着,鱼虾烂蟹就泡在里头,要炒的时候再捞起来。各家的屋檐下有一坛一坛的霉干菜,到农历新年的时候,霉干菜发出腥味、馊味,上面又结了一层白色的薄冰……

这一切就是南方的光影摇晃,南方的那种霉味,南方的那种说不出的湿气,南方的那种说不出来由的,然而难以形容的影影绰绰的感觉。

3

我现在讲一个更南方的,发生在国境之外、南方之南的故事。

很多年前,有一次我到马来西亚,他们当时有一个书展,台湾一家出版社找我去,行程排得很紧,只去三天,但活动排得非常多,有两场演讲,有一场文学奖评审,还有一场签书会,等等,反正就是排得非常满,所以非常累。

那个时候我四十多岁。我三十多岁的时候,第一次去马来西亚的首都吉隆坡参加花踪文学奖,认识了一些马来西亚的年轻创作者,当时还遇到王安忆等一些前辈。

当时我去的时候,这些马来西亚的创作者都是二十多岁的青年。他们都是一群天才,龚万辉、黄俊龙等,都是马华很好的年轻小说家,是黄锦树、张贵兴他们的晚辈。他们当时都是到台湾留学(现在他们大概都是跑到北京留学),所以他们对台湾作家和台湾文学特别有感情。他们也是我的读者,好像还是我的理想读者,我们就很开心。

他们当时带我去吉隆坡一个 pub 里面,喝一种叫女儿红的绍兴酒,很好喝。当时的天气是很南方的地方才能感受到的那种夏天的炎热,绍兴酒有种很浓的药味,再加个梅子,再加上冰块,喝了之后,很容易后劲就上来了,整个人醉醺醺的。

大家看到 pub 里有一些正妹,就调戏、打屁、讲笑话。反正大家对文学的未来比较悲观,还有为什么我们这些写作者这么贫穷,很希望将来能办一个城市论坛,最好把北京、上海、香港、台湾,还有马来西亚等各地的这些三十岁左右的青年作家找来,办一个大概以"未来的小说"为主题的论坛。

这个梦想到现在一直都没有能力去实现。当时就想，我要中了乐透彩就会去办。

这些马华的年轻哥们儿他们特别苦闷。在马来西亚，从高中升入大学要考马来文。但问题是马来西亚这些华人是南移的迁移者，他们对于华人的传统文化保护得特别用心。在马来西亚华人都是念"华校"，是华人社团自己办的学校。华校里会教汉语，教中国的历史、华人的学问。所以他们的马来文是不如马来西亚本地人的，他们最后都跑到台湾来念书。通常他们拿的是台大或政大等这些很好的大学的文学硕士学位。

但问题是，他们在台湾拿到硕士学位以后，留在台湾也是很难的。像李永平、张贵兴、黄锦树，他们非常厉害，我们叫他们"马华文学三雄"，他们撑起马华文学的半边天。他们留在台湾会受到很多政治法规的歧视，要熬很多年才可以拿到台湾的身份证。所以他们大部分人拿到学位以后，只能回到吉隆坡，回到马来西亚。可是马来西亚并没有足够大的文学出版市场，后来他们办了一些小型的文学出版社。大部分人只好跑去一个华人报纸，叫《星洲日报》。当时我认识的这些年轻作家才二十六七岁，他们很有才气，都出了一两本书，也很有声势，很有理念，但就是感到很郁闷。

我四十多岁再去马来西亚的时候，他们已经三十多岁了。当时我的生活遇到一些事情，我的婚姻也发生了一些状况，我的父亲也过世了，然后江湖上也遇到了种种事情，所以当时我整个人是比较颓然、比较感慨的，也感觉到自己不如从前了，像运动员一样，已经慢慢过了自己的黄金时代，但是我见到他们还是非常开心。

因为那次行程排得很紧，第二天我要飞回台北了。前一天晚上那些活动才结束，最后那个晚上，他们请我在吉隆坡某个社区里的 pub 喝酒。这时候都有时光匆匆的感受了。他们有的结婚了，有的还有小孩了，各自在报社里大概也是个小主管了，可能经济上要比我好一些。

我很羡慕他们。我在台北也有一群哥们儿，可是没有像他们这样。也许因为他们所处的环境，他们更孤独，所以每个月，他们十几个哥们儿一定会约在 pub 里聚一下，大家谈一谈文学理想。

那个晚上，最让我觉得梦幻的是，这个 pub 里面竟然有一个撞球台。

如果你看过侯孝贤的电影《风柜来的人》，或者他后来拍的《最好的时光》，就不会陌生。我十五六岁在永和混小太保、小混混的年代，台北大街小巷的撞球台都玩一种叫作斯诺克的玩法，球的个头比较小，洞比较大，先打红球，吃完红球再吃色球。那个年代台湾的撞球店都很破烂，你看《风柜来的人》就知道。后来贾樟柯拍的《小武》，我看了也特别有感觉。

撞球店里有一个并不是那么漂亮的记分小姐，其实是一个老阿婆，墙壁上有个黑板，她帮你记分，我们小混混就叼根烟，装腔作势地拿球杆。有一个蓝蓝的东西叫巧克，用来磨撞球杆前面的撞球点，磨一磨，俯下身，手指头架起来用杆瞄准那个球，击打。

因为撞球店实在太破旧了，绿色的球台布都破掉，球滚过去的时候，还会自动转弯，很奇怪，很像宇宙星球的重力场。里面是一群像我们这种小瘪三，不然就是一群小混混、小流氓，不然就是一些当兵的休假在这边打撞球,对我来讲是我少年时代鬼混时光的一个很美好的记忆。

但是没想到的是,在我已经四十多岁的时候,在远在南方之南的马来西亚的吉隆坡,在这几个哥们儿带我去的 pub 里,竟然放着一台像科幻片里的崭新的撞球台。而且它是我十五六岁那时候打的斯诺克撞球,当时我有一种很奇幻的、时光扑面而来的感慨。

当然我也跟他们下场打了几杆,可我已经不会打了,很多年没打了,他们几个会嘲笑我一下。当时那种气氛感觉非常好,每个人都有自己的生命困境,我的生命也遇到困境,但我特别怀念这一群对我来讲是"人生不相见,动如参与商"的人,就是不太知道这一辈子还会跟他们见几次,目前总共才见可能没有五次,一般是我去吉隆坡或者他们到台北。我这几年身体也不好,大家不是那么容易遇到。

4

最后我们玩到凌晨两三点,因为我第二天早上要去机场赶飞回台北的飞机,他们里头有一个比较皮的家伙开车载我回酒店。

马来西亚跟香港一样,他们的驾驶座是在右边,我坐在驾驶座旁边,左边的位置。这个家伙开着车突然跟我讲话(我也比较像一个痞子,看起来好像我也见过世面,哥们儿我不是吃素的,互相会有一种氛围),这个家伙突然就跟我讲,骆大哥,我先带你去一个地方看一下,你晚一点再回酒店可以吗?

我年纪比他大十岁,哥们儿什么世面没见过,我说好。然后他就带我去。

　　小时候，我家比较穷，我母亲大概每个礼拜会带我们去一次台北西门町附近的一个果菜市场。从台北高架桥下来，这个果菜市场位于靠近河边的一个比较破败的社区。这个市场是早市，菜比较便宜，所有中南部的菜商、肉商都可以从这里批发。我母亲是一次把一个礼拜的菜都买下来，装在一个菜篮车里，然后我们一起搭公交车回永和，把菜冰在冰箱里，这样就可以省一些买菜的钱。

　　我记得那个时候我到这个果菜市场的时候，通常已经是八九点了，很多摊贩都开始收摊了。我清楚地记得，那里的地面好像永远都积着一层黑黑的泥渣，空气中有烂掉的瓜果的味道。有只癫痫狗叼着一条腐烂的鱼跑过去，被摊贩追打。有很多烂掉的菜、死鱼、猪的内脏、臭掉的蹄髈肉、坏掉的贝类和虾蟹扔在那里。有时候你会看到背整个弯折成90度的老人，推着一个板车，帮人家运用冰块冰着的鱼。目之所及，就是一个市集的感觉。

　　这个家伙在吉隆坡凌晨两三点带我去的地方，就是这种感觉。它是一个黑黢黢的街区。

　　当他刹车停下的时候，我突然看到，我们车窗前面，我觉得有六七百个女孩，我没有吹牛，一看这些女孩全都是妓女。她们穿着热裤，或者穿着那种薄纱的，网购才买得到的性感内衣或性感礼服。在南方燠热的夜晚，一群肉体蒸腾的美少女。

　　我整个人突然慌起来了，我不夸张，我不是没见过电影里美国的站街女郎，在一个街角，站一个黑人女人，或拉丁裔女人，或韩国女人，或华裔女人。我年轻的时候，有学长带我到台湾万华的华西街，去看站在废弃的小旅馆边的年老的妓女，不是应召女郎，是路边最便宜的妓女。

但是像眼前这样，这么数量庞大的六七百个妓女，形成的一个美少女们裸露着身体的场景，简直就像一个高中女校，或初中放学的景观，我整个人就有点腿软了。

我就问他，这是什么意思？他这个痞子就跟我讲，没问题的，不用怕。

我们一推开门，立刻围上来十来个，这些美少女就在蹭我、撞我。她们一讲话，我就知道她们是从大陆来的。大哥要幸福吗？要happy一下吗？她们就这样撞我，我长这么大还没有被这么多美少女包围过。我说句真话，数大便是美，我这样看下去，从她们六七百个里头挑选，里头有好多个，我觉得她们只要命好一点，她们不是站在这个场景里，她们早被模特公司挑走，绝对是给她们穿上一身名牌，以她们漂亮的脸和身材，她们绝对可以去拍时尚平面广告，当那些名牌包LV、GUCCI的代言模特。但是，她们在那个场景里就是一种非常廉价的、热烘烘的样子。这样的女孩用身体来撞我，我感到非常不好意思，脸就红了。

还好旁边这个哥们儿说，我们先吃饭，吃完饭之后再说。这些女孩就很识相地让开了。

我们到旁边一个像夜市里那种用屋棚搭起来的食摊。它里头是暗黑的，没有点灯，瞎灯暗火的，唯一的光就是摊贩点的火。里头放了三四十张桌子，好几个摊贩卖的大都是南方的杏仁茶、快炒海产、肉骨茶，有很多潮汕的小吃。里头各处都有很多少女。

我后来的感受是，这里好像是深海最深的海底，这些少女好像是一群靠吃着沉淀在深海最底部的腐败物为生的、非常鲜艳的鱼群。

除了我跟这个哥们儿以外，我看到零零落落不到十个的老男人，那些男人一看就是做苦力的华人劳工，一看就是被生活重压着的身体，是非常悲剧性的。即使这样，也有一群女孩围绕着、簇拥着他们，他们变得非常抢手，像有饲料丢到鱼缸里，鱼群纷纷去扑抢的状态。

她们还是不断地来擦撞我们，后来这哥们儿就带我坐在外头街边的阶梯上，我们俩坐在阶梯上抽烟，这时候这些女孩已经知道我们不是嫖客了，她们很世故，觉得我们只是来看新鲜，观光一下而已，就不太吵我们。

其实，她们在这样群聚的时候，我觉得很像木心先生讲过的，中国人只要超过好像十个人，就可以构成一部《红楼梦》。在这样的群聚中，已经可以感觉到，这些南方之南的妓女之间有小圈子，有一些感觉是老鸟的，聚在一起，当然也很漂亮，有几个是比较弱势的，落单的，还有一两个、两三个自顾自抽着烟。

她们没有再吵我们了。我们俩坐在路边抽烟，这家伙就跟我讲，大哥我跟你说，前几年我从台湾回到我的国家马来西亚，我一直不晓得自己的内心为什么会那么愤怒，超出我个人生命经验的愤怒。其实我也结婚了，我很爱我的家，我是一个很好的父亲。

他说，前几年他们报社的一个老大哥带他来这里，他当时的心情就跟我现在一样。他第一次进去的时候，他不是怕得性病，他是怕得皮肤病。他说，你看我们面前那一片黑影里面非常破烂的，要被拆掉的烂尾楼，她们就住在里面，四凤一楼，就是四个女孩合租一间,她们接客的时候就拿这么少的钱,还要付房租,所以是被榨取血汗地在赚钱。

他说他刚开始觉得自己好像中魔了,好像生病了一样。看到我刚刚见到的那个场面,会出现一种说不出的过度的奢华与虚无感,就是说以我这种丑男或以我这种屌丝,我怎么可能、怎么可以像选后妃一样挑选这些很漂亮很漂亮的女孩,消费她的美色,消费她的肉体。他当时像着魔一样,每个礼拜一定会来一次,然后挑一个很漂亮很漂亮的女孩,这样维持了一两年。

后来他慢慢有了一种厌倦,他突然会产生一种奇怪的感受,他开始去找那些看起来没人找的女孩。他觉得那种很漂亮的女孩大家都会找,所以他会觉得她们只是草草了事,敷衍他。他就会找那些不那么受欢迎的、没人找的女孩。

后来他又慢慢变了一种心态,他会找其中一些年纪比较大的,比较沧桑的,比较没有生意的妓女,他会点餐请她们吃东西,请她们喝酒,跟她们聊天,听她们说故事,就像他跟我坐在那里聊天一样。然后慢慢地,他说他一点都不想嫖她们了,他只想听她们说故事。

他说有的女孩刚来的时候,因为刚从农村出来,像青色的叶子一样,干净得不得了,纯真得不得了,呆呆的,傻乎乎的。可是她在几个月内阅人很多,等他再遇到这个女孩的时候,就发现她从眼神到灵魂整个换掉了,完全不一样。他见过很多这样的事情。

可能在这段时间,有某个客人带她到云顶乐园的赌场,她看到那些豪客,那些有钱的大爷,丢下去一个筹码就是她一年都赚不到的钱,她的价值观就发生混乱了,所以她本来很单纯只是想接客,然后回到自己的故乡,不会有人知道她这段往事,她可以把自己洗干净,然后买房子,但是后来她就毁了,最后也染毒了。

然后他说,其实他觉得这些女孩很像是"化作春泥更护花"。她们本来的梦想是牺牲自己十年青春,她们觉得自己到了异境,到了南方之南,只要辛苦十年,等她们回去,仍然可以把身上累积的脏污洗掉,不会有人知道的,她们觉得她们可以重新做人。但是她们没有想到的是,其实她们最后通常是回不去了。

他跟我讲,他为什么会这样子,三十多岁了,在这个国度里面,还是会有说不出的愤怒和阴郁。因为他突然有一天领会到,他的母系先祖跟这些女孩是一样的。

当年马来西亚被英国殖民,大批从中国广东、福建等地来的移民,像奴隶一样被驱使在马来西亚开发锡矿,开发橡胶林。当然时间久了,这些男性劳工会有性的需求,所以他们会去找妓女。我们看侯孝贤的电影《海上花》里十九世纪末的上海,金碧辉煌,穿着很高级的长衫的,是高级妓女。当然他的母系先祖们没有那么奢华,但她们一样是穿着唐装,绾着发髻,被送到南方来。最后她们的花样年华在这里变成残花败柳。

这样十年之后、二十年之后,她们不再做这一行了,但她们也已经回不去了,她们不可能回到她们本来的国度里,所以她们最后就在这里找个老实人嫁了。

他说,这就是我的故事,这就是我的母系先祖的故事,所以他想写一本小说,这本小说叫作《未来的祖先》。

他觉得他眼前看到的好像豆荚破开一般,撒到南方之南的异境的这些女孩,她们最终"烂"在南方的土壤上,她们"化作春泥更护花"。

这哥们儿他的母系先祖讲的可能是闽南话,可能是广东话,但是现在他眼前的这些女孩讲的都是普通话。其实是一样的,有一天,她们会在南方"烂掉",她们会跟这里的男人生下孩子,生下来的孩子就是像我这个哥们儿这一代人,所以他说她们是"未来的祖先"。

结语

我从前面木心先生的南方,讲到国境之南的南方,马来西亚一个我原先不会见到的场景。那个场景,我觉得它确实是国境之南的冷酷异境。

关于搭错车的故事

1

1991年,三毛自杀。那个时候,我大概是读大三,住在阳明山上的学生宿舍。那些违建水泥宿舍沿着整片溪谷旁陡降的坡地而建,每间不到两坪大,密密麻麻,活像卡通电影里的蚂蚁巢穴。

我估算过那一整片廉价的学生宿舍区,至少塞挤住着五六十个像我这样的贫穷的单身男生,或是可怜兮兮的同居男女。我们每天攀爬那时而沿着山壁,时而穿过别人宿舍的屋檐走廊的阶梯,然后从一条小径,像鬼魂般出现在阳明山的公路上,和那些泡温泉的老人一起等公交车。

整个宿舍区像贫民窟一样挤住了如此多的人口,却竟然总共只有两间卫浴。所以那时我房间床底下还藏了一个尿壶,以备清晨起来内急时用,因为有时候会有不自爱的学姐占着浴缸泡上一小时的晨浴。而且这么大的一个像蚂蚁巢穴的大学生宿舍群,却只有一部电话。

我记得那一片像蚂蚁巢穴的建筑的主人是一个鹰钩鼻的阿婆,活像宫崎骏的卡通《千与千寻》里那个汤婆婆,不过她是一个比汤婆婆再瘦削一圈的老太太。那部电话就装在阿婆总部,阿婆总部位于石阶的上方,它是用房东老太太的日式老屋区隔出来的十来间宿舍,那里有脏污油垢的小厨房,还有老太太放着藤椅、茶几、电视的阴暗客厅。能够暂住在阿婆总部的,通常是在这个幽闭溪谷已经租了六七年以上的研究所的学长学姐,非常诡异,他们在那里装了一只扩音喇叭。

如果来电话是找下方溪谷里的住户,有时是阿婆,有时是那些宿舍在电话附近的学长学姐,就会用那个扩音喇叭,像旧时代火车站的火车进站广播,用扁扁的鼻音,向着整片溪湖发送广播,"某某某""嗡嗡嗡""某某某电话",然后那个某某某便得赶快套上长裤,摔开房门,上气不接下气,跑上近百级的石阶,冲进阿婆总部。

在那些木板隔间,你感觉好像那几个学长学姐统统在贴墙偷听。在阴暗的走廊里面,电话那端或许是小女朋友等了许久而发火,或是长途电话里向家人细声地道歉和解释。在那个手机还没有出现的年代,甚至公共电话卡都还没出现的年代,一元铜板仍是生活中使用极频繁的工具。不过我通常不让我的家人朋友打那部电话。

我记得三毛自杀的那个晚上,我正在宿舍里,突然模糊地、不可置信地听见屋外山谷回响着我的名字。是那个阿婆的声音,她是用闽南语念的,翻译成普通话就是:骆以军电话。

在山谷中,那个回音一直在回响,是我的电话。羞耻与莫名的虚荣混合着,我冲了上去,谢了阿婆。

电话是我的哥们儿W从台中打来的。他说,骆,你看新闻了没? 三毛死了,是用丝袜上吊自杀的。

那时我的脑袋一片空白，阿婆仍然在一旁晃来晃去，我压低声音说，哦。W跟我说，你不要太难过。我难过什么？三毛根本不认识我。

待我气喘吁吁走回去，爬完楼梯，在书桌前面坐定，点根烟。想好好理理这件事，我心里想，干我什么事？

这时，屋外又像幻听一样回响着阿婆的声音：骆以军电话。这次她还加了一句：快点。

我再次跑上去的时候，发现自己穿错了鞋，穿了两只不同的球鞋，且对方已经挂断了电话。于是我尴尬不已地耗在那里等电话再响，并有一句没一句地应着阿婆的搭话。后来电话响了，是我妈，她也是告诉我三毛自杀的消息，虽然我知道她没有看过一本三毛的书，但她对三毛从荷西淹死在海底那时起可能就一直是在勉强地活着这一类琐碎的八卦，有着非常精辟的见解。她说她非常难过，而且她很担心我，要我别再写那些乱七八糟的东西了。

我发誓那个晚上我至少上上下下跑了十来趟那又高又陡的石阶，只为了接不同的朋友或惊叹或感伤地打电话来告知我，三毛自杀了。阿婆的广播在溪谷、山坳间反复喊着我的名字，骆以军又是你的电话。后来她的声音明显地不耐烦，而且变得愤怒。

没有人知道，是因为一个我不认识她，她更不可能认识我的女作家的自杀，使得我在山溪深谷里的学生宿舍区，一夜之间成了红人，声名大噪。

2

我年轻的时候,有段时间,就是刚刚讲的三毛自杀的那一两年,有时候会被拉去哥们儿的宿舍看一种低俗的片子,我们叫 R 片,它不算是 A 片,但是情节很低俗,是香港拍的一些片子。

我不知道为什么会在 R 片里看到这种奇怪的情节,我一直记得很清楚,有一集是讲任达华演的那个人去当鸭,我们叫牛郎。有一次他大概喝醉了,悲从中来,跟一个很温柔的女客人动了感情,他讲起他为什么会当鸭的经历。

小时候他家里非常穷,住在一片靠着山坳的贫民窟,一些违章建筑挤在一起,栉比鳞次,层层叠叠。他每天都在街上跑来跑去,跑到大马路前会经过一群很狭窄、很破烂的违章建筑。

有一次,他在街上跑的时候经过一间屋子,门没有关严实。他推开门往里面偷窥,看到一个大姐姐没有穿衣服,躺在一张很窄的木床上,抚摸着自己的胸部说,我要男人。

还是小男孩的他很害怕,就跑掉了,不当回事。

可是过了一个礼拜,他又经过那间屋子,门又没关,又有个门缝(那个房门怎么都不关),他又往里面偷看,真的看到有一个男人压在那个大姐姐身上。

于是他立刻转头,不出去玩了,他跑上坡,跑进贫民窟的那堆烂房子的其中一间,他自己的家里。家里没有任何长辈,他跑去躺在床上,把衣服脱掉,打赤膊,然后他摸着自己的胸部说,我要脚踏车,我要脚踏车。

这种废话我一个晚上可以讲五百个。

3

十年前我参加了一个东北旅行团,我在之前的故事里讲过。那时候我非常焦虑,因为这个旅行团的行程有两三个礼拜,但住宿不是每个人一个单间,是两个人住一间,当然是男作家跟男作家两人一间。

其实我年轻的时候觉得这无所谓,可是那个时候我已经四十来岁了。我觉得人年纪越大会越怪,会越害怕或者是越不习惯在旅途中跟陌生人住同一个房间。尤其我又是旅行团里辈分比较小的,所以一定是跟某个前辈作家住同一间。我觉得自己又是个很礼貌的晚辈,一定会很不自在。通常白天在活动中跟人家哈拉完了,晚上回到旅馆是希望能够放松、自在的。而且我还抽烟,万一碰到一个不抽烟的,怎么办。

结果我运气很好,那一次是安排我跟我的老师纪蔚然一个房间,我们都叫他纪伯,他是台湾最厉害的一个剧作家,是台大戏剧所所长。但是他人非常无聊,是一个无聊的男子,我们平常一起喝酒、打屁,他讲过很多屁话。但我觉得喝酒、打屁常常只是表面上的表演,私下在一起的时候,我心里还是会担心。结果我发现他人超好的,我没有遇过一个长辈,是真正地从内而外给予别人自由的。

这个双人房有两张床,有一张床是连着书桌的,所以有个很隐性的问题是,进到这个房间以后到底谁睡那张连着书桌的床。长幼有序应该先让他,可是他把那张床让给我,因为我当时确实还要赶稿。

他就很无聊,我趴在书桌上一直在赶稿,他穿一个背心,穿一条大内裤,在他的床上做各种伸展运动,像瑜伽那样的动作,很自在舒服。

因为只有一个浴室,很本能地,我就说,老师对不起,我等一下去撇个大条。他说,你不要跟我报告,你去撇。他就是这样一个很自如的人。

我们两个又很爱讲废话,我们俩都失眠,所以都有吃安眠药的习惯,我们两个也都抽烟。每天晚上睡前,我们各自在自己的床上,中间有一个床头柜,放了一个烟灰缸,我们各自拿出我们的包包,拿出我们的药袋,拿出我们不同牌子的安眠药,各自服上。时间差不多了,他就说,好了,我们不要再讲了。就关灯了,烟也熄掉。

那一天也是这样的状况,灯也关了,我们最后一根烟熄了,吃了安眠药躺下去。吃过安眠药的人会知道,吃了安眠药躺下去,到真正药效发作,进入深层的睡眠,这中间可能有个十分钟左右的垃圾时间,我们两个刚刚还很开心在哈拉,可那时突然会在黑暗中陷入沉默。

那个时候,我突然顺口问他,老师你在跟师母结婚之前,一共交过几个女朋友?

他在等待睡眠,所以没有什么情绪,他就说,七个。

我就坐起来说,哇!

因为我的老师是个秃头,我就说,你这么厉害?看不出来原来你以前是个风流浪子!

因为我太太就是我的初恋女友,我跟我太太结婚之前,没有交过其他女朋友。很多人看我的小说觉得我很变态,但其实我没有复杂的情感经验,所以我碰到哥们儿就特爱问,很多哥们儿也特爱讲，讲的时候还会进入一种电影场景，就像看影片在播放，还有的回忆起来像忏情录，就是他年轻的时候，与哪个可怜的学妹在房间里做出什么样的事情，或是哪个学姐"强暴"他，反正就是这种事，我最爱听这种，通常遇到的人也很爱讲。

可是我这位老师这样愣愣的，七个？他结婚时大概三十岁，等于他三十岁之前交过七个女朋友！

我说，那你有没有什么故事，你还记得吗？

他说，我全部不记得了。

他不是在闹我，他是真的不记得。

我说，啊？怎么可能不记得？那你还记得她们每一个人的名字和长相吗？

他说，这是我第一次想这个问题，我以前从来没有想过这个问题。被你这么一问，我突然发觉，我竟然不记得她们的名字。

而且他跟我讲，他觉得非常奇怪的是，他现在已经六十岁了，他跟他老婆结婚之后的人生，这三十年他没有一次再遇到之前那七个女朋友中的任何一个。按说人生这么三十年的时间，一定会有一种在不同时光阶段的偶遇，电影里不是都这样演？但他从来没有过，他没有在任何场合再一次遇到当年七个女朋友中的任何一个。

然后他就说，我第一个女朋友是我学妹，是当年辅大的学妹，她叫什么名字？

这个时候，我的药效发作了，我就睡着了，当然是很深沉的睡眠。

第二天我醒来时六七点，天亮了。看到我老师纪蔚然还在床上睡着，我就不吵他，到楼下去了。整个台湾作家团，这些大哥大姐都坐在那边吃早餐，吃玉米苞谷做的馒头和饼。大家刚睡醒，头发都乱乱的，都在那里安静地吃早餐。我也坐下来吃。

过了一会儿我的老师下来了，他本身就秃头。他下来的时候，头上所剩不多的头发整个好像炸立起来，两只眼睛也烂烂的，整个人超烂的，他也不看我。

他走到我们那一桌旁边说，Hello，有没有人今天晚上想跟我换房间？

大家就抬头问他，怎么了？

我也很奇怪。换房间？你是要跟我分居吗？

他说，我昨天晚上吃了安眠药，本来就要睡了，这个白痴问我说，我年轻时候交过几个女朋友，记不记得她们的名字。我交过七个女朋友，但我一个都不记得。然后我就从第一个女朋友开始想，我第一个女朋友叫什么名字？第二个女朋友叫什么名字？这个白痴就睡着了。我一直想到天亮还想不起来，想不全这七个女朋友的名字，而旁边这只猪一直在打呼噜，打得非常大声。

好吧，这还是个废话。

4

有一次，纪蔚然老师的一部戏在台北新舞台演出，新舞台是台北东区的一家很豪华的戏院。他那部戏叫作《惊异派对》。

他很擅长写这种戏，我觉得他搞不好就是把我跟他，还有一个出版社的老板这些人喝酒时、打麻将时漫不经心讲的一些废话、顺口溜、政治八卦、黄色笑话记录下来，然后在剧场上让几个演员来演。

看起来演员们在剧场上说这些废话，打麻将，其实在戏的背后有一种深层的东西，或是某种不知不觉的时光，从背后轻踱着，在背后迁移着。这些人在麻将桌背后真实人生的问题或危机，会戏剧性地浮现。

我之前看过纪蔚然老师别的戏，大概都有这个特质，有点像杨德昌的电影。他在舞台上会用比较特殊的方式，处理现代人的躁郁，或者暴怒，或是谎言，他们说起话来言不由衷，这些特质是他戏剧的魅力。

那时候我很怕错过《惊异派对》这部戏，就急匆匆赶到新舞台，"啪啪"地冲进去。快要开演了，我跑到戏院大厅，大厅里有一个年纪比我大一点点，但是很美丽很端庄的女士。我就跟她讲，抱歉，我是骆以军，请问纪蔚然老师有没有留票给我？他通常会给我留票，但是我们这种都是他的垃圾朋友或者垃圾学生，他给我的票通常都是最后一排。

这个很高雅的女士，她的眼睛很漂亮，她看我一眼，说，我认识你，但是，纪老师没有留票给你。没关系，我这里有一张票给你。她就拿了一张票给我。

我人生中没有拿到过这种票，是第二排正中央，等于是这个剧院的超级 VIP 座位。

我坐下去的时候就觉得怪怪的，我旁边坐的有郝柏村，还有辜严倬云，大都是一些老先生、老太太，都是一些平常只有在报纸的头版或狗仔杂志上才会看到的大人物。

我想，哇，纪伯什么时候混得这么好。

因为我想象中他的戏的观众应该都是像我们这种文青,都很倒霉,都很衰的,都很穷困的。可是,怎么回事?他这家伙怎么搞的?他的 VIP 区,坐的人都是这种党政军高层的大人物,西装笔挺,严肃以待。

接着突然锣鼓喧天地响起,有两个女扮男装的演员出场,穿着非常华丽的古装。歌声非常地柔靡,是玩真的。我想说这真是惊异派对,纪伯竟然在他的后现代的戏剧里玩古装。

很快,舞台四周的灯光暗下来。后来的情节我看了半天还看不太懂,可是我旁边这些老头老太好像对这部戏很熟,在旁边窃窃私语,评论。这部戏大概就是讲有个媳妇被老公怀疑,婆婆也联手虐待她,他们一直在测试她。地方戏的口音我也听不太懂,有点像昆曲,舞台上所有的演员都是女的,可又不是昆曲。

这中间,郝柏村尿急,撑不到终场,跟我道歉,出去上厕所再回来。还听到老太太在旁边窃窃私语,在骂那个婆婆,觉得那个婆婆怎么了,这么好的媳妇还虐待她。

所以,还不到中场休息的时候,我大概心里就有数了,等灯亮的时候才看了他们发的小册子。原来纪蔚然老师的《惊异派对》是下个礼拜的礼拜天。我这个二百五。我跑来看的是一出叫《拾玉镯》的戏,是大陆的,好像是浙江一个越剧团演的。

越剧是一种传统的戏曲,所有的角色都是找女演员来演,男性角色由女演员反串。《拾玉镯》是越剧里非常经典的一部戏,而且这个越剧团是一个非常强的越剧班子。我跑错了时间,跑错了剧场,所以从《惊异派对》变成《拾玉镯》。

像这样的故事,我觉得我可以在一种很放松的状况下,讲两三百个,可以讲一千零一夜。我可以喝一点二锅头或者喝瓶台湾啤酒，抽根烟，跟三两哥们儿在 pub 里面，我们互相丢一个过来，丢一个过去。我说过我可以讲到天亮然后再继续讲。

结语

故事对我来讲，好像不是一个确定的、完整的东西，它是一种异态的存在，它像萤火虫，在夜间的草丛中任意地飞舞。我觉得它其实是我们这种说故事的练家子最珍惜的一些故事的流萤，流光幻影。

每一个小故事它之所以被说成故事，一定是有什么地方被弄错了。本来你在人世中，你习惯或是期待正常延续下去的那个动作，可是你可能搭错车了，你可能跑错剧院了，你可能演错角色了，它就变成了一个有点趣味的故事。

关于动物的故事

1

我年轻的时候，从二十世纪这些灿烂如星空般的小说天才的前辈身上，启蒙说故事的想象力时，发现许许多多数之不尽的大小说家，都非常会讲动物的故事。像梅尔维尔的《白鲸》，像我特别喜欢的福克纳的《熊》，一部中篇，不太有人记得，比如说有写狼的，比如说海明威写了那只大鲨鱼。好像在小说的大叙事年代，小说家喜欢从动物身上去寻找一种在现代文明中人慢慢丧失的野性或是神性、神秘的力量。不是我这样说，这应该是一个公论了。

中外这些我们比较熟悉的大小说家里头，最爱写动物或是最会写动物的，我觉得是莫言。我年轻的时候读莫言的《红高粱家族》，有一段他写到狗群之间的一场战争，让我看得整个人瞠目结舌。后来到他后期风格，写《生死疲劳》，写驴子、狗、猪、羊、牛、马，整个好像是中国人的一个动物史，一个动物的马戏团。

还有些比如说像宫崎骏的《幽灵公主》，我年轻的时候看到就好感动。动画里头有猪神，有山神，有大白狼，有各种动物。

我记得山神出现的时候,它的身体像麒麟,它的角像鹿角,可是它的脸是狒狒的脸。凡它走过的地面,所有的花会从枯萎的地面上长出来,或是凡它踩过的地面,会像死神降临一样,所有的花都枯萎了。我觉得那是我看过的所有关于动物的影像中,让我觉得最美、最有力量的。

我还是继续讲莫言。莫言超会写动物,尤其是在他的短篇里,他写螃蟹,他写狐仙,他写各种动物,他超会写人与动物之间神秘难分的联系。因为这种神秘难分的边界的不确定性,而显得这些故事非常有灵性,非常性感。

莫言有一个短篇,就叫《猫事荟萃》。小说前面铺垠铺得很好玩,小时候很穷,有一个女干部到家里来,大家好不容易集中全部的财力,准备了鸡鸭,准备了炸鱼,还烙了一些饼,结果全被小莫言贪吃了,搞砸了场子。可是他记得猫吃到鱼刺时的眼神。

他的奶奶当时讲了一个故事,这个故事大概是山东高密的一个乡野传说。以前有个人叫张三,养了一只黑猫,这只黑猫后来成了精,它对张三特别好。张三每次嘴馋了想吃鱼,黑猫就有办法,有神通,也不知道它到底跑去了什么地方,它总会叼一条鲤鱼回来。在那个贫穷的年代,张三跟别人家不一样,他每一顿都能吃到好吃的鲤鱼。

有一天,这只猫没有叼鲤鱼,而是叼了一条鲫鱼回来了。张三一看是鲫鱼,他嫌鲫鱼不好,就把它丢到厕所里了。结果这只黑猫就发飙了。它对张三说,你个张三,你不知惜福。你知道现在是大荒年,全部在闹饥荒,连好人家都吃不上一口鱼,别说吃不到鲤鱼,现在人家连鲫鱼都吃不到。刚生孩子的富人想催奶,让孩子有奶喝,想求一口鲫鱼汤都求不到,我是跑了一百八十里,跑遍了全青岛大小饭店,才弄来这么一条鲫鱼给你,你却这么糟蹋,老子跟你翻脸。

从此以后,猫跟张三就斗上了。张三在炕上坐着,突然纸窗就会烧起蓝色的火焰。

有一天,张三在炕上抽烟。那只猫在窗外说,好香的烟,张三,给一口烟抽。

张三就说,好,没问题。其实他顺手从背后摸了一把火铳枪,他把枪管伸到纸窗外头。他说,你把烟管含住了吗?猫说,含住了。他说,含好。猫说,含好了。

然后他一扣扳机,"当"的一声,纸窗整个都被炸破了,烧黑了。张三就想,这只妖猫,这次总要把它打爆了吧?

没想到那只猫在窗外咳嗽起来,它说:这烟好大的劲。

我年轻的时候读到这段,觉得简直是神之又神,就是一个故事的神髓,这当然就是一个动物的故事。

2

我年轻的时候读过一本小书,应该算是童话,叫《夏洛的网》,非常可爱,讲的是一群动物的故事。

一个农庄里有猪、有鹅、有牛、有羊、有鸡、有鸭,什么动物都有,这些小动物有一个小主人,是一个女孩。这个故事有一个很深刻的隐喻,当这个女孩还是小女孩的时候,她听得懂所有动物讲的话,她跟动物的神灵是可以沟通的,她可以跟动物们讲话,小猪有时候会跟它的小主人撒娇,简直就像家人一样,人跟动物之间是不分的。

可是，这个故事在两三章以后，这个小女孩变成十三四岁的少女了，突然有一天，动物发觉这个小女孩失去了灵性。她听不懂动物讲的话，所以对她而言，她身处其中的这个农场里她爸爸养的这些动物发出的声音，猪是"哼哼哼"，牛是"哞哞哞"，羊是"咩咩咩"，鹅是"嘎嘎嘎"，就是这样的声音。所以动物就退回到它们原来自给自足的世界。

可是有一天，一个危机出现了，女孩的爸爸，农场的主人，觉得这只小猪长大了，要把小猪带去市集上拍卖。这只小猪很可怜，一直嗷嗷哭，十分悲伤，它还想活着，它想继续跟这些好朋友在一起，可是它能怎么办呢，没有任何人能够拯救它。

因为这是所有农场里每一个动物，从它们的祖先开始，几百代以来共同的命运。小猪长大了，就要被送到市集上，被宰杀掉，这就是真实的成人世界的真相。

所有的动物，牛、羊、狗、猫、大鹅，都没有办法。就在大家都想不出办法救这只小猪的时候，谷仓里面传来一声很小的声音，是谷仓里一只叫夏洛的蜘蛛。夏洛说，也许我有办法帮你。

小猪还是很忐忑，很悲伤，被主人用车载到市集上。市集上有各式各样的拍卖，有卖驴的、卖牛的、卖羊的、卖猪的。第二天就要正式拍卖了。

当天他们搭了一个临时性的畜栏让小猪睡在那里。就在这个晚上，这个故事飞翔了，这个故事发光了。

夏洛拼命地织一张网，拼命地织、拼命地织，就像在编织蜀锦或湘绣那样的艺术品。小猪想这有什么用，这只叫夏洛的蜘蛛，怎么可能救得了我这只小猪。

但是没想到，第二天天亮的时候，这些本来要来买骡子、买马、买牛羊、买鸡鸭的人，陆续地都三三两两围在这只小猪前面，发出惊叹声。

原来夏洛花了一个晚上，筋疲力尽，在蜘蛛网上织了一句话，原文是"Some Pig"，some 这里是非正式用法，指优秀、出色，所以这句话意思就是"神奇的小猪"。

大家觉得这只小猪真是一只神奇的小猪，赞叹不已。这样，小猪变成了网红，小猪因为蜘蛛网变成了真正的网红。

农场主人因为虚荣心，觉得这只小猪太炫了，这可不能当一般的猪卖掉，这可是只神猪。于是他不卖了，小猪就这样被夏洛救下来了。

我年轻的时候觉得这个故事有一种非常神秘的魅力，关于动物与人之间的通道断掉了，人没有办法再像宫崎骏的动画里那样去拯救动物。可是这个说童话故事的作者，他有一双非常童真的眼睛，有一个非常孩童的完满自足的小世界，最后让这只叫夏洛的蜘蛛，用它奇妙的，属于蜘蛛的微小的能力，拯救了这只小猪。

3

关于我自己跟动物有关的故事，我以前其实也讲过，我小时候一直觉得我在天庭上应该是个官，可能官位不高，孙悟空在天庭是当弼马温，我就觉得我应该是个"弼狗温"。我家很早就养狗，我养过的狗恐怕有三四十只了，恐怕养过七八代的狗了。我们家现在还有三只狗。

在我养过的狗里头，我自己情感特别深的是一只叫小花的狗。那时我在阳明山，小花是我跟我太太刚结婚的时候养的一只小野狗。

小花是一只杂种花狗，在它还是幼犬的时候，不知道跟着哪个学生混进了我们的宿舍，宿舍是在一个山坳里面，要爬很高的阶梯。小花非常聪明，它在各间宿舍察言观色，一方面混吃混喝，每一扇不同的门打开，都会递出来便当剩饭；一方面它也会观察，会赖上那个最固定的喂食它的人，它会嗅出谁是滥好人，作为它想象中的主人。

小花先是找了一个我的好哥们儿，他是台湾著名小说家黄春明先生的大儿子黄国珍。黄春明的小儿子叫黄国峻，后来很可惜，很遗憾，很早就逝世了。黄国珍是黄国峻的哥哥。

一开始是黄国珍收养了小花，他住在我跟我太太的宿舍上方，需要再爬一段楼梯。他给小花取名叫马达，因为小花讨好主人的时候，尾巴摇动得很像电动马达。后来过了一个暑假，黄国珍出国了。

黄国珍那一层宿舍住着一个嫉狗如仇的怪人。因为小花爱把每个学生宿舍门口的球鞋、拖鞋叼去后山坡，然后挖坑埋起来。这个家伙就会踹小花，所以不知道怎么搞的，小花就赖上我了。

有一次小花不见了，我满山坡地找它。阳明山那个区域，以前是日本人的毒蛇养殖场，日本人在整个山坡上种满了白茶花，现在这片山坡整个变成野生的茶花林了。在那片茶花林中走，很像欧洲电影，比如塔可夫斯基的电影，视野中蒙着一层很怪异的薄雾。

在山坡上，我发现了一个"万鞋冢"，有一个坑，里头埋了男孩女孩不同的球鞋，还有女孩的高跟鞋，当然凑不成双，很多是单只的。都是小花这只怪狗叼来埋到后山山坡上的。

我当时不知道我的哥们儿黄国珍是它的前任主人，我不知道它的本名叫马达，所以我给它取了一个名字，叫小花。然后这个家伙好像找到靠山了，它就狗仗人势，只要有人经过我和我太太那个宿舍的门口，它就会乱吠，给我惹了不少麻烦。

它每天一早就不见踪影，到了傍晚才筋疲力尽地回来。好像我养了它，可是它又不是家犬，它是自由的，它是一只可以到世界任意地方去冒险的狗。它应该不仅仅只是在阳明山，还在前山公园的阳明湖或公共浴室那一带鬼混。

有一天夜里，我跟我太太开车到文化大学附近吃消夜，经过仰德大道公路边的一座桥时，居然看见一个很诡异的奇景，十来只大型野狗沿着那条人行道旁的凹沟排成一列。那里头不乏挪威牧羊犬、德国牧羊犬等名种的犬，但是它们身上都长了癞痢、烂疮，惨不忍睹。很多人把它们丢在阳明山。

在黑夜的街灯下，我们赫然发现我们家的小花排在队伍的最后面，它的身形明显比大家小了许多，但它也装出一副混帮派、趾高气扬的严肃嘴脸。

我说，小花你还给我出去混帮派？而且还混成帮派里最小咖的！

后来小花离家的时间变得不规律，而且拉得很长，有时候出去三四天才回家，有一次竟然失踪了一个月，才浑身带着伤回来，变得很瘦削。这个节奏拉扯着我的神经，我不知道它消失之后要多久才回来，会不会被公园那边常出没的捕狗队给拴走了？或是变成像我们走仰德公路看到的肠开肚绽、仰躺的弃狗？

我总是反复在心里告诉自己说，算了，本来它就是条野狗，就当从来没养过它。但一段日子之后，它又会出现在我书房窗前或门口，目光灼灼地盯着我。这样的患得患失甚至唤起了我内心某些阴性的情感，我变得很像娘们儿了，像《小王子》里那个爱上了小王子的狐狸，像深宫怨妇一样，守候着小花浑身是伤地回来。

有一次，我请一些哥们儿到七窟吃饭，七窟在阳明山往北，那段路还蛮远的，我们开车开了半小时。我们到一个临时搭的棚摊，就是一般农家在山里面吃野菜、煮凤梨苦瓜鸡的地方。我们就在那里炒山菜，吃山鸡。

我们一边聊天一边漫不经心地把汤里的鸡骨头扔到地上，所以有一些乞食的流浪狗在我们脚边打转。

突然一个晃神，我发觉其中一只尾巴摇得像马达的狗不正是我家的狗，不就是我家的小花吗！它跑去丐帮了！它像不认识我一样对我乞食。

我惊怒地大吼一声，小花！它才瞬间眼睛跟我对焦，我抬起脚不禁要踹它。

4

十几年前，我小孩还小的时候，我会陪着他看电视上的卡通片，其实常常是他看一看就跑掉了，剩下有一些卡通片我觉得真是好，我就会完全迷上。

有一阵子，我简直疯魔地迷上了一只河马。这部卡通片大陆叫作《姆明一族》，其实就是"河马姆明"，台湾翻译成

"噜噜米",它是一只蓝眼睛的河马。

一开始我以为是一部日系卡通,因为它的片尾不可思议,是充满诗意的流动的版画,搭配的是日语女声用美声唱的一首凄清的歌谣。后来我才听朋友说起,这只河马姆明,它可是大名鼎鼎的芬兰国宝,据说芬兰人还特地在一个小岛上,为它和它的家人朋友搭建了一个仿真卡通片里的主题乐园。

《姆明一族》的故事总让我想起学生时代初次看安哲罗普洛斯的电影《流浪艺人》或是塔可夫斯基的《乡愁》,一群遥远的、疲惫的,在无数的大城市流浪而无法停留的旅人,终于来到世界的尽头,在空旷的地表上搭建起孤零零的房子,以森林为家,森林里还住着魔女。

它们像是在核爆废墟上,将都市与文明推平后重建的简单聚落和社群,但大人们仍带着高度文明社会的残存身份。譬如说姆明的爸爸是个小说家,跟我很像,姆明的女朋友的哥哥是个像达·芬奇一样的发明家,姆明的朋友稻草人阿金则像个旅行哲人,它的爷爷则是植物学者,发现了奇异植物品种会寄信给世界植物学会鉴定。

有一次,它们随着载满不幸亡灵的幽灵船来到一个小岛上,遇到一位因为忍受不了孤寂,所以不愿意再穿上制服的灯塔管理员,这个人可能是世界上最后一个人了。

可爱的姆明的爸爸和妈妈,还有河马姆明,它们收留了很多自远方流浪来此的奇怪的旅人,招待他们晚餐,非常温暖。它们第二天会让这些流浪的旅人继续温暖地上路。

有一集的故事是这样的,有一天,姆明家来了一个客人,所有的人都看不见她,因为这个女孩是一个"害羞"的女孩,这个女孩的名字叫妮妮。

她害羞的原因是，从她母亲过世之后，她就投宿在姨妈家。这个姨妈是一个苛刻的人，不论小女孩做什么，她都百般指责，于是害羞的女孩愈自惭形秽愈往内缩，最后慢慢让自己变成一个别人看不见的人。

姆明一家人温暖地招待她，而且对她是否在场表示出最自然不过的态度，不会刻意地假装好像她在场或者她不在场。

慢慢地，女孩的鞋子显露出来了，然后是她的衣服扣子、她的领巾和帽子。故事的最后，她的脸还是没有浮现，但姆明一家也不急着让她完全现身。

那是一个无比自由，而且慢速的世界，看上去像曝光不足冲洗出来的梦幻幻灯片，有点像村上春树在《世界尽头与冷酷仙境》中描绘的末日之街。但村上的空旷街景基本上是文明的核爆废墟，割除意象的冰刃处处笼罩着，像用鱼刀把影子割开，或是用刀把瞳仁割开，吸引着人类世界那些无意义的、破碎的情绪与记忆，将其释放于空无。事实上那个内在街景，映在一个高度资讯化世界的专业人士脑额叶里的某一部分，被焊接或切去一小块而形成的幻觉投影。

但是《姆明一族》里的欢乐谷不是，它是存在于一个不确定的惘惘的威胁、哀伤童话的浮土上。那些失去了城市地图，失去街道、橱窗、戏院、酒店、学校、法院的小说家、植物学家、发明家、警察局长、烟火制造工人，他们如何像断线的珍珠，以现代文明专业分工技艺形成的身份，在一个空旷的地表上发生故事。那些哀伤童话后面的早衰的故事，如何能避开村上春树式的冷酷异境，走向绝对纯净的内向时刻，付出的代价即将所有琐碎的细节逐一遗忘。他们不是做这样的村上春树式的设定，要建立一个纯净的内在时刻，就要把细节遗忘。

河马姆明一家人有一个很奇妙的设定，每当冬天冰雪来袭，这家人会像睡美人一样躺在木床上，进入深沉的睡眠。在这段时间里，姆明的好朋友稻草人阿金便会离开欢乐谷，到世界各地去旅行。每一次离开，它都带着可能不会再回来的悬念，因为它是如此热爱旅行，如此想要去了解这个世界，但它实在太爱姆明了，总是离不开姆明。

有时，姆明会乱了时序，在伪装成死去一般的冬眠中醒来，那时它会晕眩地推开封死的窗，无比惊异地用它那双色素沉淀不足的蓝眼睛，看着那个原来它不在场的冬天的景象，冬天的世界原来是这样在运转的。

有一次，姆明亲眼目睹美丽绝伦的冰雪公主，据说被冰雪公主看上一眼，就会冻成冰人。它看到美丽绝伦的冰雪公主真的下凡来，骑上族人为她准备的冰雕骏马，在冰燕垂洒中腾空而去。

还有一次，姆明一家被魔女施了咒法，春天来临时，它们却无法醒过来。一直到它的朋友阿金自远方旅行回来，才设法替它们解除了魔咒。

这样饱满美丽的奇幻异想，像夜里的藤蔓悉数生长，那些像恋人絮语一般细微的迷惑与不安，总让我不自觉联想到弗雷泽在《金枝》里天方夜谭般细数的杀神王、植物神崇拜、篝火节之类的巫术，或北欧神话里的陌生神祇。

5

《金枝》里有一章写道，乌拉利特的猎人如果参与捕杀鲸鱼，甚至帮助从渔网上卸下过一条鲸鱼，在随后的四天内都不得做任何工作，因为据说那几天鲸鱼的鬼魂会一直依附在他身上，在此期间，村里任何人都不得使用锋利或尖锐的工具，恐怕误伤了鲸鱼的魂魄，他们认为鲸鱼的魂魄还在村里到处漂泊。

《金枝》还提到一个古埃及的神祇奥西里斯，每年，人们悲哀与欢乐交替地纪念其死亡与复活，关于奥西里斯之死的故事凄厉又华丽。

奥西里斯的弟弟带着七十二个随从想要谋杀他，他们按他的身体尺寸用银子打造了一个银柜。当大家在饮酒作乐时，他们拿出银柜，开玩笑说银柜将送给身材最适合之人，他们一个一个地试，但谁也不适合，最后奥西里斯走进去躺在里面，这时，阴谋者赶快盖上盖子，用钉子钉紧，用熔化的铅焊死，然后将银柜扔进尼罗河。

此时，太阳正位于天蝎宫，奥西里斯的妻子同时也是他姐姐的伊西斯听说后，剪掉一绺头发，穿上丧服，忧伤地四处寻找他的尸首。

盛着奥西里斯躯体的银柜顺流而下漂到海上，最后漂到叙利亚海岸的一个国家，被一棵树包到树干里。国王觉得这棵树长得不错，把它砍下来做成宫廷的一根梁柱。

伊西斯知道了，便假扮成奶妈混进宫里。伊西斯非常喜欢这个小孩，想让他永生，就命他在火里烧炼。王后看见后非常生气，伊西斯只得让小孩复活，但他就不能永生了。伊西斯还变成一只燕子，绕着盛有她亡夫的那根梁柱飞翔，喃喃地哀鸣。最后女神伊西斯显露出原形，他们把那根梁柱给了她，伊西斯从中剥出银柜，装上船，随身带着国王最大的孩子驾船而去。

他们一到海上，伊西斯就打开柜子，把脸贴在奥西里斯脸上，流着眼泪，吻着他。那个孩子悄悄走到身后，看见她做的事。伊西斯转头生气地看着他，孩子经不起她这么一看，死去了。

那样为亲爱之人的死而发狂、变形、奔走，那样地哀痛欲绝，我年轻时读到的时候，心里在哀叹，我无论如何也编造不出如此恐怖、美丽，又如此自由宽广的故事了。

结语

我从莫言《猫事荟萃》里的一只猫，它的主人拿着一把枪，骗它抽烟，对着它的嘴开了一枪，你以为把它打爆了，就在这个故事的神秘传奇的时刻，这只猫却说，这烟好大的劲，接着讲到了《夏洛的网》，一只蜘蛛以小动物世界的神奇、小动物世界的友爱、小动物世界的幼小的力量，救了那只小猪，再一路讲到《姆明一族》，讲到弗雷泽的《金枝》……你会发觉，其实人类穿行过这么恐惧、这么难测、这么疯狂的宇宙的时间、空间、死亡以及人性里的黑暗，是在用故事映照着人类自己的面貌。可是人在很多时刻力有未逮，他们必须从这些动物身上找寻到故事更为神秘的、跳跃性的那一刻。

关于复活的故事

1

我们这一代的人,我们的眼睛、我们的大脑已经习惯了看现在这些影视作品,比如像《火影忍者》,比如像好莱坞的《指环王》这些奇幻片,比如诺兰的《星际穿越》、刘慈欣的《三体》。这些故事里,人死了,会有一种幻术或忍术,比如《火影忍者》有"秽土转生""尸鬼封尽",可以把死掉的老爸,甚至死掉的古人、祖先全部从阴间请回来。这些"还魂大法"好像现在都在奇幻故事的马戏团和游乐园里面。"复活"这件事变成一种让人听故事的时候,感受到不可思议的激爽的一种像可乐、像M&M巧克力糖的东西。

其实在古典小说的重力场,也即在一个真实的故事里,在真正说故事的人那里,要启动人死而复生、生而复死这样一个程序,是一件难度非常高的事情。

就我自己的感受和经验而言,很奇怪,我觉得关于复活的故事,说得最牛的,反而是两部中国古典小说里的故事。

第一个是唐传奇的《无双传》,熟悉唐传奇的人,对整个故事大概会有个印象,因为它算是唐传奇里比较有名的一篇。

这个故事一开头很像琼瑶的电视剧《还珠格格》，一个漂亮的男生叫王仙客，一个漂亮的女孩叫无双。无双的父亲叫刘震，是晚唐一个很有名的人物，看小说里写的会觉得他是类似宰相那么大的官，其实他是尚书租庸使，当然也是一个大官。男主王仙客与女主无双是表兄妹，两小无猜。王仙客的父亲死了以后，母亲带着他投奔他舅舅刘震。小时候，他们俩两小无猜，童言童语私订终身，无双会说，将来我要嫁人的话就是要嫁给表哥你。

后来，王仙客的母亲病重，她对弟弟刘震讲了一段话，大意是说，我就这一个儿子，我希望我死后你能够答应我，让他们两个凑成一对。刘震答应了姐姐。

随后，王仙客把母亲的灵柩带回故乡埋葬，然后守孝，这样过了几年，王仙客已经十六七岁了。等他再回到京城的时候，感觉到舅舅家已经是华宇高堂，奴婢如云，还有各种豪客、各种官员前来拍马屁。所以他变得靠近不了，他担心舅舅会不会悔婚，会不会不当回事，因为他母亲告诉他，当时舅舅应许了这门亲。

大概王仙客的母亲也留了蛮多遗产给他，他去贿赂了周边的人，当然也贿赂了他舅妈。舅妈其实很喜欢他，因为王仙客长得一表人才，也当了一个小官。

可是后来，有身边被贿赂的人探了口风跟他说，他舅舅好像不认账。所以王仙客就是一个很倒霉的帅哥，如果现在拍电影，他就是一个常常露出一副非常倒霉的表情，但长得帅的帅哥。

后来有一天，舅舅本来骑马去上朝，不一会儿又骑马回来了，而且满头大汗，脸色如土。下人不知道发生了什么事，很快，尚书府的奴婢们陷入一片混乱，人马杂沓。最后舅舅备了二十匹马,每匹马都驮着金银锦罗。

原来,当时发生了唐朝历史上的泾原兵变,泾原节度使姚令言带兵冲入皇宫,皇上和宦官都跑了。舅舅这时候为了保命或者保财,就对王仙客说,你帮我把这二十匹马驮载的金银财宝带出城去,我们分开行动,带出城后你在某某客栈等我。因为现在整座城被叛军占领了,逃出去的话我就把无双嫁给你。

王仙客是个老实孩子,他立刻带着这二十匹马出城。沿途有士兵、暴民、军队,一片混乱。他到了城外的客栈,可是等了几天,舅舅、舅妈和无双都没来,他就偷偷地骑马回城打听,人家说他舅舅当天傍晚带着女眷和十几匹马往城南跑,可是被认出来了,所以后来又被拦回去了。王仙客听了号啕大哭。

王仙客把那些金银珠宝藏好之后,又过了不知道多久,他回到京城,在京城里碰到一个老头,这老头是以前他舅舅家的一个老仆人,叫作塞鸿,一个很忠心的老仆人。他们相见涕泣。

原来这个时候,大唐皇帝的军队又打回来了,把叛军全部歼灭,唐德宗又回朝了。但是,因为他舅舅刘震当时在叛军的控制下投降了,所以皇帝回来后,他舅舅、舅妈被关起来了,因为投降归附,隔两天就被砍头了。

王仙客听完大哭,他想,完了,那我的无双呢?作为罪臣之女,无双被送进宫中当宫女了。宫禁非常森严,这个小说最让人恐怖的地方就是这种宫禁之森严。所以王仙客只赎出了当时无双的贴身婢女,叫采苹。

王仙客、老仆塞鸿、婢女采苹,他们主仆三人租了一间房子,住在一起。他们一直在想怎么样把无双给救出来,但是非常难。后来王仙客找到一个旧人,因为王仙客以前当过小官,这旧人就让他以富平县尹的官衔,任京畿郊野长乐驿站的长官。

然后有一次,宫里派了上百个宫女去打扫帝陵。虽然说是宫女,可是对老百姓来讲她们都是宫里面的女孩儿,是女神,像敦煌的飞天,只能远观不能近看的。

这些宫女就住在长乐驿,于是王仙客派老仆人塞鸿乔装成煮茶的仆人,躲在驿站门外的屋檐下面,在那里一直守着。果然无双看到他了,无双这时候已经是宫女的打扮了,喊他塞鸿,两人相见泪流不止,但是他们讲话的时间非常有限,因为宫中有规矩,有太监和其他的宫女看着。

无双告诉塞鸿说,等明天她们离开之后,让塞鸿去东北舍她住的那个房间,在紫色被褥下面有她藏的一封书信。果然,等宫女们离去后,塞鸿找到了那封书信,拿给王仙客。无双非常爱王仙客,所以我说这像琼瑶的电视剧,无双很有才气,写了很多词,悲伤涕泣,还附了一些信物。王仙客读了几乎肠断欲绝。

在这封信的最后,无双说,她在宫中的时候听到人家说,在富平县有一个奇人,叫作古生,就是一个姓古的人,专门帮人解决难题。王仙客就照着吩咐去打听,后来真的找到一个荒野的老头,一个有点像墨家的豪侠人物。王仙客想尽办法贿赂他,讨好他。

后来古生就说,我也是有心人,公子你必然有事求我,我们也算有缘,你有什么事情,我一定粉身碎骨帮你办到。

王仙客把无双的事告诉他。古生听了很后悔自己刚才讲了那么豪迈的话,拍着脑袋说,这件事非常难。

王仙客不知道古生做了什么。古生找来使者,据说是派他去了茅山道士那里,几天后使者回来了,古生也不作声,就把使者杀了。古生又叫王仙客找来采苹，也不知道他找采苹做什么。

第二天王仙客辗转听到人家说，宫中有宫女被检举说是叛党之后，被下令赐死，被赐死的这个宫女就是无双。王仙客听到这个噩耗，号啕大哭。他真的很像《哆啦A梦》里的大雄，就是一个无能的家伙，动辄号哭，或绝望地跺脚。

当晚深夜的时候，王仙客听到有人"咚咚咚"着急地敲门。开门一看是古生，很紧急又很低调的样子。他身后有一个软轿，软轿里头装的就是无双的尸体。

他看到尸体后又要大哭，可是古生告诉他说，无双吃了茅山道士给的一种药丸，吃了这个药丸后会当场死去，但死后三天会复活，所以她现在整个人像尸体一样僵硬冰冷，嘴唇发黑，但是她的心口还是暖的。

王仙客把无双抱到床上去温暖她，果然到了第二天，无双醒了过来，醒来后看到眼前人是心爱的王仙客，号啕大哭，然后又昏厥过去，这样慢慢地治疗了三天才恢复过来。

这个时候，侠客古生叫王仙客请老仆塞鸿到后花园挖一个坑，塞鸿听他的话挖了个坑，当坑挖到比较深、比较大的时候，古生突然抽刀把塞鸿的头砍了。王仙客当然非常害怕。

古生说，你不要害怕。他说，当时听说茅山道士有这种药，人吃了立死，三日后会复活，所以他派使者去取了。层层贿赂，然后让采苹假装成宦官，宣布说无双是逆党之后，于是无双被赐毒致死。然后再让采苹假装是无双的亲人，以重金贿赂，把无双的尸体赎出来，一路贿赂沿途的驿站，所以口风都非常紧。这其中最重要的是他派去茅山道士那里的使者，还有抬软轿的人，他把使者和抬软轿的人都杀了。这人超狠。

最后古生跟他讲，这件事要绝对保密，外头还有十个佣人、五匹马，你们立刻躲避到荒郊野外，从此改名换姓。说完这些话，古生把自己的头也砍下来，他的头也掉到那个坑里去了。

《无双传》是一个关于复活的好故事。但是，我们看完这个故事还是会觉得迷惘，感觉哪里有一种说不出的震慑与恐怖。

在我们的文明里，要让一个死去的人复活，成本实在太大了，要把所有可能知道秘密的人都杀了。可怕的不是死，而是秘密的泄露，是说谎之罪，是欺瞒帝王家的判决。

大概是上世纪七十年代（我不知道有没有记错，我从网络上看到的），在陕西西安南郊的何家村，考古队出土了一批很有名的文物，叫何家村窖藏文物。现在这些文物放在陕西历史博物馆里，是很重要的国家级古物。出土的两个大的陶瓮和一个小的银瓮里，藏了大批唐代的金银器、水晶碗、兽首玛瑙杯，还有大批的珠宝玉器，总之非常多的文物。

后来经过学者的研究，证实是尚书租庸使刘震当时埋藏的。所以你觉得唐传奇是虚构的，但是据学者们推断，刘震当时真的藏了这些文物，这个秘密被埋藏在地下有一千多年。

这是一个很震撼的唐传奇故事。

2

关于复活，我要讲的第二个非常牛的故事，就是大家更为熟悉的汤显祖的《牡丹亭》，一个最有名的关于死而复生的奇丽魔幻的传奇。白先勇先生推广青春版《牡丹亭》，将《牡丹亭》与昆曲进行结合，所以现在年轻人也都很熟悉。《牡丹亭》中写得最美最经典的,当然就是《游园》,《游园》太美了。《红楼梦》里也引用过《牡丹亭》的故事。

我在看《牡丹亭》的时候,我觉得杜丽娘、柳梦梅实在是太牛了。这个复活的故事有回旋和层层的设计,有关于复活的布满绳结的圈套。你会觉得杜丽娘超忙的。你知道吗?你看其他的故事,看《火影忍者》,或者看好莱坞的科幻电影,能够让人死而复生的,绝对是整个实验室里的高级工程师,或是数量庞大的一群人具备神奇的能力,要有忍术,对死去的人施予复活之术,基本上死者是不用花脑筋的。但是《牡丹亭》里死而复生这件事,其实全部是杜丽娘这个女生在穷忙,是她自己在导整出戏。

杜丽娘先是做了一个春梦,如果说这个梦境是一个 VR 虚拟实境,或者说是一个二维空间,杜丽娘这个情窦初开的少女,她先是在这个二维空间里面跟这个未来人,可能远在千里之外,傻乎乎的,还是个处男的柳梦梅发生了关系,柳梦梅什么都不知道,他根本不认识杜丽娘。等到杜丽娘从春梦里醒过来后,她就死了,死了以后没有任何人知道这一切的秘密,接着又要启动死而复生的源代码,这一切还是杜丽娘自己在穷忙。

杜丽娘死了以后,她的父母很伤心,后来他们来到了京城。当时的情况跟刚刚讲的《无双传》有点像,只是杜丽娘的父亲杜宝打叛贼有功成了副宰相,这是故事的后段。原来杜丽娘在二维空间里穿梭的那么美的花园,这个时候已经整个是废墟了,十分破败。

过了几年之后,这个未来人、这个书呆子柳梦梅才出现。出现以后这个故事怎么圆呢?这太奇怪了,几年前的美少女杜丽娘,在二维虚幻的 VR 空间里跟这个她预知的未来人柳梦梅有了一段艳遇之后,柳梦梅真的出现了。

这非常像科幻小说,非常像玛格丽特·阿特伍德的小说。我是一个末世男女,我们这个文明已经灭绝掉了,我先留一个密码,我把文明重新启动的秘密藏在密码里。我知道过了一千年后,过了一万年后,会有一个人来解开这个密码。有点像《火影忍者》。在《牡丹亭》里,解开密码的人就是柳梦梅。

在这个浪漫的故事里,传给柳梦梅的密码就是杜丽娘画的自画像,于是这个密码被启动了。柳梦梅看到了一张自画像,他就爱上了自画像中的女子。于是,这个故事就启动了。

杜丽娘一个人很忙,她忙着变成女鬼的样子出现,告诉柳梦梅说,公子,那就是我,画中的那个人就是我。

从这个故事的时间逻辑来讲,在柳梦梅的时间感里,他根本没有与杜丽娘有过肌肤之亲,可是他乖乖地照着这个女鬼的剧本来演,他觉得她就是自己的最爱。他们两个就是生死情缘。这时候还跑出一个石道姑来捉弄他们。

这个杜丽娘真的很像诺兰拍的《星际穿越》,因为一个在过去设定好的密码,她变成女鬼的样子,变成一个虚拟投影的,穿过时空的褶皱,来告诉他们,你们去那个花园里挖,下面埋着我的尸身。挖出来之后,再进行尸鬼封尽,尸身与她的灵魂合一,她就复活了。

3

《牡丹亭》这个故事太牛了,你知道吗?这是一个超级高阶的关于信息波的故事。

我的牙医跟我讲过，美国有一个医学专家专门做这种研究，他采访了几乎上千个有死而复生经验的临床病人，累积了非常多的关于死而复生的故事。

几乎所有死而复生的人，他们都说，他们死了以后，好像看到了很多高速的光点。他们有的会讲，他们见到了耶稣基督，或者有的见到了佛陀，反正就会见到神，见到很多光球，很像见到外星人的感觉。最后他们复活了，然后所见的这一切就消失了。

我们的大脑是由左脑和右脑组成的。这个牙医当时告诉我说，这个医学专家后来也在研究人类的大脑，其实人类的大脑是一种由外星人或由神设计的超级量子电脑。

我们一般都认为左脑与右脑靠得很近，左脑与右脑之间是靠上百万个神经突触，一种很细的神经束作连接。但是，比如我们的右脑先看到影像，然后要传输到左脑，作抽象形态的概念式的判定或逻辑推演。其实这之间的传输，左脑、右脑之间靠神经突触在物理界面的传输，还是一定会有非常小的时间上的延误，有一个时间差。但是我们的经验是，瞬间看到什么，我们立刻可以判读，几乎是完全同时，没有任何的时差。他们认定绝对是量子互旋，量子态的效应。

量子力学里面讲到量子效应，就是即使隔得很远，这一端产生了量子效应的原子往左旋，即使远在半人马座的另外一颗原子，立刻就会产生量子效应，往右旋，一定会这样的。

这个牙医说，其实人在死亡的一瞬间，你本来用人体控制住的这个庞大的量子电脑，在一瞬间，它结构森严的管控力瓦解掉了，而且那里面有上兆的信息，信息是不需要能量的，它就产生了大量的量子效应，散逸在整个宇宙星空中，那些信息波感应到的光照其实跟佛教讲的非常像，四大皆空，你瞬间就变成了在宇宙星辰中飘浮的信息，跟所有以前上亿的死者祖先一样飘浮着，什么都不存在了。

可是突然，你死而复生了，你的大脑又重新启动了。那些上兆的信息瞬间产生量子效应又回来了，但是这些信息波记得刚刚短暂地离开过，所以，在回来的瞬间，你会出现一种似乎是在星际中快速穿越的景象和记忆。

所以，不需要所谓的刘慈欣的"曲率引擎"，不需要做太空船式的时空跳跃，用人脑的信息波就可以实现宇宙维度的跳跃。

结语

我们刚刚讲到《牡丹亭》，汤显祖生于明代中叶，时间上与莎士比亚是同一个时代，所以有人说他是东方的莎士比亚，是东方的戏剧之神。其实，就真正呈现出来的戏剧作品而言，汤显祖真的是不能与莎士比亚比的。

但是，如果单纯就"复活"这个主题来讲，《牡丹亭》是一部精彩至极的戏剧作品。我刚才讲到杜丽娘这么复杂的，从二维跳到三维，从过去传递讯息，穿梭时间，有一种未来的预感，接着跑去阴间，跟阎罗王缠斗，接着又跑到现实来，以女鬼的样子出现，她忙得很。整个是一场超时空拦截，自己扮演各种角色，最后真的遇到她在二维 VR 世界里的男人，来自未来的柳梦梅，然后让自己复活。

对比之下，你真的能感受到我们的文明对于复活这件事情的敬畏。已经死去的人,要想打通层层关卡,不光是在地狱里、在阴间里与鬼吏打交道,还要跟活人世界的官衙打交道,这是一件成本多么大、难度多么高的事情。

无所不在的监视

1

英国的神作剧集《黑镜》第四季中有一集，我看完感到非常惊悚，这一集叫作《鳄鱼》，很多朋友大概也都知道、记得这一集。

故事的开头是一对很典型的英国小情侣，在 pub 里面吸大麻、喝酒、狂欢，狂欢结束后还保持着很 high 的状态。然后，男生开车，在一片荒野雪原的公路上行驶。两人还是很开心，听着音乐，卿卿我我。

这时，男生突然转身与女孩调了一下情，就那么一瞬间，他们撞上了什么东西。下车一看，他们竟然把一个骑脚踏车的男人撞死了，脚踏车也烂掉了。

这个女生很善良，她当时就说，我们赶快报警。男生说，你傻啊，我们现在怎么能报警，我们现在是酒驾。我们刚才在 pub 里吸大麻、嗑药，如果我们现在被测出来，我们这样撞死人是会判很重的罪。

所以，后来男生从行李箱找出露营的睡袋，把这个男人的尸体装进睡袋里，然后塞上一些石头。这条公路旁边是一个冰雪湖，他把装着尸体的睡袋丢了下去，脚踏车也丢了下去。然后他们就离开了。

十五年后，当年这个女生已经变成上流社会一个事业有成的知名建筑师，留着短头发。她老公很有钱，好像是一个出版商。他们有一个小男孩，长得帅帅的，正在上小学。他们住在一个看起来很高级的、精心设计过的郊区豪宅里。当然这是一部科幻片，里面的一切是未来的场景。

这个女主角应邀到一个大城市，作为建筑领域的杰出人士进行一场演讲。她表现得很好，讲得非常精彩。当天晚上，她住在一个高级酒店的房间里。

晚上，电影一开头的那个男生，她以前的男友意外来访。他们好多年没见了。这男人一进来，就看得出来他混得不好，看起来很落魄。他有点陷入一种歇斯底里的状况，跟她说，他几天前看到新闻，他们撞死的这个人的太太，十五年来始终相信她的先生会回家，所以她自始至终每天都在等着她先生回来。因为见不到尸体，她不相信她先生已经死了。他觉得自己良心过不去，他想要写一封信给这个太太，告诉她说，她先生当年已经被他们撞死了，叫她不要再等了。

这个女主当然要进行成本代价兑换，十五年后的状况已经不同了，她已经是一个社会成功人士，更主要的是她的家庭，她有老公和孩子，一切不言而喻。她就说，你疯了，你怎么这么自私，当年我说要报警是你不要，现在我这么努力得到这一切，我这么不容易，你要把我的生活都毁掉吗？

男人不管不顾，说我一定要报警。女主很用力地把他抱住，重重一推，男人摔倒在地，头部开始流血。于是女主顺势把他掐死了。

　　这时，她突然听到外面"嘭"的一声，她站在窗边看，是下面街道发生了一起交通事故，送餐车撞到一个骑脚踏车的人。她在往下看的时候，突然发觉对街的楼里有一个男人在往她这边看。她感到很恐惧，赶紧把窗帘都拉上。

　　然后，女主的厉害之处就展现出来了。她把酒店房间的电视打开，点播了一个A片，然后把尸体藏在餐车下面，一路把餐车推到下面的停车场，再把尸体放在她的车里。她把车开到一个她自己设计的建筑工地。工地正在施工，她非常了解工地的地形，那里有一个地热井。等工人都走了以后，她把尸体扔进地热井里。处理掉尸体后，她回到旅馆房间，A片还在播着，看起来好像她看了一个晚上的A片。

　　她以为这样就没事了。随后她回到她豪宅的家里，当然她显得有心事的样子，可是她的老公很好，小孩要去参加音乐剧的首演，一切看起来都还是原来上流社会的节奏与秩序。

　　但这时候，突然冒出来一个——从这个女主的立场来讲，就是讨厌鬼的角色——保险公司的女调查员。因为《黑镜》是一部设定在未来的科幻影集，未来的保险公司派来鉴定理赔的调查员和侦探或检察员很类似，调查员在被调查者的太阳穴处安装一种记忆追踪器的仪器，就可以投影出被调查者记忆里面的画面。

　　这个女调查员先找到那个被撞的人，是一个正要去演出的音乐系的大学生。他就说，那个送餐车是怎样撞到他的，好像没有刹车还是没有按喇叭，还说送餐车是闯了红灯撞他，应该可以拿到很高的理赔金。所以女调查员就给这个受害者、被撞的这个大学生做了测试，结果发现这家伙是个废柴，记忆里只看到路边一个穿短裙的黑人辣妹的腿。

接着她继续搜寻，因为那时候网络人脸辨识系统很发达，她就找到了这个黑人辣妹，这个辣妹的记忆画面是看到女主杀人的时候对面那栋楼的那个男人。女调查员接着去调查那个男人，当然那个男人的记忆画面是看到这个女主，所以女调查员就这样辗转找到了女主。

女主当然不让她进门，但女调查员告诉她说，你必须配合我们保险公司的检查，否则的话政府会搜捕你，你的记忆还是会被调出来。

这种情况下，女主跑到厕所去抽烟，试图给自己做催眠或洗脑，不让自己的记忆画面跑出来。但是测试的机器一安装，女调查员就看到送餐车撞人的画面，然后看到对街的那个男的，接着继续倒带，看到播放着的A片，然后就看到了女主杀人的画面。这时这个女调查员非常恐惧，她准备装作没事然后离开。可这时候，女主其实已经起了杀机了。

但她不是一个干练的杀手，所以杀人的过程非常恐怖，她也是咬牙让自己变得残忍无情，可是她也在哭泣。她拿石头把女调查员的车窗砸破，把她拖到住宅旁边的工具间，把她绑在椅子上。女调查员跟女主发誓说，她绝对不会告诉别人，她有小孩，求女主不要杀她。

女主对她说，我很难做决定，我不知道该不该相信你，那我问你说，你来我家这件事，你有没有让别人知道？她骗女主说，没有，我没有让任何人知道。其实她告诉她老公了，她的老公是个黑人。

女主用那个仪器对她做记忆调查,看到她告诉老公说,她要去这个女主的家。所以女主把她杀了,通过仪器搜寻出的女调查员家的地址,开车来到她家,摸黑进去,女主穿着雨衣,其实那时她整个人已经疯狂了。那个黑人正在浴缸里泡澡,他还不知道他妻子已经被杀了。女主突然过去,用锄头把他砸死,然后把他按到水里。虽然她是个女人,可是黑人男友由于毫无防备,还是死了。

可是,当她走出来的时候,突然看到一个baby,在婴儿床上。

这真的非常恐怖。因为这个女主原本并不是个坏人。可是事到如今,她必须把所有目睹过她的犯罪行为的人都杀掉。因为所有的记忆画面都会变成破案的监视摄影机,所有目睹过她的犯罪行为的活着的生命对她来说都是一台监视摄影机,她必须把每一台监视摄影机用石头砸掉。所以,她就把那个小婴孩给杀了。

你看她一个女人,其实只是为了掩盖十五年前,她当年的男朋友撞死人的罪行,她只是为了要守护住她现有的稳定的、完美的生活,就连杀四条人命。这一切结束之后,她去参加她小孩的音乐剧首演。

当警方到达命案现场,不禁想是谁这么残忍,是哪个恐怖杀手把这一家灭门,男主人被杀死在浴缸里,连小baby也被杀死,好像很难破案。

然后,《鳄鱼》这一集中最让人毛骨悚然的地方出现了。这时候警方发现,这家人养了一只仓鼠,一种被当作宠物养的老鼠。

我看完之后觉得非常恐怖,一种不寒而栗的恐怖。我其实无法客观或冷静地来判断这是不是一个好故事。

本来，最初这其实只是一个小恶，很像我小时候我母亲一直警告我们说的，你说一个谎，你最后就要说一百个谎来圆这个谎。后来，我的人生真的曾经遇到过这样的处境。现在我的生命到了五十岁，我现在坐在这里，是一个父亲，是一个丈夫，是一个社会人，是一个合法的人。可是，很可能在生命的某一个时刻，这一切就会因为你我任何一个人都会产生的，一个很小很小的恶，或是很小很小的自私心，或是很小很小的秘密（你想把它守住，一个最微弱的、想生存下去的愿望）而全部覆没。最后，整个世界被翻转成为无间地狱。

而我们最后能够很侥幸地，此刻好像还处在一个正常的环境，没有被抓到监狱，或者没有被抓到疯人院，是因为在某些神秘的时刻，我们的运气很好，没有像《黑镜》里《鳄鱼》这一集的女主那样，所有的危险全部集中到一起。

2

我在之前的故事中讲过，我高中时候学坏，也不是真正的流氓，就是小痞子，四处鬼混，闯一些祸。我下面要讲两件事情。

第一件事，大概刚上高一，男校的这些男生好像有一种静默的制裁，我不知道班上的同学是不是故意的，明明一看我就是个废柴，是个坏孩子，他们却选我当总务股长，在大陆大概相当于副班长，不过我们总务股长的工作内容是收班费。

每个人可能收一两百块班费，在那个年代不是很大的一笔钱。不过，一个班比如说有五十个人的话，加起来就有一万块。

我没有什么金钱概念，就只是做这件事，而且我还很粗心，可能会搞丢。我觉得很烦，为什么我要做这件事，我还要催收，但因为我在班上算是个坏分子，大家可能也很害怕，最后都交了。所以我的书包里装着七八千块的班费。

我隔壁班有一个真正的黑道，一个姓蔡的小个子，很凶的家伙。有一次我跟他到顶楼去抽烟，他是北港那种流氓，很冷酷，但抽着抽着，突然他就哭了，他说他老爸是半黑道半做生意的，做生意失败，欠了一大屁股债，被人家追债，所以他老爸竟然跑去火车站卖铁路便当。

这对我来讲是很震动的，我很重义气，我是鲁智深那种性格，看到我一个冷酷的黑道兄弟、男子汉，站在我面前流下英雄泪，我就说，你不用担心。其实这时候我就犯了第一个错，不该这样做，但我还是这样做了。那个年纪的我，把书包里七八千的班费都给了他。

所以，我便亏空了，我就得去做假账。那时候我和另一个人渣朋友，半夜跑到永和那边的小学，翻墙进教室，去偷小学生的扫把、畚箕。第二天我把它们带到学校去，说我买这些扫把、畚箕、水桶、板擦，花了班费。其实我是白痴，这些顶多几百块，我好像在闹，我觉得自己好像缺乏对真实事情最后会算总账的这个想象力。这是第一件事。

另外一件事，我们班有个肥仔，在闽南语里，我们叫他"卒仔"，就是很没用、很孬的家伙。我已经是半吊子了，但他是1/4吊子或者是1/8拍，更差的。他好像把我当老大，他去外头跟人家拳击社的高二的学生起了冲突，我还去凶对方，帮他出头。

说这个肥仔是我手下，可是我又很讨厌他，因为他常常鱼肉乡民。我们班有那种我觉得很好的人，而且在我的想象中，所谓混黑道的应该是绝不欺负这些好学生，你如果是鲁智深，是武松，怎么会去鱼肉乡民，只有坏蛋才会去鱼肉乡民。可他就是那种没种的人，不敢去惹外头真正的坏家伙，却跑来欺负班上很老实的人。

有一个点名员，我觉得他超够意思，每次我翘课他都不记我的名字。他爸爸是在碧潭卖甜不辣，我很喜欢他爸爸，我叫阿伯。可是我看到肥仔几次耍狠在凶阿伯，我就很想修理他。

我有个跟我一起鬼混的哥们儿叫老朱，他在别的学校，我们俩个性比较像，都有一种正义感。他也见过肥仔，觉得肥仔很讨厌，我们要戏弄他，或者说恐吓他一下。

我们知道肥仔之前和另外一个学校的人起过冲突，然后把我叫去恐吓了对方，所以，隔了一个礼拜，我很严肃地跟肥仔讲，没想到你上次找我去修理的那个人后台非常硬，听说是台北一个非常坏的帮派叫血鹰帮，说要修理你，要断你的手掌。我其实是虚构了一个帮派，很搞笑。

肥仔不相信我的话，因为我是半吊子，虽然我很严肃，这样跟他讲，但他根本不相信我。其实我之前已经跟隔壁班的蔡讲过了这些，就说我们要来整肥仔，所以演了一出戏。

肥仔果然跑去隔壁班，当时蔡趴在桌上午睡，他把蔡摇醒说，老大，你有听过血鹰帮这个帮派吗？蔡先是睡眼惺忪，然后假装眼睛突然瞪很大，说，血鹰帮？大肥仔，你怎么惹到了血鹰帮？这个肥仔就被吓到了。蔡还说，以前听说有人好像调戏了血鹰帮老大的女人，之后这个人就被从公寓的七楼丢了下来，死无葬身之地。血鹰帮超恐怖，还会把人关到狗笼里，特别残酷。

肥仔整个人被吓得面无血色。蔡就说，不过我有认识人，我帮你调停看看。他就叫肥仔拿出两万元。两万元在那时候是很大一笔钱。我们自以为很聪明，设计了这一整套计谋。

　　没承想这个肥仔根本一点都不抵抗，回家就跟他爸妈讲。所以第二天，教官就来查这件事了。

　　但问题是我不能把蔡供出来，我被叫到教官室去，后来他们找来少年队，询问了很久。虽然我一直在遮掩，但最后连我把班费贪污掉这件事也被曝出来了，反正最后非常惨。

　　当然，肥仔还没拿两万块出来，反而最后是我离家出走，因为我非常恐惧，整件事处理不了。但后来情况没想象中那么严重，我后来又回来了，不然我可能现在就是一个在台湾南部开铁工厂的老板，其实也不错，说不定我比现在有钱。

　　我印象很深的是，我回来以后，有一天我们学校的总教官突然把我叫了过去。在台湾的学校里，小教官一般是叫校尉，我们学校通常小教官对我都非常凶。总教官是上校，官职很高的。我们那个年代，台湾的中学、大学里还有一个单位叫作人事室。我完全不了解这个体系。人事室是管什么？就是给这个学校所有的教员、所有的公务员打考绩的。

　　其实在年轻人的心目中，根本不会理这个人事室是做什么的，就是校园角落的一个办公室。可是在那个年代，它是一个神秘的、有很大权力的人事系统。

　　总教官把我叫到人事室，我那时候第一次看到，连校长我都没有看过有这样的派头，一辆非常高级的黑色轿车开进学校，停在人事室的门口。人事室主任、教务主任、总教官全部排队、鞠躬、立正，非常恭敬，接着从车里走下来一个老头，就是肥仔的爸爸。

我万万没想到,我们班这个讨人厌的肥仔的爸爸是一个那么大的官,他是当时台湾的"人事行政局"局长。

他戴着一个玳瑁框眼镜,一种很贵的海龟壳做眼镜框的眼镜。他不肥,肥仔不知道怎么回事变得那么肥,但是他看起来就是一个官员的样子,旁边有助理,有司机,还有一个秘书帮他开门。他摆出官派,我不记得有没有拿雪茄,反正是很大咖的样子就进来了。他根本不看我。他用很平静的方式,说他儿子在这个学校念书,他觉得这学校不错,但儿子竟然会受到这些黑帮分子的恐吓,等等,这样很官派的话。

我以一个孩子的眼睛第一次看到,权力在大人的世界里有这么强大的力量,人事室主任、教务主任全部满头冒汗,总教官、主任教官全部在旁边立正,然后道歉。这是我从来没见过的。

一个礼拜后,我母亲买了一盒很贵的水梨当作礼品,带着我去肥仔家跟肥仔道歉。其实我非常屈辱,本来在我的世界里的秩序是,他看到我都要矮半截的,可是我到他家,他妈妈也是一个很叽歪的富人,讲了一些很刁难我母亲的话。但是我自己做错了,所以我在肥仔家就跟他道歉、赔罪。而且,我母亲还要赔偿全部的班费,赔了一万块。其实我贪污的可能是七八千块,可是因为我太混了,我根本没有登记谁交谁没交。所以这件事就这样了结了。

我在看完《黑镜》的《鳄鱼》这一集以后,内心想到这件事,我完全能感受《鳄鱼》的深意,我会对《鳄鱼》的女主产生一种非常强烈的感触。我明明是个好人,只是掉入一个怪异的状况中,可是最后我就陷入这样一种处境,当我转过头来,神在判决我的时候，我确实看到我拿的刀上沾满了这些无辜者的血。

我内心充满了一种看希腊悲剧时，那种巨大的哀悯和恐惧感。

3

这种因为一念之差而导致一切像多米诺骨牌被启动，在不可思议的倒霉的情境下，骨牌全部倒塌，最后形成你完全没有办法收拾的状况，其实是一种非常厉害的小说特技的展示。

譬如说像英国小说家格雷厄姆·格林，有一部很棒的小说叫《布莱登棒棒糖》(大陆译作《布赖顿硬糖》)，为什么叫"布莱登棒棒糖"，布莱登这个小镇特产一种棍状棒棒糖，在这篇小说里成为主角品基的杀人武器。

布莱登这个小镇有一个帮派的老大，叫品基，其实他才十七岁，是个很瘦弱的少年，可是他非常狠、非常残忍，所以一些大人反而都变成他的手下。黑帮头子凯特被弗莱德·海尔出卖，死于敌对的帮派之手，品基决心要杀掉海尔，为收养他的凯特报仇。后来海尔被品基用一支布莱登棒棒糖插进喉咙而死。可是海尔在死去之前，曾经在咖啡屋见到一个很可爱的女侍者，她是一个穷人家的女孩，叫萝丝，一个苍白的、不漂亮的女孩，他跟这女孩讲过话。

对于男主角品基来讲，他要把他犯过的凶杀案的痕迹灭掉，把证据擦掉，可是却有个讨厌鬼，有个胖女人一直在追踪这个案件，她是一个很有正义感的女人，她一直在追查到底是谁杀了海尔。

所以小说有两条线，一边是这个正义的好人，这个胖女人调查这条线索；一边是品基想要把线索擦掉。所以这一切全部聚焦在咖啡屋的女侍者萝丝的身上。

品基是一个很残酷的、内心没有爱的少年,为了让萝丝闭嘴,他只好去追萝丝。这部小说写得非常棒,其实他们两人的童年非常相似。他们都生长在底层家庭,从小都没有被父母爱过,是可怜鬼,还被人家霸凌,品基是以残忍来让自己进化和蜕变,然后变成黑帮老大,变成一个强者。

所以,萝丝内心是真心地认同这个男朋友的,她后来是帮着品基说谎。可是品基一路为了遮掩所有的线索,不得不把自己帮派的手下一个一个杀掉。最后,他讲了一句话:难道我要把所有的人杀光,这件事才会停止吗?

4

卡尔维诺有一部很棒的小说,叫《如果在冬夜,一个旅人》,它是由一个一个短篇小说构成的,其中有一个短篇小说叫作《在逐渐累聚的阴影中往下望》,就像我刚才讲的,一开始没有想过会这么恐怖,可是最后却这么倒霉,就像多米诺骨牌,牵一发而动全身。

有一个男人,被一个很可恶的家伙在生意上欺骗。所以他就找了一个妓女,陪这个家伙。两人正在上床的时候,他从后面把这个欺骗他的家伙打死了。

这个故事其实是一个很简单的短篇,就是这个夜晚,他跟妓女商量要怎么处理这具尸体。他们用一个布袋把尸体装进去,装的时候有只皮鞋掉了,但他没有注意到。他们用小轿车载着尸体,一路上遇到各种倒霉的事情。他要处理尸体,所以他们一路把尸体装扮成醉成一滩泥的酒鬼。

他们开到森林的时候，突然发觉没油了，车子发动不了。为了发动汽车，他们只好把本来打算烧尸体的那桶汽油倒在汽车油箱里，然后开车回城里，因为汽油用完了，没办法在森林里面烧尸体了。在他很混乱的时候，妓女却情欲大发。

总之，A、B、C、D、E、F、G、H、I、J、K，各种不同的骨牌都倒下去。

最后他用布袋把尸体拖回去，搭电梯上楼的时候，突然有一个房客看到那只皮鞋，然后他就从"逐渐累聚的阴影中往下望"，在处理尸体的这个夜晚，他不断地回忆他的人生是怎样被各式各样倒霉的事情所缠绕，他的前妻，他的女儿，各种债务，当然主要是这个混蛋朋友。他各种倒霉的状况，就像一个不断累聚的线团，一直盘绕，他就像从一个像电梯一般的深井往下望。其实这种状况是没办法解决的。

有一个理论叫秃头理论，就是说一个人一开始只是掉一根头发，掉一根头发当然会不以为意。但是，其实很多的时候，在人类的命运中，把时间拉长，俯瞰命运的进程，我们会看到，那个人最后变成了秃头。

其实在很多文学作品里，比如说《仲夏夜之梦》，看上去只是一个恐怖夜晚的疯狂的状况，但其实是前后联动的。一开头只是一件很小的事情，就像掉了一根头发的小事，但是到最后，我们会发现变成一个非常恐怖的景象，满桌尸骸没有办法收拾。

因为真实的人生其实常常如此，最初只是掉一根头发，而最后全部头发都掉光了，我们眼前是一个光秃秃的秃头，就像我们看《黑镜》的《鳄鱼》这一集这个女主的命运一样。

结语

我还想讲一下所谓的监视摄影机,无所不在的监视摄影机。我觉得它是《鳄鱼》这个故事中最让人恐怖的东西。这一起令人惊惧的悲剧的全过程,会不断地被监测到,无所逃匿,就是因为这个监视摄影机可以像神一样召唤出所有过去事件的现场,一切真相被看得清清楚楚。在一篇小说里,在一个故事里,这会产生一种非常像侵犯到神的领域的恐怖感。

很多时候,我们在描述人存在的状态时,其实没有办法透视状态背后的真相,总有一种朦胧感,使得我们无法看到真相。然而,一旦这种互相交错和遮蔽的均衡被破坏的时候,我们最后能够目光炯炯地,如同X光、如同透视镜,穿透、看清背后所有的真相、所有发生过的事情、所有在以前只有神的眼睛能够看到的景象时,其实最后人类的命运呈现出来的,是一种非常恐怖的地狱之景。

关于火车的故事

1

川端康成有一部经典小说《雪国》,有的译者翻译成《雪乡》。这部小说的一开场就是:"穿过县界长长的隧道,便是雪国。"

川端康成描述了一个场景,火车里,一个中年男子坐在座位上,他的脸贴着车窗,看着车窗外,车窗上形成一个很奇怪的叠影,这时候外头已经是夜晚了。黑色的原野在火车的飞驶中快速地往后退去,可是在原野上,有一堆一堆农民在夜晚点的篝火,就这样一堆一堆地闪过去,晃过去。车厢里的日光灯,在车窗上叠映出他的脸。川端康成写道,那是一张中年人的疲惫的、猥琐的、被时光浸透的脸。

这部小说写得非常美。就在这张脸刚好在这个奇怪的透明的屏幕上显现出来的时候,他后面就是在黑暗中流逝过去的、看不清楚的田野的轮廓闪过去,过一段闪过一堆农家的篝火,同时在窗玻璃上叠映出他的脸,然后又是窗外的夜景和篝火构成的奇幻的明暗闪烁的景色,流动着,流过去,宛如一条时光的河流。在这个疲惫而衰老的中年人的脸在车窗上流动的时候,恰好又叠映了坐在他旁边座位上,一个幻美绝伦的美少女的脸。

《雪国》是川端康成的三大名著之一，另外两部是《千只鹤》和《古都》。《雪国》这部小说其实是写这个中年男人的意识流。这个男人曾三次在冬天的时候来到这个雪乡，一个在山中很封闭的度假小区，有温泉旅馆。

他认识了一个很美的女孩，女孩是旅馆里的侍女，是一个非常清纯的少女，还是清倌人。她也被训练，有三味线琴师教她弹琴。

这个中年男人是一个惯于风月场所的人。我觉得说不定是川端康成自己年轻时候的经验。这是一部意识流小说，这个男人当然表现得很冷静，这个女孩就像住在这个很小的、与世隔绝的雪国里面。

这个女孩叫驹子，如过隙之白驹。这么纯净的一个女孩，她喜欢上这个男人。可是这个男人从来不允诺她。这女孩很奇怪，她虽身为艺伎，但是她每天一定要端端正正地，用非常工整的笔迹写日记。她的字写得非常干净，又很端正，行距非常均匀，有点像处女座的洁癖。

然而，这个男人会觉得这一切都是徒然的，这一切都是没意义的。因为他站在时间激流的这一边，他知道生命其实是非常混乱的，最后一定是被瓦解掉。

果然，随着他的回忆不断推进，第二次、第三次，驹子慢慢地成熟了，所以等他下一次回忆的时候，驹子已经成为艺伎，开始接客了，已经变成当家花旦了。

有一次驹子喝醉了，大概是与那些客人狎玩、陪酒喝醉的。外头都是雪，把松枝压低了。这时这个男人在和室里面写东西。驹子从隔壁平原的松林里走来，雪景非常美。驹子穿着和服，没有穿木屐,只穿着袜子踩在雪地上,陷入一种轻微迷乱的状态,就这样跑到这个男人的房间来。

驹子趁着酒醉,脸庞泛红,对这个男人说,我最讨厌岛村先生了。岛村是这个男人的名字。

其实,这就是一次爱的告白。在一个很纯真、很压抑、很保守的年代,这样的告白是比较大胆的。但这个男人还是没有保护好她。慢慢地,驹子的年龄也大了。

我们去看后来改编的电影的剧照,会觉得驹子到后来看起来还像纯净的少女。她的眼神还是那么地美,那么地清澈。

其实我年轻的时候在读川端康成的小说时,就知道他的眼神是死神的眼神。他非常会写这些美丽的少女那种最纯洁的美,她们的耳后,她们的足踝,她们很美很美的身体。通常这个观看者是一个老人。这老人通常已经感受到时间的一切败坏,所以他的眼睛是死神之眼,在看到最美的生命时,其实就已经预示了美必然是没有办法承受自己的美的。

这样的美,最后一定会疯狂,一定会堕落,一定会坏毁,一定会枯萎掉。

川端康成很爱用这种双面镜像式手法,《古都》就用到双胞胎姐妹互相凝视对方的形式,《千只鹤》也用了双面镜像的手法。

我刚才讲到《雪国》开头在火车里的那一幕,窗上的叠影,这个男人的脸叠映上外头流晃过去的田野、田野上的篝火,同时还叠映上一张幻美绝伦的少女的脸。这个少女叫叶子。叶子几乎就是他刚认识驹子时,驹子最美好的样子,在时光的源头,在他刚刚遇到她,这一切时光坏毁的咒语还没有被启动之前。所以当时他心中一动，叶子几乎就是曾经驹子那美好的模样。

而现在的驹子已经变成疯女人了，她当了半辈子艺伎，所以碰到男人的时候，都满怀着怨念，尖酸刻薄。

这部小说的结尾是非常恐怖的。叶子后来从一座失火的蚕房的屋顶上坠落下来，在火光中坠地而亡。

我年轻的时候，觉得《雪国》的开头是一个非常震撼的、深深刻印在脑海里的经典画面。我在想，川端康成为什么会用火车移动的场景，写一个这么复杂的，把所有人物的命运全部进行视觉上的叠加，而且还是在一个流动的、加速中的状态。

其实这是一种现代性的感觉，虽然这部小说是写于一九三〇年代。在这之前，小说里的人物可能是在城市里的咖啡屋游走，可能是在将军客厅、在宅院里面，或者是在《红楼梦》的大观园里，要不然就是在街角或沈从文湘西河川的小洲上。但是在一九三〇年代，在《雪国》中就可以看到对那个时候来讲，非常现代的、充满幻觉的场面。

2

关于火车，在现代小说里，有很多了不起的小说家都以火车为意象写出了很经典的小说，最有名的当然就是《百年孤独》。

马尔克斯的《百年孤独》里面，老布恩迪亚死去的那段场景，他在梦中穿越一个个像列车车厢一样连接起来的房间，这些房间像修道士住的修行室或个人监狱，摆设极简，但都有两扇门，他从上一个房间走进这个房间的那扇门，然后走向通往下一个房间的那扇门。

在老布恩迪亚疯掉的时光，他每晚都做一个重复的梦，就是穿越这列由一个个房间串起来的列车。在梦里，一模一样的房间串连在一起，每个房间都有一个很简单的小书柜，墙上挂着一幅宗教画，有一个铁床。他打开门，走到下一个房间，还是一模一样，一个简单的小书柜，墙上挂着一幅宗教画，有一个铁床，下一个房间还是一样……老布恩迪亚穿过这一节一节像列车车厢一样的房间，最终到达梦境最深的地方，很像《盗梦空间》。

老布恩迪亚会见到当初被他杀死的一个老朋友，然后他再反向穿越一个一个完全相同的房间，循着原路走回最后一个房间，就是他的第一个梦境。

但是在他死去的那个夜晚，他在这个列车梦境中的其中一个房间迷失了，于是他找不到走回第一个房间的门，找不到那条通路。这就是老布恩迪亚的死亡。

我们再看卡尔维诺的经典之作《如果在冬夜，一个旅人》，第一章就叫《如果在冬夜，一个旅人》，是讲一个像魂魄一样的旅人，好像他在对你讲话，好像你这个读者就是冬夜的那个旅人。旅人在月台上，卡尔维诺写到月台上的煤灰，月台的厕所，湿锯末混合着尿的阿摩尼亚（氨）的气味。然后是车窗舷窗的脏污，就像有些人眼镜镜片很脏，有油污粘在上面，其实是旧火车站沉积下来的煤灰。月台里还有一种离别的气氛。

这本书几乎都是这样一些镶嵌式的短篇，都是写一个开头，然后几段话，一个小说就完成了。

3

关于火车，我们还可以想到一个已经过世的台湾小说家，我同辈的哥们儿，叫袁哲生。这两年，大陆开始引进他的小说。袁哲生当时在台湾成名的那篇小说《送行》得了一个大奖。《送行》是写一个旧火车站的月台，大概是一九八〇年代的火车站月台，来往的列车都是慢车，所以几乎就是一幅静态的素描画，旧时光在这里流过。

袁哲生写的几组人物之间形成一个剧场，可是他的抒情性的体现，恰好不是小说习惯性要处理这些人物，他们的命运在故事里呈现的因果关系，他们之前或是之后会发生什么事。在袁哲生笔下，火车站月台上的状态很像飘浮在时间之外，好像你恰好遇到的这些人，他们是这个剧场舞台上的演员，现在他们下戏了，正在后台卸装。这篇小说里，他们一样是在告别，有当兵休假的士兵，有父母，有小孩，然后有一个人刚好在旁边画素描。

我很喜欢台湾的一个前辈小说家，叫作雷骧。他是音乐人雷光夏的父亲。在我年轻的时候，雷骧是一个创造力非常丰富的人，他拍过张爱玲、沈从文、郁达夫等人的纪录片。他也写了很多很短的短篇小说，跟刚刚讲的袁哲生的《送行》很像。他们写的是台湾二十世纪五十到七十年代的故事，等于我们讲的最好的时光，那时候人还很纯净，很单纯。

那个年代，台湾还有日本人留下的那些火车铁轨，慢车、电联车在小站间移动。雷骧的这些极短篇还会搭配一些炭笔素描画，像《浮世绘》那样的铅笔素描。

4

我最爱讲的一部电影叫《源代码》。那个不断返回过去的八分钟，我大概讲过N次，我实在太喜欢这部电影了。

这列火车已经被恐怖分子炸掉了，主角已经被宣判死亡，可是会有八分钟的量子脑波的弥留状态。这当然是一个科幻的情节。所以他要不断地一次一次地重回，然后每次八分钟过后就会被炸掉，进入弥留状态。他被要求不断地重回火车爆炸前的那八分钟，重建那个蜡像馆、那个剧场，找出那个犯罪者是谁。他们没有办法救那一列火车上的乘客，但是至少要抓到恐怖分子，他们怕他又用同样的手法去炸其他的火车。

还有一部我印象很深的电影，是刘若英、刘德华和葛优主演的，叫《天下无贼》。我不知道这部电影在大陆的评价怎么样，我当时在台湾看到的时候，我觉得是我看过最棒的一个中国式的关于列车的剧场。

列车上的时光很漫长，形成了很像京剧舞台上两造人马的结构，一边人马是要夺走王宝强演的傻根最珍贵的东西，一边人马是要守护傻根最珍贵的东西。于是，在狭窄的列车甬道，在厕所，在包厢，在火车的顶部，层层机关，他们像咏春拳那样贴身打斗，招招杀意，最后变成了一整列火车上不同的尸体。

5

我高一时有一次闯了大祸，教官把我审问到天黑，离开学校后我便喊我的友伴老朱，我们决定一起翘家。我们先跑去中和，台北旁边有个地方叫中和，中和市石壁湖山上有个庙叫作圆通寺，我们在那个寺庙里露宿了一夜，被蚊子咬得非常惨。然后我找另外一个哥们儿借了一笔路费，大概一千块台币，也就是两百多块人民币，我们搭当时速度最慢的慢车，前往南部去投奔朋友的朋友。

很像侯孝贤的电影《恋恋风尘》，或者林强的歌《向前走》。我们当时想，我们要到南部找个工厂打工，日后一定要事业有成再回家乡。当然这次离家出走后来成了一桩闹剧，我们到了一个北港的朋友家，他是朋友介绍的朋友，他虽然有点黑道背景，但根本上还只是个少年。总之我们四五天后就垂头丧气地回家了。

我记得我在深夜的时候进家门，一进家门我就双膝跪下。我父亲并没有如我想象中那样挥棍子揍我，他只是很平淡地说了一句，我们骆家没有你这种儿子。

事实上，我父亲如果那时肯坐下来听我说这一路的冒险，那他会听到什么？

我和哥们儿坐的是慢车，车经过淡水河时，我看到那些玫瑰色的晚霞和成群的野鸟。我第一次感受到车厢里摇晃的空间，那些一脸愁容带着一堆小孩的妇人，疲惫安静的老人，还有三两个穿着雨鞋、衣袖沾满水泥的渍迹、拿下黄色塑胶头盔头发像被烧灼过卷曲起来的建筑工。没有一个人的色调或气味，和我们这两个穿着制服的台北高中生一样，我们很像进入一个梦的倒影中。

我们一路晃到苗栗时，那个巡逻的列车长问：少年们，你们到底要去哪儿？

我们惊恐之下胡乱地下车了。那也是我第一次在那样的深夜，像卡尔维诺的《如果在冬夜，一个旅人》里那样，从一个暗影幢幢的空旷的火车站走出来，我们胡乱找了一间小旅馆投宿，住在那种老旧、散发着霉味的房间，那也是我第一次没和家人在一起。柜台老阿姨拿着水银胆的热水瓶，和一串大号的亚克力牌的钥匙给我们。现在的旅馆都是电子房卡了，以前是很大的一个亚克力牌，上面会烙印着房号。

我后来仍然怀念那种像酒精一样的醚味，怀念那个充满醚味的日式小旅馆。

后来，在我人生的不同阶段，自己搭慢车到一个陌生的小镇，在那个小镇的老旧的小旅馆过一宿，第二天或搭公路局的汽车到附近的海边晃一晃，一直是我很喜欢的一种独自旅行的方式。我二十多岁、三十多岁、四十多岁，都经常进行这样的旅行。

6

我要讲的另外一次关于坐火车的经验，十几年前，我跟一个台湾作家团去西藏参访，那个时候好像是青藏铁路刚通车。当时我们这些台湾作家在北京已经喝得昏天黑地了，然后在北京火车站搭车，经过号称现代化高速铁路的青藏铁路，可以一路到青海，然后穿过青海，到达拉萨。

列车内有供氧舱，当火车进入青海，海拔从两三千米开始升高，一路经过唐古拉山，行驶到海拔六千多米的时候，却并没有高原反应。一般情况下，这么快的速度，海拔陡升，一定会有剧烈的高原反应，但是青藏铁路列车车厢内会供氧，所以是安全的。

但问题是，列车有严格规定，列车上绝对不能抽烟。火车开了两天一夜，从北京一路穿过陕西、甘肃、青海。火车每停靠一个月台的时候，我们这些烟枪，这几个大哥，就赶快从车门跳下来，不只我们，很多人也会这样跳下来，站在月台抽两根烟，赶在火车开动前再跳回车上。那个画面很像《如果在冬夜，一个旅人》。

这列火车基本上都是卧铺，一个车厢一个车厢都是一间一间的卧铺。因为我是这个团里面辈分最小的、最小咖的，所以安排完之后，其他团员集中在三四间车厢，每一间大概住六个人，只有我是跟一些陌生人睡在一间。作家团的这些大哥、大姐在车厢内喝酒，吃烧鸡，很开心地聊天打屁。我也蹭过去，因为我一个人在陌生人的车厢，也蛮无聊的。

那是一次漫漫长途，火车一直在摇晃，长时间在跟大哥、大姐挤在那边扯屁，到后来也会厌烦，所以后来我就走到列车的最后一节，是一个餐车室。它很像台湾过去年代才有的餐车，装潢得很像西餐厅，很像《天下无贼》里俄罗斯风格的西餐厅，可以点咖啡，点吃的。

我带了书，记得当时好像是带了一本以色列小说家的短篇小说集，我就找了一张桌子，坐着看书。我坐在那边的时候，我隔壁桌有一堆哥们儿在抽烟，可是明明这列火车是不能抽烟的。我看餐车里端咖啡的服务员也没管，好像这里是可以抽烟的，于是我这个烟枪，一边看书抄书，一边也点起烟来抽。过了两三个小时，我们台湾作家团那几个大哥大姐也来了，他们也要用餐了,我就凑过去跟他们并了一桌。

大哥大姐中有一个前辈女作家,她其实人很好,祖籍也是安徽,她年轻的时候一定是个美人,现在年纪比较大了,大我大概二十岁。她年轻的时候翻译过赫胥黎的《美丽新世界》,最早也写过一些科幻小说,那么早以前就写科幻小说,很厉害。

她大概命蛮好的,后来嫁到美国去,在美国定居。她很年轻的时候就到美国去,所以比较像美国人那种感觉,很强调对他人的尊重,所以在这个时候,她突然对隔壁桌那些喝白酒已经喝醉了的老爷们儿说,对不起,可不可以不要抽烟?

她是对的,因为这个车厢同样是不能抽烟的。现在台湾和大陆也都是这样,封闭空间内都禁止吸烟。当时,我有种很尴尬的感觉,因为我刚刚跟这些老爷们儿一样,也在抽烟。

这些老爷们儿好像已经喝蒙了,脸都通红通红的,酒精味非常浓。其中有个人突然发飙了,怎么搞,怎么样,不行吗?

当时我们这个团到西藏去参访,陈主任沿途一直照顾我们。他在北京一个像作协那样的机构工作,但他没有官僚气,人非常好。他就跟那几个哥们儿说,别这样子,这些都是台湾的作家,我们要留点面子。他的口气等于是在对自己人讲话。

没想到,听了这话,这个老爷子更发飙了,说,怎么样,台湾的怎么样,今天是"九一八",他妈的,中国人的国耻日,等等说了一大通。这下就说不清了,闹僵了,变得很拧了。那个大姐也很拧,两边都有人试图调和,说不要吵不要吵,列车服务员也过来了,场面比较混乱。

我觉得特别尴尬,因为老实说我刚刚也在抽烟,后来我们就散了。我回到我的卧铺,因为大哥大姐他们气呼呼的,所以我就没有去他们的卧铺了,我在我的床位上躺着,开始继续翻我的书,当然不能抽烟了嘛。

过了一会儿,我卧铺的四个室友回来了,就是刚刚喝醉的那些老爷们儿,我好害怕他们把我打一顿。但他们也没发现是我,大概也不记得,他们各自回铺位躺着,然后睡着了。车厢内酒精浓度非常高,我的卧铺里酒精味很重,我都有点被熏醉了。

我觉得特尴尬,心里嘀咕说,大哥大姐你们去跟人家乱吵架,吵完架,把我一个小弟丢在这里,运气真不好,碰巧还跟"仇家"在同一个卧铺里面。

过了两三个小时,大概也开始进入青海,甚至可能已经过了青海,因为火车进入青海的时候,先横着穿越,然后可能到一个叫格尔木的地方,会往南端一直穿越,地图上看是穿越到青海跟西藏的边界,其实就是一个高坡度的爬坡了,穿过最高的边界唐古拉山。

后来他们醒了过来,我觉得他们一定很想马上拿根烟出来点上。我也很想,但是不行,怕氧气会爆炸。

他们各自坐在床沿上,开始跟我聊起来。其实他们记得我,他们就说,你是台湾来的。他们很好奇,我们就聊起来了。其中有一个人还跟我讲,他是河南人,他以前是跑青海到西藏这一段的长途,开吉普车载客人,有点像是车行,跑这一段他超熟,然后讲了他跑这段路的一些奇妙的经验。这些故事超好听的,可惜其中有些我忘掉了。

于是,这些老乡和我变成打屁的好兄弟。后来火车到达拉萨,下车的时候,我们那个团里的人,包括陈主任,大家都还对这群人有意见,这些人看起来就是头发烂烂的、脸黑红黑红的劳工阶层。但是下车时他们还跟我互相交换联系方式,那时候手机还没普及,我们在纸上留下通信方式,互相祝福对方。

结语

我们这样设想,十九世纪初开始,火车以钢铁怪兽之势喷着黑烟,在地球表面上发出轰隆咆哮声,其速度远远超出之前的马匹、骡子等动物之力的速度。两百年来,已经有无数趟火车从此地到彼地,而火车形成的内部时间,一个存在于时间之外的时间,在出发之前,到达之后,它什么都不是,它只属于那趟列车,或者说,它是速度之中的一次静止。爱因斯坦式、川端康成式,或袁哲生式,或老布恩迪亚式,无数次中的其中一次,一个属于小说家的,可以布展的时光蜡像馆。

不,所有关于小说的幻觉,理论上都可以发生在一列一列可以无限加挂的车厢上,而非迷宫式,非摩天大楼式,非《西夏旅馆》式,非《红楼梦》大观园式,非《追忆似水年华》式,非城市漫游者式。外面的人注定只能看见火车轰隆驶过,而在火车之内的人,却如同在一个高速移动的梦里。

如同我觉得台湾最棒的小说家童伟格在他的《西北雨》中写的,所有死去的亲人,所有无法说话的自己,都在上一车次的列车的其中一节车厢里。

说到这里,我好像在说网络,在说历史,如何被观测,如何被表述。台湾有一个年轻的天才小说家叫黄崇凯,他有一部小说叫《文艺春秋》，他假想至今全世界还没有网络这种独裁的发明，不，应该说网络已经占据绝对独裁地位，我们已经被移民到名为网络时间的星球。这么想，有点像说如果恐龙没有大灭绝，那么我们想象一下恐龙 NBA、恐龙 shopping mall、恐龙 A 片。也就是说，我在今天试图回想二十世纪的小说那种情感饱满的意象，而不经意间，浮现在脑海的其实不是网络，而是火车的意象。

关于绿帽丈夫的故事

1

保加利亚有一个得过诺贝尔文学奖的大小说家，叫埃利亚斯·卡内蒂。我十多年前看了三本他的自传，非常好看。他的自传很怪，他的父系家族大概十五世纪就从西班牙往东欧迁移，是传统的做生意的犹太人。他母系家族是欧洲上层社会，他的几个舅舅在英国或者在瑞士都是高阶的银行家或音乐家。

他第一本自传叫作《获救之舌》，台湾译作《被拯救的舌头》，非常好看。一开头就讲述了一个非常惊悚的场景，他说在他三四岁时，家人请了一个保姆来照顾他。他们家是很富裕的犹太家庭，经营着一个非常大的卖场，里面各种物品都有。

可是，这个小保姆每天下午在固定的时间，比如说下午两点，会抱着还是小孩子的他穿过城市旧社区的小巷弄，走进一个旧公寓的某个房间。这个房间里有一个男人，这个男人会把他的嘴撬开，把他的舌头拉出来，拿出一把非常锋利的刀，在他的舌头上比画一下。男人什么话都没说，只是比了一个动作，好像是一个暗示，如果你回去说了什么，我就会把你的舌头割下来。

他就这样子过了一年。直到他长大以后才知道，这个小保姆后来是因为什么原因被辞退的。原来，在那个保守的时代，这个小保姆在那一年的时间，每天偷偷出去跟情郎约会。

他记忆中，那个很像恐怖电影的画面是，每天下午时间一到，他就会被这个保姆抱出家门，穿廊绕弄到达一个房间。房间的光线不够充足，这个男人把他的舌头拉出来，拿一把像兰博刀那样锋利的刀，比画一下要把他舌头割掉，其实是恐吓这个小孩子说，你回去不要讲你看到了什么。可是他们什么也没告诉他，因为他还是小孩子，跟他讲他也听不懂，所以这就变成一个非常暴力，而且非常有力量的恐吓。

卡内蒂用这个故事来作为自传的开头，非常精彩。很像在说，我从小就被恐吓、被诅咒了，我不能讲出我那么多的秘密，包括我个人混乱的情史，包括我家族的秘密，包括我犹太人的身份。他经历了二战时希特勒对犹太人的屠杀，所以他后来流亡到了英国。

《获救之舌》还讲了一个画面同样很惊悚的故事。他母亲跟他父亲其实很相爱，但可能由于双方家庭背景的差异，所以一直处于争吵或冷战的状况。那时候他已经是个十三四岁的少年了。那段时间他母亲在跟一个瑞士医生互相通信，其实母亲那时已经想要离开这个家，离开他父亲，去瑞士跟这个医生在一起。还记得那一天早晨，他父亲在吃早饭。父亲像犹太老爷一样，喝着黑咖啡，吃着面包，然后打开报纸，刚看到报纸上写着第一次世界大战开打了，奥匈帝国向塞尔维亚宣战了，父亲就突然倒在地上，心肌梗塞而亡。那时候父亲五十岁不到。其实也不是父亲看到这个新闻真的受到很大的震撼，总之是恰好在这个神秘的时间点，命运的巧合就这样串联在一起。

所以，卡内蒂在回忆录里说，长大以后，他再回去重现母亲当时的心理，他觉得母亲内心一直有一种罪恶感，母亲觉得她的先生是因为她要给他戴绿帽子，所以在她正想要离开这个家的那个时刻死掉了，所以这是一种惩罚，这是一种诅咒。

2

我今天的主题是讲戴绿帽的丈夫。我从年轻的时候起，就一直非常着迷于不同的小说家怎么在故事中写被戴绿帽的丈夫。我觉得绿帽丈夫是故事中最悲哀的角色，很多时候，到了故事的最后，我们读者，或者那对忙着偷情、以为天下无人知晓的不忠的妻子和情夫会发现，原来这个丈夫从头到尾都知道，他只是像一只阴沉的猫头鹰躲在暗处。或许是面对已经不爱自己的妻子，他非常悲哀地不愿意说破，因为一说破就面临着最后的摊牌，就绝对会失去妻子。绿帽丈夫真的很像电影《赌王斗千王》里面的人，拿到一手烂牌，却要一脸镇定地不下桌，让对手看不出他的虚实。

我年轻的时候非常非常喜欢井上靖的《冰壁》。如果要我列举出五本我最喜欢的小说，其中就有一本是《冰壁》，是台湾一个很好的小说家钟肇政翻译的。

故事是讲一对老夫少妻，在一九五〇或六〇年代，丈夫是一家化工公司的董事，有着极高的地位。妻子是一个年轻美艳的，像母豹一样的美人。

有一个青年叫小坂，他疯狂地爱着这个美人。在几年前的一次迷乱中，这个妻子因为寂寞，曾经和这个年轻人小坂有过一夜风流。但后来，她其实想把小坂甩掉，她已经不爱这个青年了，她非常后悔，只是有那么一夜，偷偷地给社会地位很高的老丈夫戴了绿帽子。但是这个青年人仍然非常寂寞、非常激情、非常痛苦地爱着这个妻子。

这本书的男主角叫鱼津，是小坂的好朋友。有一次，他们相约去登山。他们是非常专业、非常虔诚的登山客，他们登的是对于这些登山家而言日本最神圣的一座大冰壁，等于说我们在攀爬珠峰的某一个坡面，冰壁是日本登山家心目中的圣山。

在登山之前，鱼津一直和他说，你有没有杂念？登山绝对不能带有杂念，你不能胡思乱想。小坂说，我怎么可能会这样？因为他们都非常了解，对方是登山的高手，是很专业的登山家。小坂说，我一定会把杂念抛开，这对我来讲是很神圣的一次登山。

他们两人在大风雪中拿着冰锥，轮番在冰面上钻洞的时候，鱼津看着他的好友，失恋的青年小坂，他觉得整座冰壁跟小坂都笼罩在一种透明发光的光亮之中，像圣境一般。然而下一瞬间，小坂就掉下去了。

然后，专业的搜山队，在一种很悲伤的情形下不断地搜寻。很多人被卷入这个事件，整个事件变成一个风暴口、一个丑闻。最后被查出来的原因是，尼龙的登山绳被扯断了。

鱼津在新闻上发言，他确信小坂的绳索是在登山过程中自然磨损、断裂的，说明尼龙绳有非常严重的质量问题。但是生产尼龙绳的厂家不愿意承认，因为那会造成非常巨大的商誉损失。这件事就成为一个谜团。

没有办法判定到底是绳索在自然拉扯下，因为质量不良而断裂，还是小坂蓄意自杀，或者更黑暗的，因为鱼津和小坂是绑在一起的，会不会是鱼津在同伴坠足的那个瞬间，他为了自己活命，把绳子割断了。

还有另外一种说法是，有可能是因为他们不够专业，不小心用冰鞋踩到那根绳索，那也可能会引起断裂。鱼津对外反复宣称说这是不可能的，他们是非常专业的，对此他态度非常坚决。所以双方提出，要求专家对尼龙绳索进行专业测试。这项工作，刚好交到被戴了绿帽的老丈夫的手中。

这其中的戏剧张力可想而知，这部小说非常厉害。

这个丈夫确实做了数十次的测试，当然检测的结果有很多专业术语，好像看不出确定性的判断。在妻子面前，他像一个老陆龟，没有表情，也不干涉妻子，非常压抑自己的情感。但结果是，他在这个案子上整死了男主角鱼津。

3

再讲一个绿帽丈夫的经典故事，就是格雷厄姆·格林的《恋情的终结》。

这部小说非常美。这部小说的绿帽丈夫和给丈夫戴绿帽的妻子，我觉得是我看过的小说里最傻的，最纯善的。这两个人像小孩一样，很良善，最邪恶的是情夫。整个故事要展演的，就是情夫的嫉妒。格林在说，真正最可怕的，是情夫的嫉妒。

小说是这个情夫的第一人称叙事，他回忆自己莫名其妙去偷人家的妻子，当然是秘密约会，只有他们两个知道。但是，突然某个时机，也没有任何前兆，这个女人就跟他断了关系，不跟他交往了。

他不知道自己为什么会被遗弃,所以他觉得一定是这女人又去找别人了,等于是,我是情夫,我给你丈夫戴了绿帽,但我现在也被戴了一顶绿帽,更亏的是这顶绿帽还不合法,还没处可说。所以这个叙事者变得很阴暗,被嫉妒燃烧,他就跟这个绿帽丈夫装成是好友。事实上,他们两个都是被这个女人抛弃的可怜鬼。他还以前情人的身份雇了一个私家侦探,去跟踪这个变心的女人,看她是否另有新欢。

因为格雷厄姆·格林一直在探讨天主教信仰,上帝是不是一种完美的存在,或者是需要以二十世纪现代人的处境,重新去感受的一个神秘的存在。所以这是一个非常感人的故事。

后来,这个女人病逝。这个嫉妒的情夫才从这个女人留下来的日记中看到,原来某一次他跟这个女人在偷情的时候,恰好碰到德军大轰炸,那个时候是二战期间,所以他们偷情的那个公寓被部分炸毁。

当时,这个女人看到的画面是,这个男主角,就是她偷情的这个情人被炸死了,在断瓦颓垣中,只有一只胳膊伸出来。

所以那个时候,这个纯真的、偷情的妻子向主祷告。她说,只要你能够让他活过来,我愿意用我最珍贵的东西跟你交换,我愿意用我对他的爱跟你交换,我以后再也不爱他了。

突然,奇迹显灵一般,她竟然看见男主角爬起来了。原来他只是被压在下面,只受了一些外伤。

其实他本来就没有被炸死。可是这个女人以为这是一个神迹。所以,她看到男主角真的活了过来之后,非常遵守她跟上帝的允诺,主动离开了这个男主角。

所以，直到这个女人死去之后，这个被嫉妒的强酸侵蚀的男主角，才知道原来这个女人是如此深爱着自己，他也将被永恒地放逐在悔恨的地狱中。

在这部小说的后半段，绿帽丈夫和男主角已经变成了好兄弟，变成相依为命的绿帽大哥、绿帽二哥。真正给他们戴绿帽的是天主。

4

我再讲一个非常经典的绿帽丈夫的形象，出自几年前得了诺贝尔文学奖的英国剧作家哈罗德·品特，我们那时候念戏剧研究所的时候，读到他的一个剧本，叫作《背叛》。这个剧本真的是非常经典。

剧本的时间是倒着流动的，第一场戏是 1977 年，而最后一场戏是 1968 年。第一场戏是一个叫艾玛的女人跟一个叫杰瑞的情夫，他们在 pub 约见。

艾玛和杰瑞曾经是一对情人，杰瑞是艾玛和她先生罗伯特婚礼上的男傧相。罗伯特是个大出版商。杰瑞是当时纽约一个高级经纪人，给罗伯特选书。然而，杰瑞竟然跟罗伯特的老婆有一段长达几年的恋情，瞒着所有的人，还租了一个用来偷情的秘密公寓。

后来，就像所有的婚外情一样，这段恋情虽然被隐藏着，但它同样变得像日常婚姻一样地乏味，慢慢失去了新鲜感，最后那个秘密公寓，两人慢慢都不去了，所以他们把它退掉了，像鸡肋一样退掉。他们都还记得那栋公寓是在几街几号。

第一场戏，在 pub 见面的时候，他们俩已经分开很久了。

他们开始聊天，这一场戏很精彩。人有时候会有这种犯贱的心理，就是有时候被问到，你有没有想我，这男人说当然没有。但是当他看到这个女人很冷淡，这男人又会对她说，我还是常常想到你。其实两人都已经不爱对方了，但有时候纯粹出于虚荣，会这样说。

这场戏的最后，艾玛对杰瑞说：我昨天晚上跟罗伯特摊牌了，因为他这几年来一直有别的女人，然后我把当年我们的那一段告诉他了。

杰瑞和罗伯特本来保持着良好的合作伙伴关系。刚开始把艾玛当作大嫂，然后有几年的时间和艾玛偷情，后来也分了，所以他希望和罗伯特还保持合作伙伴关系，当作什么事都没发生过。没想到，艾玛这个时候告诉罗伯特了，他一下子不知道以后怎么和罗伯特交代。

所以下一场戏，就是杰瑞急匆匆地去找罗伯特，场面很尴尬。杰瑞说：虽然当年是这样，不过早已过去了，我实在不知道艾玛为什么会选在这个时候告诉你。

罗伯特就说：什么？什么叫"这个时候"？四年前我就知道了。四年前，艾玛就在某一个夜晚告诉我了。

其实是杰瑞偷人家老婆，该千刀万剐，可是这时候杰瑞却生气了。他说：你四年前就知道了，那这四年里，我们两个还经常一起吃午餐，你是怎么做到的，可以在我面前表现得这么冷静？

几场戏之后就到了 1973 年那场戏，这场戏就是我现在要讲的。通常在我的小说课堂上，我会找一个男孩、一个女孩来念。

罗伯特跟偷情的太太艾玛之间的这段对话，我觉得是关于绿帽丈夫最经典的一场对话。

这场对话发生在他们的旅店的客房。他们第二天要去一个地方旅行。在旅行的前一天晚上，夫妻两人也没有什么激情。

罗伯特说：你在看什么书，书好看吗？

艾玛说：嗯，好看。

罗伯特说：是什么书？

艾玛说：是一本新书，作者叫斯宾克斯。

罗伯特就说：噢，这本书，杰瑞跟我提过。

艾玛就假装跟杰瑞不熟。她说：杰瑞，是吗？

很厉害，对话都是浮在水面上的，从表层看若无其事，更多的心理动机藏起来了，在水面下漩涡般流动。

罗伯特就说：上个礼拜我和他一起吃午饭的时候，他跟我说的。

一定是杰瑞拿这本书给艾玛看的嘛。然后艾玛就装作什么都不知道的样子，说：真的吗？他喜欢吗？

罗伯特说：斯宾克斯是杰瑞的人，是杰瑞发现了他。

艾玛继续装不知道，说：噢，我不知道。

罗伯特就说：你觉得不错，是不是？

艾玛说：是，我蛮喜欢的。

罗伯特就说：杰瑞也觉得不错，哪天中午你应该跟我们一起吃午饭谈谈。

艾玛继续装作若无其事，因为要避嫌。她说：有必要吗？其实没那么好。

绿帽丈夫罗伯特语带双关地说：你的意思是说没那么好，

不值得你跟杰瑞和我一起吃饭谈谈吗?

艾玛就说:你在说什么?她这时候气还没消,不小心突然讲了这么一句叽歪的话。

罗伯特说:我自己都必须再读一遍,现在出了精装本。

艾玛说:啊?再读一遍。

罗伯特说:杰瑞本来想让我出版的,可是我拒绝了。

艾玛说:为什么?

你看女人常常很傻,自己的行迹被人家监视,看得清清楚楚,她却以为自己很聪明。

罗伯特突然说:那样的主题其实没什么好说了。

艾玛就说:你认为主题是什么?

罗伯特突然摊牌,说:背叛。

然后艾玛说:不,不是。

罗伯特说:不是吗?那是什么?

艾玛说:我还没有看完。她以为他还在讲这本书的主题。她说,等看完我再跟你说。

罗伯特就对她说:昨天我去一个邮务公司,他们拿了一封信给我,是你的信,他们要给我,我觉得他们这样子很不应该。你拿到了那封信吗?

艾玛就说:拿到了。

罗伯特说:我想是你昨天晚上出去买东西的时候去拿的吧?

艾玛说:对。

然后罗伯特就说:反正你拿到就好。

你看这个丈夫罗伯特,他被戴了绿帽,他什么都知道,他现在在拷问妻子。可是他的拷问是这么地有礼貌,这么地平静。

罗伯特说：说老实话，他们直接把你的信给我这种举动，使我很惊讶，在英国这是不可能发生的，可是这些意大利人如此地自由放任。我的意思是说就凭我姓道恩斯，而你也姓道恩斯，并不代表就是夫妻，他们这些可笑的地中海人。其实表面上的道恩斯先生和夫人，事实上更可能是陌生人。那么，假如说我，也就是他们随意认为的是你丈夫的这个人，在他们面前宣称我就是你丈夫，而事实上我是一个陌生人，然后我完全出于无聊的好奇心，拿了信看了一遍，之后再把这封信丢到运河里，那你就永远收不到这封信，而你在法律上拥有的信件隐私权也就被剥夺了，这完全是因为这种威尼斯式的自由放任。我很想写一封信给威尼斯总督，跟他投诉这件事。因此我没有拿那封信，因为我想到我很可能是一个陌生人。

在我看过的文学作品里，这场对话最让人觉得，绿帽丈夫是最恐怖的。

这个时候，艾玛本来还想隐瞒，就说：这帮不称职的家伙。

然后罗伯特说：那是因为他们太随意了。

至此，艾玛不得不摊牌了。这剧本写得太棒。艾玛这时候停顿了一会儿，突然说：是杰瑞写的。

艾玛坦白了，她有她的尊严。

罗伯特说：是，我认出他的笔迹。

妻子已经摊牌了，那这个绿帽丈夫现在该说什么？罗伯特说：他好吗？

太奇怪了，他跟杰瑞是哥们儿，他们是工作上的伙伴，他们要约碰面就可以约碰面，可是突然问他老婆，杰瑞好吗？

艾玛说：还好。

罗伯特又问：朱蒂呢？朱蒂是杰瑞的太太。然后艾玛也说：好。然后罗伯特又继续问：小孩呢？然后艾玛就说：他信上好像没有提到他们。

然后这个绿帽丈夫又装模作样地说：那他们大概不错，如果他们生病或者怎么样，他应该会提一下。有没有别的消息？

艾玛说：没有。

这个绿帽丈夫又开始顾左右而言他，说：你很期待到托尔切洛吗？（托尔切洛就是他们第二天要去旅行的地方。）然后艾玛跟罗伯特又有了一段这种顾左右而言他的对话。他们两人在进行一种很缓慢的缠斗。

然后，罗伯特问：他在信中有没有留话给我？

这就是在进逼了，这个绿帽丈夫真是太冷酷了。

在一阵沉默之后，艾玛说：我跟杰瑞是情人。她终于把 Ace 牌（王牌）打出来了。

绿帽丈夫的回应也非常地平淡，他说：是，我想大概是这一类的。

艾玛问：什么时候？

罗伯特说：你在问我，什么"什么时候"？

艾玛说：你什么时候开始这么认为？

罗伯特说：昨天，只有从昨天起，当我在信封上看到他的笔迹的时候，在昨天之前我对此是完全无知的。

艾玛说：啊。然后过了一会儿，说：对不起。

然后罗伯特说：对不起？他又问（出于男人被戴绿帽的羞辱感或愤怒）：是在什么地方发生的？我的意思是说，总有点别扭，我们有两个小孩，他也有两个小孩，更别说还有他的太太呢。

艾玛打断他说：我们租了一幢公寓。

罗伯特说：我懂了，一幢公寓。那么你们的恋情相当有组织喽。

艾玛说：是。

罗伯特说：多久了？

然后很快，这一幕结束了。

我最后想讲的是这出戏的最后一幕，最后一幕发生在1968年。故事发生在艾玛家，那时候艾玛还是一个贞洁的妻子，还是杰瑞的嫂子。她走进卧室。

杰瑞说：我知道你会来的。

艾玛说：我只是来整理一下头发。

杰瑞说：我知道你一定会进来，我知道你一定要来整理头发，我知道你一定会离开聚会，你是一个美丽的女主人。

然后艾玛说：你觉得聚会不好玩吗？

杰瑞说：你好美，你听着，我一个晚上都在看你，我一定要告诉你，我想告诉你，我必须告诉你！

艾玛就说：求求你，不要。

杰瑞说：你有一种不可思议的美。

艾玛说：你喝醉了。

杰瑞突然抱住艾玛。

艾玛说：杰瑞！

其实她内心很压抑，也被他触动了，可是她是他嫂子。

杰瑞说：我是你们婚礼上的男傧相，我看到你一身的白，我眼睁睁看着你一身的白从我身旁飘然而过。

这是我见过的偷情最厉害的告白。我当时看的时候真的是瞠目结舌。

艾玛说：我穿的不是白颜色。

杰瑞说：你知道我希望发生的是什么吗？

艾玛说：是什么？

杰瑞说：我真应该在你婚礼之前就得到你，我应当在以你的男傧相的身份带着你们进入礼堂之前，就把你这个身穿白色结婚礼服的新娘形象给毁掉。

艾玛还在挣扎，她说：你是我先生的男傧相，你最好的朋友的男傧相。

杰瑞说：不，是你的男傧相。

艾玛说：我必须回去了，你不要再缠着我了。

杰瑞说：你好美，我为你疯狂，我以前也从来没有说过这样的话，你知道吗？我对你的疯狂像非洲的沙漠风暴一样，你见过撒哈拉沙漠吗？听我说，是真的，听我说，你把我打垮了，你太美了！

这个时候，艾玛的心已经完全被摇动了。但她还是说：不，我没那么美。

杰瑞说：你太美了，你看看你看我的样子。

艾玛说：我没有看你，求求你。

杰瑞说：你看看你看我的样子，我没有办法再等待了，我被你迷住了，我完全地为你倾倒，你在我面前闪烁着，我的珠宝，我再也不可能安睡了。这是真的，我没有办法走路，我将成为残废，我会堕落，我会消失，会成为全然的瘫痪者，我的生命在你的手掌中。你使我得了紧张症，这种紧张的状态你知道吗？你知道吗？知道吗？在这种紧张的状态中你会觉得这一切都是那样地空虚,那样地茫然,那样地寂寞。我爱你。

我不继续念下去了。这个剧本让人很震撼,最后的结尾是偷情开启的那"邪恶"的一幕,杰瑞对艾玛告白他那迷乱疯狂的爱。后来他们果然偷情了,他们在外头找了一个公寓,他们刚开始在一起的时光,艾玛还会买窗帘、桌巾,买一些餐具,女孩子过家家一样,好像布置一个秘密的乐园。剧情慢慢地再往后推,在剧场上是靠前的段落,其实真实时间里是后面发生的,他们之间就越来越乏味,慢慢地不见面了,最后把房子退掉了。一直往后推,推到艾玛的丈夫知道这件事的那个时刻,再往后推,就是这部剧一开场,他们几年后在酒馆相见的那一幕。

结语

为什么我觉得在小说里,绿帽丈夫是特别吸引我的一种形象和人类处境呢?很像高级酒店大门口安装的玻璃旋转门,丈夫和情夫各自在旋转门的两边,他们永远在对方不在场的时光,进入那个像旋转门一般的女人的身体。

很怪的是,在古典小说里,戴绿帽子这件事,可是会让武松把潘金莲的头砍下来,或者发生《哈姆雷特》这样的恐怖伦理剧,哈姆雷特的父亲就是被戴了绿帽,然后被害死了。

但是,在某些现代小说中,绿帽丈夫的处境,只存在于只有他自己知道的心灵密室里。比如我至今仍觉得是写绿帽丈夫的故事中,极品中的极品,就是沈从文先生的《丈夫》这个短篇。它像是用嘴含着一种醇酿的威士忌,那种百感交集,沁透爱惜或残忍、屈辱或温柔,有一种内在的柔软。性可能是最脆弱的,性在这里面像玻璃球被捏碎了。

沈从文像古典的吉他琴师,用最高超的轮指法演奏着那个站立的人类的身影,那个绿帽丈夫身上有人类一生所有的爱别离、求不得、怨憎会。可是沈从文却在这篇小说这个绿帽丈夫的处境里,让他缠绵于只有他自己知道的那小小的人心的密室。

即使我是在那么年轻的二十岁读到《丈夫》这篇小说,那时我什么都不懂,我人生中什么感情都没经历过,我没有任何的经验,我没有那么深刻地懂得绿帽丈夫内心的处境,但我依然会被这篇小说中的绿帽丈夫深深打动。

关于香水制作的故事

1

这是十多年前的事了，那时候我住在台北郊区一个叫深坑的地方。我的一个好哥们儿叫 D 君，他是个导演，有一次他告诉我说，他有个邻居是标本制作师，接了一个大工程。台北的动物园委托他剥制一头刚死去的大象的标本，这头大象叫林旺。

大陆的朋友可能不知道林旺，林旺是台湾这几十年来最有名的大象了，就是一个明星动物。它死的时候已经是八十六岁了，所以我还是小朋友的时候就知道动物园里有一只大象叫林旺。

百度百科和维基百科上都有林旺的介绍。当时在抗日战争中，孙立人将军率中国远征军前往缅甸作战。在一次战役中，中国军队俘获了为日军工作的林旺和其他十二只亚洲象。盟军在缅甸的丛林里跟日本人打仗，就用这些大象拖拉大炮和运送物资。

抗战胜利以后，这些大象有的被运送回广州，继续在广州帮忙拉很重的石碑，因为当时要盖一个抗战烈士纪念碑。有的好像被分送到北京、上海、南京等地的动物园。当年林旺的这些兄弟都是十来岁，年轻力壮，后来陆续都死掉了。后来国共发生内战，国民党败退，孙立人将军退到台湾的时候，林旺先是被送到高雄，在军事基地的营区做苦力，帮忙驮重物。1954年的时候，孙立人将军就把大象林旺捐给当时台北的圆山动物园。

圆山动物园是日本人占领台湾的时候建的，在我小时候，我父母带我们去圆山动物园，看到的大象就是林旺。1986年，动物园从圆山迁往木栅。现在我们如果去台湾参观台北的动物园，就会去木栅那个占地非常大的动物园。

所以当时台北市民的记忆里，一件很有趣的事，就是动物园大搬家。圆山动物园的动物一车一车地被运出来，有长颈鹿，有黑猩猩。这其中，最有名的就是大象林旺。那时候我已经是大人了，小朋友就管这头大象叫林旺爷爷。

十几年前，林旺年纪大了，死掉了。我非常兴奋，因为我这哥们儿D君告诉我，他的邻居被动物园委托制作标本，这种是很专业的，而且这不仅仅只是一头大象的标本，它是一个重要的明星、一个知名人物，你要做一个明星或一个知名人物大象林旺的标本。

我那时候脑袋里就浮现了巨兽的骨骼横七竖八、血流成河的场面。在我的想象中，要剥一头死掉的大象，应该是整个剥它的骨头，非常血腥，那似乎是我曾在小说中凭想象处理的画面。

D君跟我说，标本制作师在深坑附近一个靠西边的空旷地，租了一座废弃的铁皮屋的厂房，把它当作工作间。他打算带着摄影机去记录，问我要不要去看。我当然说，我立刻去。

结果到了现场,并没有见到尸骸狼藉的场面,没有整副剥下的象皮,也没有白生生的骨架。两层楼高的挑空铁皮屋房,原先支撑屋顶的一些钢梁还被锯断了,矗立着一头 1:1 和实物一样大的玻璃纤维材质的大象林旺。有圆滚的腰身,巨臀,粗直的前腿后腿,胸廓脸颊,完全模仿实物,却是一个让人有荧光幻觉的冰冷材质的假大象。那时候我的儿子还是小孩,他真的有一个玩具,是手掌可握的一个荧光塑胶大象。

我确实感到这头已经成为传奇的亚洲象,真实的形体比远距离或从媒体上得到的印象要巨大很多。我印象中林旺已经是一头很大的大象,可现在我看到他们做了一个荧光塑胶的林旺的模型时,我站在旁边抬头仰望,比印象中还要大很多。满地都是抛下的蜷曲的木屑、塑胶的粉尘,空气中弥漫着一种快干胶刺鼻的芥子油的味道。

我当时有点失望,怎么是一个塑胶模型。留着长须的标本师好像有读心术,他突然转过脸来对我解释说,一头大象死了以后,要制成标本,其实有两个标本,一个标本就是我想象中的大象的骨架,他徒弟在动物园里把那些骨架洗干净,消毒,然后做防腐处理,不然会腐烂。他再把这些骨架组装成小学生在动物园参观时看到的大象骨架,就像我们看恐龙骨架的标本一样。

标本师说,我这里就是先要虚构出来大象的身体,最后把林旺的皮肤贴上去,缝合起来。所以到时候在动物园除了会看到林旺的骨架,还可以看到一个栩栩如生的林旺,仿佛就是林旺活着时的样子。其实标本的内里是一个实心的塑胶模子,而不是我以前以为的那样,像填充玩具一样,塞一些碎木屑之类。

标本师拿了一张铅笔素描草图给我们看,这张图很像达·芬奇手稿上的那些飞行机械，或是人体、动物的解剖图，是躺卧的林旺身体各部分的测量数据。前额到颈、颈到前后腿的距离，胸围、腹围、四腿的圆周，头颅不同点距地面的高度，额的宽度，眉毛的宽度，等等。这张草图上写满数字，网线交错。

在一面墙上，一长列排满了上百张林旺各种角度的特写照片，正面，侧面，45度仰角和俯角，30度仰角和俯角，眉头的特写，眼睛的特写，用这么多张局部的特写拼凑成对一头大象的完整的想象，所以我们说瞎子摸象。然而这又确实让人产生一种难以言喻的情感。有些照片中，林旺的眼神竟然像是带着神秘的笑意。

我说，这些照片是林旺生前，动物园为了它死后要做标本，预先给它拍下的吗？

标本师说，哪里？这些照片是从各处资料调出来的，你没有发现光线的色调都不一样吗？

调这些照片不难，因为林旺太红了，所以几十年来光动物园就有一大堆它的照片，困难的是这些照片都是在不同的时间拍摄的，而大象每个不同年龄阶段相貌都会有所改变，所以标本师要从这些照片的细部，在翻动的、变化的平面视觉中去定格，抓住一个立体的、最终的实物，这是非常困难的一件事。

他说林旺死的那一天，动物园非常着急地把他们找去。他们一直不眠不休，工作到第二天，他们要测量身距，绘图，剥皮卸骨。他说他们有标本师专用的剔骨刀和皮革刀，他们不断地剖切，剔断筋络，剥去附在皮革上的尸肉和脂肪，还要把那些热乎乎的、不慎弄破便会浆水爆喷的大囊袋，那些内脏，从它肋排间的腔洞中掏出来。

后来，他已经处在一种半梦游、半自动化的状态，身体随着手中的动作机械地摆动。他说，要尽量取完整的皮，取完整的骨。能被这样完整地取下，不是你们想象的像剥一张狐狸皮或猩猩皮那么容易，那可是一个浩大的工程。

他说，你看林旺的太太，那头母大象比林旺小二三十岁，但比林旺过世得早。它的皮和骨头就没有留下，当场就烧掉了，这非常可惜。

标本师说他租下这间铁皮屋厂房充当工作室，一开始先就着那张测量图，定制一个像数百个中空木箱堆叠而成的结构体。这个结构体一开始其实不是我们看到的好像一个透明塑胶的模型，而是用上百个中空木箱堆叠起来的。它们大小不一，乍看是公园里那种给小孩攀爬的玩具城堡，最后他自己熬煮调配发泡剂的聚酯，整桶整桶地倒进去，等它发泡凝固就变成一个巨大的不规则状的椭圆体。

然后，他再把这个玻璃纤维椭圆体初切出轮廓，用线锯，按比例地画圆弧，凿、削、刨、磨，包括象臀的精准的弧线、象臂、象鼻、象牙、林旺的阳具、象皮的不同部位的褶皱等等这些局部，完全就是一个雕刻师在雕寿山石雕。

最后，把林旺的象皮包覆在大型荧光塑胶玩具一般的假体上。然后，所有的小朋友都会朝着这一具惟妙惟肖、黯然静默在某个静止的时光里的大象喊"林旺爷爷"。

没有人知道缝在它里面的是一大坨凝结了上百个正方形木框格的荧光硬胶。这一整套把一头形体巨大的大象从虚空中召唤出来的流程，偏离了我原先对标本制作的想象。

我自己则被一种物伤其类的情感摇晃着，好像我写的那样简陋、粗犷地组构着的我的小说,也被人家以为它是活着的。

那天晚上,像那些向孩子炫耀生命真相的父亲,我故意开车带着孩子们绕过竹丛间、荒地间的铁皮屋,暮色中,日光灯却照得一片辉煌,远远望过去,标本师和他的助手,两个渺小的人影在发光的象形巨物上爬上爬下,孤单而专注地工作着。

我对孩子们说,你们仔细看,等到他们把象皮披上去,它就变成了林旺爷爷,下回老师带你们去动物园参观,你们就可以说,我看过它里面的样子。

2

在伟大的小说的矩阵里,最接近剥皮或标本制作,而且达到神鬼技艺的,当然就是聚斯金德的《香水》。聚斯金德的《香水》被拍成电影,很多人知道这个故事。这个故事的主角是一个像魔鬼一般的天才香水制造师。

格雷诺耶出生于恶臭不堪的鱼市上,他一生下来,大家觉得他就是一个恶魔,他身上是没有味道的。一般小 baby 身上会有一种小孩子的那种臭臭的奶味、尿骚味,但他身上一点味道都没有,所以会让人产生一种不快。他长大的过程中,一路都很孤僻,他非常沉默,长相也比较怪异,大家都不喜欢他,觉得他是恶魔的孩子,身上是没有味道的。

所以这里有种隐喻性,他天生缺乏人类的某种特质,可是,他却具备了一种魔鬼的天赋,他是一个天才。

这个故事的背景是十八世纪的法国巴黎。聚斯金德非常会写,他神乎其技,用华丽的意象,将气味这种难以被文字所形容、所转喻的感官,分层次地搭盖了一座骇异惊人的、关于气味的大教堂。

他写整个十八世纪巴黎各种妓院的气味,十八世纪的巴黎不是我们现在想象的那种国际观光的花都、香水的圣城。十八世纪的巴黎其实是充斥着臭味的,所以他们才爱用香水。塞纳河里漂满了婴孩的尸体、死掉的动物、粪便,还有居民排出来的各种食余馊水,奇臭无比。在这种环境中,不光是上层社会的妇女,连上层社会的一些男人都要用香水,所以香水制作的工艺很快就发展起来。这是《香水》的一个背景。

有一次格雷诺耶在花园里闻到了一个少女身上的味道,这个少女是城市总督的女儿。他魔鬼的天赋就是他的鼻子可以闻出各种有细微差异的气味,有实体感的活生生的气味。当他闻到这个少女身上的味道时,他发狂了,他认为那就是女神的味道。

我觉得我也会崇拜女神,但是我无法像聚斯金德这样写,他写的不是漂亮的脸蛋、微翘的朱唇、耳朵、手臂、腰身,不是,他是写在空气中闻到的一团少女身上的味道,格雷诺耶认为那是上帝最美的味道。

格雷诺耶发誓有一天一定要把这种味道萃取下来。可是他不会这门技术,所以他混迹到巴黎底层市井的香水师中,当他们的助手。这里关于萃取香水的描述厉害得不得了。比如热萃法,就是用很热的油膏打底,然后把大把大把的玫瑰,或者一大把的百合放进去熬煮。聚斯金德写道,在被熬煮的那个瞬间,这些玫瑰像少女突然在一瞬间全部睁大了眼睛,然后就死掉了,全变成苍白色。这些玫瑰活着的时候,身上有玫瑰特有的香气,但瞬间这些香气全部消失了,就像人的死亡,他瞬间就感觉这些玫瑰全部死去了。那玫瑰的灵魂、花的香味的灵魂全都被熬到热油里，接着他把油渣滤掉，把油精萃取出来，那就是最香的东西。

然后格雷诺耶又试了蒸馏法，他做了各种试验，但这些都没有办法达到他要的效果。后来他学到一种冷油膏萃取法。聚斯金德依然把这种试验写得神乎其技。

格雷诺耶很变态，没有任何一丝人的感性能力和同理心。他把昆虫、小鸟等各种小动物弄死。小动物们在面临死亡的时候会恐惧，他说这样动物们在生命鲜活的时候的那种味道会提取不出来，所以他后来做了一个试验，他找来一只小狗，用一块肉引诱它，当小狗兴奋地摇尾巴要吃这块肉的时候，他突然拿一根木棒把小狗打死了。

那个瞬间，小狗还没有来得及感到恐惧，然后他赶紧用一块带有冷油膏的油布，萃取小狗身上的味道，然后再把那种味道制作成一小瓶香精。更变态的是，他还拿着这瓶香精去给小狗的妈妈闻，他说那只母狗用鼻子嗅完，发出一声欢快的叫声，但是后来又发出哀鸣，不愿意把鼻子从玻璃管移开。于是，他就找到了这个恶魔的技艺。

聚斯金德写得非常厉害。格雷诺耶可以把黄铜门把手的味道萃取出来，你想黄铜的门把手是什么味道，当然是有点疏离、有点怀旧，然后他再加上一些萃取出来的矿石的味道，再加入某一类草的味道，最终调配出这种味道，洒在他自己身上。

打个比方，如果我洒了这种香水，我现在坐在一个有三四十人的密闭的房子里面，比如说一个教堂或者一个酒吧，明明我在这里坐了两三个小时，然后我走开了，可是这些人的印象却是，好像我这个人没有存在过。格雷诺耶知道，气味可以控制所有人的大脑。

格雷诺耶掌握了制造这种香水的技术后,就开始展开他的魔鬼行动,他先是杀了二十六个少女,而且把她们的头皮都剥掉,很像剥皮,所以她们的尸体都变得很苍白。

其实,这二十六个女孩都有一种相同的特质,她们都是美女,胖瘦不一定,可是她们都有一头琥珀色的、蜜糖般的金发,都有点像拉丁裔,比较热情,或是皮肤很白皙。她们的尸体都是裸体的,而且都被油浸透。这个疯狂变态魔没有强暴她们。

这些专门针对少女的恐怖杀人事件让外界非常惊恐,他们不知道这个变态杀人魔要做什么。杀完第二十六个少女之后,这个恶魔就停手了。大家以为这个杀人魔是被大主教诅咒,或是被舆论的力量谴责,他忏悔了,所以才一整年都没有动作。

其实,他是想制作一款超级香水。你已经知道这款香水是由二十六个少女的气味组成的,但其实这二十六个少女的气味只是像钻戒的戒台,最后要放在戒台上的那颗宝石,就是总督的女儿,这本书里最美的那个少女。

这个总督刚好也是一个蛮变态的父亲,他很爱他的女儿。他女儿太美了,他很害怕她长大。他不知道这个杀人魔鬼是要做香水,但是他觉得这个模式是杀掉那二十六个女孩,最后收集的美的最顶端一定是他女儿。所以他就带着他的女儿和仆人们,伪装之后,在夜间驾车逃走了。

这时,聚斯金德写道,格雷诺耶半夜突然醒来,开始哀鸣不止,泪流满面。因为他突然感觉到,空气中,隐隐约约,这个女孩的味道不见了。这部小说写得真是恐怖。

这个总督以为他遮人眼目,可他不知道,他面对的这个对手，是一个有着比狼的鼻子还要敏锐得多的野兽。很快地，格雷诺耶四处找寻，一路顺着风中的味道，就捕捉到了他梦幻中的那个女神的味道。他摸到了总督一行在旅途中住的旅馆，夜里爬进去，用棒子把这个女孩打死，然后把头皮剥下来，用准备好的裹着冷油的帆布，把她裹起来。在一个小时内把这个少女温热的芬芳馥郁，那最香的味道萃取下来，然后就逃跑了。

当总督第二天早上起来的时候，天哪，他的噩梦变成了现实。他女儿的头皮被剥光了，身体全部赤裸，那么苍白。

当然他立刻就发动捕捉行动，最后把这个变态的格雷诺耶给抓起来了。他看起来很像钟楼怪人，一个怪咖，众人都强烈要求对他施以死刑。他将在众人面前被吊死。广场上，众人都异常愤怒。福柯写过，以前人的身体是要被公开展示的，犯人被帝国凌虐处死，是要展示给大家看的。

然而，就在人们要处死他的时候，这个疯狂的恶魔格雷诺耶，把那一罐用二十六个少女作为戒台，最后加上那个最美的少女的气味做成的香水，滴在自己身上。这种香味开始在空气中弥散开来，一时间，所有的人都疯狂了，他们跪下来，痛哭流涕，忏悔认错，表达对他的爱。甚至连那个女儿被他杀死的总督，走向他的时候也是痛哭流涕，向他忏悔，说：我的儿子，你跟我女儿是一模一样的，我太爱你们了。

后来，他跑掉了，他跑到一个广场上，把整瓶的香水洒在自己身上。最后出现了一个异常可怕的画面，广场上的人集体扑向他，把他撕碎了，把他吃掉了。而且众人吃完以后，陷入了恍惚，好像自己只是做了一场梦，我怎么可能做出这样的事。

《香水》这部小说，是一个非常可怕的杰作。

结语

像《香水》这样的小说,它让我们感受到一种抵达创造力极限所激发出的光焰的美,而且那种美透过魔鬼般的技艺呈现为神的形态,这种巴洛克式建筑的、技艺的特写,让人颠倒迷醉。其实二十世纪小说中有许多大师,在小说中就炫示着这种技艺,用魔鬼的手指偷渡感官的知觉。譬如川端康成的《睡美人》,譬如三岛由纪夫的《金阁寺》,譬如纳博科夫的《洛丽塔》,譬如莫言的《檀香刑》,都呈现了这种极致的美。像博尔赫斯可以盖一座歧路花园,可以梦中造人,可以用强大而魔幻的虚构力量,建构一颗不存在的星球的文明史。在这颗星球上,南半球、北半球各自有虚构出来的不同的哲学、火器史、植物学史,甚至文法在南半球和北半球都是不同的。

然而,人们会震撼地发现,光焰最极致的,那让人窒息、疯狂跪伏在其前面的那种美,其实并不等同于神。人可以哭泣、软弱,缴械投降,交出思辨能力和判断力,人会在那样巨大的神的力量或美的面前缴械。所有历史的屈辱、人世的痛苦,皆让人放弃那个在世上要承担的责任,这是存在主义讲的,你自己要去扛住面对生命时,这全部的自我的渺小、脆弱与痛苦。但是,在神的面前,你却放弃了,你缴械了。

有人说聚斯金德的《香水》其实有更深层的含义,是在写纳粹,那个剥人皮的神乎其技的香水制作大师格雷诺耶,似乎是希特勒的化身。

有一本书叫作《现代性与大屠杀》,讲到奥斯维辛集中营,几十万犹太人非常乖驯地被火车运送到集中营,完全没有任何人抵抗，所以只动用了很少的德军纳粹兵力，然后他们的衣服被剥光，被送进毒气室毒杀。这种超高效率的屠杀方式，灵感正是得之于现代性概念的屠宰场。

我们甚至也看过一些纪录片，讲当时有一个被美军攻占的集中营，发现集中营里有一个剥人皮的女魔鬼，她房间里有非常多德国艺术家做的极美的艺术品，可是所有这些东西，都是用集中营里犹太人的人皮做出来的，人皮灯罩、人皮沙发、人皮烟灰缸、人皮雪茄盒。

任何越过边界的神圣，越过边界的耽美、疯魔，在聚斯金德的《香水》或卡夫卡的《城堡》《在流放地》或二十世纪其他伟大小说家的故事观测镜之下，都是可疑的，都有一种隐藏得让人看不见的恶魔的手指编织的高超技艺。那背后是对于人的特质丧失的不安。

人的特质如果在这样弥散着一种极限的、华丽的、技艺的美的故事里丧失了，在故事背后的我们，其实是会感到非常不安和恐怖的。以前我们会说异化，但二十世纪的异化和技艺本身，是已超出我们能抵抗的范畴的美的霸权。

想想看，贾樟柯的《天注定》，那些流水线上被剥夺了生存意义的，其实更像养殖场里下蛋的鸡的，来自各省农村的年轻工人，他们是活生生的二十岁左右的灵魂，可是那个组装线上在生产的正是我们觉得幻美时尚的 iPhone 手机，或 Nike 球鞋，或 LV 皮包。别忘了，最美艳浓郁的香水是需要剥人皮才能制成的。

关于美猴王的故事

1

第一则。

当年唐僧在五行山下,揭去佛祖留下的金字,救出神猴,一时间金光万道,瑞气千条,他们师徒第一次相会。被压在山下五百年的美猴王是什么样?

"尖嘴缩腮,金睛火眼。头上堆苔藓,耳中生薜萝。鬓边少发多青草,颔下无须有绿莎。"

那猴性情暴烈,有观音镇金箍,并传咒语,唐僧这才收了它,为大徒弟孙悟空,之后在鹰愁涧收了小白龙,变成坐骑白马。在高老庄孙悟空痛揍猪八戒,唐僧收猪八戒为二徒弟。在流沙河孙悟空和猪八戒大战沙悟净,唐僧收沙悟净为三徒弟。于是他们组成了这支史上最强男子团体,一路降妖西行。

但我心里一直纳闷,这唐僧降服各有来头的三大魔头,组成取经团,为何到沙悟净就关闭,不再接受报名了?于是后来的近八十回都是这三个师兄弟在耍帅打怪,当然主要是靠美猴王主打。美猴王真的很像勒布朗·詹姆斯,他既要耍金箍棒,和各路妖怪对打,又要飞来飞去搬救兵,又要变成小蜜蜂、小纺织娘钻进妖洞。

我的疑问是,从这四人和一马成团之后,后来的妖怪被打趴后,为什么不循之前的大师兄、二师弟、三师弟模式,让他们入团,加入西游的队伍?

你想想看,当他们一路终于走到西天佛国,一串长长队伍后头,跟着牛魔王、铁扇公主、金角大王、银角大王、狮狲王、虎力大仙、鹿力大仙、羊力大仙、蜘蛛精、老鼠精、蜈蚣精、六耳猕猴、金毛犼,那不是一支超华丽梦幻的妖怪游行队伍吗?

它们战斗力强大,其中有好几个身手、武功和美猴王不相上下,若是入了团,还是得敬悟空、八戒、沙悟净他们为大师兄、二师兄、三师兄,连白马都要称一声贤伯,就不用每遇到一个妖怪,都还得他们三个,其实是孙悟空自己一个人从头打起,后来收服的七师弟、八师弟、十三师弟都可以和妖怪打得天昏地暗。又不是篮球比赛一次只能上五个人,就算是带一些候补选手,孙悟空累了或低潮了,还可以上场顶替一下。

想想看《水浒传》还有一百零八个好汉,《三国演义》中还有刘备、关羽、张飞,后来还加了诸葛亮、赵子龙、黄忠,每个人还有儿子,你看好莱坞《复仇者联盟》不是越打团员越多,但是为何最终这个西游团数量控制在四人一马,不再扩充?是因为怕进入佛国时队伍太大,奇装异服、长相丑怪,会被佛陀手下误以为是敌军侵袭而启动歼灭装置?但其实这些妖怪不少是从不同的佛或菩萨脚边溜跑的坐骑;或者唐僧是个讨厌大企业组织的小工作室创业者,成员都是有性格的人,会像很多团体那样排斥新人,创始团员都怕自己的重要性被稀释?

想象一下,如果《西游记》真把所有被打趴的妖怪都纳入取经的队伍，漫山遍野长长一列的动物大游行，敲锣打鼓，吹号弹琵琶，确实蛮像红灯教或者白莲教，也许四人组最适合这种公路电影模式的漫游历险。

譬如《拯救大兵瑞恩》，整个排的人，最后一个个在途中死去，最后只剩瑞恩孤零零一人。你看《红楼梦》，整盘棋人物那么多，写故事的总会手痒想写他们的下场。而《西游记》中四个人就像打麻将，几十圈下来，连故事都跟着打牌的手兜转，永远是活着打打闹闹，永远不会死。

所以《西游记》是一个像小学毕业旅行时坐在游览车上的故事，你身边的伙伴永远不会死，世界永远这么恐怖扭曲，一直在塌陷又重建，连佛陀的经书都无法笼罩。这后来比梦更像梦的，你以为你比小时候读美猴王的故事时，更理解人类的死亡、疯癫、文明的崩塌、地球在星系中的孤单脆弱，但后来你会看到永远有更癫狂、更恐怖的东西等在后头。而他们这样四人一马在旷野上走着，没有比这更温暖的故事了。

2

第二则。

"这大圣却才束一束虎筋绦，拽起虎皮裙，执着金箍棒，径奔山前，找寻妖洞。转过山崖，只见那乱石磷磷，翠崖边有两扇石门，门外有许多小妖，在那里抡枪舞剑。"

不知多少次了，都是这个场景，这个美猴王交代八戒、沙僧看护好师父，他驾起筋斗云去寻斋饭，但总是千交代万交代，甚至用金箍棒在平地上画一个圆圈，请唐僧坐在中间，命令八戒、沙僧侍立左右,把马和行李都放在近身,对唐僧合掌道:"老孙画的这圈,强似那铜墙铁壁,凭他甚么虎豹狼虫、妖魔鬼怪,俱莫敢近。但只不许你们走出圈外,只在中间稳坐,保你无虞;但若出了圈儿,定遭毒手。千万千万!至嘱至嘱!"

然而每次等到他在荒山野岭中好不容易弄些吃的回来,师父、师弟总是不见了,总是天地间只剩他孤零零一个,总是他必须再使本事叫出土地神、山神,打探出这附近有哪个魔王占了山洞,他好去夺门攻寨,用棒子和对方来场硬仗,把师父夺回。

这要怎么说,美猴王总是被辜负,总是不被信任,然后师父总是被外头妖魔绑去,最后还是总得他想尽办法,打不过的话还得上天入地靠关系,调天兵天将或菩萨罗汉来助拳,或是自个儿变成蟋蟀、小蜜蜂这些小虫子混进洞里。

我想跟美猴王说,你这个性跟我父亲年轻时特像,当时他们几个一起从大陆跑来台湾的结拜兄弟,跟他借钱,说要追个小姐,要买脚踏车或者买套西装,或是要结婚了,我父亲总是逞豪气,说没问题。而我母亲就愁眉苦脸,又去标会,又向银行贷款,或是卖自己的脚踏车,弄得我们小时候总觉得家里特穷,我母亲总是等市场快收了才跑去跟菜贩买那些看起来丑了、黑了的蔬菜瓜果,或已经不新鲜的有臭味的小鱼回来,假装兴高采烈,炒得热腾腾哄我们吃。

后来我父亲这些兄弟各自成家,除了出麻烦时,也从没见他们真的把我父亲当自己的大哥、自己的亲人。哥们儿聚会时,那些女人神头鬼脸、娇气十足、东嫌西憎、颐指气使的,好像我母亲是个穷婆子,我们是穷小孩。

我想跟美猴王说,你还让我想起一些我母亲那个年代的好女人，她们的老公明明是烂咖、渣男，在外头搞各种生意，资金周转不过来了，全是这些好女人去跑，跑标会或跑当铺，或赔笑脸跟自己娘家姐妹借，搞得大家都躲着她，她也不怨不悔。但这种女人通常本事大、人缘好，之后还可以弄个小店面，攒钱分期买个房子。然而，她们的老公在外头生意做起来后一定会搞外遇，跟哥们儿混酒家。最糟的是赌博，最后通常还把女人的房子拿去抵押。

我们听到这样的说法，人类历史文明每一次巨大的跳跃，那些发明都是人类身体各个部分的延伸，譬如电视、天文望远镜，这些是人类的眼睛的延伸；汽车、火车，甚至电梯，这些是人类的脚的延伸；枪或洗衣机、电钻，这些是人类的手的延伸。

美猴王呢？他被创造出来，除了他那可以变成巨灵的身躯，他还可以七十二变，他能自由地穿梭天地，玩弄神仙，和佛陀戏耍。他的猴毛可以变出无数分身，他的如意金箍棒一旦无限伸长，可以捅破天庭。这个被创造出来的美猴王如此跳脱于整个文明任何物理学的限制，但他偏偏那么忠心耿耿，跟着不珍惜他的师父，一路上都在进行即刻救援，经历了许多次独自想办法把师父和师弟们救回来，上天入地找办法、托人脉的时光。

我觉得美猴王是那个时代，人们因他们无言的生命之苦，而从脑额叶投射出来、发明的一个完美机器人，它收纳和隐藏了人世间那像我父亲，或我说的那些过去年代的好女人，他们对所爱之人无止境、无缘由的赠予和牺牲。

真实的人不够强大，如果一生被辜负，最后总会歪斜或垮掉。然而，美猴王他可以无止境地被辜负。

3

第三则故事叫"唐僧肉"。(这一则故事是猪八戒的内心OS哦,是猪八戒的发言,猪八戒在说这个故事。)

他说,"拱拱",我不骗你,我是这世界上真正吃过唐僧肉的人。那入口即化的滋味,简直就像海洛因钻进你的脑额叶,那个幸福,那个香。感觉我们一路运送的是一冰柜最高级的鹅肝或是一整兜松露、一条黑鲔鱼,或是一头喂食啤酒、需要按摩、切开后油花鲜美的神户牛,或是号称世界上最好吃的伊比利猪。

但我们护送的是个和尚,还不是普通的和尚,他是唐僧。

这一路上沙尘漫漫,荒山野岭,所有的妖怪都各有来头、各有本事,他们唯一的目标就是劫了师父去各显厨艺,好好烹食了他。这些妖怪真是一些吃货,风声传开后,他们等啊等,就是在等着超级鲜美,好吃得想把自己的舌头也吞下去的,吃一口后泪流满面、感觉不枉此生的唐僧肉。

我有时候在梦中也会发馋,师父的肉真的那么香吗?"拱拱",这些妖精宁肯冒着最后被大师兄一棒打成肉酱,或被各方神佛收回去做打杂苦役的危险,好好的快活日子不过,就为了贪那么一口,这是真正的饕客魂啊。

听说就纯用蒸的,蒸到皮开肉烂,那个鲜嫩,不用加任何香料,蘸点盐就可以了。靠近天竺之境那里的妖怪会把师父的肉料理成咖喱锅,另有一些突厥人好像会做成沙威玛,那可真是糟蹋我们风尘仆仆护送的师父的这一身好肉。

有一次,我们被困在一个山洼子里,鬼打墙,困了好几天都出不去。那次大师兄又和师父斗气,撇下我们自个儿飞回花果山了。我们都饿得眼睛冒烟了。师父慈悲地说：八戒，古代也有割股疗亲的。徒儿们，不如为师割下一小块臀肉，煮碗肉汤，你们吃了也好有体力。

我和沙和尚自然都吓坏了，谁敢？但你知道我师父是个固执的家伙，那是命令，而非商量。我们只好流着泪把师父割下的那一小块臀肉生火煮了一碗肉汤。

我不骗你，我是这世界上真正吃过哪怕只有一小口唐僧肉的人，入口即化，简直就像海洛因，钻到你的脑额叶。那个幸福，那个香，我好像旋转回到蜷缩在母亲奶兜前的小猪崽子，忘记了所有的语言和法术，只想纯纯地"拱拱"。

师弟也为难地尝了一口，马上眼泪和鼻涕流得满脸都是，实在地，人的舌蕾一碰到师父的肉，那所谓西天极乐之境、仙境、曼妙绚丽的天女顿时一点吸引力都没了。连师父自己也好奇，忘记了自己是吃素的，尝了一口，啧啧说：真香，想不到我自己的肉这么好吃。

4

第四则。

美猴王说，那天深夜，他站在那群逃难者的队伍中，等着那唯一的窗洞兑换外币。身旁有架高的网眼、极细的墨绿漆铁网栅，窄窄的走廊只有一盏小灯泡，所以有一种油灯般的雾蒙蒙之感。在他身前身后都是一些老人，或因流离失所而面容消瘦、苍白愁苦的人。小孩则熟睡着，前胸或后背用脏毯子裹绑着，他们的脸像版画刻出来一般，没在暗影里。

美猴王说,在人们的印象里,他们师徒四人一路西行,就是沿途打怪,行有余力,顺便在那些在地图上没法标识的小国换换度牒。其实在那持续的西行之路上,有太多的人流离失所,兵灾、战乱、种族清洗。他们离开已成废墟瓦砾的家园,刚开始哭声震天,之后则是黑乌的脸孔一片静默,像那天空下枯荒旷野上流动的蛆虫之河。

那些在深夜窗洞前兑换外币的愁苦的流浪者,他们手上展着破烂的钞票或钱币,被窗洞里头那个女人刁难着,他们卑屈地佝身,结巴地恳求,或解释。他们或许是来自世界各处,经过种种战乱和死亡的离散之徒。他们手上的钱币有叙利亚纸钞,有正面是古安息国米特拉达特斯二世、背面是弓箭手持弓坐像的银币,有正面是贵霜王迦腻色伽站像、背面是大地神阿多赫索的贵霜金币,有阿富汗王国银币,还有哈萨克骑兵用的卢比,甚至还出现高昌回鹘、哈萨克汗国、花剌子模国这些名字如烟消逝的王国的钱币。这不只是我们所习惯的那个世界的汇兑,还有时光中的流浪,仿佛在死去历史中的夹层贴壁而行。

每一张油腻破损的纸钞,每一枚缺角褪色的钱币,也许都有一系列买命的故事,祈求妻女不要被强暴的故事,基因染色体从此从地球消失的故事,隐没藏匿进入别人的民族走廊的故事。

美猴王说,他们鼻梁高耸,眼珠呈墨绿或湛蓝色,从破袖子里伸出来的手肘上覆着蜷曲的金毛。要么是前额突起、鼻孔特大、皮肤黝黑,比起他师父唐三藏这些人更像自己的同类。事实上他们是他和师父、师弟们的同行者。他们或曾问他,你们要去那儿做什么?美猴王回答,去取经。他们会呼哧呼哧笑着,好像这师徒四人是傻子似的。很多经历了地狱般景观而逃离的人都觉得这是不可思议的。

美猴王问他们,你们要去做什么?他们说,没做什么,真到了那儿再说。那儿是哪儿?他们也说不出来。真到了那儿就是活下来了,没到那儿,就是在途中就可能遭遇死亡之境。

美猴王没敢说,我师父一心发愿这么跋涉千里来求的经文,就是讲一个寂灭的道理。好像是把一个死去的世界无限扩大、涂上彩绘金漆,使之成为一个永恒的二度空间,这是我们西行的目的。

但你们这些人怎么像绞肉机里掉出来的碎血肉末,像客机在空中爆炸解体,在三万尺高空极冻之境飞翔的亡魂,懵懵懂懂,随风飘行,找不到可以投胎的身体。这样辗转流离、汇兑,像只为了把自己悲惨地活在别人的梦境或酣睡无梦时什么也不存在的、看不到的某种帷帐。

要流浪多久?一千年,两千年?他们的寺庙和清真寺已被轰炸成焦土。他们怎样才能从那样浮游的波光幻影、那样的永劫回归中,重新活回来。

美猴王说,轮到他站在那个窗口前时,里头那个刁难羞辱了前面所有拿着乱七八糟钱币的难民,那个官僚嘴脸的胖女人,问他,要换什么?

美猴王说,一般该换什么?胖女人说,美元吧,现在也有些人换人民币了。你拿的是什么钱币?

美猴王拿出一枚透明的圆形物件,放进窗栅的窗洞。

这是什么?女人问。

美猴王说,比特币,它和我一样,都是虚构出来的。

5

关于美猴王的故事，我今天讲了四段。事实上这些胡乱写的美猴王的故事，我写了至少五十多篇，其实可以做一本关于美猴王的40集的《故事便利店》，不过很可惜，美猴王的故事只是这40集的《故事便利店》的最后一集。

这是一趟非常疲惫的旅程，各位可能不知道，《故事便利店》这档音频节目我都是跑来北京录的。这整趟过程非常疲惫。其实对我来讲，某种意义上它就有点像我个人的一部《西游记》。孙悟空是用七十二变变成各种不可思议的形体，穿梭在一些不可思议的、物理学意义上不同的界面中。我这本《故事便利店》中的40个故事，就好像是40种不同的变形，好像我也是美猴王，在试用我自己的七十二变的故事。在这40个故事中，我讲了离别的故事，讲了嫉妒的故事，讲了我父亲的故事，讲了我年轻时候当小混混的故事，我还讲了火车的故事，还讲了动物的故事。

6

最后我再讲一个跟火车或者跟动物有关的童话，很短，是我小孩很小的时候我给他们读绘本读到的，这个故事是一个英国作家写的，叫《喂！下车》。

在睡梦中，一个小男孩和他的狗驾驶着火车前行，但他们不断发现有偷渡客，偷偷摸上车。一开始他们抓到一头大象，他们就吼那头大象说：喂，下车，这是我们的火车！

但大象可怜兮兮地说：求求你们不要把我赶下车，人类猎杀我们大象，要取我们的象牙，我只能躲进你的火车。

于是，小男孩让那头大象成为这列火车的乘客。

接着，他们又发现跑上来一只老虎。他们又对那只老虎吼道：喂，下车，这是我们的火车！连那头大象也变成像是火车的原始成员，气势汹汹地跟着他们一起吼老虎。

老虎说：求求你们不要把我赶下车，人类猎杀我们老虎，我们已经快灭绝了，我只能躲进你们的火车。

于是，他们也让老虎加入他们。

然后，如此被他们一起轰赶说"喂，下车，这是我们的火车"，最后又陆续搭上了这趟火车的，有北极熊，有鹤，有海狗，总之都是一些濒临灭绝的动物。

这个故事以童话的方式来进行环境保护的教育，同时这也是一个冒险故事。小男孩和他的小狗在这列童话火车上，小男孩可以成为列车长，而他同时收容了在这个被这几百年来出现的像火车等现代科技所统治的人类真实世界里，那些陆续灭绝的原本神秘而美丽的动物。

他不只收容了它们，如果仅仅是那样，盖一座动物园就好了。他还在一个火车的移动之梦里，让这些原本会灭绝的珍禽异兽，成为移动中的不存在之境的主人。

结语

因为受我想象力形态的限制，我很难用网络空间、迷宫、蜂巢、命运交织的城堡、命运交织的酒馆、命运交织的露天电影院，去想象我所生活的这个时代。这个世界有点悲哀，又有点温柔。但我希望能到未知的远方去流浪的童话火车，可以让我呈现这样的想象。

这本《故事便利店》对我来讲，就好像是一列有 40 节车厢的故事的火车。

我是骆以军，谢谢你们一路跟着我听故事、说故事、分享故事、感受故事，一路走到这里。